LE PROTECTEUR

LE FRUIT DU HASARD
TOME 1

SUSAN STOKER

DU MÊME AUTEUR

Un protecteur pour Kelli

Un protecteur pour Bree

Le Refuge

Un soutien pour Alaska

Un soutien pour Henley

Un soutien pour Reese

Un soutien pour Cora

Un soutien pour Lara

Un soutien pour Maisy (1 Octobre)

Un soutien pour Ryleigh

Silverstone

Pour la confiance de Skylar

Pour la confiance de Taylor

Pour la confiance de Molly

Pour la confiance de Cassidy

Delta Force Deux

Un refuge pour Gillian

Un refuge pour Kinley

Un refuge pour Aspen

Un refuge pour Jayme

Un refuge pour Riley

Un refuge pour Devyn

Un refuge pour Ember

Un refuge pour Sierra

Un mari pour Emily

Un héros pour Kassie

Un héros pour Bryn

Un héros pour Casey

Un héros pour Wendy

Un héros pour Mary

Un héros pour Macie

Un héros pour Sadie

Un héros pour Annie

<u>Autre</u>

Un moment suspendu : Recueil de nouvelles

<u>AUDIO</u>

Un paradis pour Élodie

PROLOGUE

Jackson Justice – dit JJ – ferma les yeux et respira faiblement par le nez, priant pour que la douleur s'atténue. Mais c'était une prière futile. Leurs ravisseurs se délectaient du fait de causer autant de souffrance que possible.

Ouvrant les yeux, JJ les plissa pour voir ses meilleurs amis et coéquipiers enchaînés aux murs qui le cernaient. Riggs Chapman – dit Chappy – avait la tête posée contre le mur en parpaing et avait les paupières fermées. Il ne dormait pas, JJ le savait sans en douter. Personne ne dormait dans ce trou à rats. Pas vraiment.

Kendric Evans, surnommé Bob, était à côté de Chappy, fixant leur quatrième camarade, sérieusement inquiet.

Portant son attention vers Callum Redmon – alias Cal – JJ se fit soucieux. Il venait d'être ramené dans leur cellule après une « discussion » avec leurs ravisseurs et il n'avait pas l'air bien du tout. Les enfoirés qui les retenaient en otage avaient été aux anges en découvrant son identité : Cal était un vrai prince.

Et comme Cal le disait souvent, le titre en lui-même était en vérité plus excitant que la réalité, étant donné qu'une vingtaine de ses proches devraient être tués ou bien mourir avant qu'il ne puisse devenir roi...

Mais cela avait peu d'importance pour les terroristes. Ils s'étaient intéressés à Cal presque à la seconde où leur escouade avait été traînée dans cette cellule, tous ses membres inconscients. Actuellement, il saignait par de trop nombreuses coupures sur son corps pour les compter. Il ne portait qu'un caleçon, rendant cela plus facile de voir à quel point sa dernière séance de torture avait été horrible.

Leurs ravisseurs s'étaient focalisés sur la scarification de la peau autrefois immaculée de Cal, se servant de couteaux, de cigarettes et on ne savait quoi d'autre pour lui tailler la chair. Ils s'étaient servis de leurs poings contre son visage, mais avaient préféré des outils de torture variés pour le reste de son corps.

Les hommes qui les avaient capturés n'avaient aucune once de compassion, bien entendu. Quand ils avaient torturé JJ, ils avaient ri et l'avaient hué à chaque coup porté par leurs couteaux qui lui avaient découpé la peau. Pour leurs geôliers, lui et ses coéquipiers étaient moins que des humains.

Regardant ses meilleurs amis autour de lui, les trois hommes qui étaient littéralement sa raison de continuer de lutter pour rester en vie, JJ prit une décision simple.

— Quand on sera sortis d'ici, j'en aurai terminé, dit-il avec ferveur.

Sa voix restait basse afin de ne pas alerter leurs ravisseurs qu'ils étaient éveillés et en train de discuter. Il savait que maintenir les quatre hommes enchaînés dans la même pièce – afin que chacun puisse voir les tortures que les autres subissaient – faisait partie du petit jeu tordu auquel jouaient ces enfoirés.

Ils étaient loin d'imaginer que les laisser ensemble ne faisait que renforcer leur camaraderie plutôt que de l'affaiblir.

Comme personne ne répondit, JJ continua.

— Je suis sérieux. Nous savions tous que cette mission était vouée à l'échec dès le début. Nous n'avons pas eu les renforts que nous aurions dû avoir, les renseignements étaient pratiquement inexistants et, lorsque nous avons confié nos inquiétudes, on nous a dit de nous taire et de suivre les ordres, dit-il avant d'expirer un petit rire. Et regardez où nous ont amenés ces ordres. J'en ai *fini*. J'arrête. Je n'ai pas signé pour ça. Me battre pour mon pays, oui. Mais devoir m'asseoir dans ma propre merde, me faire tabasser, devoir regarder mes amis se faire torturer... et par-dessus tout, être filmés pour être vus par les insurgés ? Non. Putain, *non* !

JJ n'avait jamais voulu être le meneur de leur groupe. Étant le plus âgé et quelqu'un qu'on ne dupait pas aisément, ce rôle lui avait été plus ou moins assigné. Mais il avait merdé. Il aurait dû être plus ferme en insistant sur le fait que cette mission était vouée à l'échec. Il aurait dû inciter à faire preuve de davantage de sagesse avant d'entrer dans le pays.

Tandis qu'il ne doutait pas que le gouvernement américain était en train de préparer leur échappatoire, tout le monde savait que la politique ne négociait pas avec les terroristes. Ils seraient probablement tout seuls jusqu'à trouver le moyen de s'échapper, ce qui ne semblait pas très prometteur, ou bien jusqu'à ce que l'un de leurs camarades des Forces Spéciales débarque pour les faire sortir de là.

— Si tu arrêtes, j'arrête également, dit Bob en grimaçant. Si tu crois que je vais rester sans toi, tu es dingue.

— Eh bah, je ne vais pas rester *sans* l'un de vous les gars, s'accorda Chappy.

Ses paroles étaient devenues confuses à la suite de la dernière raclée qu'il avait subie, mais sa volonté quant à quitter l'armée avait été distinctement entendu.

Les trois hommes regardèrent Cal.

Il prit une profonde inspiration et grimaça juste après à cause de la douleur. L'un de ses yeux était gonflé et fermé, et l'homme que les médias avaient autrefois appelé « beau prince » ne l'était pas du tout en ce moment. Les terroristes avaient apposé leur marque sur sa chair. S'il sortait de ça – si le *moindre* d'entre eux sortait de cette captivité –, il aurait des rappels visibles de ses tortures chaque fois qu'il se regarderait dans le miroir.

— Qu'est-ce qu'on fera alors ? demanda Cal.

Ses mots étaient lents, bafouillés, difficiles à comprendre.

— Tout ce qu'on voudra, bordel, répondit Chappy. Mais je ne vivrai pas en ville.

— Bah moi, je n'irai pas vivre dans une putain de banlieue, répliqua Bob.

— Tant que je ne suis pas dans une cellule, enchaîné à un mur, je n'en ai rien à foutre de l'*endroit* où je vivrai, marmonna Cal.

— Pierre-Papier-Ciseaux, décida JJ.

— Hein ?

— Quoi ?

— Bon sang, mais c'est où, ça ?

— Pierre-Papier-Ciseaux. Pour décider où vivre, répondit-il.

Vu les circonstances, cela semblait ridicule de décider d'un endroit où s'enraciner une fois qu'ils auraient quitté l'armée. Surtout avec un jeu pour enfants. Mais ils avaient tous besoin de penser à autre chose qu'à la douleur qu'ils traversaient... et au moment où leurs ravisseurs allaient revenir pour leur en infliger davantage.

— Ça me paraît cool, dit Chappy.

— On ne devrait pas décider de ce qu'on fera pour gagner notre vie avant de choisir où vivre ? demanda Bob.

— Nan, répondit JJ en secouant la tête, appréciant l'idée de faire des plans pour leur avenir.

Il y avait probablement moins de 50 % de chance qu'ils *aient* un avenir mais, en cet instant, ils devaient se focaliser sur quelque chose de positif.

— On ne peut pas décider d'être chauffeurs de taxi et ensuite prendre la décision de déménager dans une campagne qui n'aura qu'un seul feu rouge. D'abord, on trouve où on a envie de vivre et, ensuite, on choisit une sorte de business à monter.

Il attendit que ses amis se mettent d'accord, puis continua :

— Alors, pensez tous à l'endroit où vous aurez envie de vivre quand nous retournerons aux States. Un endroit où vous avez toujours eu envie de vous installer. Un endroit qui vous appelle. Ensuite, je défierai Chappy à Pierre-Papier-Ciseaux, puis Cal et Bob joueront. Le gagnant de chaque partie jouera contre l'autre. Celui qui restera à la fin décidera où vivre. Marché conclu ?

Bob et Cal hochèrent la tête.

Un éclat de rire s'échappa des lèvres de Chappy.

— Nous avons tous conscience que c'est dingue, n'est-ce pas ? demanda-t-il. Je veux dire, nous sommes sur le point de décider de notre avenir, un avenir qui a une grande probabilité de ne jamais se réaliser vu l'endroit dans lequel nous nous trouvons actuellement, avec un jeu de hasard.

— Pourquoi pas ? demanda Bob. Tu as d'autres endroits où aller en ce moment ? D'autres plans ?

— Eh bah, tu sais, j'avais rencard avec cette nana, mais je suppose que je peux rester et jouer à des jeux de gosse avec vous, les gars, à la place.

Les quatre hommes ricanèrent sans bruit.

JJ avait parfaitement conscience que les chances de sortir de leur situation actuelle n'étaient pas bonnes. Mais avoir quelque chose à envisager ne pouvait que les aider à long terme.

— OK, Chappy et moi commencerons, dit JJ. Vous êtes

prêt ? Vous avez un lieu en tête ?

— Ouais.

— Moi aussi. OK, on compte jusqu'à trois. Un, deux, *trois* !

JJ tendit sa main ouverte à plat, indiquant le papier, alors que Chappy avait formé un poing.

— Merde ! dit JJ, un petit rictus sur le visage. Le papier bat la pierre. Je suppose qu'Hawaï est éliminée.

— Eh merde, je serais carrément monté à bord pour ça, gémit Cal. On a suffisamment entendu Mustang et sa bande parler du fait que c'était incroyable là-bas.

Mustang était un camarade, un membre des Forces Spéciales avec qui ils avaient bossé par le passé. Lui et son équipe des SEALs avaient clairement eu de la chance avec cette affectation. Aux dernières nouvelles, ils s'étaient tous installés et avaient formé leur famille.

Un pincement au cœur lui fit mal à cette pensée, plus mal que ce qu'il aurait imaginé.

JJ avait toujours voulu avoir sa propre famille. Une femme qu'il pourrait protéger et adorer et qui l'aimerait autant que lui. Et des enfants...

Il soupira. À trente-neuf ans, il se faisait trop vieux pour penser à avoir des enfants.

— OK, Cal et Bob, à votre tour. À trois... un, deux, *trois*, ordonna JJ.

Cal tendit deux doigts formant des ciseaux et la main de Bob était ouverte.

— Les ciseaux battent le papier, annonça JJ.

— Merde, marmonna Bob.

— Quel était ton choix ? demanda Chappy.

— New York. Rien de mieux que le tumulte de la plus grande ville du monde, dit-il avec tendresse.

— On dirait que ça va se jouer entre toi et moi, dit JJ à Cal.

Le regard de son ami était flou et la pupille de son œil – de celui qui n'était pas gonflé – était plus large qu'elle n'aurait dû l'être mais, puisqu'il n'y avait clairement rien que puisse faire JJ en cet instant pour aider autrement qu'en changeant les idées de Cal pour quelques minutes, il fit de son mieux pour dissimuler son inquiétude.

— Tu vas plonger, mon pote, le taquina faiblement Cal.

Les lèvres de JJ se tordirent. Ils étaient tous très compétitifs. Cela expliquait en partie pourquoi ils étaient de si bons soldats des Forces Spéciales. Ils n'aimaient pas échouer. N'aimaient pas quand les choses ne se déroulaient pas selon leurs plans.

— Vas-y, le railla-t-il. À trois. Un, deux, trois !

JJ forma un poing tandis que la main de Cal était à plat.

— Merde, soupira JJ.

— J'allais choisir pierre mais je ne pense pas pouvoir bouger tous mes doigts, blagua Cal.

C'était vrai, certains des doigts de ses amis étaient déformés et beaucoup sûrement brisés. La haine envers leurs kidnappeurs submergea presque JJ, mais il lutta contre ses émotions. Il y aurait un temps plus tard pour laisser sa colère s'échapper ; pour le moment, il devait garder son sang-froid. Ses coéquipiers comptaient sur lui pour être leur ancre.

— Je n'arrive pas à croire qu'on laisse le seul mec qui ne soit pas des States choisir où nous allons vivre, grommela Bob.

JJ était lui aussi quelque peu amusé par ce sujet mais un marché restait un marché et puisque Cal avait remporté le jeu, c'était à lui de décider où les quatre compères iraient s'installer.

— Tu gagnes, dit JJ à son ami. Mon choix allait se porter sur Nashville. Alors... Où allons-nous ouvrir boutique, Cal ?

— Le Maine. Il y a une ville sur le flanc ouest de l'État, près de la frontière avec le New Hampshire, qui s'appelle Newton. J'ai lu une coupure de journal là-dessus un jour...

— Tu te fous de moi ? demanda Bob. Le *Maine* ? Pitié, dis-moi que Newton est une grande ville.

Cal fit un sourire. Il était de travers et le mouvement faisait goûter le sang de sa joue jusqu'à son torse nu mais il ne semblait pas le remarquer.

— Nan. C'est au milieu de nulle part. Je pense qu'ils n'ont même *pas* un feu rouge. Il y a de la neige au sol six mois par an et le seul endroit où faire ses courses est un Dollar General[1]. La population est faible, du genre 2 100 habitants et quelques. De ce que j'en ai lu sur la coupure, ça ressemblait au paradis.

— Bon sang, grommela Bob. Mais qu'est-ce qu'on va foutre dans une ville pareille pour vivre ?

JJ soupira. C'était une bonne question...

— Je sais ce que nous ne ferons *pas*, révéla-t-il. Tout ce qui concerne la sécurité. Ou gardes du corps. Ou détectives privés. Trop de gens se barrent de l'armée pour faire ce genre de trucs de toute façon. J'en ai assez des armes. Ou de la mort. De mettre ma vie en danger pour les autres. Je veux faire quelque chose... de normal.

— Je suis d'accord, dit sérieusement Chappy.

— Moi aussi, suivit Bob. Mais sérieusement, qu'est-ce qu'on *fera* ? Regardons les choses en face, nous ne sommes en réalité pas qualifiés pour faire grand-chose d'autre que ce que nous avons déjà fait.

Il y eut un silence pendant un temps avant que JJ ne dise :

— Prenons le temps d'y réfléchir. Réfléchir au Maine. Réfléchir à ce que vous aimez faire de votre temps libre... et on ne rit pas. Oui, je réalise que nous n'avons jamais eu beaucoup de temps libre. Peut-être quelque chose que vous avez toujours voulu faire mais sans en avoir eu l'opportunité. Dans ce cas, nous rejouerons à Pierre-Papier-Ciseaux.

JJ ignorait s'ils allaient mener ces projets à bien, s'ils allaient vraiment laisser un jeu décider de leur destin mais, plus il pensait à emménager dans le Maine, plus l'idée lui paraissait attrayante. Il avait eu son content d'humanité ; les gens étaient d'une cruauté sans fin. Lui et ses hommes l'avaient personnellement vécue. Trop de gens étaient égocentriques, se croyaient tout permis, ne se sentaient concernés que par eux-mêmes et étaient trop désireux d'enfoncer leurs opinions dans le crâne des autres. À chaque année qui passait, il y avait moins de tolérance pour les différences, pour accepter les gens comme ils étaient.

JJ en avait assez de tout ça. Il emménagerait avec plaisir dans une petite ville calme et dormante, vivotant avec ses amis même si cela rendait son rêve de fonder une famille encore plus improbable. Trouver une femme qui pourrait voir au-delà de ce qu'il avait fait dans l'armée et l'aimer pour qui il était et ce qu'il était serait bien plus difficile sur les terres sauvages du Maine.

Dix minutes ou plus passèrent, et ce fut Chappy qui dit :

— Nous sommes prêts ?

— Faisons-le, répondit fermement Bob.

JJ défia Bob au premier *round* et Chappy joua contre Cal. Puis, ce fut au tour de Chappy et de Bob au *round* final.

Chappy dévoila un poing et Bob tendit deux doigts.

— Merde ! Je ne gagne jamais à ce stupide jeu ! s'énerva Bob.

Tout le monde ricana.

— Alors ? Qu'allons-nous faire pour le restant de nos vies ? demanda JJ à Chappy.

— Bûcherons, dit-il avec un large sourire.

— Tu te moques *vraiment* de moi, là, s'irrita Cal.

— Nan, répondit Chappy avec le même sourire suffisant sur le visage. J'imagine que le Maine dispose d'arbres. De beaucoup d'arbres. Je suis certain qu'ils tombent sans arrêt dans les jardins des habitants, sur les routes ou autre. Nous pouvons lancer un service d'entretien des arbres. Les couper, arracher les souches, ce genre de choses.

Pendant que Bob et Cal râlaient, JJ hochait la tête.

— Le sentier des Appalaches est dans le Maine également. Je ne sais pas si c'est loin de Newton... Cal ? Tu le sais ? L'article en parlait ?

— Ils ont parlé de sentier mais je ne savais pas à quoi ça faisait référence, admit Cal.

— Génial. Donc, les sentiers nécessiteront de l'entretien également. Nous pourrions gérer un service d'entretien des sentiers. C'est en réalité un vrai métier... des gens qui sont responsables de certaines parties d'un sentier. Ils s'assurent que c'est dégagé, maintiennent les balisages, surveillent le moindre campement dans leur zone et agissent généralement en tant qu'experts sur une section bien particulière, expliqua JJ.

— Tu veux dire qu'on pourrait en fait faire des randonnées sans se soucier de devoir se montrer furtifs ou de se soucier des gens qui pourraient nous suivre pour essayer de nous buter les miches ? demanda Bob. Je suis partant.

— Peut-être qu'on pourrait même nous engager comme guides, dit Chappy. Je veux dire, je ne pense pas que nous soyons occupés non-stop avec toute la partie concernant les arbres, alors nous pourrions escorter les gens qui manque-raient d'assurance sur le sentier ou qui se sentiraient simple-ment plus à l'aise en ayant quelqu'un qui soit familiarisé avec la zone pour les guider.

— Et nous pourrions aider quiconque sera perdu, ajouta Cal. J'ai un ami qui a fini son service militaire et qui vit mainte-nant en Virginie. C'est un chercheur et sauveteur volontaire.

— Vous vous souvenez de cette femme qui s'est perdue il y a quelques années ? demanda JJ. Géraldine Largay ?

— Ouais. Elle est sortie du sentier pour aller aux toilettes et s'est trompée de chemin. Il y a eu d'énormes recherches, mais son corps n'a été trouvé que deux ans plus tard ou plus. Elle est morte d'hypothermie et de faim.

Ils se firent tous silencieux pendant un temps, se souvenant de la tragédie.

— Je suis partant, confirma Bob.

— Moi aussi, dit Cal.

— Je suis le troisième, dit JJ en hochant la tête.

— Jack's Lumber.

— Quoi ? lui demanda Bob.

— C'est comme ça qu'on appellera notre affaire. En hommage à JJ, qui a toujours été notre chef. Et pour faire un jeu de mots avec bûcherons.[2]

Tandis que les trois autres hommes discutaient des services qu'ils pourraient proposer, des montants à facturer, de l'endroit ils pourraient avoir envie de vivre, JJ se détendit contre le mur très dur derrière lui, un nœud dans la gorge. Le plan pour distraire ses amis avait fonctionné ; ils ne redoutaient plus le retour de leurs ravisseurs. Ne pensaient pas à la douleur qu'ils éprouvaient.

Ils avaient un espoir pour un futur meilleur.

Maintenant, tout ce qu'ils devaient faire, c'était sortir de ce trou à rats et mener leurs plans à bien. Il faudrait de l'argent – que les quatre hommes possédaient puisqu'ils avaient eu peu d'occasions de dépenser le fric gagné avec les années – de la détermination, des efforts et une ouverture d'esprit.

Pour la première fois depuis des années et malgré leur délicate situation, JJ réalisa qu'il était emballé par l'avenir. Leurs ravisseurs avaient tenté de les briser, de les démoraliser. De les anéantir et de les mettre à terre, psychologiquement comme physiquement. Et il y aurait encore probablement davantage de torture de ce genre devant eux. Mais pour le moment, les quatre hommes avaient un but à atteindre. Un plan.

Si ça ne tenait qu'à JJ, rien ni personne ne les empêcherait d'aller à Newton, dans le Maine, et de commencer leur nouvelle vie.

CHAPITRE UN

Riggs Chapman – dit Chappy – avait le sourire en approchant de son chalet, le calme se faisant instantanément. Il était difficile de croire que trois années s'étaient complètement écoulées depuis ce jour où, dans une cellule froide, lui et ses amis avaient décidé de leur futur. À cette époque, c'était un rêve fou. Il était parfaitement conscient que JJ s'était accroché aux branches, désespéré, essayant de les aider à penser à tout sauf à leur déprimante situation. Mais plus ils avaient parlé de Jack's Lumber et d'aller vivre dans le Maine, plus Chappy l'avait désiré.

Et ils l'avaient fait.

Ils avaient été secourus par une équipe d'hommes de la Navy et de l'armée qui avaient collaboré. Les soldats avaient déferlé comme les bagarreurs qu'ils étaient, avaient tué chacun de leurs ravisseurs, puis avaient fait sauter la montagne dans laquelle ils avaient été retenus captifs.

Au départ, l'arrivée de leurs sauveteurs dans le pays avait causé un petit incident diplomatique, mais parce que les terroristes avaient joyeusement partagé les vidéos des tortures que

Chappy et les autres avaient subies, le gouvernement n'avait pas pu vraiment protester quant aux équipes des Forces Spéciales venues les secourir.

Ce fut la dernière mission de son équipe. La paperasse pour qu'ils quittent l'armée avait commencé longtemps avant que leurs blessures physiques ne soient guéries. Chacun d'entre eux luttait encore avec les conséquences mentales de ce qu'ils avaient vécu, de ce qu'ils avaient vu au cours des années et les missions auxquelles ils avaient participé. Mais le choix de déménager dans le Maine s'était révélé être tout simplement ce dont ils avaient eu besoin pour apaiser leurs âmes.

Encore plus surprenant, leur affaire avait pas mal décollé dès le premier jour. S'il y avait une chose dont le Maine ne manquait pas, c'étaient les forêts. Et avoir quatre hommes disposés et capables de s'occuper du travail physique que cela demandait pour s'affairer à n'importe quel genre de problème impliquant des arbres signifiait qu'ils étaient constamment occupés.

Tellement occupés qu'ils avaient dû engager une assistante administrative moins d'un an après pour que tout reste en ordre.

Chappy venait d'achever son dernier guide du sentier des Appalaches de la saison, et pile à l'heure également. Une énorme tempête hivernale approchait, prévoyant de déverser au moins soixante centimètres de neige dans la zone.

Le premier hiver que Chappy et ses amis avaient passé dans le Maine avait été un choc. Ils s'étaient attendus au froid et à la neige, mais pas à ce que ce soit aussi froid et neigeux en réalité. Aujourd'hui, avec seulement deux saisons à leur actif, ils avaient l'impression d'être de grands professionnels de l'hiver du Maine.

Chappy ricana tout seul ; il imaginait bêtement Mère Nature, assise dans un bar, qui lisait dans leur esprit et disait

« Surveillez ma bière ! » au barman tout en relevant ses manches.

Avant d'arriver dans le Maine, Chappy n'avait jamais vu soixante centimètres de neige de ses yeux. Désormais, il ne pourrait penser à un meilleur endroit pour en faire l'expérience que le petit chalet dans les bois qu'il habitait quand il avait besoin de temps pour lui.

Il n'était pas immense, une pièce avec une petite salle de bains dans le fond, en gros. Il avait travaillé dur pour le raccorder, pour installer une fosse septique et le système d'eau. Il n'y avait pas d'électricité, mais il disposait d'un générateur qu'il faisait fonctionner quand il avait besoin de charger son ordinateur ou l'eau chaude pour prendre une douche. C'était un chalet tout simple et il lui convenait parfaitement.

Les copains avaient râlé quant au fait de venir ici juste avant une énorme tempête, mais il leur avait assuré qu'il irait bien. Même s'il se retrouvait bloqué par la neige, il avait un tas de nourriture, la neige lui procurerait de l'eau quand il en serait à court et il n'avait aucune intention de faire autre chose que se détendre.

Comme si le fait de penser à ses amis les avait fait apparaître, le téléphone satellite posé sur le siège passager sonna pendant que Chappy était en train de garer son véhicule.

— Ça ne fait même pas une heure ! Je vais *bien*, dit-il en guise de salutation.

Il ignorait lequel de ses amis était à l'autre bout du fil mais, étant donné que seules quatre personnes au monde avaient ce numéro, c'était soit Cal, Bob, JJ ou April... et il doutait fortement que ce soit leur assistante. Elle ne l'appelait jamais. Ni Bob ni Cal d'ailleurs.

April Hoffman était une bénédiction. Extrêmement organisée et complètement imperturbable. Rien ne semble l'agacer, pas même leurs mauvaises humeurs occasionnelles ni les clients stressés. Elle n'avait même pas cligné des yeux quand ils avaient étendu ses responsabilités pour y inclure la gestion des réservations de leur service de guide du sentier des Appalaches. Elle avait également eu une tonne d'idées géniales ces deux dernières années pour rendre leur boulot plus facile et leurs clients plus satisfaits.

Chappy était persuadé qu'une large partie de leur succès revenait à April. Mais si elle se faisait du souci pour quoi que ce soit, elle appellerait JJ et il serait celui qui transmettrait ses inquiétudes à l'équipe.

— Je voulais juste savoir si tu étais déjà arrivé là-bas, dit JJ.

— Je suis justement arrivé au chalet il y a deux secondes, répondit Chappy. Je n'ai même pas encore eu le temps de sortir de ma Jeep.

— Eh bien, tu ferais mieux d'y aller car le type de la météo a dit que la tempête allait frapper plus tôt que les médias ne l'avaient prévu. Et pour que ce soit plus drôle, ça va commencer avec de la pluie, puis de la grêle avant que ça ne tourne à la neige.

— Fait chier, marmonna-t-il.

— Ouais. Tu as encore le temps de revenir à Newton, lui confie JJ.

Chappy ricana.

— Ça n'arrivera pas.

— Tu vas bien ? demanda JJ.

Là était l'une des nombreuses raisons pour lesquelles Chappy admirait Jackson. Il n'avait pas peur d'être honnête et de poser des questions sur sa santé mentale. Il ne se dérobait pas devant ses symptômes de stress post-traumatique ni devant ceux de son équipe, et il était particulièrement attentif à Cal. Sur les quatre d'entre eux, Cal était sorti de captivité avec le plus de cicatrices. Sans mentionner qu'il avait bénéficié de la plus grande attention des médias, étant de sang royal.

Ça le rongeait, ils le savaient tous, mais il gardait toujours son sang-froid et ne laissait jamais personne savoir que ses expériences avaient pris le contrôle de son âme... excepté JJ. Leur chef pouvait toujours percer la glace qui semblait encercler Cal et l'inciter à s'ouvrir et admettre qu'il était en pleine lutte.

— Je vais bien, le rassura Chappy. Prêt pour cette petite pause.

— Le dernier groupe que tu as emmené sur le sentier a été pénible, hein ?

Chappy expira lourdement.

— C'est une façon de les décrire...

Il avait emmené trois nanas de fac pour une randonnée de deux nuits sur le sentier des Appalaches et elles n'avaient rien fait d'autre que de se plaindre tout le temps. Leurs pieds étaient blessés, leurs dos leur faisaient mal, leurs sacs étaient trop lourds, elles avaient faim, le café était dégueulasse, les refuges dans lesquels ils s'étaient rendus étaient trop froids... les plaintes s'étaient accumulées.

Quand Chappy leur avait fait ses adieux lorsqu'on était passé les prendre au point d'arrêt dédié, il s'était senti complètement soulagé de se retrouver seul. Il avait pris son temps lors de son trajet de retour, qui lui avait pris deux jours, prenant des notes sur les marqueurs présents sur le sentier ayant besoin d'être repeints et sur les arbres qui allaient probablement tomber sur le chemin lors du prochain hiver, ayant besoin d'être coupés et dégagés pour le printemps. Quand il eut fini par revenir à Newton, il était prêt à faire une pause.

— Eh bien, si tu as besoin de quoi que ce soit, appelle. J'en serais fâché si tu ne le faisais pas, dit JJ d'un ton sévère. Besoin d'une extraction, et on s'en charge.

— Les routes du coin vont être impraticables, et tu le sais, lui dit Chappy.

— M'en fiche. Si tu as besoin d'aide, on sera là. De plus, tu sais que ça enchantera Bob d'avoir l'occasion de sortir son camion doté de ce nouveau chasse-neige.

Cela fit rire Chappy. JJ n'avait pas tort. Dans leur petite bande, Bob était le plus à l'aise dans la nature, ce qui était plutôt marrant puisqu'il avait voulu vivre à New York. Il s'était habitué à la vie dans le Maine comme s'il y était né. Il se portait volontaire pour les plus longs parcours sur le sentier des Appalaches en tant que guide et était toujours celui qui voulait grimper à un arbre pour atteindre les plus hautes branches qui devaient être taillées.

— J'apprécie, dit Chappy à JJ.

— Et je sais que je n'ai pas besoin de le dire, mais je vais le faire de toute manière... La pluie avant la neige va rendre le manteau neigeux instable. Ce n'est pas parce qu'il n'y a pas eu d'avalanche dans la zone depuis un long moment que ça veut dire qu'il n'y en aura pas.

— Laisse-moi deviner, April t'a accaparé et t'a rempli la tête de statistiques, du nombre d'avalanches ayant eu lieu dans l'État ainsi que des conditions météorologiques idéales pour qu'elles se produisent, dit Chappy avec le sourire.

— Tu as trouvé du premier coup. Mais elle a marqué un point. Il y en a eu une à Baxter State Park, il y a seulement deux ans de ça. Et le fait que tu te trouves au pied du Mont Baldpate ne m'enchante pas.

— Ça ira pour moi, Maman, le taquina Chappy.

— Je suis sérieux ! le contredit JJ, l'air grincheux.

— Je sais. Mais ce chalet est à plus d'un kilomètre de l'endroit où les avalanches sont susceptibles d'arriver, si jamais ça arrive.

— Très bien. Alors, savoure ton break passé loin des tumultes de Newton.

Chappy éclata de rire.

— Oui, oui, tu vas moucharder auprès April si je ne donne pas de nouvelles tous les deux jours ?

Ce fut au tour de JJ de ricaner.

— Pas besoin de moucharder. Elle va être sur mon dos, désireuse de savoir si je t'ai parlé et si tout va bien. Si tu ne te manifestes pas, elle trouvera probablement un moyen de se rendre là-haut pour constater elle-même que tu es en un seul morceau.

— Elle le ferait, n'est-ce pas ? songea Chappy.

— Oui. Alors, installe-toi, savoure ta solitude et appelle-moi afin que je puisse la rassurer quant aux faits que tu vas bien et que tu n'as pas besoin d'être secouru.

Chappy sourit. Lui et les autres pouvaient bien râler du fait qu'April était une mère poule mais, la vérité, c'était que ça faisait du bien. Il n'était pas proche de sa famille biologique, il ne parvenait même pas à se rappeler de la dernière fois qu'il avait parlé à sa propre mère.

— Je le ferai. On se reparle bientôt.

— À plus.

Chappy désactiva son téléphone et s'extirpa de sa Jeep. Il avait pas mal de boulot à faire avant que le pire de la météo ne commence.

Dès qu'il eut cette pensée, une goutte de pluie lui tomba sur le nez. JJ n'avait pas tort, le temps changeait *bien* plus vite qu'annoncé. Levant les yeux, il vit le sommet des arbres être balayé par un vent fort. Il fronça les sourcils et nota mentalement les arbres qui nécessitaient un élagage. Il était trop tard maintenant, bien entendu, alors il allait devoir espérer qu'ils tiendraient le coup sous le poids de la neige à venir. Ça craindrait si un des gros arbres s'effondrait sur son chalet.

Prenant une grande inspiration et tâchant de ne pas s'attirer d'ennuis, Chappy retourna à son chalet. Il fallait qu'il apporte ses provisions à l'intérieur, s'assure que le générateur était rempli et opérationnel, s'assure qu'il y avait assez de bois de chauffage stocké sur le porche pour durer un temps et ce qu'il semblait être comme une centaine d'autres petites corvées.

Il avait trois nouveaux livres à lire, rejoignant les douzaines qu'il avait apportées ici ces deux dernières années et qui reposaient sur les étagères à l'intérieur. Il souhaitait passer deux semaines agréables, relaxantes et ennuyeuses avant de redescendre à Newton pour faire son boulot au sein de Jack's Lumber.

⁂

C'était officiel.

Carlise Edwards était perdue.

Elle avait commencé à conduire l'avant-veille, ayant pour unique but de s'enfuir. De quitter Cleveland. Loin de la personne qui la traquait.

Elle était quasi certaine que c'était son ex-petit ami.

Au début, Tommy avait semblé représenter tout ce qu'elle recherchait chez un homme... mais en peu de temps, il était devenu possessif et jaloux. Violent. Et s'il y avait une chose qu'elle ne tolèrerait pas, c'était un compagnon violent.

Elle avait déjà vu sa mère lutter pour rendre le père de Carlise heureux, en vain. L'homme l'avait frappée plus de fois que Carlise n'avait pu compter et sa mère s'était confondue en excuses devant lui pendant longtemps.

Alors, quand Tommy s'était mis en colère une fois rentré à la maison après le boulot pour constater qu'elle n'avait pas préparé son dîner, la bousculant suffisamment fort pour que Carlise trébuche et tombe, venant se frapper la tête sur le comptoir avant de s'affaisser sur le sol, elle en avait eu assez. Elle savait comment les choses allaient devenir. Il s'excuserait, promettrait qu'il n'avait pas voulu lui faire de mal, jurerait que ça n'arriverait plus... jusqu'à ce que ça recommence. Son comportement dégénérerait probablement jusqu'à ce que Carlise doive cacher ses contusions et inventer des excuses pour ses fractures.

Ça n'allait pas arriver. Elle l'avait plaqué sans hésiter.

Il ne l'avait pas bien pris. D'abord, il l'avait suppliée de lui accorder une autre chance mais, comme ça n'avait pas marché, il était devenu obnubilé. Il la suivait partout où elle allait, débarquait à son appartement, l'appelait, lui envoyait des messages à toute heure du jour et de la nuit. Son comportement était alarmant et avait duré des semaines.

Puis, il était devenu destructeur, peignant le mot « pute » sur sa porte d'entrée et lacérant ses quatre pneus. Enfin elle avait *supposé* que le vandalisme soit du fait de Tommy. Elle ne pouvait en être certaine puisqu'elle ne l'avait jamais pris sur le fait. Il avait également commencé à la harceler avec un numéro et une adresse e-mail qu'elle n'avait pas reconnus, comme s'il avait soudain réalisé que laisser une trace électronique n'était pas très futé.

Mais ce n'était pas comme si elle n'avait pas subi tous les autres messages et e-mails avec son nom d'affiché, et elle ne pouvait imaginer quelqu'un d'autre dans sa vie désirer lui endommager ses biens.

Ses appels et messages initiaux, ses filatures... tout cela avait été déjà effrayant mais, à partir du vandalisme, elle avait *vraiment* commencé à s'inquiéter. Elle avait confié ses inquiétudes à sa mère et sa meilleure amie, Susie. Bien qu'elles lui aient dit d'être prudente, aucune des deux n'avait offert plus qu'une oreille compatissante.

Elle était également allée voir la police et avait obtenu une ordonnance restrictive provisoire, mais elle se doutait qu'un morceau de papier n'empêcherait pas Tommy de poursuivre son harcèlement. Elle avait eu raison. Des messages et des e-mails encore plus mauvais avaient suivi.

Finalement, Carlise avait décidé de quitter la ville pour un temps. Peut-être que, si elle n'était pas dans le coin, Tommy finirait par continuer sa vie. Par complètement oublier Carlise.

Heureusement, elle avait un job qu'elle pouvait faire partout. Elle traduisait des livres français en anglais. Au début, elle avait détesté la langue, quand elle avait commencé son apprentissage au collège, mais elle avait fini par apprendre à l'aimer, se rendant compte qu'elle avait une affinité naturelle pour parler et écrire en français. Et, bien entendu, l'année qu'elle avait passée dans un collège de France avait été la meilleure chose qu'elle aurait pu faire pour vraiment s'initier à la langue.

Elle était en quelque sorte tombée dans le domaine de la traduction. Elle avait vu le post sur un média social d'une autrice française qui voulait savoir si quelqu'un pouvait lire un extrait de son livre et lui assurer que l'anglais était correct – ce qui n'était pas le cas –, et cela était progressivement devenu une carrière, de traduire des livres du français vers l'anglais. Cela lui aurait été égal de traduire dans l'autre sens également, mais la plupart des traducteurs qui convertissaient un texte en français étaient des natifs.

Elle venait tout juste de télécharger un nouveau manuscrit, alors elle n'aurait pas besoin d'Internet pendant un temps, bien qu'elle doive à un moment donné se connecter et gérer de nouvelles demandes de traduction, tout comme vérifier ses e-mails. Carlise avait été quelque peu réticente à le faire ces derniers jours, au cas où Tommy pourrait, d'une manière ou d'une autre, la pister. Elle savait que c'était fortement improbable et elle ne le pensait pas suffisamment malin pour savoir comment faire une telle chose, mais elle ne voulait pas courir le moindre risque.

Elle avait juste besoin d'une pause. Elle était devenue hésitante à l'idée de quitter son appartement, nerveuse de se rendre au magasin... d'aller *n'importe où*, vraiment, de peur de le croiser. Après l'incident des pneus, elle avait eu pour inquiétude que ses menaces s'aggravent, que Tommy fasse passer sa frustration et sa colère sur elle de façons bien plus dangereuses.

Cela ne l'étonnerait pas qu'il brûle son immeuble entier tandis qu'elle serait à l'intérieur.

Donc, elle avait pris la route sans en parler à personne excepté à sa mère, sans lui dire où elle se rendait car... eh bien, elle *ignorait* où elle se rendait. Elle n'avait pas de destination en tête, son unique plan étant de sortir de la ville et de se poser quelque part.

Elle avait quitté Cleveland avant l'aube deux jours avant. Et manifestement, elle aurait dû accorder plus de réflexion à son plan. Elle avait changé de direction plus d'une fois, se dirigeant d'abord vers le sud, puis avait poursuivi vers l'est pour aller finalement au nord.

Le problème était qu'elle ne savait pas si elle serait protégée de Tommy *quelque part*.

Et pire, plus elle conduisait, plus elle ne pouvait s'empêcher de penser que tout ce qui était arrivé était en partie *sa* faute. Ce qui était dingue. Tout ce qu'elle souhaitait, c'était trouver un homme qui l'aimerait autant qu'elle l'aimerait. Pas quelqu'un qui se fâcherait pour un truc stupide et qui lui ferait du mal.

Ce matin, Carlise se trouvant dans le Maine, elle eut soudain l'impression de pouvoir respirer pour la première fois depuis des semaines. Complètement charmée par les petites villes sur sa route, elle décida d'en trouver une avec un hôtel, peut-être un joli centre-ville qu'elle pourrait explorer, pour en faire son pied-à-terre pour deux semaines avant de rentrer dans l'Ohio. Ayant bon espoir que, d'ici là, toute cette sale histoire avec Tommy se serait envolée.

Elle avait volontiers choisi des petites routes, profitant des forêts calmes et des routes tranquilles... jusqu'à réaliser qu'elle n'avait pas vu de panneau ni même d'autres voitures depuis un certain moment. Elle avait brièvement consulté son téléphone mais le réseau était sporadique, au mieux, dans les zones lourdement boisées. Son application GPS était inutile.

Et comme si ça ne suffisait pas, la météo avait tourné au vinaigre... rapidement. D'abord, ce fut une pluie froide qui s'était vite transformée en neige fondue. Désormais, il neigeait tellement que Carlise ne pouvait voir au-delà de quelques mètres devant son véhicule.

Elle ne pouvait revenir sur le chemin d'où elle venait, car elle savait qu'il n'y avait rien derrière elle sur des kilomètres. Elle n'avait pas traversé de ville depuis un bon moment, ni restaurants, ni stations essence. Elle avait juste conduit dans le but de trouver un genre de civilisation. En désespoir de cause, elle avait pris une sorte de voie d'accès – à peine plus qu'un large chemin, vraiment –, se disant qu'elle existait forcément pour une raison. Qu'elle devait mener à un village ou même à quelques maisons, au hasard.

Jetant un œil au siège à côté d'elle, elle fit la grimace. Elle avait la moitié d'une bouteille d'eau, un Snickers, un assortiment de fruits secs et deux petits donuts, cela étant les restes de la dernière fois qu'elle s'était arrêtée pour de l'essence, quelques heures auparavant. Son bec sucré avait été plus fort qu'elle et elle avait joyeusement mangé en conduisant, sans s'inquiéter du dîner ni du prochain endroit où elle allait pouvoir trouver quelque chose à manger.

Et voilà où elle en était maintenant, perdue quelque part dans le Maine, conduisant aveuglément dans une tempête de neige... et morte de peur. Elle avait merdé. Méchamment. Au moins, elle avait des bottes de randonnée ainsi qu'une valise remplie de vêtements chauds dans le coffre de sa Honda CR-V.

Le véhicule était plutôt efficace pour la plupart des mauvais temps, mais cette tempête s'avérait un peu trop conséquente pour que le petit SUV puisse y faire face.

Dès que cette pensée lui traversa l'esprit, un arbre apparut soudain devant elle.

La route avait dû tourner mais, à cause de la visibilité quasi nulle, elle ne l'avait pas remarqué. Au lieu de ça, elle avait conduit tout droit dans les bois.

Carlise écrasa instinctivement la pédale de frein, la voiture continuant d'avancer en glissant sur la neige fondue. Son pare-chocs avant heurta l'arbre, et le corps de Carlise fut envoyé brutalement vers l'avant. Elle se cogna la tête sur le volant suffisamment fort pour voir des étoiles.

— Zut, zut et flûte ! marmonna-t-elle, prenant une grande inspiration avant de poser la main sur son front.

Elle ne saignait pas – Dieu merci –, mais elle avait probablement une énorme bosse sur la tête désormais. Le moteur de la voiture s'était arrêté quand elle avait heurté l'arbre et, bien qu'elle eût le sentiment que c'était inutile, elle tourna la clé de contact.

Le SUV d'habitude fiable ne démarrait pas.

Fermant les yeux, Carlise fit de son mieux pour ne pas pleurer. Elle avait un très gros ennui en cet instant et elle le savait. Il commençait à faire noir dehors et elle était perdue. Pas seulement ça, mais le vent s'était intensifié et la neige tombait si fort qu'elle savait qu'à la seconde où elle s'éloignerait du véhicule, elle serait désespérément plongée dans une blancheur aveuglante.

Prenant une grande inspiration, Carlise ouvrit les yeux. Elle ne pouvait pas rester ici. Elle devait trouver un *endroit* où s'abriter. Elle avait vu de rares chalets nichés dans les arbres lorsqu'elle conduisait, espérant tomber sur une pseudo-ville. Aucun n'avait semblé occupé et deux étaient en ruines... mais atterrir dans un chalet abandonné était mieux que d'être ensevelie dans sa voiture.

Carlise n'était, en général, pas une femme du genre pessimiste. Elle faisait ce qui devait être fait même si ce n'était pas agréable... comme rompre avec Tommy. Ne voulant pas se souvenir de ce jour-là – ni de l'état de rage dans lequel il s'était mis –, elle défit sa ceinture de sécurité et se tourna pour ramper sur la banquette arrière. Elle avait besoin d'atteindre sa valise, d'enfiler autant de couches de vêtements que possible, puis d'entamer sa marche.

Au moment où elle fut prête comme elle se devait de l'être, Carlise se sentit nauséeuse. En partie à cause du coup qu'elle avait reçu sur la tête, mais aussi parce qu'il y avait de grandes chances pour qu'elle ne trouve pas de chalet dans lequel patienter le temps de la tempête. Elle avait pu survivre au harcèlement de Tommy, mais ça semblait n'être rien comparé à la tentative de trouver un refuge dans une tempête de neige du Maine.

D'un coup d'épaule, elle enfila son sac à dos, regrettant sa décision de prendre son ordinateur et son iPad car ils ne faisaient que peser davantage. Mais elle avait suffisamment procrastiné. Si elle devait partir, elle devait le faire maintenant.

Inspirant profondément, Carlise poussa la portière pour l'ouvrir et s'engagea dans cet enfer d'un blanc aveuglant.

Le vent froid lui coupa immédiatement le souffle et rendit ses yeux humides. Bien sûr, cela n'améliora pas sa vue, des larmes gelant aussitôt formées dans ses yeux. Les clignant rapidement, Carlise se servit de ses mains gantées pour ajuster l'écharpe sur son visage, la resserrant davantage sur sa peau avant de se motiver à s'éloigner d'un pas de la voiture. Puis d'un autre. Et d'un autre.

Elle trouva la route – en tout cas, ce qu'elle supposait être une route – et sentit une étincelle d'espoir. Elle la suivit simplement. Soit quelqu'un allait arriver, soit elle passerait devant un autre de ces chalets isolés.

Refusant de penser au fait qu'elle ne parvenait pas à voir devant elle au-delà de deux mètres – et encore moins un chalet dissimulé dans les arbres qui étaient denses tout autour d'elle –, Carlise baissa la tête face au vent et avança péniblement.

CHAPITRE DEUX

Chappy poussa un grognement. Il se sentait mal.

Il s'était senti bien quand il était arrivé au chalet. Jusqu'à ce qu'il porte le dernier tas de bois de chauffage qu'il avait coupé durant sa précédente visite sur le long porche couvert, l'ayant empilé avec soin dans un coin en prévision de la tempête, et qu'il avait ressenti le premier signe que quelque chose n'allait pas.

Sa gorge lui faisait mal quand il déglutissait et ses muscles étaient douloureux comme s'il avait grimpé une crête monta-gneuse et dangereuse en Afghanistan pendant des heures, comme l'une des nombreuses qu'il avait traversées quand il était parti en mission dans le pays.

Il détestait être malade. *Détestait* ça. Et la dernière chose qu'il désirait, c'était d'être malade maintenant. Il avait des plans. Des livres à lire. De la neige à regarder tomber. De la relaxation à expérimenter. Il ne voulait pas se sentir comme une merde pendant ses vacances.

Soupirant, il fit un feu dans le foyer et se pelotonna sous un tas de couvertures.

Il adorait ses couvertures. Les gars se moquaient tous de lui, mais Chappy s'en fichait ; plus la matière était douce et duveteuse, mieux c'était. Il n'y avait rien de plus réconfortant que d'avoir bien chaud, confortablement installé sous une couverture, avec un feu qui crépitait et un livre dans la main.

Sauf que son crâne lui faisait mal, que ses muscles étaient douloureux et que sa gorge lui donnait l'impression d'avoir avalé du verre plutôt que de l'eau.

— Putain de grippe, marmonna-t-il.

Quelques secondes plus tard, comme il était disposé à s'endormir, dans l'espoir que du repos l'aiderait... quelque chose attira son attention. Il s'assit sur le divan et inclina la tête.

Un bruit provenant du jardin devant son chalet ?

Non. Sur le porche.

Se disant qu'il s'agissait probablement d'un animal sauvage tentant d'échapper au vent et à la neige, Chappy l'ignora. Jusqu'à ce qu'il l'entende de nouveau. Quelque chose se déplaçait.

Si c'était un ours, il fallait qu'il lui fasse peur afin qu'il n'essaie pas d'entrer dans le chalet. Il n'avait pas vu beaucoup d'ours dans le coin, mais il y en avait, même en hiver.

Rejetant sa couverture, Chappy se mit debout et chancela sur ses pieds un moment.

Jurant à cause de sa faiblesse, il se rendit à la fenêtre à l'avant du chalet et passa la tête. Il ne voyait rien d'autre que de la blancheur. Il alla jusqu'au portemanteau près de la porte et en ôta sa parka, glissa les pieds dans les bottes qu'il avait retirées plus tôt et saisit le fusil de chasse qu'il gardait non loin, au cas où. Il n'allait pas tirer sur l'ours ou peu importe l'animal qui était sur son porche, mais il pourrait tirer en l'air pour l'effrayer.

Avec précaution, il entrouvrit la porte et le vent froid le fit violemment frissonner. Se tenant prêt avec le fusil, Chappy jeta un coup d'œil dehors.

D'abord, il ne remarqua rien. Puis, il entrevit le chien le plus pitoyable qu'il eût vu de sa vie. Il ne parvenait pas à croire que ce machin soit encore en vie. Il pouvait voir qu'il s'agissait d'un mâle et qu'il était si maigre qu'il pouvait voir les côtes sur ses flancs. Les os de son bassin ressortaient d'une façon choquante et sa tête était énorme. Elle devait faire au moins la moitié de son poids en ce jour.

C'était un genre de pitbull. Noir. Sa fourrure ressortait dans la neige blanche. Il ne faisait pas un bruit. Ne grognait pas, n'aboyait pas. Il était simplement debout dans la tempête comme s'il ne remarquait même pas qu'elle faisait rage autour de lui.

— D'où est-ce que tu viens ? demanda Chappy, sa voix sonnant plus profonde et plus gutturale que d'habitude.

Bien entendu, il n'obtint aucune réponse.

— Tu veux entrer ? demanda-t-il, ouvrant un peu plus grand la porte.

En réponse, le chien recula d'un pas, mais ne rompit pas le contact visuel avec Chappy.

Il ne voulait pas laisser le chien dans la tempête. Il n'y survivrait pas du tout, étant donné son état. Mais il ne pouvait pas non plus rester sur son porche pendant des heures, avec la porte ouverte, à essayer de gagner la confiance du chien.

— Allez ! l'amadoua-t-il. Je ne vais pas te faire de mal. Il fait chaud à l'intérieur. J'ai de la nourriture et de l'eau. Tu peux rester d'un côté et, moi, je resterai sur le canapé.

Le chien fit un pas vers lui, et l'espoir de Chappy grandit. Mais alors, la bête tourna la tête et regarda dans la tempête, puis revint vers Chappy avant de gémir.

— C'est ridicule, marmonna-t-il dans sa barbe

Il avait la grippe et se sentait mal, bon sang !

Toutefois, il y avait quelque chose chez ce chien qui le retenait de retourner à l'intérieur et de l'oublier. Quelque chose dans son attitude qui déclenchait un souvenir oublié depuis longtemps chez Chappy. Une mission, il y a des années.

Ils avaient été déployés avec un groupe d'hommes et de femmes de la Royal Australian Air Force. Le groupe avait des chiens policiers et s'en servait pour trouver les engins explosifs qui ne s'étaient pas déclenchés dans le désert. Il avait été fasciné par la façon dont les chiens communiquaient avec leurs dresseurs. Ça avait été une vision impressionnante, et de voir à quel point les dresseurs avaient confiance en leurs chiens et vice-versa lui avait ouvert les yeux.

Ce qui frappa Chappy en cet instant, de fut la manière dont l'animal errant, mourant de faim et probablement gelé, agissait exactement comme l'un de ces chiens militaires professionnels. Comme s'il essayait de communiquer quelque chose à Chappy.

— Qu'est-ce qu'il y a, mon grand ? demanda-t-il. Tu veux que je voie quelque chose ? Peut-être une maman toutou avec ses chiots ?

Le chien aboya. Un truc du genre. C'était un bruit étrange, vraiment, pas tout à fait comme un aboiement, mais Chappy savait qu'il ne pouvait pas l'ignorer. S'il y avait une portée de chiots pour de vrai, ils ne s'en sortiraient absolument pas dans la tempête. La neige tombait avec violence et elle continuerait à s'accumuler. Ils en avaient encore pour au moins quarante centimètres de bonne grosse neige.

— Bon sang ! marmonna Chappy tandis qu'il se baissait pour placer son fusil sur le plancher du porche avant de commencer à bien lacer ses bottes. Donne-moi une seconde, et nous irons voir ce que tu veux me montrer.

Il se redressa, s'empara du fusil comme précédemment, prenant un moment pour se préparer contre le mur du chalet avant de retourner à l'intérieur.

Chappy posa l'arme près de la porte, s'approcha d'un buffet contre le mur, retira rapidement son blouson et enfila un pull par-dessus le T-shirt à longues manches qu'il portait déjà. Il attrapa son chapeau et son écharpe, puis enfila son manteau. Quand il fut aussi emmitouflé que possible, Chappy retourna à la porte.

Une partie de lui espérait que le chien était parti. Qu'il serait tiré d'affaire sans avoir eu à essayer de deviner ce que l'animal essayait de lui dire. Quand il ouvrit la porte du chalet et dirigea une lampe de poche dans la tempête, le chien était assis là où il l'avait vu pour la dernière fois.

Dès que Chappy descendit du porche, le chien se tourna et commença à marcher en direction de la route. Qui n'était pas une route en soit, plutôt une deux-voies terreuse et sinueuse qui était reliée à une route de campagne d'un côté et à un cul-de-sac de l'autre.

Le chalet de Chappy était loin des sentiers battus, et c'était ce qu'il appréciait. Toutes les fois où il était venu ici, il n'avait reçu aucun visiteur à part ses amis, et il ne les comptait pas comme des visiteurs... ils étaient de la famille. Personne n'était tombé par hasard sur son chalet pour demander la direction.

Tremblant et pestant contre son corps et le virus de la grippe qui étaient en train de lutter, Chappy marcha péniblement jusqu'au chien.

— Dix minutes ! marmonna-t-il. C'est tout ce que tu auras, le chien. Parce que c'est dingue.

Moins de cinq minutes plus tard, la neige faisant de chaque pas un gros effort, Chappy était prêt à faire demi-tour et retourner au chalet quand, contre toute attente, il crut voir quelque chose au loin.

Il stoppa son élan et cligna des yeux. Le chien se tenait au milieu de la longue voie privée de Chappy. Ils en étaient presque au bout, là où le chemin rejoignait ce qu'une carte appellerait une route. Se tenant là, la forme au loin se rapprocha lentement.

C'était une personne.

Chappy n'aurait pu être plus choqué. Mais que faisait une personne là, dehors, dans cette tempête ?! Ça n'avait aucun sens ! Tout comme ça n'avait aucun sens qu'un chien ait mené Chappy tout droit vers cette personne. S'il avait ignoré le chien, ou attendu plus longtemps pour savoir quel genre d'animal avait fait le bruit, ou s'il avait pris quelques minutes supplémentaires pour enfiler plus de vêtements, la personne serait probablement passée à côté de l'allée qui menait à son chalet.

Les chances pour que Chappy soit là au moment exact où un étranger en détresse était sur le point de passer devaient être infimes.

La personne n'avait pas encore levé les yeux, maintenant la tête blottie contre sa poitrine, le regard rivé vers le bas, vers ses chaussures, pendant qu'elle marchait. Elle traînait plus les pieds qu'elle ne marchait à vrai dire, suivant la faible lumière de la lampe de poche qu'elle avait en main, illuminant à peine plus de trente centimètres devant elle. La neige était profonde d'environ quinze centimètres et tombait plus rapidement et brutalement qu'auparavant.

Elle ne leva pas les yeux avant de se retrouver à deux mètres de lui.

Chappy vit de grands iris bleus sur un visage d'une pâle blancheur.

— Oh ! s'exclama la personne, surprise.

— Mais qu'est-ce que vous fichez ? grogna-t-il presque.

Il ne s'était même accordé un moment pour savoir quoi dire à l'étrangère, mais sa surprise et son inquiétude de voir *quelqu'un* dans cette tempête avaient pris le dessus.

— Euh... je marche ? répondit la personne.

Deux choses frappèrent d'abord Chappy : la personne

devant lui était une femme et le chien qui l'avait littéralement mené à elle n'était nulle part en vue.

— Qu'est-ce que *vous*, vous faites ? rétorqua-t-elle tandis qu'il ne répondait pas.

La question lui parut tout simplement aussi stupide, venant de sa part à elle, qu'elle ne l'avait probablement été venant de ses propres lèvres à lui. Secouant légèrement la tête, Chappy dit :

— Venez, il faut qu'on rentre.

À sa surprise, la femme ne bougea pas mais, au lieu de ça, le regarda fixement.

— Quoi ? demanda-t-il.

— Je ne vous connais pas.

Chappy voulait rire.

— Je ne vous connais pas non plus. Vous pourriez être une tueuse en série qui me coupera la tête dès qu'on sera entrés dans mon chalet. Mais, pour le moment, je suis prêt à prendre le risque. Je suis gelé, là, dehors, je me sens mal et nous n'avons même pas encore assisté au plus gros de la tempête. Vous venez ou vous voulez mourir ici, dehors ? demanda-t-il d'un air grincheux.

Il fut étonné, et elle demeura hésitante pendant un instant avant de dire :

— Je suis Carlise. La plupart des gens prononcent mal mon nom quand ils le lisent car ils ajoutent un *L* qui n'existe pas.

Chappy cligna des yeux.

— Quoi ? demanda-t-il bêtement.

— C-A-R-L-I-S-E. C'est comme ça que ça se prononce. Carlize.

Chappy ne parvenait pas à croire qu'ils se tenaient au milieu d'un foutu blizzard pour faire les présentations, mais il haussa simplement les épaules.

— Je m'appelle Riggs.

Il ignorait pourquoi il lui avait donné son prénom plutôt que son surnom. Il pouvait lui dire que tout le monde l'appelait Chappy, mais ce n'était pas le moment ni l'endroit pour rentrer davantage dans les détails.

— Je suis ravie de vous rencontrer, Riggs. Vous avez dit que votre chalet était dans le coin ?

— Au bout du chemin, répondit-il, se tournant pour désigner l'endroit d'où il venait.

Évidemment, aucun des deux ne pouvait voir quoi que ce soit à part les flocons de neige tourbillonnants dans le faisceau de sa lampe de poche.

— Je vous serais vraiment reconnaissante si vous me permettiez de m'abriter un moment, dit Carlise d'un air raide et formel. Et je vous promets que je ne suis pas une tueuse en série. Et vous ?

— Que feriez-vous si je vous disais que j'en étais un ? demanda Chappy.

Elle haussa les épaules.

— Je continuerais de marcher, suivant mon ami canin jusqu'à trouver un autre chalet.

— Il n'y a pas d'autres chalets dans le coin. Ici, c'est le terminus.

— Oh...

Et c'était tout. Tout ce qu'elle dit. Juste « oh ». Chappy soupira.

— Je ne suis pas un tueur en série non plus, lui dit-il. Vous serez en sécurité avec moi.

Il put voir les épaules de Carlise s'affaisser de soulagement. Elle faisait bien trop confiance. Ou peut-être était-elle trop désespérée pour douter de tout ce qu'il avait dit pour l'instant.

Chappy se sentit soudain en colère, mais pas envers elle, plus par rapport à la situation. Il ignorait comment elle en était venue à errer par ici, au milieu de nulle part, mais tout comme il n'avait pas pu fermer la porte au chien, il ne pouvait pas laisser une femme coincée dans une tempête. Elle serait probablement morte en moins d'une heure.

— Venez, dit-il d'un air un peu plus bourru que souhaité. Je ne sais pas pour vous mais, moi, je gèle.

Chappy commença à marcher, regardant par-dessus son épaule pour la voir le suivre alors qu'il retournait vers le chalet.

— Où est parti le chien ? demanda-t-elle au bout de deux minutes.

— Je ne sais pas.

— C'est le vôtre ?

— Je ne l'avais jamais vu avant ce soir, lui confia Chappy. Et je n'aurais sûrement pas laissé un de mes animaux devenir aussi maigre que lui.

— Vous pensez que tout ira bien pour lui ?

Il l'ignorait également. Et Chappy ne pouvait s'empêcher de s'en inquiéter. Il n'avait pas vu le clébard depuis qu'il avait commencé à parler à Carlise. Ça ne lui plaisait pas que le chien soit dehors tout seul dans la tempête.

— Je l'espère, répondit-il doucement, ne sachant pas quoi répondre d'autre à sa question.

Ils marchèrent en silence sur le reste du chemin qui menait au chalet, et Chappy se sentait à la fois reconnaissant et confus. Pourquoi ne posait-elle pas plus de questions ? Elle devrait être en train de demander où elle se trouvait, se renseignant davantage auprès de lui, désireuse de savoir quand elle pourrait s'en aller d'ici, de réclamer un téléphone... quelque chose quoi. Mais au lieu de ça, elle marchait simplement derrière lui, se fiant aux traces de pas de Chappy pour s'aider à avancer péniblement dans la neige, la bouche close.

Quand Chappy vit le chalet, il fut plus que soulagé et moins inquiet en ce qui concernait le manque de conversation de la femme. Il tremblait avec violence et ne pouvait penser à grand-chose d'autre que de se réfugier à l'intérieur et de s'installer devant le feu pour se réchauffer.

Il arriva sur le porche et soupira, soulagé. Il entendit Carlise venir derrière lui quand il ouvrit la porte avec force.

— Vous n'aviez pas verrouillé ? demanda-t-elle.

Chappy ricana.

— Ce n'est pas comme si quelqu'un allait voler quoi que ce soit pendant mon absence, dit-il d'un ton légèrement sarcastique tout en pénétrant à l'intérieur.

La chaleur du chalet évoquait le paradis. Et le rugissement du vent dans ses oreilles cessa brutalement lorsqu'il ferma la porte derrière Carlise.

Elle n'avait pas bougé, excepté pour se décaler afin qu'il puisse fermer la porte. Elle regarda autour d'elle, méfiante. Son chalet était une seule pièce. Il y avait un très grand lit, un canapé au milieu de la pièce, qui faisait face au feu, une petite cuisine le long du mur à l'opposé du lit et une porte menant à la salle de bains sur le mur du fond.

En plus du canapé et du lit, il y avait une bibliothèque, une commode, une table basse près du canapé, une table pour deux personnes près de la cuisine et un large tapis rectangulaire sur le sol, devant la cheminée. C'était tout. Les murs en rondins n'arboraient aucune décoration et il n'y avait aucune photo ni autre bibelot pour perturber les lieux.

C'était exactement comme ça que Chappy aimait son chalet : épars, propre et résolument épuré, excepté la multitude de couvertures sur la plupart des surfaces disponibles.

Un autre tremblement secoua sa carrure et il se tourna vers le portemanteau. Il retira sa veste et l'accrocha, tout comme son chapeau et son écharpe. Il avait la sensation que ses cheveux étaient dressés sur sa tête mais il s'en moquait. Il n'avait jamais été le genre de gars à se soucier de son allure... ce n'était pas comme si quelqu'un s'était intéressé à ce à quoi il ressemblait pendant qu'il était en mission ou lord d'une randonnée dans les bois qui faisait transpirer.

Se passant une main sur le visage, Chappy se demanda à quoi pensait Carlise. De lui. Du lieu. Puis, il haussa les épaules mentalement. Ça n'avait pas d'importance, vraiment. Elle était coincée ici jusqu'à ce que la neige s'arrête. Il supposa qu'elle avait une voiture quelque part et qu'elle n'était pas apparue comme ça, par enchantement. Il s'occuperait de ça plus tard.

Car, maintenant, tout ce qu'il voulait, c'était se réchauffer.

**

Carlise restait immobile et observait Riggs retirer son manteau et s'approcher du feu. Il ramassa deux bûches qui étaient entreposées sur le sol, non loin, et les jeta dans les flammes.

Il se tourna vers elle et dit :

— Si le feu s'amenuise ou si vous avez froid, n'hésitez pas à balancer plus de bûches. J'ai empilé une tonne de bois sur le porche alors on en aura assez tout le temps que durera la tempête. Il y a une salle de bains là-bas, expliqua-t-il en désignant avec sa tête une porte à l'autre bout de la pièce. Réchauffez-vous. Si vos vêtements sont mouillés, vous pouvez porter les miens jusqu'à ce que les vôtres soient secs. J'ai des T-shirts et des pulls dans la commode, là-bas. J'ai de l'eau et de la nourriture aussi. Juste, n'allez pas dehors. Je n'ai pas envie que vous fassiez demi-tour pour vous perdre.

Il ferma brièvement les yeux, et Carlise crut le voir chanceler sur ses pieds.

— Je suis désolé, normalement je ne vous laisserai pas vous débrouiller seule, mais je ne me sens pas très bien. Je crois que j'ai la grippe ou autre. Ne vous rapprochez pas trop car la dernière chose dont nous aurions envie, c'est d'être *tous les deux* malades. Je suis sûr que je me sentirai mieux bientôt. Je vais rester ici, sur le canapé. Faites comme chez vous.

Puis, il s'assit sur le canapé, se pencha en avant et retira ses bottes, les balança sur le côté proche du feu et tira vers lui ce qui paraissait être une lourde couverture, sur ses genoux. Il la remonta jusqu'à son menton, s'adossa et posa la tête sur l'oreiller du canapé derrière lui avant de refermer les yeux.

C'était comme si elle n'était pas là, ce qui troublait Carlise. Elle ne s'attendait pas à être traitée comme une amie ni même comme une invitée bienvenue, ce qu'elle n'était pas. Mais il était plutôt étrange qu'elle soit totalement ignorée.

Un frisson la parcourut et elle se força à bouger. D'un mouvement des épaules, elle se débarrassa de son sac à dos et le laissa là où il était tombé, contre le mur. Puis, elle se pencha et batailla avec les lacets de ses bottes. Elles étaient complètement trempées, couvertes de neige et difficiles à dénouer. Quand elle finit par y parvenir et par les retirer, elle regarda Riggs.

Il n'avait pas bougé. Ses yeux étaient toujours fermés et, si elle ne se méprenait pas, ses joues étaient rouges. Elle retira son manteau, le suspendit sur le portant à côté du sien et marcha, hésitante, jusqu'au canapé.

Elle avait besoin de se réchauffer mais se souvint qu'il avait mentionné être malade. Elle ressentit une pointe de remords qu'il soit sorti dans la tempête à cause d'elle.

Carlise regarda autour d'elle. Elle n'avait pas manqué le fait que son chalet était pour l'essentiel, une seule et même pièce. C'était un soulagement qu'il y ait une salle de bains au moins, elle n'aurait pas à retourner dans la tempête pour trouver des toilettes extérieures. Aucune lumière n'était allumée dans le chalet, mais celle du feu suffisait à illuminer l'espace.

C'était... douillet. Carlise aimait beaucoup. Ce n'était pas destiné aux touristes ; aucun motif d'ours ni rien d'original ne venait décorer la couette du lit et, de ce qu'elle pouvait en voir, la cuisine paraissait minimaliste mais fonctionnelle. Aucune lampe n'était suspendue au plafond. En fait, elle doutait même que l'endroit ait l'électricité puisqu'elle ne pouvait déceler d'appareils ni de lampes qui auraient besoin d'être branchés.

La chaleur du feu l'attira plus près et Carlise s'assit sur le sol devant les flammes dansantes, tendant les mains avec reconnaissance. Elle se leva un peu plus tard et essaya de trouver quelque chose de sec et de chaud à enfiler.

Elle avait failli mourir là dehors.

Elle le savait. Riggs le savait sans doute également.

S'il ne l'avait pas trouvée, elle n'aurait pas été capable de marcher plus longtemps. Elle n'avait aucune idée de ce qu'il fichait dehors dans la tempête mais elle l'en remerciait.

Elle accorda une pensée pour le chien... Il était apparu de nulle part. Plus elle avait échoué à trouver un genre d'abri, plus elle était devenue frustrée, déprimée et terrifiée. À un moment, délirant presque à cause du froid, elle avait même pensé arrêter. Juste s'étendre et se laisser tomber endormie et mourir. C'était là qu'elle avait repéré le chien.

Elle avait été absolument effrayée d'abord, croyant qu'il pourrait l'attaquer. Mais au lieu de ça, il s'était simplement joint à Carlise, marchant lentement à quelques mètres d'elle. Chaque fois qu'elle s'était arrêtée, trop fatiguée et gelée pour faire un autre pas, il avait été là. Il l'avait encouragée. Elle ne savait pas où elle allait mais elle avait suivi le chien car elle n'avait pas vraiment eu d'autre choix.

Il était extrêmement maigre, avec quelques petites cicatrices sur la gueule, mais il ne s'était pas approché davantage d'elle, peu importe qu'elle amadoue ou parle avec douceur à la bête. Et maintenant qu'elle était en vie et réchauffée, elle ne parvenait pas à s'arrêter de penser à lui.

Où était-il ? Allait-il bien ? Avait-il froid ?

C'était une question stupide. Évidemment qu'il avait froid ! Il y avait un fichu blizzard dehors !

Carlise regarda Riggs. Sa bouche était un peu entrouverte et il ronflait légèrement. Il s'était endormi.

Debout, elle regarda alentour, puis prit deux de ce qui ressemblait aux plus vieilles couvertures qu'elle pourrait trouver. Elle espérait vraiment que Riggs ne serait pas en colère quand il se réveillerait et découvrirait ce qu'elle avait fait.

Elle retourna vers la porte, prit une profonde inspiration et l'ouvrit.

Une fois encore, le froid semblait la traverser en soufflant, mais elle ne pouvait pas laisser le chien se débrouiller seul en toute conscience. Il lui avait sauvé la vie. Le moins qu'elle puisse faire était d'essayer de l'aider.

Regardant autour d'elle, elle ne vit aucun signe du chien. Bien évidemment, elle ne pouvait voir au-delà de quelques mètres de la porte à cause de l'obscurité et de la neige.

Un bruit sur sa droite attira son attention. Carlise se tourna et vit une forme sombre au bout du porche ; le chien s'était installé derrière la grande pile de bois. Son cœur faillit se briser tandis qu'elle faisait un pas vers lui et qu'il gémissait.

— Dieu merci, tu es là. Je ne vais pas te faire de mal. Je t'inviterais bien à entrer, mais je ne crois pas que tu viendrais de toute manière, même s'il fait bien plus chaud à l'intérieur. Mais je t'ai apporté des couvertures. Elles t'aideront à avoir chaud.

Elle maintenait sa voix basse, même quand elle se mit à genoux. Elle se déplaçait lentement, frissonnant tout en poussant les couvertures vers le chien. Il recula autant qu'il le put ; il tremblait tout en l'observant.

Carlise voulait tuer quiconque avait eu ce chien ; il avait de toute évidence été maltraité. Elle sentit une affinité pour la créature. Elle continua de murmurer, de lui assurer qu'elle n'allait pas lui faire de mal, qu'il était en sécurité, le remerciant de l'avoir secourue, de l'avoir emmenée jusqu'à ce chalet.

Elle finit par mettre les couvertures suffisamment proches du chien pour qu'il puisse les atteindre. Puis, elle recula.

— Je reviens, lui dit-elle avant de retourner à l'intérieur du chalet.

Elle tremblait toujours, mais elle ne pouvait se reposer avant d'avoir pris soin du chien.

Elle alla dans la petite cuisine et commença à ouvrir les placards. Aux anges face à la découverte d'autant de nourriture – et soulagée par le fait que sa présence ne soit pas un fardeau pour Riggs –, elle trouva un grand bol en plastique et le remplit de deux boîtes de morceaux de poulet, d'une boîte de carottes, d'une autre de haricots verts et d'une de pois chiche avant de mélanger le tout. Puis, elle prit un autre bol et le remplit d'eau avant de retourner à la porte d'entrée.

Carlise regarda Riggs, qui dormait toujours. Elle fronça les sourcils. Elle ne connaissait pas cet homme, mais il lui sembla étrange qu'il se soit endormi si facilement après avoir invité une inconnue chez lui, malade ou pas.

Haussant les épaules, elle retourna dehors et s'agenouilla une fois de plus sur le plancher du porche. Elle posa les bols et les poussa aussi près que possible du chien. Elle était ravie de voir qu'il avait traîné les couvertures derrière les bûches et qu'il les avait rassemblées autour de lui du mieux qu'il avait pu pendant qu'elle était à l'intérieur.

— Gentil chien, dit-elle doucement. Je parie que c'est beaucoup mieux d'avoir des couvertures chaudes autour de soi, hein ? Je t'ai apporté de la nourriture. Et de l'eau, bien que je suppose qu'elle va geler assez rapidement alors tu devrais la boire bientôt. Et ne mange pas trop vite sinon tu vomiras. Je reviendrai dans la matinée pour t'en apporter plus. On dirait que tu as besoin de toutes les calories possibles. Je te promets de m'occuper de toi, puisque tu t'es occupé de moi quand j'en avais le plus besoin.

Elle voulait rester là, voulait enlacer le chien. L'observer pour s'assurer qu'il mange et boive, mais elle n'avait pas enfilé son manteau dans sa hâte d'aider l'animal et ses doigts devenaient rapidement engourdis.

Priant pour que le chien aille bien, Carlise fila à reculons.

— Je te verrai dans la matinée, d'accord ? Je t'en prie, il faut t'en sortir. *Je t'en prie.*

Puis, elle se retourna, des larmes aux yeux, et rentra à l'intérieur.

C'était stupide, mais Carlise ne put s'empêcher de verrouiller la porte. Il était très peu probable que quelqu'un se pointe au chalet avec l'intention de leur faire du mal, à elle ou à Riggs, mais elle venait de la ville et verrouiller sa porte lui était aussi naturel que respirer.

Sans mentionner le fait que Tommy pourrait se trouver là, dehors. Les chances qu'il sache où elle se trouvait et même qui la rejoigne alors qu'il y avait un violent blizzard dehors étaient minces, voire nulles, mais les vieilles habitudes étaient difficiles à lâcher. Il était hors de question qu'elle reste dans n'importe quelle maison sans une porte verrouillée.

Elle retourna vers le feu, n'ayant pas du tout faim. Son premier souci était de se réchauffer. Elle s'inquièterait du reste plus tard.

***

— Où est-elle ? Cette garce a dû quitter la ville... Je *sais* qu'elle l'a fait. Elle se croit bien sournoise mais elle se trompe. Elle ne s'en sortira jamais ! Je dois juste faire preuve de patience. J'ai juste à attendre. Elle dérapera. Elle est trop stupide pour ne pas le faire. Elle n'est pas aussi intelligente qu'elle se croit l'être !

Les mots sortaient rapidement, amèrement, tandis que son allure reprenait, de long en large, encore et encore... et son appel tomba directement sur la boîte vocale de Carlise. *Encore.*

— Tu crois que tu peux te cacher de moi ? Je vais te trouver... et tu regretteras tout !

Des idées. Des plans. Des plans sur la façon de retrouver Carlise... commençaient à prendre forme. Cette garce disposerait encore de quelques jours pour se montrer ; ensuite, des alternatives devraient être planifiées.

Et si cela arrivait, Carlise souffrirait bien plus que jusqu'alors !

— Je te trouverai. Tu ne peux aller *nulle part* pour m'échapper !

Cette fois, les mots étaient fermes, colériques et proférés sans qu'on en doute une seule fois.

CHAPITRE TROIS

— Non ! Bob, baisse-toi ! Merde, ça va exploser !

Carlise soupira et roula pour se lever du canapé, se mettant lentement debout, fatiguée et hébétée.

Il était tard – ou tôt, selon la façon dont on voyait la chose. C'était le noir complet dehors, quelque part après minuit, lors de leur troisième soirée au chalet. Et depuis la première nuit, la maladie de Riggs n'avait fait qu'empirer.

Au cours de la journée, il avait semblé délirer sous l'effet de la fièvre, marmonnant fréquemment dans son sommeil. Elle était désormais certaine qu'il était déjà malade avant de sortir dans la tempête, mais être dehors dans le froid n'avait pas dû lui rendre service.

La nuit de son arrivée, après avoir pris soin du chien, s'être vêtue d'un jogging qu'elle avait trouvé dans la commode et s'être réchauffée auprès du feu, elle avait tenté de le réveiller, mais il dormait complètement comme une masse sur le canapé.

Ça faisait bizarre d'être dans la maison d'un inconnu. Elle n'était même pas certaine qu'il se souvienne du fait qu'elle était là. Affamée, Carlise s'était préparé un sandwich au beurre de cacahuète et à la confiture. Elle avait laissé Riggs dormir une heure de plus, puis avait réessayé de le réveiller.

Il avait été suffisamment éveillé pour traîner les pieds jusqu'à la salle de bains puis pour tomber à plat ventre sur lit, dans le coin de la pièce. Ne sachant pas quoi faire d'autre, Carlise l'avait recouvert d'une autre de ces douces et duveteuses couvertures disposées soigneusement dans tout le chalet.

Elle avait fini par s'endormir sur le canapé. Elle s'était réveillée plusieurs fois dans la nuit pour écouter le vent hurler derrière les fenêtres. Entendre la tempête la rendait encore plus reconnaissante envers Riggs et le chien qui l'avait trouvée.

Hier, Carlise avait passé la majeure partie de son temps à tenter de faire manger et boire Riggs, l'encourageant à prendre du paracétamol, l'aidant à aller dans la salle de bains et tentant de devenir amie avec le chien qui était toujours calé sous les couvertures sur le porche de devant. Une fois de plus, elle avait dormi sur le canapé, se réveillant en sursautant à chaque petit bruit provenant de dehors et de l'homme sur le lit.

Il était presque surréaliste que, deux jours auparavant, elle avait failli mourir et que, aujourd'hui, elle vivait dans la maison d'un étranger, prenait soin de lui alors qu'il se tournait et se retournait, fiévreux.

Elle avait dormi par intermittence ce soir encore, se réveillant car elle était dans un endroit inconnu, à cause de la tempête... parce qu'elle voulait veiller sur Riggs. Elle ne le connaissait pas, ne lui avait vraiment pas parlé beaucoup mais, pour une raison, elle se sentait responsable de son bien-être.

Et étrangement, elle était attirée par cet homme.

C'était sûrement parce qu'il l'avait sauvée et qu'elle se sentait extrêmement redevable. Bien sûr, il y avait aussi le fait qu'il était superbe. Elle n'était pas le genre de femme à choisir un homme uniquement pour son allure, mais elle ne pouvait nier qu'il était agréable à regarder. Mais là encore, Tommy était également un homme séduisant, et il s'était révélé être un connard violent.

Impossible de dire quel genre de personnalité avait Riggs puisqu'il n'avait pas été conscient la plupart du temps, depuis qu'elle le connaissait. Il pourrait bien être comme Tommy. Il pourrait être le genre d'homme à tirer avantage d'une femme qui avait besoin d'un endroit sécurisé et chaud pour tenir bon durant une tempête... quand il n'était pas terrassé par la grippe.

Mais au fond d'elle, elle ne pensait pas qu'il soit ainsi. Même quand il était malade et sur le point de s'évanouir, il lui disait de se servir dans ses vêtements et sa nourriture. Il s'était inquiété du fait qu'elle retourne dans la tempête. Ce petit soupçon d'inquiétude était... encourageant.

Le chalet était également très bien rangé, ce qu'elle suppo- sait ne pas être grand-chose peut-être, mais le fait qu'il n'était pas un sagouin et pouvait nettoyer derrière lui indiquait qu'il n'avait pas besoin d'une femme pour faire ce genre de choses. Elle repensa une fois encore à Tommy et secoua la tête. Il n'ai- mait pas faire quoi que ce soit dans la maison, insistant sur le fait que, puisqu'elle travaillait de chez elle, elle devrait nettoyer les lieux et avoir préparé le dîner quand il rentrait du travail.

Ne voulant pas penser à son ex, Carlise soupira, puis se passa une main sur le visage. Pour le moment, elle était à l'abri de la personne qui la traquait. Bien qu'elle soit épuisée, elle ne s'inquiétait pas de ce qu'elle pourrait trouver en ouvrant la porte ou des messages par lesquels elle pouvait être réveillée.

Elle n'avait pas allumé son téléphone une seule fois depuis ces deux derniers jours, et elle se sentait étrangement libre. Il n'y avait pas d'électricité pour le recharger et, de toute manière, elle avait l'intuition qu'elle n'aurait pas de réseau ici, au milieu de nulle part. Elle n'avait pas *tout à fait* réalisé à quel point cela avait été stressant de lire des e-mails et des SMS malveillants au quotidien jusqu'à ce qu'elle ne puisse plus en recevoir.

— Non ! Laissez-le tranquille ! Cal ! Tu vas bien ?!

Carlise marcha doucement jusqu'au lit dans lequel Riggs sursautait violemment par à-coups, de toute évidence victime d'un genre de cauchemar. Elle ne savait pas qui étaient ce Cal et ce Bob mentionnés plus tôt, mais elle supposa qu'ils étaient des personnes qui comptaient pour lui, autrement, il n'aurait pas l'air si inquiet.

— Tout va bien, l'apaisa-t-elle, se sentant un peu embarrassée.

Cela paraissait étrange d'essayer de calmer quelqu'un qu'elle ne connaissait même pas. Sa reconnaissance envers les infirmières du monde entier grimpa en flèche.

— JJ ! Bordel, où est JJ ?! demanda Riggs, se redressant comme un éclair sur le lit et regardant dans le vide, médusé.

— Il va bien. Rallongez-vous, Riggs, le pria-t-elle calmement.

Mais au lieu de ça, l'homme tourna le regard vers elle, ses yeux ambrés semblant voir dans son âme.

— Vous êtes qui ? aboya-t-il.

Ils avaient vécu ça plusieurs fois hier, alors Carlise n'en prit pas ombrage.

— Je suis Carlise. Carlise Edwards. Je suis une amie. Allongez-vous, Riggs.

— Où sont les autres ? JJ ? Bob ? Cal ? Qu'est-ce que vous leur avez fait ?! demanda-t-il.

Ses cheveux bruns – naturellement parsemés de mèches blondes – étaient dressés en bataille sur sa tête. Il avait des plis sur la joue, là où son visage avait été pressé contre l'oreiller, et il ne portait rien de plus qu'un T-shirt et un boxer. Le jour précédent, Carlise avait lutté pour lui retirer son survêtement avant de le mener dans la salle de bains et cela avait été plus qu'une corvée pour essayer de le lui remettre lorsqu'il était retombé sur le lit.

— Nous sommes dans votre chalet. Dans le Maine, lui rappela-t-elle. Il y a une tempête dehors, mais nous sommes à l'abri ici. Vos amis sont dans leurs maisons. Ils vont bien.

Bien sûr, elle ignorait si c'était vrai ou pas, mais elle devait supposer que ces hommes étaient saufs, où qu'ils soient.

— Ils font du mal à Cal ! cria-t-il d'une voix torturée. Il faut qu'on le retrouve !

Carlise en avait mal pour lui. Elle ignorait qui était Cal et ce qu'il avait vécu, mais il était évident que Riggs était extrêmement inquiet pour sa sécurité. Elle posa sa main sur le bras de l'homme.

— Tout ira bien pour lui. S'il vous plaît, allongez-vous, Riggs.

Elle ne fut pas préparée à la vitesse avec laquelle il bougea.

Une seconde auparavant, elle était légèrement penchée au-dessus de lui et, la seconde suivante, elle était sur lit, étendue *sous* Riggs. Il avait ses yeux fiévreux baissés vers elle.

— Ça fait mal ! gémit-il. Quand est-ce que la torture s'arrêtera ? Pourquoi font-ils ça ?

Le cœur de Carlise battant à la chamade, elle tendit la main et posa la paume sur sa joue brûlante. Elle devrait être terrifiée. Mais même si Riggs se dressait au-dessus d'elle – et était claire-ment plus fort qu'elle malgré son faible état –, il ne lui faisait pas mal du tout. Ses coudes supportaient son poids tout en emprisonnant Carlise sous lui.

— Vous êtes en sécurité désormais. Vous êtes ici, dans le Maine. Dans votre chalet. Vous ne vous trouvez pas là-bas... Ils ne peuvent plus vous faire de mal.

Elle n'avait aucune idée de ce qu'elle racontait, savait juste qu'elle souhaitait apaiser sa douleur et sa crainte évidentes.

— Vous avez une voix agréable... apaisante. Je vous protège-rai. Je jure que je ne les laisserai pas vous faire de mal !

Le cœur de Carlise chavira. Riggs paraissait si sincère...

— Nous sommes en sécurité ici, lui dit-elle.

Mais c'était comme s'il ne l'avait pas entendue.

— Quand ils reviendront, restez tranquille. Peut-être qu'ils ne vous verront pas. Je ferai diversion, détournerai leur attention. Vous pouvez prendre mes rations. On va sortir d'ici. Il faut juste attendre que quelqu'un vienne à notre secours. Pendant ce temps, je tuerai *quiconque* essaiera de vous toucher !

Une larme s'échappa de l'œil de Carlise. Cet homme, qui ne la connaissait pas, faisait la promesse de faire tout ce qu'il fallait pour la protéger des ennemis de son cauchemar.

— D'accord, murmura-t-elle, peu sûre de savoir quoi faire ou dire d'autre en cet instant.

Il la regarda fixement, les yeux dans les yeux, avec ce qui semblait être une complète lucidité, mais elle savait qu'il était encore perdu dans son hallucination provoquée par la fièvre.

Puis, sans prévenir, les bras de Riggs s'effondrèrent.

Il s'était suffisamment décalé à la dernière minute pour ne pas atterrir directement sur d'elle. Le plus gros de son poids pesait sur le matelas, mais elle était toujours prise au piège sous lui, le bras de Riggs en travers du corps de Carlise et ses jambes mêlées aux siennes. La chaleur qui émanait de lui était presque brûlante. Il fallait qu'elle se lève, qu'elle fasse couler plus d'eau froide de la salle de bains et qu'elle utilise le gant de toilette pour essayer de faire baisser sa température.

Mais étonnamment... Carlise ne voulait pas bouger. Le lit était bien plus confortable que le canapé sur lequel elle avait fait la sieste entre deux soins prodigués à Riggs. Et les derniers jours finissaient par la rattraper.

La peur ressentie quand elle avait pris la décision de quitter Cleveland, la conduite sans destination, le fait de s'être perdue, d'avoir marché dans la neige... La terreur puis le soulagement quand Riggs était apparu de nulle part. Nourrir le chien sur le porche et essayer – en vain – de l'amadouer pour qu'il rentre, puis le stress d'essayer de faire manger et boire Riggs tout en se débrouillant sans électricité afin qu'elle puisse également se nourrir...

Carlise soupira. Peut-être allait-elle rester allongée ici une minute ou deux... Ce n'était pas comme si tous les deux devaient se rendre quelque part ou faire quelque chose en cet instant. En fait, c'était presque comme s'ils étaient les deux dernières personnes sur cette planète.

Tous ses soucis semblèrent s'évaporer alors qu'elle était là, sous le corps de Riggs. Elle compta les respirations de l'homme et, quand il tressauta violemment à côté d'elle, elle lui murmura un *chut*.

Chose incroyable, il se calma au son de sa voix.

Elle se sentait en totale sécurité pour le moment. Susie lui dirait probablement qu'elle était folle, qu'elle était piégée dans un chalet avec un inconnu qui pesait plus lourd qu'elle et pouvait la blesser sans même essayer. Mais bien que Carlise n'ait pas échangé plus de deux douzaines de mots avec cet homme, elle n'avait pas peur de lui. Il avait fait tout ce qu'il avait pu pour la protéger. De la tempête, du froid et des souvenirs des mauvais hommes de son passé.

Si cela avait été Tommy, elle aurait été constamment sur les nerfs, inquiète à l'idée de faire ou dire quelque chose qu'il ne n'aurait pas fallu et de lui donner envie de la punir pour ça.

Riggs ne lui ferait pas de mal, elle le savait d'instinct, aussi sûrement qu'elle connaissait son vrai nom.

Le feu crépitait dans la petite pièce et le vent hurlait dehors. Elle avait plus que chaud, étendue sous Riggs, et elle ne pouvait nier le fait qu'elle était épuisée.

Les yeux de Carlise se fermèrent alors qu'elle se détendait et, avant même de s'en rendre compte, elle s'endormit profondément.

Quand elle se réveilla, cela lui prit un moment pour se

souvenir de l'endroit où elle était. Il faisait encore noir, indiquant que le soleil ne s'était pas encore levé, alors elle avait pu dormir plus de quelques heures... Mais elle et Riggs avaient clairement été agités. Ils avaient tous deux bougé dans leur sommeil, et il se trouvait désormais derrière elle. L'un de ses bras était posé sur la taille de Carlise, la tête de cette dernière reposant sur son biceps.

Il était en réalité lové contre elle. Elle pouvait sentir chaque centimètre de son corps contre le sien et, au lieu de se sentir menacée ou nerveuse à l'idée qu'ils soient aussi proches, elle se sentait... bien.

Peut-être que c'était parce qu'elle avait pris soin de lui pendant qu'il se trouvait vulnérable. Peut-être que c'était parce qu'il lui avait sauvé la vie. Peut-être était-ce simplement parce qu'elle était trop fatiguée. Peu importe la raison, Carlise ne s'était jamais sentie aussi contente comme elle l'était en cet instant, dans les bras d'un inconnu.

Ce fut cette pensée qui l'incita à bouger. Riggs *était* un inconnu. Il ne serait probablement pas ravi de savoir qu'il câlinait une femme tout aussi inconnue qui vivait dans son chalet et mangeait sa nourriture. Tout comme il n'aimerait pas être totalement vulnérable face à ce qu'elle pourrait lui faire.

Riggs grogna quand elle s'extirpa en glissant de sous son bras. Elle se tint debout à côté de son lit pendant un temps, observant son air soucieux et ses gigotements, comme s'il cherchait après elle maintenant qu'elle n'était plus dans ses bras.

— Feu, marmonna Carlise pour elle-même, réalisant que la pièce était glaciale car le feu s'était éteint pendant qu'ils dormaient.

Se forçant à se détourner de Riggs, elle progressa jusqu'à la cheminée et ajouta trois bûches aux charbons ardents. En quelques secondes, elles prirent feu et les flammes dansèrent et craquèrent une fois de plus.

Carlise fit demi-tour et retourna près du lit pour jeter un œil à Riggs. Elle espérait que sa fièvre avait fini par descendre... mais quand elle posa une main sur son front, elle constata qu'il était tout aussi brûlant qu'il l'avait été ces deux derniers jours.

— Bon sang... chuchota-t-elle.

Pour la première fois, elle commença à être sérieusement inquiète. Elle avait supposé qu'il avait un virus passager ou autre... Que la fièvre cesserait et qu'il serait remis sur pied en un rien de temps. Mais plus la fièvre durait, plus Carlise s'en inquiétait. Ce n'était pas comme si elle pouvait appeler une ambulance, ni même le conduire à un hôpital ou à une clinique. Elle était toute seule ici, et c'était un sentiment effrayant.

Elle se rendit dans la salle de bains, se soulagea, se brossa les cheveux et les dents, se servant des produits de toilette qu'elle avait dans son sac à dos. Puis, elle prit une grande inspiration avant de retourner dans la pièce principale. Quand il y eut suffisamment de lumière, elle ressentit le besoin d'aller jeter un œil au chien, de lui donner – tout comme à elle – quelque chose à manger, de ramener plus de bûches du porche avant.

Mais d'abord, elle allait voir si elle pouvait faire boire quelque chose à Riggs et lui faire prendre plus de paracétamol. Puis, elle s'attaquerait au reste avant de, peut-être, lire l'un des nombreux livres qu'avait Riggs sur l'étagère dans le coin de la pièce.

N'importe quoi pour penser à autre chose qu'à la situation surréaliste dans laquelle elle se trouvait.

Chappy souffrait.

De partout.

Il n'avait en mémoire qu'une seule fois où il s'était senti aussi pitoyable.

Pendant un temps, il se demanda s'il était retourné là-bas... dans cette cellule. Enchaîné au mur, avec ses potes blessés tout autour de lui.

— Cal ? appela-t-il.

Mais il n'eut aucune réponse.

Désormais agité, Chappy essaya d'ouvrir les yeux, mais ils étaient si lourds ! Il n'y parvint pas.

— JJ ? Bob ?

— Chuuut, ils vont bien, l'apaisa une voix calme pas loin.

Chappy se pétrifia. C'était nouveau. Il n'y avait pas eu de femme dans ce trou à rats, selon ses souvenirs.

Le matelas s'enfonça comme si quelqu'un s'était assis à côté de lui. Une main douce lui toucha le visage et il se tourna vers elle. Quand l'avait-on touché pour la dernière fois ? Il ne pouvait s'en souvenir... Et par une femme ? Cela faisait des années.

— Buvez ça, ordonna la voix mélodieuse.

Chappy voulait demander ce que c'était, mais il n'en eut pas l'occasion avant de sentir sa tête être relevée et quelque chose lui toucher les lèvres.

Il se méfia jusqu'à ce qu'elle dise :

— Ce n'est que de l'eau, Riggs. Promis.

Il lui fit confiance. Il ne savait pas pourquoi mais c'était le cas. Alors, il ouvrit la bouche et but.

L'eau était fraîche, lui apaisa la gorge, ce qui lui donna l'impression qu'elle était en feu.

— Doucement. Ne buvez pas trop vite ou vous serez malade.

Chappy se sentait aussi faible qu'un nouveau-né et il détestait ça. Une fois de plus, la seule autre fois qu'il s'était senti aussi désarmé, c'était quand il avait été pris en otage.

Et d'un coup, il se raidit à ce souvenir.

— Non, tout va bien. Vous êtes ici, dans le Maine, dans votre chalet. Vous êtes en sécurité, Riggs. Je le jure.

Il était toujours inquiet et sur les nerfs, mais cette confiance instinctive l'envahit une nouvelle fois. Un nom quitta ses lèvres sans qu'il y réfléchisse.

— Carlise.

— C'est ça, je suis Carlise et vous êtes en sécurité. Je reviens.

Le matelas remua tandis qu'elle se levait, et la main de Riggs jaillit pour lui saisir le bras et l'empêcher de s'en aller.

— Restez, croassa-t-il.

— Il faut que je remette du bois dans le feu. Je ne pars nulle part. Je ne le pourrais pas même si je le voulais.

— Restez ! Je vous en prie ! la supplia-t-il une fois de plus.

— Je vais revenir, Riggs.

— Promis ? demanda-t-il.

— Je le promets. Vous allez bien. Vos amis vont bien. Vous êtes juste malade, Riggs. Vous vous sentirez mieux plus tard... j'espère.

La confusion nageait dans ses veines, mais Chappy lui lâcha son bras. Elle avait dit qu'elle allait revenir et il lui faisait confiance pour tenir parole.

Il ignorait combien de temps s'était écoulé avant de sentir de nouveau le matelas s'affaisser à côté de lui.

— Je suis là, dit-elle.

— Vous allez bien ? demanda-t-il.

Il crut l'entendre glousser avant qu'elle ne réponde :

— Oui. C'est vous qui êtes malade.

— Vous avez mangé ? Vous avez froid ? Je peux...

Il fit un mouvement pour se lever, mais elle l'arrêta en posant une main sur son épaule.

— Je vais bien, Riggs, promis.

Chappy fronça les sourcils ; il n'aimait pas se sentir si impuissant. Il était confus quant à l'endroit où il se trouvait et quant à ce qui se passait mais, au fond de lui, il sentait que quelque chose n'allait pas. Il ne parvenait pas à mettre le doigt dessus, mais il voulait protéger Carlise. S'assurer qu'elle avait chaud, qu'elle était nourrie, à l'aise. Cependant, pour le moment, il ne pouvait même pas se mettre en position assise.

Ressentant le besoin d'être plus proche de cette femme, de la garder à ses côtés et de s'assurer que rien ne lui arrive, qu'elle ne se perdrait pas de nouveau, Chappy se tourna et mit son bras sur... ses genoux ? Selon lui, elle était assise sur le côté, juste à côté de lui. Il resserra sa prise et se pelotonna contre sa jambe.

Il sentit des doigts passer doucement dans ses cheveux et il soupira d'aise. Il se sentait très mal, son corps le faisait souffrir, mais avec cette femme à côté de lui, curieusement, son mal-être s'évanouit.

⁎⁎

Deux heures plus tard, Carlise pouvait sentir sa panique s'intensifier. Riggs parvenait à dormir par à-coups mais, chaque fois qu'elle essayait de bouger, il se mettait à appeler ses amis et à remuer violemment dans le lit. Le seul moment où il paraissait demeurer calme, c'était quand elle restait là où elle était, le laissant la tenir contre lui.

Elle se sentit coupable de ça. Il était malade. Pratiquement inconscient... et elle appréciait le fait d'être dans ses bras plus qu'elle ne voulait l'admettre. Quand sa fièvre serait retombée et qu'il retrouverait ses esprits, il serait certainement horrifié par ses actions. Mais ce n'était pas elle qui lui en parlerait.

Elle ne s'était pas attendue à jouer à l'infirmière – ni ne l'avait désiré – avec un homme qu'elle ne connaissait pas, bien qu'elle ne trouve plus l'expérience aussi gênante qu'elle ne l'avait pensé la première nuit. Et l'inquiétude allait dans les deux sens : même s'il n'était pas pleinement conscient, il s'inquiétait pour elle. Est-ce qu'elle mangeait ? Est-ce qu'elle avait chaud ? Est-ce qu'elle allait bien ?

Elle suspectait sa vraie nature de s'exprimer quand il délirait. Et s'il était aussi protecteur et inquiet à son sujet alors qu'il était à moitié conscient, elle avait le sentiment qu'il le serait davantage quand il serait pleinement réveillé et conscient.

La concernant, c'était un sentiment grisant, de savoir qu'elle pouvait l'apaiser quand il était inconsciemment effrayé. Et être dans ses bras, c'était... le paradis.

D'où la culpabilité ; il délirait. Il perdait l'esprit à cause de la fièvre. Il était en souffrance. Terrifié tandis qu'il revivait apparemment une affreuse expérience qu'il avait vécue par le passé. Et pendant tout ce temps, elle savourait le fait d'être proche de lui. Quelque chose devait mal tourner chez elle pour apprécier autant la situation.

Mais cela faisait si longtemps qu'elle ne s'était pas sentie si désirée ou demandée. Tommy ne faisait jamais de câlin. Jamais. Il était le genre qui jouissait le premier avant de rouler de son côté pour commencer tout de suite à ronfler. Riggs la tenait comme s'il ne voulait jamais la lâcher.

Bien sûr, il imaginait très probablement qu'elle était quelqu'un d'autre. Ce devait être la raison pour laquelle il s'accrochait si fort à elle, pourquoi elle le calmait si rapidement à son contact. Il devait rêver d'une femme d'autrefois.

Quand elle s'était levée du lit quelques minutes avant cela, étant finalement trop affamée pour y rester, les sourcils de Riggs s'étaient froncés et il avait grogné de mécontentement. Carlise avait eu un petit sourire face à sa réaction. Il était comme un gosse dont on avait pris le jouet préféré.

Mais Riggs n'était pas un petit garçon ; c'était un véritable homme et il était déconcertant et déroutant d'admettre à quel point elle se sentait attirée par lui. Elle ne savait rien de ce mec.

Bon d'accord, ce n'était pas vrai ; elle vivait chez lui depuis trois jours maintenant. Elle savait quel genre de livres il aimait lire – des thrillers et de la science-fiction – et qu'il était un maniaque du rangement. Il avait une affinité anormale pour le noir puisque la plupart de ses T-shirts étaient de cette couleur. Il ne buvait probablement pas beaucoup d'alcool, voire pas du tout, étant donné qu'elle n'en avait pas trouvé une seule goutte au chalet. Et il préférait le beurre de cacahuètes avec morceaux plutôt que sans.

Elle savait également qu'il était extrêmement protecteur et loyal. Peu importe qui étaient JJ, Cal et Bob, ils avaient de la chance d'avoir quelqu'un qui se préoccupait d'eux autant que le faisait Riggs. Et c'était clairement un bosseur ; il y avait des tas de bûches sur le porche et il avait dû passer des heures à les couper et à les entasser.

Penser au porche de devant lui refit penser au chien. Elle l'avait nourri tous les jours et était vraiment très soulagée qu'il ne soit ni mort ni ne se soit enfui. À chaque fois qu'elle allait voir le clebs, Carlise mourait d'envie de le faire rentrer, là où il faisait chaud. Mais il était encore extrêmement nerveux, se recroquevillant dans sa forteresse faite de couvertures quand elle s'approchait de lui avec de la nourriture et de l'eau. Il avait besoin de temps pour comprendre qu'elle ne lui ferait pas de mal, mais c'était stressant de le laisser dehors sous le vent hurlant et la neige tourbillonnante.

Un bruit provenant du lit incita Carlise à regarder dans

cette direction et elle sursauta en découvrant Riggs, qui la fixait. Il se redressa immédiatement sur le coude et cligna des yeux, confus.

— Riggs ? demanda-t-elle.

— Salle de bains, marmonna-t-il.

Reposant le couteau qu'elle utilisait pour se préparer un autre sandwich au beurre de cacahuète –ce n'était pas demain la veille qu'elle cesserait d'en manger – Carlise se hâta de le rejoindre.

À la seconde où elle le toucha, chaque muscle de son corps se décontracta de soulagement. Son T-shirt était humide et elle pouvait apercevoir la transpiration briller sur son front, mais sa fièvre était retombée. *Enfin !*

Elle l'aida à se mettre debout, et ils traînèrent des pieds jusqu'à la salle de bains. Soulagée de ne pas avoir été obligée de l'aider à faire pipi pendant qu'il était malade, elle dit :

— Je serai juste là, derrière la porte, quand vous aurez fini.

Il hocha la tête et se dirigea lentement vers les toilettes.

Carlise rougit en l'entendant dans la salle de bains... ce qui était ridicule. Ce n'était pas comme s'il faisait ce que chaque personne sur cette planète ne faisait pas ! Mais quelque part, écouter lui semblait trop intime.

Le regard de Riggs était un peu plus limpide qu'il ne l'avait été ces trois derniers jours, mais il n'avait pas demandé qui elle était ou ce qu'elle faisait là, alors elle supposait qu'il était encore un peu confus.

Elle entendit l'eau couler et elle ne put empêcher un petit sourire satisfait de se former sur son visage ; il était malade, encore très faible, et pourtant, il se lavait les mains après être allé aux toilettes. Il était vraiment un homme qu'elle pourrait apprécier...

Attends... Non. Non, non, *non* ! Elle ne pouvait pas l'apprécier. Il vivait au milieu de nulle part. Il n'y avait pas d'électricité dans sa maison. Il était clairement un ermite. Elle venait de la ville. Elle aimait sortir pour aller dîner de temps en temps. Et aimait *vraiment* prendre des douches chaudes.

Et Tommy n'en serait *pas* ravi si elle commençait à fréquenter quelqu'un d'autre.

Elle ne pourrait pas aimer cet homme...

Son monologue intérieur fut interrompu quand la porte s'ouvrit, et elle eut à peine le temps d'attraper Riggs avant qu'il ne s'écroule sur le sol. Elle le prit par la taille et il s'appuya de tout son poids sur elle tandis qu'elle le ramenait vers le lit.

Il s'allongea dès que son postérieur se posa sur le lit, fermant les yeux. Carlise plaça ses jambes et le mit une fois de plus sous les couvertures.

Après être allée chercher un gant de toilette humide dans la salle de bains, elle retourna au lit et s'assit à côté de lui pour lui essuyer doucement le visage. Il ne devait pas se sentir bien avec toute cette sueur sur son corps.

Au fond d'elle, Carlise savait qu'elle ne l'aidait pas uniquement pour son confort... C'était probablement sa dernière chance d'être près de lui. Maintenant que sa fièvre était tombée, il allait se rappeler de ce qui était arrivé et ils redeviendraient deux étrangers. Le tenir dans ses bras, l'apaiser en lui parlant, qu'il dépende d'elle pour... eh bien, *pour tout*, allaient prendre fin.

Les choses pourraient être gênantes et embarrassantes et, bien entendu, il voudrait d'abord savoir ce qu'elle avait bien pu fabriquer dans une tempête. Elle appréhendait cette conversation... Ce n'était pas parce qu'elle ne voulait pas l'avertir à propos de son harceleur, elle avait juste apprécié le fait de ne pas avoir à trop penser à Tommy, ni à s'inquiéter du fait qu'il ne la trouve.

Se retrouver ici, sans électricité était si... fondamental. Tous ces trucs qui l'attendaient dans le monde réel avaient été emportés. Malgré son inquiétude pour Riggs, elle s'était sentie détendue et importante pour la première fois depuis des lustres.

Poussant un soupir, Carlise se força à se lever. Riggs dormait de nouveau : elle pouvait en juger par ses souffles réguliers et son léger ronflement. Elle aurait probablement dû lui faire boire un peu d'eau avant qu'il ne se rendorme, mais se rendre à la salle de bains l'avait exténué.

Elle retourna à la cuisine et ramassa le couteau pour finir de préparer un sandwich pour le petit-déjeuner. Elle en avait mangé pendant ces trois derniers jours car c'était la chose la plus facile à faire. Il y avait une tonne de nourriture en conserves dans le garde-manger, tout comme des pâtes et du riz, mais elle ignorait comment les cuisiner sans électricité. Elle supposait que Riggs devait se servir du feu, mais elle n'était pas tout à fait sûre de la façon de s'y prendre. Alors, c'était beurre de cacahuète et confiture.

Elle venait de finir de manger quand elle entendit un bruit étrange. Il était particulièrement discernable par-dessus les sons désormais familiers du feu et de la tempête en continu. C'était un *bip* régulier. Électronique.

Front plissé, elle regarda dans la cuisine et ne vit rien qui pourrait correspondre à ce bruit.

Avant de pouvoir en trouver la source, le son s'arrêta.

Seulement pour reprendre une minute plus tard.

Désormais curieuse et déterminée de découvrir d'où cela provenait, Carlise commença à explorer sérieusement. Ce pourrait être une sorte d'alarme, comme un détecteur de monoxyde de carbone à piles. La dernière chose qu'elle souhaitait faire, c'était de l'ignorer, quoi que ce soit, surtout si cela signifiait qu'elle et Riggs pouvaient être en danger.

Elle suivit le bruit jusqu'à la commode située le long d'un des murs et fronça les sourcils en ne constatant aucun genre d'appareil posé sur le bois. Elle ne voulait pas farfouiller dans ses affaires, ça ne lui semblerait pas correct. Oui, elle avait dû ouvrir les tiroirs lorsqu'elle avait cherché quelque chose de sec à enfiler, mais c'était différent.

Quand le son stoppa puis recommença une troisième fois, elle comprit qu'elle allait devoir empiéter sur sa vie privée.

Ouvrant le premier tiroir, tout ce que Carlise y vit était des boxers.

Le rouge aux joues, elle referma le tiroir. C'était stupide d'être gênée d'avoir vu ses sous-vêtements. Il avait défilé, ne portant rien d'autre que des boxers et un T-shirt ces deux derniers jours. Sans parler du fait qu'elle s'était retrouvée plaquée contre lesdits boxers en dormant.

Elle ouvrit un autre tiroir : des chaussettes. Puis, un autre. Bingo ! Il y avait un téléphone niché parmi ce qui semblait être des shorts, et elle s'en saisit. Il ne ressemblait pas aux téléphones qu'elle avait déjà vus mais plutôt à un truc qu'elle reconnaissait d'après des photos de téléphones datant des années 1990. Les grands trucs encombrants que les gens utilisaient avant que les téléphones portables ne deviennent plus courants.

Pendant un moment, Carlise songea à ignorer la sonnerie, maintenant qu'elle savait que ça ne venait pas d'une alarme. Répondre au téléphone de Riggs lui semblait encore plus incorrect que d'avoir vérifié ses tiroirs. Mais l'appelant était clairement insistant... Il ou elle avait rappelé trois fois et elle avait le sentiment que la personne n'allait pas s'arrêter avant que quelqu'un ne réponde.

Elle regarda vers le lit, pensa réveiller Riggs afin qu'il puisse parler à la personne qui appelait, mais il était toujours dans le gaz ; le bruit ne l'avait même pas réveillé.

Prenant sa décision, Carlise appuya sur le bouton vert sur le devant et porta l'appareil à son oreille.

— Allo ?

Il y eut un silence tendu avant que la voix d'un homme vraiment en colère ne résonne et ne dise :

— Bordel mais qui êtes-vous et où est Chappy ? Vous feriez mieux de lui donner ce téléphone dans la seconde, ou il va y avoir un paquet d'ennuis !

Déglutissant avec peine en réaction à la voix colérique de l'homme et réalisant que son corps entier s'était tendu comme s'il se préparait à se protéger, Carlise ne put parler pendant un moment.

— Je suis sérieux. Qui êtes-vous et pourquoi vous répondez au téléphone de Chappy ? Où est-il ?

Carlise fronça les sourcils.

— Qui est Chappy ? lâcha-t-elle.

— Qui est Chappy ? répéta l'homme. Merde. Je vais reposer la question. Qui êtes-*vous*, bon sang, et pourquoi vous avez le téléphone de mon ami ?

— Je suis Carlise. Est-ce que Riggs est votre ami ?

Il y eut un autre instant de silence à l'autre bout du fil avant que l'homme ne demande :

— Riggs ?

— Ouais... C'est comme ça qu'il m'a dit s'appeler.

— Ouah... OK. Personne ne l'appelle comme ça. Mais vous n'avez toujours pas dit ce que vous faites là et pourquoi vous répondez au téléphone à sa place.

— Il est malade. Ou l'était. Il va mieux maintenant, dit Carlise à l'homme mystérieux.

Plus ils parlaient, moins sa voix tremblait. Elle n'en était pas certaine mais, comme cet homme était vraiment préoccupé par Riggs, cela lui fit penser qu'il pourrait être l'un des trois gars que Riggs avait appelés pendant qu'il délirait.

— Il est malade ? Qu'est-ce qui ne va pas ?

— Il a eu de la fièvre pendant quelques jours. Mais elle a

fini par retomber cet après-midi. Êtes-vous... Cal, Bob ou JJ ? demanda-t-elle avec hésitation.

— JJ. Comment vous connaissez mon nom ? Et les autres ?

— Riggs vous appelait. Pendant sa fièvre, il a fait des cauchemars. Il s'est réveillé et s'est écrié, voulant s'assurer que vous alliez bien. J'ai juste supposé...

— Donnez-lui le téléphone, ordonna l'homme.

— Euh... prononça Carlise, regardant le lit dans lequel Riggs dormait ; sa bouche était légèrement ouverte et ses membres formaient une étoile de mer, ce qui lui faisait occuper tout le matelas.

— Je suis sérieux. Passez-le-moi *tout de suite* ou je débarque là-haut, avec Cal et Bob, et nous découvrirons personnellement qui vous êtes et ce que vous avez fait à notre ami.

— Je ne lui ai *rien* fait ! protesta Carlise. Il va bien. Enfin, il ira bien maintenant, je crois. Et il neige encore.

— Je me fiche qu'il y ait une invasion extra-terrestre et que la Terre brûle d'une apocalypse. Si vous avez fait du mal à Chappy, ou quoi que ce soit pour l'immobiliser, vous n'aurez *nulle part* où vous cacher. On vous trouvera, putain. Vous m'entendez ?

Bon Dieu, ce mec était intense ! Malgré ses menaces, une pointe de jalousie coula dans les veines de Carlise. D'avoir quelqu'un d'aussi loyal, d'aussi impliqué dans son bien-être était un concept avec lequel elle n'était pas familiarisée.

Oui, sa mère l'aimait mais elle était plutôt douce quand elle devait dire ce qu'elle pensait ou qu'elle devait prendre sa défense et celle des autres. Bien sûr, la maltraitance qu'elle avait subie pendant des années l'avait conçue ainsi. Toutefois, il y avait eu un tas de fois dans sa vie où Carlise aurait souhaité que sa mère soit plus affirmée.

Sa meilleure amie, Susie, était une personne sur laquelle Carlise pouvait compter. Elle avait été son roc depuis que cette histoire avec Tommy avait commencé... mais elle ne pouvait toujours pas l'imaginer être aussi déterminée que JJ quand il désirait parler à son ami.

— Il dort, informa-t-elle l'homme tout en s'approchant du lit. Mais j'essaierai de le réveiller.

— Il vaudrait mieux ne pas simplement *essayer*, marmonna l'homme dans sa barbe.

— Riggs ? dit Carlise en s'asseyant sur le matelas.

À la seconde où ses doigts touchèrent l'épaule de Riggs, il bougea, roulant jusqu'à jeter son bras sur les genoux de Carlise, l'une de ses jambes sur les siennes, et enfouir son visage contre son bassin, comme il l'avait fait plusieurs fois ces deux derniers jours.

Même si elle aimait beaucoup la façon dont il se tournait immédiatement vers elle, elle avait vraiment besoin qu'il se réveille pour pouvoir parler à son ami. Elle ne doutait pas que JJ ferait en sorte de venir jusqu'ici s'il le fallait seulement pour s'assurer que Riggs n'était pas retenu en otage ni torturé.

— Riggs ! dit-elle, plus fort cette fois, tentant de le réveiller.

— Hmm, soupira-t-il.

Carlise s'immobilisa, la main de Riggs se faisait plus lâche pour remonter de sa cuisse à sa hanche, puis sous le T-shirt qu'elle portait.

Il n'avait jamais fait *ça* avant ! Sa main paraissait énorme sur sa taille et son pouce effleurait sa peau, sensible sur le côté, d'une lente caresse.

Ça faisait du bien. Plus que du bien. Ses mamelons se durcirent dans l'immédiat et le désir soudain que sa main aille plus haut fut presque une douleur physique.

— Riggs, JJ est au téléphone. Il veut vous parler.

Sa main s'arrêta de bouger, tandis qu'il assimilait les mots de Carlise. Sa tête s'inclina vers l'arrière et il leva les yeux vers elle. Ils restèrent immobiles pendant une seconde, sa main chaude sur sa peau nue, sa jambe pressée contre la sienne, son regard tout à coup perçant d'intensité.

— Quoi ? demanda-t-il de sa voix rauque.

— Votre ami, JJ. Il est au téléphone. Il s'inquiète pour vous. Vous êtes malade depuis plusieurs jours et il veut s'assurer que je ne vous fais pas le coup de *Misery*, que je ne vous ai pas attaché au lit ou autre. Il menace de venir jusqu'ici s'il ne parvient pas à vous parler. Et croyez-moi, ce serait dangereux, la tempête est encore déchaînée dehors et il y a au moins soixante centimètres de neige au sol. Les congères font probablement le double. Je ne suis pas certaine qu'il y arriverait s'il essayait... bien que je suppose que ça ne l'arrêterait pas. S'il vous plaît, vous pouvez vous réveiller un peu pour lui assurer que vous allez bien et que je ne vous retiens pas en otage ou un truc du genre ?

Carlise savait qu'elle bredouillait et que JJ pouvait entendre chaque mot qu'elle prononçait, mais elle se sentait davantage nerveuse quant à la façon dont elle réagissait, avec Riggs blotti contre elle, qu'elle ne l'était par l'opinion que JJ aurait d'elle.

Prenant une grande inspiration, Riggs retira sa main de sous son T-shirt et se roula sur le dos, mettant fin à leur contact visuel.

Carlise eut presque froid quand il tendit la main pour avoir le téléphone.

Ils y étaient. Le début de leur fin. Ce n'était pas comme s'il y avait eu quoi que ce soit entre eux en réalité... pas vraiment. Il avait été pris de délire, bon sang ! C'était immoral et ridicule de penser qu'il y avait eu la moindre connexion alors que le mec n'avait pas toute sa tête.

Elle entamait sa retraite du lit pour accorder à Riggs autant d'intimité qu'elle le pouvait dans un chalet d'une pièce – peut-être se rendrait-elle à la salle de bains – quand sa main sortit à toute vitesse et se posa sur sa cuisse pour qu'elle reste à sa place.

Carlise s'immobilisa, le visage soucieux, le regard baissé vers sa jambe, là où Riggs la retenait. Elle avait vaguement conscience qu'elle pouvait se dégager, mais elle était si étonnée qu'elle demeura simplement assise.

— JJ ? dit Riggs d'une voix rauque après avoir amené le téléphone à son oreille.

Carlise ne pouvait entendre la conversation du côté de son ami, mais elle retenait son souffle, espérant que les deux hommes seraient rassurés après s'être parlé tous les deux.

— Ouais... je me sens mal... hmm hmm... je ne sais pas... quel jour on est ? Sérieux ? Merde. Ouais, je l'ai sentie arriver quand j'ai entendu un truc sur le porche. Je suis sorti pour chercher ce que c'était et j'ai vu un chien dans un état lamentable. Il voulait que je le suive. Je l'ai fait, et c'est là que j'ai trouvé Carlise.

Il croisa le regard de l'intéressée et elle inhala profondément. Elle s'était demandé ce qui avait pu bien amener un Riggs vraiment malade à sortir dans la tempête. Il semblerait que le chien l'ait *réellement* sauvée... Il avait mené Riggs directement à elle.

Elle était extrêmement soulagée par le fait qu'il semble s'en souvenir. Ravie de ne pas avoir à expliquer qui elle était et pourquoi elle se trouvait dans son chalet en plein blizzard.

Riggs écoutait ce que disait JJ, puis continua de parler.

— Je sais, mec. Je n'en ai aucune idée, mais je vais bien. Ouais, promis, dit-il avant de regarder dans le chalet, puis de fixer de nouveau Carlise. On dirait qu'elle a tout sous contrôle. Je suis incroyablement faible, je n'irai nulle part avant au moins quelques jours.

Il fronça légèrement les sourcils.

— Non, ça va, JJ, elle fait bien vingt kilos et quelques centimètres de moins que moi et, si elle avait voulu me faire quelque chose, elle aurait eu trois jours pour le faire. Nous allons *bien*. D'accord... oui, si j'ai besoin, je te le ferai savoir. Bien. Je n'ai pas demandé, mais je suppose qu'elle a une voiture quelque part dehors, qui est sans doute ensevelie sous la neige maintenant. Hmm, hmm. Bien. Ça me ferait plaisir. La dernière chose dont j'ai besoin, c'est de Cal ou de Bob se pointant sur mon seuil. Merci. Non... pourquoi ? Que vas-tu lui dire ? Bien. Mais ne lui fais pas peur. Je suis sérieux.

Puis, Riggs tendit le téléphone en disant :

— JJ veut vous reparler.

Carlise regarda l'appareil un moment avant de l'accepter. Elle s'attendait à ce que la main de Riggs se retire mais non ; elle restait cramponnée à sa jambe.

— Allo ? dit-elle, hésitante, au téléphone.

— Je suis désolé, répondit JJ sans tergiverser. Chappy est l'un de mes meilleurs amis et il n'a jamais ramené qui que ce soit dans ce chalet, hormis moi et nos autres amis. Quand vous avez répondu à ce téléphone, j'ai paniqué. Je suis sincèrement désolé si je vous ai effrayée.

— Ce n'est rien, répondit-elle doucement.

— Non, ce n'est pas rien. Mais je ferai ce que je peux pour me rattraper. Vous avez conduit jusque là-bas ?

— Euh... oui. Je me suis perdue. Quand la neige a vraiment empiré, j'ai quitté la route et suis entrée dans un arbre, me retrouvant bloquée.

— Vous avez de la chance que Chappy vous ait trouvée.

— Je sais.

— Quel genre de voiture ?

— Quoi ?

— Quel genre de voiture vous avez ?

— Une Honda CR-V.

— Un 4X4 ?

— Oui.

— C'est un indice au moins. OK, quand la météo se sera calmée, je verrai ce que je peux faire pour vous la retrouver.

— Oh, euh, merci.

— C'est le moins que je puisse faire après ce que vous avez fait pour Chappy. Il a vraiment été dans le pâté pendant trois jours entiers ?

— Pratiquement.

— Et vous vous êtes occupée de lui ?

— Il n'y avait personne d'autre ici pour le faire, répondit-elle avec raison.

— Nous vous sommes redevables, dit sérieusement JJ.

— Non, vraiment. Ce n'est rien.

— Que vous disiez non ne rend pas la chose moins vraie. La tempête n'est pas encore terminée. Il l'appelle la « tempête du siècle », ce qui est ridicule car, ici, c'est le Maine, et il y en aura forcément une autre dans un avenir pas si lointain. Mais plus important, la neige sur les pentes n'est pas stable. Quand le soleil se pointera, ça va carrément empirer la situation alors restez simplement là-bas et tenez bon.

— Attendez, quelles pentes ? Vous êtes en train de parler d'avalanche ?

— Vous vous trouvez en plein milieu de la zone qui encercle la base du Mont Baldpate. Je ne dis pas que ça arrivera, mais les gens qui connaissent le sujet *disent* que les conditions sont favorables. Le chalet de Chappy est protégé, il ne se situe pas en zone dangereuse en cas d'avalanches, mais à deux kilomètres ou plus de là, dans n'importe quelle direction, ce n'est pas la même histoire. Ne bougez pas. C'est tout ce que j'essaie de dire.

— Je ne prévoyais pas de partir me balader, ne put s'empêcher de rétorquer Carlise.

JJ ricana.

— Bien. Bref, je vais casser les pieds de Chappy et appeler

tous les jours. J'apprécierais que vous vous assuriez qu'il réponde quand j'appelle.

— Pourquoi ne le ferait-il pas ? demanda Carlise.

— Parce qu'il est têtu. Et qu'il n'aime pas qu'on le chouchoute, répondit JJ. Merci encore, Carlise. Et je m'excuserai à nouveau en personne quand je vous verrai. Plus tard.

Quand il raccrocha, Carlise fixa le téléphone, confuse. Elle ne voulait pas regarder Riggs mais elle ne pourrait regarder ce téléphone indéfiniment, alors elle prit sur elle et leva les yeux.

Les yeux ambrés de Riggs étaient rivés à son visage et il paraissait inquiet.

— Vous allez bien ? demanda-t-il.

— C'est moi qui devrais *vous* demander ça. Comment vous sentez-vous ?

— Affreusement mal. Mes muscles sont douloureux, ma gorge me gratte encore et je suis horriblement faible. Mais je suppose, puisque JJ a dit que ça faisait trois jours depuis l'arrivée de la tempête, que je dois vous remercier de ne pas me sentir pire que ça.

Mal à l'aise face à cette attention et ces louanges, Carlise haussa les épaules.

Ils restèrent assis en silence pendant un moment, la main de Riggs toujours sur la cuisse de Carlise, et aucun des deux ne bougea.

Puis, à la surprise de Carlise, son pouce s'agita en une caresse réconfortante, juste le temps de quelques secondes, avant qu'il ne laisse retomber sa main.

— Je suis sûre que vous avez faim. Et soif. Et que vous avez besoin de paracétamol. Je vais vous en chercher. Reposez-vous.

Carlise sauta hors du lit, se sentant bizarre d'être assise à côté de lui pour la première fois depuis trois jours. Elle posa le téléphone sur le matelas et se rendit à la cuisine.

Riggs ne dit rien, mais elle pouvait sentir ses yeux posés sur elle.

Elle ne savait pas quoi dire non plus. Les choses semblaient étranges désormais et elle détestait ça. Ici, c'était chez lui et elle se sentait comme une intruse. Se demandait-il comment elle savait où se trouvaient les choses dans la cuisine ? Comment savait-elle où se trouvaient les assiettes ? Les serviettes en papier ? L'argenterie ?

Bon Dieu. Bien sûr qu'il ne faisait pas ça. Il n'était pas stupide, il savait qu'elle était là depuis trois jours alors qu'il avait été dans les vapes avec de la fièvre. Cependant, cela semblait incorrect de parcourir ses placards.

Elle entendit le froissement des couvertures, et se retourna pour le découvrir sorti du lit.

— Où allez-vous ? demanda-t-elle sans réfléchir.

Il lui fit un sourire amusé, au côté du lit.

— Pas dehors pour aller courir quelques kilomètres, je peux vous l'assurer. Juste à la salle de bains.

— Oh, oui. Bien sûr. Désolée.

Il lui lança un regard qu'elle ne put interpréter avant de traîner les pieds vers la porte de l'autre côté de la pièce. Carlise résista à l'envie d'aller à ses côtés pour l'aider. Pour s'assurer qu'il ne tombe pas. L'avoir assisté pendant qu'il était malade était une chose, mais de toute évidence, il était en voie de guérison et totalement conscient de son environnement. Il paraissait également stable sur ses jambes. Il n'avait plus besoin de son aide.

Pourquoi cette pensée la rendait-elle triste, Carline n'en savait rien. Elle essaya de ne pas y prêter attention. Les choses allaient changer maintenant et elle ne savait pas si c'était une bonne ou une mauvaise chose.

— Pitié, ne le laissez pas se comporter comme un enfoiré,

chuchota-t-elle avant de reporter son attention sur sandwich qu'elle préparait.

Ce serait mieux pour lui d'avoir de la soupe ou autre, mais elle n'était pas certaine qu'il apprécie de la boire froide et elle ne sentait pas encore prête à utiliser la cheminée pour faire chauffer quoi que ce soit. Peut-être que, lorsqu'il se sentirait mieux, il lui montrerait comment faire.

Cela dit, ce n'était pas comme si elle allait rester ici suffisamment longtemps pour vraiment maitriser l'art de la cuisine au feu de cheminée.

Cette pensée la rendit de nouveau triste mais elle repoussa ses émotions. Elle était soulagée que Riggs aille mieux. Il l'avait effrayée pendant un moment. Tout ce qu'elle avait à faire, c'était d'attendre que la neige s'arrête et elle pourrait se mettre en chemin.

Elle ne savait toujours pas où elle irait en fin de compte, mais elle ne pourrait se cacher indéfiniment de Tommy. Pendant qu'elle était ici, elle se contenterait de savourer le fait de se sentir en sécurité, pour l'instant.

CHAPITRE QUATRE

Chappy regardait son reflet dans le miroir, et il grimaça.

Il se sentait très mal. Crasseux. Il avait vraiment besoin d'une douche mais, avant de pouvoir le faire, il devait aller dehors et démarrer le générateur pour qu'il y ait de l'eau chaude. Il avait le sentiment que sortir maintenant dans la tempête ne lui rendrait pas service. Il était resté plus longtemps que ça sans se doucher par le passé. Il y survivrait.

Mais il prit son temps en se servant d'un gant de toilette pour retirer autant que possible la transpiration qui avait séché sur son corps. Il se brossa les dents, utilisa sa tondeuse pour entretenir sa barbe et mit un peu de déodorant. Quand il eut terminé, il se sentit un peu mieux. Son visage était encore pâle et sa tête, un peu vaseuse, mais il espérait que manger un truc l'aiderait.

Se penchant lourdement sur le plan de toilette, Chappy fixa de nouveau le miroir, mais son esprit n'était pas concentré sur son allure... plutôt sur la femme dans son chalet. Carlise.

Il ne se souvenait pas de grand-chose des trois derniers jours, juste quelques bribes. Mais une chose dont il se souvenait *bien*, c'était de s'être réveillé, désorienté, en la tenant fermement contre lui. Ils avaient dormi, aussi proches que des amants de longue date, et un sentiment de confort et de contentement l'avait comblé avant qu'il ne retombe dans le sommeil.

Chappy n'était pas un homme qui faisait facilement confiance. Mais pour une raison inconnue, il faisait instinctivement confiance à Carlise. Peut-être parce qu'elle avait littéralement tout fait pendant qu'il s'était trouvé dans le cirage. Elle aurait pu le voler impunément, mettre de la drogue dans son eau pour le tuer ou le laisser se débrouiller entièrement seul avec sa maladie. Elle n'avait rien fait de tout ça.

Elle avait pris soin de lui.

Il détestait être malade, se sentir impuissant, et cette femme, une étrangère, avait remonté ses manches et avait fait le nécessaire pour s'assurer qu'il ne meurt pas.

Bien que Chappy n'ait pas pensé au fait qu'il aurait cassé sa pipe, il aurait été clairement en galère si elle n'avait pas été là. Elle avait conservé la chaleur dans le chalet en alimentant le feu, l'avait aidé à se rendre à la salle de bains quand il en avait eu besoin, l'avait fait boire autant que possible et lui avait fait prendre ses médicaments.

En bref… elle s'était surpassée pour aider un inconnu.

Chappy se redressa trop rapidement et dut se retenir vivement d'une main contre le mur pour s'empêcher de tomber.

— Pas de mouvement brusque, marmonna-t-il avant d'atteindre la poignée de porte.

Il voulait voir Carlise. Lui parler. La connaître. Et traîner dans la salle de bains n'allait pas lui apporter les réponses dont il avait besoin. Il voulait tout savoir sur la femme dans l'autre pièce. D'où elle venait, ce qu'elle faisait dans la vie.

Et pourquoi, bon sang de bonsoir, elle avait été au volant sur les routes de campagne du Maine en pleine tempête.

Il ouvrit la porte et se rendit directement à sa commode. Le dos tourné à la cuisine, il ôta vivement le T-shirt qu'il avait porté bien trop longtemps et le remplaça par un propre. Puis, sans vraiment y réfléchir – parce qu'il n'avait jamais reçu un invité d'une nuit dans son chalet auparavant –, il baissa son boxer jusqu'à ses chevilles et se pencha pour en enfiler un propre.

Il entendit un petit cri de surprise en direction de la cuisine et fit la grimace.

— Désolé, marmonna-t-il, sans se tourner, tandis qu'il fouillait dans l'un des tiroirs, à la recherche d'un survêtement. J'avais oublié que vous étiez là.

Ce qui était loin d'être la vérité. Une conscience sous-jacente circulait dans ses veines ; par le passé, il sentait nerveux et mal à l'aise quand quelqu'un l'observait... mais le regard de Carlise provoquait davantage un sentiment d'effervescence que des sentiments alarmants.

— Ce n'est rien, dit-elle calmement.

Chappy finit de s'habiller, puis ramassa ses vêtements sales pour les empiler dans le panier près de la commode. Il prit une profonde inspiration et finit par se tourner pour faire face à son invitée. Il ignora le lit pour le moment – il y était resté allongé trop longtemps – et se dirigea vers la table basse. Ses jambes tremblaient un peu et il maudit sa faiblesse.

— Je vous ai fait un sandwich, dit-elle en plaçant une assiette devant lui sur la table. Je voulais vous préparer de la soupe ou autre, mais je ne crois pas que vous voudriez la boire froide.

Chappy leva les yeux vers elle, sous ses sourcils froncés.

— Pourquoi la boirais-je froide ?

— Eh bien, car vous n'avez pas l'électricité et, si j'avais essayé de la réchauffer sur le feu, je l'aurais probablement brûlée, elle ou ma main, et ruiné votre casserole au passage.

— La cuisinière a du gaz, dit-il doucement.

— Quoi ?

— La cuisinière, elle marche avec du propane. J'ai une petite cuve sous l'évier qui y est raccordée. Je peux faire chauffer de l'eau, faire revenir des trucs, faire des pâtes et du riz et tout ce qu'on peut faire avec une casserole sur une plaque de cuisson.

Carlise le fixa pendant un long moment.

— Oh... finit-elle par marmonner.

— Il y a également un frigo sur le côté du porche. Je m'en sers en hiver, car c'est plus économique que de brancher le petit frigo dont je dispose dans l'entrepôt de stockage. J'ai de la viande, du lait et du fromage là dehors. Des œufs aussi, mais ils sont probablement complètement congelés. Mince, tout le reste l'est sans doute.

— Attendez... Vous avez un frigo que vous pouvez brancher ? Je ne pensais pas qu'il y ait de l'électricité ici... dit-elle.

Elle ne s'était pas assise, demeurait debout, à côté de la table, à le fixer. Chappy voulait tendre le bras et la faire asseoir sur l'autre siège, mais il ne voulait pas non plus l'effrayer en la touchant sans sa permission. Oui, ils avaient dormi, blottis l'un contre l'autre, et elle n'avait pas été effrayée quand il avait posé sa main sur sa cuisse plus tôt, mais il ne voulait pas pousser le bouchon.

— J'ai un générateur dehors. Quand j'ai besoin de recharger mes trucs électroniques ou d'utiliser le peu d'appareils électriques que j'ai ici et là, je peux l'allumer et avoir un peu de jus pour un temps. Je ne m'en sers pas beaucoup, le générateur est bruyant et j'apprécie la paix et le calme de l'endroit, dit-il avant de soupirer. Je suis tellement désolé, dit-il en secouant la tête.

— Pourquoi ?

— Pour ne pas vous avoir fait visiter, ne pas vous avoir

expliqué comment ça fonctionnait ici avant de m'effondrer devant vous.

— Ce n'est pas comme si vous l'aviez fait volontairement, dit-elle avec un petit haussement des épaules. J'aurais dû me douter pour la cuisinière. J'ai été stupide.

Chappy n'aimait pas l'entendre se dénigrer.

— Vous n'êtes pas stupide. Vous êtes parvenue à maintenir le feu. Vous vous êtes occupée de moi. Vous avez fait ce qu'il fallait faire pour survivre. Ce n'est pas parce que vous ignoriez pour la cuisinière ou le générateur que vous êtes stupide.

Elle haussa de nouveau les épaules.

— Allez-vous vous asseoir avec moi pendant que je mange ? demanda Chappy.

Elle jeta un coup d'œil au sandwich qu'elle lui avait préparé et grimaça en prenant l'assiette.

— Laissez-moi vous faire chauffer de la soupe. Vous n'avez pas à manger ça.

Chappy réagit sans réfléchir ; il lui prit le poignet pour l'empêcher d'emporter l'assiette.

— Du beurre de cacahuète et de la confiture, c'est mon plat préféré au monde, lui dit-il, absolument sérieux. Pourquoi croyez-vous que j'en ai autant de pots ?

Son pouce caressa son poignet alors qu'elle l'étudiait, probablement en train d'essayer de décider si elle devait insister ou non. Sa peau était remarquablement lisse et il pouvait sentir son pouls tambouriner dans son poignet. Il ne savait pas si c'était parce qu'elle avait peur ou si c'était son contact qui accélérait son souffle.

Ce fut l'incertitude qui l'obligea à la lâcher ; la dernière chose qu'il voulait, c'était la mettre mal à l'aise.

Il ne l'avait peut-être pas invitée ici, mais elle *était* ici maintenant et, vu le bruit que faisait la tempête dehors, elle n'allait pas partir de sitôt. Il ne voulait pas rendre son séjour étrange ni inconfortable. Surtout pas après ce qu'elle avait fait pour lui.

Chappy ne pouvait se souvenir de la dernière fois que quelqu'un avait pris soin de lui sans attendre quoi que ce soit en retour. Après que lui et ses amis avaient été secourus, ils avaient été emmenés dans un hôpital militaire en Allemagne, où les infirmières et les médecins s'étaient occupés d'eux et avaient fait tout ce qu'ils avaient pu pour soigner leurs blessures, mais ça avait été leur travail. Les femmes avaient toutes été à ses pieds en revenant aux États-Unis pour la première fois, mais Chappy savait que c'était parce que lui et ses amis s'étaient retrouvés partout dans les médias après tout ce qui était arrivé. La dernière chose qu'il souhaitait était de sortir avec quelqu'un qui ne désirait rien d'autre que d'être avec quelqu'un de « connu ».

Chappy était quasi certain que la femme qui se tenait à côté de sa table de cuisine, l'air adorablement froissé, n'avait aucune idée de ce qui lui était arrivé. Elle ne s'était pas assuré qu'il ait chaud, qu'il soit nourri et hydraté parce qu'elle avait vu son visage aux infos. Elle l'avait fait par pure bonté de cœur. Oui, elle était, pour l'essentiel, piégée dans un chalet avec lui à cause de la tempête, mais si elle ne s'était pas inquiétée de son bien-être, elle aurait fait le strict minimum.

— Je vous en prie, Carlise, asseyez-vous, demanda de nouveau Chappy.

À son soulagement, elle tira la chaise à côté de lui et s'assit lentement dessus.

Chappy tendit la main et dit :

— Peut-être pouvons-nous recommencer ? Je suis Riggs Chapman. Mes amis m'appellent Chappy.

— Carlise Edwards, dit-elle d'un air quelque peu timide, prenant sa main.

— Je suis enchanté de vous connaître, dit-il en souriant. Bienvenue dans ma maison loin de chez moi.

Il vit la question dans ses yeux tandis qu'elle lui serrait la main. Il ne voulait pas la lâcher, mais il le fit tout de même.

— J'ai un appartement à Newton. C'est la ville la plus proche d'ici. Mes amis et moi gérons une compagnie de services relatifs aux arbres appelée Jack's Lumber, qui est basée là-bas.

— Qui est Jack ? demanda-t-elle, fronçant légèrement les sourcils.

— Ah oui... alors, peut-être pourrais-je remonter un peu en arrière. Mes amis et moi étions tous militaires. Quand nous avons arrêté, nous avons décidé de nous orienter vers les affaires.

— Cal, Bob et JJ, c'est ça ?

— Ouaip ! Callum « Cal » Redmon, Kendric « Bob » Evans et Jackson « JJ » Justice sont mes meilleurs amis. Nous aurions pu appeler notre entreprise Lumberjacks, mais je crois que JJ aurait été en colère.

Carlise gloussa.

Ce son engendra un large sourire chez Chappy.

— Bref, nous coupons et taillons les arbres, arrachons les souches, aidons les collègues des secours d'urgence quand des arbres sont tombés en travers des routes. Nous faisons aussi de la maintenance sur le sentier des Appalaches, nous assurons que ce soit dégagé, que les marqueurs soient visibles et pas trop érodés et nous accompagnons les gens en manque d'assurance pour randonner dans la partie du sentier des Appalaches qui appartient au Maine.

— Ouah ! Je suppose que vous êtes pas mal occupés alors !

— Durant les mois les plus chauds, oui. Pas tant que ça en hiver, ce qui nous convient à tous. J'ai acheté ce chalet, je l'ai rénové afin d'avoir un endroit où me détendre quand j'en ai besoin.

Carlise hochait la tête comme si elle comprenait parfaitement, bien qu'il sache que la plupart des gens en riraient probablement. Ce n'était pas comme si Newton était une énorme métropole ou que son boulot était aussi stressant. Cependant, il y avait des moments durant lesquels Chappy ressentait simplement le besoin d'être seul.

Cette pensée le surprit ; il devrait être contrarié que son retrait du monde, du bordel qui lui tournait parfois dans la tête, ait été perturbé par une étrangère. Bizarrement, Carlise ne passait *pas* pour une étrangère...

Il ouvrit la bouche pour dire autre chose, sans savoir quoi, quand elle poussa un petit cri et se leva de la chaise comme un éclair.

Chappy se mit debout tout aussi brutalement, un léger vertige l'assaillant, tandis qu'il regardait autour de lui pour voir ce qui l'avait surprise. Comme il ne voyait rien, il la regarda farfouiller désespérément dans les boîtes de son cellier.

— Que se passe-t-il ? demanda-t-il urgemment.

— J'ai failli oublier Baxter !

— Baxter ? Qui c'est ?

Elle se tourna vers lui.

— Le chien qui m'a trouvée.

— Le pitbull ? demanda Chappy, surpris.

— Ouais.

— Il est là ?

Il regarda de nouveau autour de lui, essayant d'apercevoir le chien. Ce n'était pas comme si le chalet était aussi grand, il aurait dû repérer le gros clebs directement.

— Il ne veut pas venir à l'intérieur. Croyez-moi, j'ai essayé. Il est sur le porche. J'espère que ça ne vous dérange pas, mais j'ai pris deux couvertures que vous aviez ici. Pas les duveteuses qui ont l'air neuves. Il y a un espace entre le chalet et les bûches que vous avez empilées sur le porche, où il s'est fait un petit chez-lui avec les couvertures. Il fait encore très froid, mais j'ai bien essayé, je n'arrive pas à le faire bouger de son nid. Mais je l'ai nourri, toutefois...

— Je n'ai aucune nourriture pour chien, lui dit Chappy, ce qui était inutile car elle le savait forcément.

— Je me suis servie dans ce que vous aviez sous la main. Pois chiche, haricots verts, du thon et du poulet en boîte... des choses comme ça. Mais maintenant que je sais que je peux me servir de la cuisinière, je peux faire cuire du riz et y inclure ça également. Je parie qu'il aimerait vraiment avoir quelque chose de chaud dans le ventre.

Elle s'arrêta aussi soudainement qu'elle avait commencé, puis le regarda. Ses joues devinrent rouge vif sous les yeux de Chappy.

— Je veux dire... si c'est bon pour vous ? C'est votre nourriture. Vous ne voulez peut-être pas que je m'en serve pour nourrir un chien errant. Je suis tellement désolée, je n'avais pas vraiment réfléchi à ça.

Chappy ne put s'empêcher de s'approcher. Elle était maintenant debout devant le cellier qu'il avait construit pour garder toutes ses boîtes et ses denrées non périssables. Tous ses amis avaient ri de la montagne de nourriture qu'il gardait dans le chalet, mais il voulait être préparé à tout moment.

Il se rapprocha et leva la main, s'arrêtant à quelques centimètres du visage de Carlise.

— Puis-je ? demanda-t-il doucement, son regard passant sur sa main.

Elle parut confuse pendant une seconde, puis sembla comprendre qu'il lui demandait la permission de la toucher. Elle ne hocha la tête qu'une fois.

Chappy fit lentement courir le dos de ses doigts sur la joue de Carlise avant de poser sa main sur le côté de son cou. Son pouce caressa le dessous de sa mâchoire. Il secoua légèrement la tête en disant :

— Je suis en admiration devant vous, Carlise.

Les sourcils de cette dernière se froncèrent une fois de plus sous l'effet de la confusion.

— Vous auriez pu mourir. Vous étiez probablement gelée jusqu'aux os. Et pourtant, quand je vous ai vue la première fois, j'ai pu voir la détermination dans vos yeux, dans la façon dont vous continuiez à mettre un pied devant l'autre. Vous n'alliez pas vous arrêter avant d'être à l'abri. Bien évidemment, vous ne pouviez pas savoir qu'il n'y avait vraiment rien dans la direction que vous aviez prise. Rien excepté mon chalet. La route sur laquelle vous vous trouviez finissait en impasse, avec uniquement des arbres et des étendues sauvages sur des kilomètres et des kilomètres. Mais par miracle, je vous ai trouvée, vous ai conduite ici... et me suis évanoui devant vous, continua-t-il avant de sourire légèrement. Vous avez fait ce qu'il fallait pour nous garder tous deux en sécurité et au chaud. Pas seulement ça, mais vous n'avez pas oublié ce pauvre chien.

— Il m'a sauvé la vie, murmura-t-elle.

— En effet, dit Chappy, son regard se posant sur chaque partie de son visage.

Il aimait ça. Il aimait être près d'elle. La toucher. Elle le regardait avec ses grands yeux bleus, et il se sentit bien en voyant ce qu'il y avait dans son regard... du soulagement. De la confiance.

Et une attirance que Chappy ressentait des pieds à la tête.

— Pourquoi Baxter ? demanda-t-il.

— J'ai pensé à tout un tas d'autres noms... j'ai eu beaucoup de temps pour y réfléchir, après tout. Mais rien ne me paraissait correct. Puis, Baxter m'est comme apparu dans la tête et il m'a paru convenir.

— J'aime bien. Alors, il a mangé ?

Carlise fit oui de la tête.

— La nuit dernière, c'était la première fois qu'il mangeait pendant que je restais dehors avec lui.

— Vous vous êtes assise dehors avec lui ? On se les gèle ! dit Chappy, soucieux.

— Je sais mais je lui parlais. Je voulais qu'il s'habitue à ma voix. Je déteste qu'il soit là, dehors, dans le froid alors que nous sommes ici. Ce n'est pas juste.

Ce n'était *pas* juste. Mais jusqu'à ce que le chien lui fasse confiance, leur fasse confiance à tous les deux, il ne viendrait pas à l'intérieur.

— Et si nous faisions du riz pour l'ajouter à son repas ?

— Cela ne va pas prendre du temps à faire ? Je veux dire, il est déjà plus tard que l'heure à laquelle je le nourris habituellement. Je ne veux pas qu'il croie que je l'ai oublié.

Les lèvres de Chappy se retroussèrent.

— Il ne croira pas que vous l'avez oublié.

— Vous ne le savez pas...

— Ce chien n'ira nulle part. Il est sans doute plus au chaud qu'il ne l'a été depuis un moment et vous êtes sa source de nourriture. Il ne va pas prendre le risque de perdre l'une de ces deux choses. De plus, j'ai du riz à cuisson rapide, ce truc ne mettra pas longtemps à cuire. Vous pensez qu'il mangera si je vais dehors avec vous ?

Carlise y réfléchit un moment.

— Je ne sais pas. Pas concernant Baxter mais plutôt vous, pour aller dehors. Vous êtes encore un peu rouge. Et vous étiez en plein délire il n'y a pas si longtemps. Ce n'est probablement pas une bonne idée de sortir dans le froid.

Son inquiétude lui plaisait.

— Nous ne resterons pas dehors longtemps. De plus, il faut

que j'aille récupérer davantage de bois pour le feu de toute manière.

— Je peux le faire.

— Je sais que vous le pouvez et j'apprécie. Mais maintenant que je suis debout et conscient de ce qu'il se passe, vous ne le ferez pas.

Elle afficha son mécontentement.

— Et pourquoi pas ?

— Parce que.

— Ce n'est pas une réponse, dit-elle en levant les yeux au ciel.

Bon Dieu, qu'elle était mignonne ! Bien que Chappy savait qu'il ne valait mieux pas dire ça devant ce visage. Il n'était pas expert quand il était question de relation mais, à une époque lointaine, il avait dit d'une femme qu'elle était mignonne et elle avait très clairement déclaré qu'elle avait trouvé cet adjectif offensant. Il ne savait pas bien pourquoi, peut-être avait-elle eu une mauvaise expérience. Il avait eu l'impression que ça avait été davantage son souci à *elle* plutôt qu'un problème pour les femmes en général. Mais il s'était montré très précautionneux pour ne pas utiliser ce mot pour décrire ses futures petites amies.

— Parce que vous vous êtes occupée de moi pendant trois jours, dit-il après une courte pause. Vous n'aviez pas à le faire. Je n'attendais rien de vous. Mais vous l'avez fait. Si je pensais que Baxter réagirait positivement à mon égard, je vous demanderais de rester à l'intérieur et de me laisser le nourrir. Mais il est habitué à vous maintenant, et je ne veux pas prendre le risque qu'il s'enfuie si je vais là-bas moi-même. Mais... je suis un protecteur, Carlise. C'est ce que je suis. Quand mes amis et moi avons quitté l'armée, nous ne voulions pas nous diriger vers les professions qui impliquaient des armes... la sécurité, garde du corps, ce genre de choses... mais c'est dans mon ADN d'essayer de m'assurer que ceux qui m'entourent soient protégés et qu'on prenne soin d'eux. Je suis mal à l'aise avec l'idée que vous ayez dû vous occuper de chacun de mes besoins ces derniers jours, alors que je suis vraiment soulagé, reconnaissant et touché que vous l'ayez fait.

Chappy ignorait où il allait en disant tout cela, mais il ne semblait pas pouvoir se taire.

— Vous pourriez vous blesser les mains avec le bois. Avoir une écharde. Vous faire mal au dos parce que ces bûches sont sacrément lourdes. Et je n'aime pas l'idée que vous vous fassiez mal d'une quelconque manière. Ce n'est pas un problème pour moi de prendre les bûches car je le fais depuis des années. Et c'est moi qui les ai toutes coupées.

Carlise posa une main sur son torse et répondit :

— D'accord.

Cela mit fin à son flot de paroles.

— D'accord ? répéta-t-il.

Elle acquiesça.

— Oui. Je serai stupide de me battre avec vous. Je veux dire, vous pouvez probablement en porter plus que moi en une fois de toute manière... même si vous avez eu de la fièvre pendant trois jours. Mais pouvez-vous essayer d'aller vous servir à l'autre bout du stock, loin de là où Baxter se planque ?

— Bien sûr. Quand le vent et la neige seront moins forts, peut-être que je pourrai lui construire une bonne niche.

Les yeux de Carlise s'agrandirent.

— Vous feriez ça ?

— Absolument. Ce chien vous a sauvée. Il a attiré mon attention et m'a fait sortir dehors dans la tempête pour que je voie ce qui le tracassait tant. S'il ne l'avait pas fait, vous ne seriez sans doute pas ici maintenant. J'ai le sentiment que je ferais *n'importe quoi* pour ce chien.

Elle sourit.

Chappy était debout dans sa cuisine, sa main sur la nuque de Carlise, la sienne reposant sur son torse et il absorbait simplement les sentiments qui l'envahissaient. Des sentiments qu'il ne se rappelait pas avoir ressentis souvent. La satisfaction. La gratitude.

La légitimité du fait que cet endroit était celui où il était censé être. Juste ici, avec Carlise.

Il ne voulait pas bouger, mais Baxter avait besoin d'être nourri.

— Je vais commencer par le riz si vous voulez mélanger le reste de la nourriture.

— D'accord.

Aucun des deux ne bougea.

Chappy ne voulait pas être le premier à briser leur contact physique mais il fallait le faire. Avec réticence, il laissa retomber sa main et fit un pas en arrière, surpris que ça lui paraisse douloureux.

CHAPITRE CINQ

— Ça va, c'est Riggs. Je t'ai parlé de lui. Il est gentil. Tu te souviens ? Tu es venu et l'a incité à me venir me trouver. C'est sa nourriture que tu manges et ses couvertures que tu utilises. Elles sont chaudes, hein ?

Carlise parlait calmement et gentiment au chien qui se recroquevillait aussi loin qu'il le pouvait dans sa petite cachette. Alors qu'il paraissait effrayé, elle était encouragée par le fait qu'il n'avait pas détalé du porche. Il aurait pu, il aurait pu renoncer à son nid et s'échapper par le côté du porche. Mais au lieu de ça, il gardait attentivement ses grands yeux marron sur elle et sur Riggs.

Justement, Riggs avait insisté pour qu'elle porte deux de ses T-shirts à longues manches, deux paires de ses chaussettes et ses galoches, en plus de son propre manteau, chapeau, écharpe et gants. Elle était si emmitouflée qu'elle avait l'impression d'être le frère de Ralphie dans *A Christmas Story*.

Là encore, il s'était directement manifesté et lui avait dit qu'il était un protecteur. Qu'il était soucieux de son bien-être, alors elle ne fut pas surprise de cet excédent de vêtements. Cela remontait à longtemps, le fait que quelqu'un se soit occupé d'elle à ce point. Ses pensées se tournèrent vers Tommy mais elle les repoussa immédiatement. Elle ne voulait pas penser à son ex en cet instant. Elle était en sécurité, et cela avait été un tel soulagement de ne pas avoir eu affaire à toute sorte de harcèlement ni de traque ces derniers jours...

Elle se tourna et vit Riggs accroupi, se tenant en équilibre sur la pointe de ses pieds près de la porte du chalet. Il avait pris quelques bûches plus tôt et était maintenant simplement derrière elle, à surveiller.

— Nous avons une surprise pour toi aujourd'hui, dit-elle à Baxter en glissant le bol de nourriture plus près. Du riz. Je pense que tu vas aimer. Ça va te réchauffer de l'intérieur. Bien que je ne sois pas sûre que tu devrais t'habituer à ce genre de nourriture raffinée. La nourriture pour chien habituelle possède un meilleur équilibre des nutriments pour toi. Là encore, ça, ça aura probablement un bien meilleur goût. Mais qui sait ce que tu as mangé avant de nous trouver, hein ? C'est bon. Tu peux manger. Ça ne craint rien. Tu ne crains rien.

Elle commença à filer à reculons, mais fut stoppée par la main de Riggs dans son dos.

— Continuez de lui parler. Il doit s'habituer à votre présence. Il va manger, accordez-lui juste un moment, dit-il doucement.

Chaque autre fois qu'elle était sortie, Carlise s'était reculée pour accorder à Baxter de la place pour manger. La dernière chose qu'elle voulait, c'était effrayer le chien et qu'il ne touche plus à la nourriture. Mais elle avait confiance en Riggs, alors elle fit ce qu'il demandait.

— Je suis navrée de ne pas avoir donné de riz avant. J'ignorais que la cuisinière fonctionnait au gaz. C'est stupide, n'est-ce pas ? Je veux dire, j'aurais dû le savoir mais, pour ma défense, je ne suis pas une grande cuisinière... Parfois, un bol de céréales est tout aussi satisfaisant qu'un menu à quatre plats, tu sais ? Mais je parie que tu ne penses pas la même chose, hein ? On dirait que tu as pris un peu de poids... bien entendu, ce pourrait juste être une illusion de ma part. Tu étais si maigre... Je n'arrive pas à croire que tu aies survécu aussi longtemps tout seul. Mais tu n'es plus seul, Bax. Si tu peux apprendre à me faire confiance, je te prendrai avec moi à Cleveland quand... euh... quand je serai sûre que c'est prudent. Vas-y, mange mon grand. C'est bon pour toi, promis.

Elle ne voulait pas parler de cette partie concernant la prudence, mais la dernière chose qu'elle souhaitait était de ramener ce chien chez elle juste pour que son harceleur décide de passer sa colère sur l'animal sans défense. Baxter en avait assez vu. Elle ne voulait pas prendre le risque qu'il subisse davantage de violence.

Elle pria pour que Riggs n'ait pas entendu ce qu'elle avait dit... mais elle avait le sentiment qu'il n'en avait pas loupé beaucoup.

— Bon chien, murmura-t-elle quand Baxter renifla le bol qu'elle avait poussé sous son museau. C'est ça. Mange bien tout.

La première fois qu'elle avait vu le chien manger, elle avait été surprise qu'il n'engloutisse pas toute la nourriture en quelques bouchées. Maigre comme il était, elle avait supposé qu'il voudrait désespérément manger toute sorte de repas. Mais en fait, tout comme, en cet instant, il mangeait lentement, comme s'il savait que manger trop vite le ferait tout rendre.

— C'est bon, hein ? demanda-t-elle.

Baxter la regarda comme s'il comprenait ce qu'elle disait et se lécha les babines. Puis, sa tête retourna au contenu du bol.

— Il a vraiment meilleure allure que la dernière fois que je me souviens l'avoir vu, dit doucement Riggs.

De la chair de poule apparut immédiatement sur les bras

de Carlise, le souffle de Riggs ayant soufflé doucement sur la peau sensible de son cou. Riggs était accroupi juste derrière elle désormais, sa main posée sur son dos et sa bouche à son oreille, et il fallut beaucoup d'efforts à Carlise pour ne pas se pencher en arrière et se blottir contre l'homme.

Délirant et inconscient, il était beau. Debout, conscient et lui chuchotant de sa voix basse et sexy... il était mortel.

Carlise était une femme pragmatique ; elle ne croyait pas en l'amour au premier regard. Elle se méfiait des hommes en général. De leurs motivations et de leurs intentions cachées. Mais elle commençait à avoir cet homme dans la peau sans même essayer. Peut-être était-ce la façon dont il lui avait demandé la permission de la toucher dans la cuisine. Peut-être était-ce la manière dont il avait dit, sans gêne ni égo, qu'il était un protecteur. Ou peut-être était-ce parce qu'il s'était assuré avec insistance qu'elle soit complètement emmitouflée avant de sortir dehors.

Peu importait la raison, Carlise avait le sentiment que cet homme était soit un rêve devenu réalité, soit qu'il allait briser son cœur en mille morceaux.

Elle acquiesça en réponse au commentaire de Riggs et maintint le regard sur Baxter. Mais l'homme derrière elle ne bougeait pas. Il restait simplement où il était, la main sur son dos ne se retirant jamais.

Le vent ne semblait pas hurler aussi fort qu'il l'avait fait ces derniers jours, mais la neige continuait de tomber et la visibilité était encore extrêmement limitée. Elle, Riggs et Baxter auraient pu être les trois derniers êtres vivants sur la planète. Ils étaient dans leur propre petite bulle.

— Je crois qu'il lui faut plus de couvertures, dit Riggs au bout d'un moment. J'en ai une à l'intérieur qui sera mieux que celles-là. Je l'ai eue en Corée du Sud quand je m'y trouvais. On appelle ça une couverture en vison, mais ce n'est pas du vrai vison. Je ne sais pas ce que c'est, en réalité, mais c'est aussi épais et doux que le paradis ! Nous pourrions peut-être le suspendre par-dessus les bûches, comme ça, ça bloquera davantage le vent.

Le cœur de Carlise se mit à fondre. Il semblait sincèrement inquiet pour le chien. Elle se tourna pour lui dire qu'elle ne croyait pas qu'il avait besoin de sacrifier ce qui avait l'air d'être une couverture difficilement remplaçable, mais il s'éloignait déjà d'elle.

Baxter s'arrêta de manger et observa prudemment Riggs reculer vers la porte du chalet.

— C'est bon, l'apaisa Carlise. Il va juste te chercher une autre couverture.

En quelques secondes, Riggs fut de retour.

— Voilà, j'en ai apporté deux. Nous pouvons en mettre une sur les bûches et nous en disposerons quelques-unes pour la maintenir. Quant à l'autre, il peut l'avoir dans son petit nid pour avoir plus chaud. Je pense que ce serait mieux si vous le faisiez, cela dit. Il n'a pas autant confiance en moi qu'en vous.

— J'en mettrai une sur les bûches mais vous pousserez l'autre vers lui. Il faut qu'il sache que vous avez les meilleures intentions également. Et que vous ne lui ferez pas de mal. Mais attendons qu'il ait fini de manger.

Cela semblait intime, d'être assis là, sur le porche, à observer Baxter manger. Riggs était assis derrière elle, l'une de ses mains gantées posées sur le plancher du porche, à côté de la hanche de Carlise, et l'autre main sur sa taille, la tenant contre lui. Son corps bloquait un peu de vent et, même s'ils étaient tous les deux tellement emmitouflés pour qu'il y ait un moyen pour elle qu'elle ne sente pas la chaleur du corps de Riggs, elle avait tout de même l'impression d'avoir plus chaud contre lui.

Finalement, Baxter termina la nourriture que Carlise avait

préparée pour lui. Il lécha chaque centimètre du bol jusqu'à ce qu'il soit propre avant de lever les yeux vers elle et vers Riggs.

— Je me demande d'où il vient, songea Riggs. Je veux dire, il n'y a pas d'autres chalets à des kilomètres.

— On l'a probablement abandonné, dit Carlise.

— Ouais, vous avez probablement raison, dit Riggs avant de se presser contre elle. OK, faisons ça. Je vais d'abord pousser la couverture vers lui, puis vous pouvez tenter d'accrocher l'autre sur les bûches.

Baxter tremblait tandis qu'ils bougeaient lentement, mais il ne s'enfuit pas, ce pourquoi Carlise était reconnaissante. Quand ils eurent fini, la tanière du chien était un peu plus protégée.

— J'aurais dû penser faire ça il y a trois jours, commenta tristement Carlise, debout près de la porte du chalet avec Riggs.

Baxter était occupé à chiffonner la nouvelle couverture, tournant en de petits cercles dans sa tentative de rendre son nid aussi parfait que ses pattes de chien le lui permettaient.

— Ce que vous avez fait est parfait, lui dit Riggs. Venez, rentrons, et je vais nous faire du thé pour nous réchauffer.

Carlise était plus que prête à retourner à l'intérieur : il faisait sacrément froid ! Dès qu'ils pénétrèrent dans le chalet, Riggs se dirigea vers la cheminée et ajouta une bûche avant de revenir vers la porte et de retirer sa veste pour la suspendre au portemanteau.

Ses joues étaient rouges, et Carlise n'y réfléchit pas à deux fois avant de s'avancer vers lui et de placer une main sur son front.

— Vous avez un peu chaud, fit-elle remarquer.

Riggs haussa les épaules.

— Je pense que j'ai encore une légère fièvre, mais ce n'est plus comme avant. Tout ira bien pour moi.

— Peut-être devrais-je faire le thé, suggéra Carlise.

— Je m'en charge. Allez vous asseoir sur le canapé et vous réchauffer. Ça prendra un peu de temps pour que l'eau boue.

— Mais vous irez vous asseoir et vous détendre une fois que ce sera le cas ? demanda-t-elle.

Il la regarda un moment avant de finir par hocher la tête.

— Oui.

— D'accord.

Il semblait à Carlise que Riggs voulait ajouter quelque chose, mais il fit simplement un geste de la tête vers le canapé avant de se tourner vers la cuisine.

Après ces trois derniers jours, cela faisait bizarre à Carlise de rester simplement assise pendant que Riggs la servait, mais maintenant qu'ils s'étaient occupés de Baxter et que Riggs était en voie de guérison, elle réalisa à quel point elle était fatiguée. Elle avait dormi ici et là ces derniers jours mais jamais profondément. Elle s'était réveillée en sursaut à chaque bruit étranger et à chaque fois que Riggs avait remué, agité, dans son sommeil.

Elle ne se l'était pas admis à ce moment-là, mais elle avait été terrifiée à l'idée qu'il meurt sous sa garde.

Elle s'assoupit en attendant que Riggs revienne avec le thé.

Quand elle sentit quelque chose lui toucher l'épaule, elle réagit d'instinct : elle se baissa rapidement et roula hors du canapé en même temps, se couvrant la tête avec les bras, se protégeant des coups qui allaient arriver, elle en était sûre.

Comme rien n'arriva pendant une longue minute, elle pencha la tête et leva les yeux, ne découvrant rien d'autre que Riggs assis sur le canapé, les sourcils froncés par l'inquiétude.

— Je ne voulais pas vous faire peur. Vous êtes en sécurité ici, Carlise. Je ne vous ferai pas de mal. Je suis désolé de vous avoir touchée sans votre permission, mais je jure que je ne ferai jamais rien qui vous causerait du mal. Si je vous ai donné l'impression inverse, je suis vraiment désolé.

Embarrassée par sa réaction exagérée, Carlise inspira profondément et se mit sur ses genoux, puis debout avant de retourner sur le canapé. Elle s'assit à côté de Riggs et haussa légèrement, honteusement les épaules.

— Non, c'est moi qui suis désolée. Je veux dire, vous m'avez surprise mais je sais que vous ne me ferez pas de mal. Vous avez déjà eu des occasions de le faire et nous savons tous les deux que je ne serais pas suffisamment forte pour vous arrêter.

— Vous ne le savez *pas,* de toute évidence, si votre réaction était un signe, dit Riggs d'un ton grave.

Carlise tendit ma main et la posa sur le genou de Riggs. Elle n'aimait pas le fait qu'il ait cru le fait qu'elle avait peur de lui ; ce n'était véritablement pas le cas. Même s'il était un parfait étranger, au fond d'elle, elle savait qu'il ne lui ferait jamais de mal. Elle ne savait pas trop *comment* elle en était sûre... elle l'était, simplement.

— Ma mère a vécu une relation violente pendant des années, laissa-t-elle échapper. Nous devions faire attention à ce que nous faisions ou disions près de mon père, de peur qu'il s'en prenne à nous. Elle a encaissé le plus gros de sa colère pendant longtemps mais, quand j'ai été un peu plus âgée, il s'en est pris à moi également. Il venait souvent dans ma chambre et me réveillait en me frappant. Cette réaction que je viens d'avoir était instinctive. Je suis désolée.

La mâchoire de Riggs eut un tic tandis qu'il la regardait fixement.

Pour une raison, peut-être dans une tentative pour l'apaiser, Carlise continua.

— Je me suis juré de ne jamais rester avec un homme qui me battrait. Je ne veux pas être comme ma mère. C'est une femme bien, mais elle n'a pas été assez forte pour le quitter jusqu'à ce qu'il soit presque trop tard. Il a fini par lui faire tellement mal qu'elle est restée des semaines à l'hôpital. Au final, avec mes encouragements, ou mes supplications, vraiment, elle a trouvé le courage de dire que la coupe était pleine. Puis, dans *ma* relation... Eh bien, je croyais que Tommy était un gentil garçon. Qu'il m'aimait. Jusqu'à ce qu'il montre son vrai visage. Je suis partie ce jour-là.

Riggs prit une profonde inspiration, posant sa main sur celle de Carlise toujours sur son genou.

— Je jure sur mon honneur que je ne vous frapperai jamais. Je ne vous rabaisserai jamais. Ne vous donnerai jamais l'impression que vous ne pouvez pas me faire confiance. Je ne vous connais peut-être pas depuis longtemps, mais il est clair à mes yeux que vous êtes une personne incroyable, Carlise. Forte. Je l'ai déjà dit mais je le redis, peu de personnes auraient fait ce que vous avez fait. M'auraient aidé comme vous l'avez fait. Auraient eu la force intérieure de traverser cette tempête.

Carlise ne savait pas quoi dire. Elle se contenta de le regarder.

— Je veux savoir pourquoi vous étiez là dehors, Carlise. Pourquoi vous étiez perdue dans mon jardin. Ce qui a provoqué cet air méfiant dans vos yeux. Pourquoi, à chaque hurlement du vent, vous vous comportiez comme si quelqu'un allait débouler et vous faire du mal... alors que vous étiez très loin de Cleveland.

Merde. Elle avait raison ; cet homme ne passait à côté de *rien*.

— Mais ce n'est pas le moment. J'ai l'impression de vous connaître depuis toujours mais, en réalité, ça ne fait que quelques heures puisque je n'avais pas conscience de l'endroit où je me trouvais et ce qu'il se passait, dit-il avant d'arborer un petit rictus. Et vous ne me faites pas encore confiance. Je peux patienter jusqu'à ce que ce soit le cas. Je veux que vous me parliez, que vous me laissiez vous aider, mais je veux que *vous* en ayez envie également. Ne me racontez pas votre vie juste parce que vous avez l'impression de ne pas avoir le choix. Alors, pour l'instant, que diriez-vous que nous nous réchauffions et que nous parlions de sujets moins menaçants ?

Carlise soupira, soulagée. Elle n'était pas prête à évoquer Tommy avec Riggs. À quel point elle avait peur de son harceleur... du fait qu'il était monté d'un cran, en passant du petit vandalisme et des menaces à quelque chose de plus physique.

— Comme quoi ?

— Quel âge vous avez. Où vous avez grandi. Ce que vous faites dans la vie. Ce genre de trucs.

Il se tourna vers la petite table à côté du canapé et lui tendit un mug de thé fumant.

Carlise n'avait aucun problème pour partager des choses plus générales la concernant. Principalement car elle était aussi curieuse que l'homme assis à côté d'elle. Maintenant qu'il se montrait cohérent, elle voulait en apprendre davantage sur lui. Plus que le fait qu'il ait des cicatrices partout sur son corps et un mignon grain de beauté sur le côté du cou, juste en dessous de son oreille.

Elle enserra le mug entre ses mains et inhala le parfum de cannelle et de pomme avant de dire :

— J'ai trente ans. J'ai grandi à Birmingham, en Alabama, et je traduis des livres du français à l'anglais.

Riggs se tourna et saisit une couverture du dos du canapé, la secouant avant de se retourner vers elle.

— Puis-je ? demanda-t-il, désignant la couverture.

Carlise donna son accord et Riggs plaça doucement la couverture sur ses genoux, l'enveloppant fermement.

— Vous avez assez chaud ?

— C'est parfait, lui dit-elle.

Et c'était le cas. Elle se sentait plus détendue en cet instant qu'elle ne l'avait été depuis des jours. Des semaines.

— J'ai trente-quatre ans, mais il y a des jours où j'ai l'impression d'avoir des décennies de plus. J'ai grandi à Macon, en Georgie, et vous savez que je suis un homme des bois.

— Dans quelle branche de l'armée vous vous trouviez avec vos amis ? demanda Carlise, prenant une gorgée du délicieux thé.

— L'armée de terre. Des forces spéciales.

Les yeux de Carlise s'agrandirent.

— Ah oui ? Comme les SEALs ?

Riggs ricana.

— Eh bien, les SEALs sont de la marine.

— Je le savais, dit hâtivement Carlise.

— Oui, comme les SEALs mais pour l'armée.

Riggs soupira et attrapa une autre couverture. Il s'en recouvrit, puis s'installa à l'autre bout du canapé. Carlise sentit son pied effleurer le sien sur l'oreiller mais, au lieu de s'écarter, elle pressa davantage son pied contre celui de Riggs.

Il sourit légèrement, puis redevint sérieux.

— Durant notre dernière mission, tout s'est mal passé. Nous avions reçu de mauvaises infos, les soldats qui nous accompagnaient ont paniqué quand c'est parti en sucette et, au final, mon équipe et moi avons été capturés.

— Oh non ! s'exclama Carlise.

— Ouais. Ça n'a pas été un chouette moment. C'est là que nous avons pris la décision d'arrêter. Que lorsque nous serions rentrés – *si* nous rentrions – nous allions monter une affaire ensemble.

— Je... étiez-vous blessé ?

Riggs hocha la tête.

— Oui.

— Vos cicatrices, dit-elle calmement.

— Ouais, elles ne sont pas jolies. Mais nous avons tous été plutôt chanceux comparés à Cal.

SUSAN STOKER

— Attendez... Callum Redmon, vous avez dit ? Pourquoi ce nom paraît familier ? demanda-t-elle.

— Il est originaire du Liechtenstein et, oui, c'est un vrai pays. Nous l'avons tous pas mal taquiné sur fait d'inventer le nom d'un pays fictif mais il s'avère qu'il existe. Il a majoritairement grandi en Angleterre, il a même l'accent anglais, mais il parle couramment l'allemand, la langue que parle ses compatriotes, et connaît un peu le français. Il est le quatrième fils du quatrième fils en lice pour la couronne... ou quelque chose comme ça. Je n'arrive jamais à me souvenir.

— Mince alors, je me souviens maintenant ! Il y avait des vidéos de lui en train d'être torturé sur Internet, s'exclama-t-elle, les yeux agrandis. Attendez... vous y étiez vous aussi ?

— Oui. Nos ravisseurs aimaient avoir du sang royal dans leurs griffes. Il a eu le plus gros de leur attention.

Sans hésiter, Carlise se pencha et posa sa tasse de thé sur le sol, puis bougea vers Riggs. Elle l'enlaça, posant sa tête sur sa poitrine et le serrant fort dans ses bras.

— Je suis *tellement* navrée.

Riggs bougea jusqu'à ce que ses pieds retrouvent le sol, revint contre les coussins du canapé et manipula sans peine Carlise jusqu'à ce qu'elle soit assise sur ses genoux. Il posa un bras sur le haut de ses cuisses et l'autre autour de son cou, la tenant contre lui.

— Ce n'était pas si mal...

Carlise eut un rire amusé.

— D'accord, ça l'était. C'était affreux. Mais je suis ici, tout comme mes amis. Vivant et reconnaissant pour chaque jour passé sur cette Terre.

— Mais il va bien ? Votre ami ? Cal ?

— Ouais. Il a ses mauvais jours mais il va de mieux en mieux.

— Vous l'avez mentionné ainsi que vos autres amis... vous

savez, quand vous étiez malade ? Vous avez crié leurs noms dans votre sommeil. Vous étiez inquiet pour eux.

Riggs haussa les épaules.

— Pas surprenant. Je ferais n'importe quoi pour ces mecs. Nous avons vécu l'enfer ensemble et en sommes sortis.

— Je suis contente que vous les ayez, murmura-t-elle.

Carlise l'avait enlacé impulsivement, incapable de ne *pas* lui offrir de réconfort mais, désormais, elle ne voulait pas bouger. Il était extrêmement confortable et si chaud... Ses paupières tombaient.

— Vous n'avez pas d'amis proches ? demanda Riggs.

— Si. Susie. Je l'ai rencontrée quand j'ai emménagé à Cleveland. Elle vit dans mon immeuble. Nous sommes devenues proches assez vite, nous nous sommes bien entendues. Mais...

La voix de Carlise s'éteignit un moment avant de reprendre.

— Je ne sais pas. Dernièrement, c'est comme si nous étions en train de nous éloigner. Je veux dire, je travaille de chez moi alors je ne sors pas beaucoup, et elle semblait réussir à m'amadouer pour l'accompagner au bar les weekends. Nous nous sommes beaucoup amusées mais je lui dis toujours non désormais, quand elle réclame. Je peux dire que ça la frustre. Mais... je n'ai simplement plus envie de sortir.

Elle ne voulait pas dire à Riggs pour quelle raison. Qu'elle ne se sentait pas en sécurité, ne sachant pas quand ni où Tommy pourrait se pointer.

— Nous allons toujours déjeuner, nous parlons et nous envoyons des messages tout le temps et nous rendons à l'appartement de l'autre, mais je sais qu'elle aimerait que les choses soient comme elles étaient.

— Les gens changent, dit Riggs.

Carlise aimait la façon dont la voix de Riggs était profonde et vibrante. Sa joue sur son torse, elle pouvait sentir les mots résonner dans tout son corps.

— Oui. Elle reste ma meilleure amie et je ne sais pas ce que j'aurais fait sans elle ces deux derniers mois.

Riggs se raidit légèrement sous elle.

— Elle sait où vous vous trouvez ?

— Non. J'ai appelé ma mère avant de quitter Cleveland. Je lui ai dit que j'avais besoin de partir un moment, mais j'ai pensé que ce n'était pas sûr de le dire à quelqu'un d'autre, même à ma meilleure amie. Je craignais qu'en le sachant, elle me demande de venir avec moi. Et en temps normal, j'adorerais partir en voyage avec elle. Mais j'avais juste besoin de m'éloigner de tout ce qui m'arrive pendant un temps. Je l'aurais appelée une fois que j'aurais été installée quelque part et en sécurité.

— Je peux constater que vous êtes à moitié endormie. Alors, je vous demanderai plus tard à quoi fait référence *tout* ce qui vous arrive et *en sécurité*, la prévint Riggs.

Carlise était trop à l'aise, avait trop chaud, était trop endormie pour protester.

— D'accord.

— Vous avez besoin d'appeler chacune d'entre elles pour les rassurer que vous allez bien ? Vous êtes ici depuis quelques jours...

Carlise secoua la tête.

— Mon téléphone est probablement mort. Et je suppose qu'il n'y a aucun réseau par ici.

— Non. Mais j'ai mon téléphone satellite. Et nous pouvons charger votre téléphone si vous avez besoin de vérifier les numéros.

— C'est vrai. J'avais déjà oublié que JJ vous avait appelé.

— Il se sent mal de vous avoir sauté à la gorge.

Carlise fit un geste pour dédramatiser.

— Il s'inquiétait pour vous. Je ne peux lui en vouloir pour ça.

— Eh bien, quand vous voudrez appeler Susie ou votre mère, dites-le-moi, et nous nous occuperons de ça.

— Merci.

— Et votre boulot ?

La tête de Carlise lui parut confuse. Elle était *tellement* fatiguée.

— Mon boulot ?

— Vous devez contacter votre patron ou autre ? Je n'y connais absolument rien dans la traduction de livres.

— Je suis mon propre patron, je peux travailler de partout. Maintenant que je sais que vous avez l'électricité et que je peux recharger mon ordinateur portable, je devrais probablement travailler un peu.

— Je sortirai bientôt et allumerai le générateur, que vous soyez sûre que votre téléphone et votre ordinateur soient chargés. Ce sera également bien de prendre une douche.

Carlise se redressa en entendant cela.

— Une douche ?

Riggs s'en amusa.

— Oui, avec le générateur en marche, nous pouvons avoir de l'eau chaude.

— Oh, ce serait le paradis !

— Vous voulez dire que je pue ? blagua Riggs.

En réponse, Carlise tourna la tête et inspira profondément. Il sentait la fumée et l'homme, avec un soupçon de lessive en poudre.

— Non, répond Carlise en soupirant légèrement.

Elle crut sentir que Riggs lui reniflait les cheveux mais elle devait s'être trompée.

— Vous êtes fatiguée, dit-il au bout d'un moment. Vous devriez dormir.

Carlise bâilla.

— Mais il n'est même pas encore midi.

— Et alors ? Vous avez connu quelques jours difficiles.

— Vous aussi.

— Nous pouvons tous les deux faire une sieste dans ce cas.

— D'accord, dit Carlisle, qui commença à se lever, mais le bras de Riggs se resserra autour d'elle.

— Restez. Je suis bien.

Carlise inclina la tête en arrière pour le regarder.

— Je ne suis pas trop lourde ?

— Non.

— Nous sommes des étrangers.

— Non, c'est faux, dit-il sans hésiter. Tu ne me donnes pas l'impression d'être une étrangère pour moi. En aucune façon. Mais si je te mets à l'aise...

Et sa voix s'éteignit. Carlise secoua immédiatement la tête.

— Non. On se sent bien avec toi. Au chaud.

— Je me souviens de ça, dit-il calmement, après qu'elle eut reposé sa tête sur son torse.

— Quoi donc ?

— De te tenir contre moi. Ça me semble familier. Évident.

Il n'avait pas tort. Carlise soupira de contentement.

Susie lui dirait qu'elle agissait bien trop impulsivement et l'avertirait de faire attention, de ne pas laisser son cœur prendre le dessus sur son cerveau. Sa mère soupirerait probablement avec mélancolie et dirait que c'était le signe qu'elle et Riggs étaient faits pour se trouver. La vérité était certainement quelque part entre les deux avis...

Mais en cet instant, Carlise ne pouvait rassembler l'énergie pour y réfléchir. Pour suggérer le fait que Riggs devrait faire sa sieste dans son lit tandis qu'elle prendrait le canapé. Elle se sentait trop bien là où elle se trouvait. Alors, elle ne prêta pas attention aux risques éventuels et se blottit encore plus contre l'homme sous elle. Ses bras se resserrent pendant un moment, et elle le sentit lever la couverture qu'elle occupait sur ses épaules, les recouvrant tous les deux.

— Dors, Carlise.

Elle aurait pu jurer avoir senti Riggs lui embrasser la tempe mais elle avait dû imaginer ce tendre contact. Avant de pouvoir s'y attarder, ses yeux se fermèrent et elle fut emportée.

CHAPITRE SIX

Chappy s'affaira en cuisine, préparant un dîner copieux pour lui et son invitée. Il avait fait dorer de la viande hachée, y avait ajouté un mélange d'épices ainsi qu'une conserve de tomates et venait juste de mettre des nouilles dans une seconde casserole. Les nouilles aux épices et au fromage étaient son plat préféré, et il était certain que Carlise allait apprécier ce repas chaud. Il détestait le fait qu'elle ait mangé des sandwiches à la confiture et au beurre de cacahuète pendant trois jours, mais son attitude pragmatique quant à la situation dans laquelle elle s'était retrouvée ne faisait qu'augmenter son admiration pour elle.

Elle dormait encore, sans bruit, sur son canapé. Ses cheveux blonds étaient en désordre et elle paraissait exténuée. Il s'était réveillé environ une heure après qu'ils s'étaient assoupis et il n'avait pu se rendormir. Il s'était reposé pendant trois jours et son corps lui disait que c'était plus qu'assez. Alors, il s'était glissé de sous le corps de Carlise… puis l'avait simplement regardée pendant un moment très long et embarrassant.

Quand il était parvenu à s'extirper, il était passé par la salle de bains, avait lu un peu, avait jeté un œil à Baxter, s'était préparé un casse-croûte... et pourtant, Carlise dormait. Chappy savait qu'il devrait probablement la réveiller, autrement elle pourrait ne pas dormir cette nuit, mais il n'avait pas le cœur à le faire. Elle était clairement épuisée à cause du stress, après s'être occupée de lui pendant des jours.

Mais aussi à cause de ce qu'il l'avait chassée de Cleveland... Tout le chemin durant jusqu'à son chalet retiré, pour commencer.

Elle lui en avait raconté assez pour qu'il suppose que son ex – possiblement celui qui lui avait fait du mal – lui causait des problèmes. Il ne pouvait que supposer davantage qu'elle fuyait cet enfoiré... ce qui le rendait furieux. Chappy détestait l'idée que quelqu'un fasse du mal à Carlise.

Pendant que les nouilles cuisaient dans l'eau bouillante, il alla dehors et démarra le générateur afin qu'il puisse vérifier ses caméras ; ce n'était pas le fait qu'il ne fasse pas confiance à Carlise, il ne pensait pas une minute qu'elle ait fouillé dans son chalet en quête d'objets de valeur à dérober. Il était plutôt curieux quant à ce qu'il avait raconté pendant ses délires.

Ses amis lui avaient dit qu'il était parano, qu'il allait trop loin en ayant des caméras à *l'intérieur* de son chalet tout comme à l'extérieur. Mais Chappy s'en moquait. Après avoir été kidnappé et torturé, il avait besoin de cet aspect rassurant que lui offraient les caméras, que tout allait bien dans le chalet quand il n'était pas là.

Il y avait deux petites caméras installées aux coins opposés de la pièce principale, lui permettant de voir tout ce qui s'était passé. Elles étaient connectées à une application sur son téléphone portable qui, heureusement, avait été suffisamment chargé pour qu'il puisse télécharger les vidéos. Il avait également Internet par satellite au chalet, qui fonctionnait quand le générateur était allumé, lui permettant de recevoir messages et e-mails. C'était souvent peu fiable, surtout lors de vents forts ou à chaque gros phénomène météorologique. Il avait voulu installer un amplificateur, une meilleure antenne, mais ne l'avait pas fait avant que la tempête de neige ne frappe.

Il retint son souffle, espérant qu'il avait assez de signal pour télécharger les vidéos du disque dur. Heureusement, c'était le cas mais c'était très lent. Selon son expérience, cela voulait généralement dire qu'Internet allait être complètement perdu. Le fait qu'il était capable de télécharger l'enregistrement de ces derniers jours était un petit miracle en soi.

Après le téléchargement des vidéos, il coupa le générateur et rentra à l'intérieur, alla s'appuyer contre le comptoir de la cuisine et ouvrit l'application sur son téléphone. Rien de ce qu'il vit sur les vidéos ne lui fit changer d'avis à propos de Carlise.

Parcourant les enregistrements, il observa Carlise l'aider à se rendre dans la salle de bains et à le faire revenir au lit plusieurs fois, l'aider à enfiler un T-shirt propre, à se faire du mouron en essayant de lui faire boire de l'eau ou de manger.

Et il ne pouvait s'arrêter de regarder, encore et encore, le moment où elle s'était assise sur son lit pour l'apaiser quand il s'était écrié dans son sommeil. La façon dont il avait tendu la main vers elle, même dans son délire.

La façon dont leurs corps s'étaient naturellement blottis l'un contre l'autre durant leur sommeil.

Il n'était pas étonnant qu'elle lui ait paru si familière dans ses bras, lorsqu'elle s'était trouvée sur ses genoux. Elle s'accordait parfaitement contre lui, pulpeuse là où il le fallait, et il appréciait particulièrement le fait que cette femme soit tactile, le fait que sa première réaction face à ses cauchemars ait été de faire en sorte qu'il se sente mieux.

En vérité, ça avait fonctionné. Quand elle lui avait dit *chut*, l'avait touché... quand il l'avait tenue contre lui, toute la merde dans sa tête s'était apaisée, lui accordant une paix rare et bienvenue.

Il y avait quelque chose de spécial chez Carlise Edwards et, pendant qu'il visionnait ces vidéos, Chappy décida qu'il ne pouvait pas la laisser filer.

Peut-être était-il désespéré. Peut-être n'avait-il simplement pas reçu l'attention d'une femme depuis trop longtemps. Mais il n'y croyait pas... S'il avait rencontré Carlise dans les rues de Cleveland, il ne doutait pas qu'il aurait ressenti la même attirance pour elle, comme c'était le cas dans les contrées sauvages du Maine. Il s'était préparé à prendre soin d'elle, à s'occuper d'elle jusqu'à ce qu'elle aille mieux après l'avoir trouvée dans cette tempête, mais les rôles avaient été échangés. Elle s'était parfaitement occupée de lui.

Et selon les vidéos, elle l'avait apparemment fait sans une once de dégoût ni d'exaspération. Elle avait fait ce qu'elle avait dû faire pour le bien-être de Riggs et pour le sien.

C'était le genre de femme que Chappy souhaitait. Quelqu'un qui ne piquait pas une crise quand ça partait en vrille. Qui encaissait les coups. Elle avait survécu à trois jours sans électricité ni aucun moyen de réchauffer la nourriture qu'elle avait trouvée dans son garde-manger. Elle aurait fini par comprendre pour la cuisinière ou comment réchauffer quelque chose sur le feu. Pendant ce temps-là, elle ne s'était pas plainte des circonstances dans lesquelles elle s'était retrouvée. Carlise s'était simplement adaptée.

Chappy ne pouvait pas non plus nier que son comportement envers le chien l'aidait à se faire apprécier de lui. Il avait un faible pour les animaux violentés, et Baxter en était l'archétype. Il avait littéralement sauvé la vie de Carlise et Chappy était soulagé qu'elle ait fait son possible pour offrir à Bax un endroit sûr, pour s'assurer qu'il ait à manger.

Oui, dans l'ensemble, Carlise était *exactement* le genre de femme dont il avait rêvé… quand il pensait encore avoir l'occasion de connaître une vraie relation. Avoir été retenu captif l'avait transformé, avait modifié sa vision. Depuis, tout ce qu'il avait souhaité, cela avait été de rester seul.

Jusqu'à ce que Carlise apparaisse dans sa vie. Aujourd'hui, il ne pouvait déjà plus imaginer qu'elle s'en aille.

Chappy se sentit un peu mal pour les caméras mais il le lui dirait quand elle se réveillerait. Il ne voulait pas qu'elle pense qu'il espionnait. Elles étaient juste là pour des raisons de sécurité quand il ne se trouvait pas au chalet.

Un bruit provenant du salon attira son attention, et Chappy se tourna et vit Carlise s'asseoir sur le canapé. Ses yeux étaient perdus dans le vague, ses cheveux étaient en bataille et son T-shirt se tordait si étroitement sur son corps qu'il pouvait voir chacune de ses délicieuses courbes.

— Quelle heure est-il ? demanda-t-elle, sonnée.

— Je nous ai préparé un repas chaud, dit-il au lieu de répondre directement à sa question.

— Ça sent bon. Bien que je pense que, à ce stade, n'importe quoi qui ne soit pas de la confiture ni du beurre de cacahuète aurait le goût du paradis.

Chappy lui fit un sourire.

— Ce sera prêt quand tu le seras. Je mettrai en route le générateur plus tard, mais j'ai réchauffé un peu d'eau sur la cuisinière dont tu peux te servir pour te laver si tu le souhaites.

— Oh, j'aimerais beaucoup ! dit-elle, ayant l'air un peu plus réveillée.

— Je vais déplacer cette casserole jusqu'à la salle de bains pour toi dans ce cas, lui dit Chappy.

Carlise se leva et ses sourcils se froncèrent.

— Tu devrais vraiment faire ça ? Comment te sens-tu ? Tu as encore de la fièvre ? Tu as pris du paracétamol aujourd'hui ?

Chappy ne put s'empêcher de sourire.

— Je vais bien, lui assura-t-il. Ma fièvre est partie et, oui, j'ai pris des médicaments.

— D'accord. C'est juste que... j'ai passé trois jours à faire en sorte que tu ailles mieux et ça aurait été nul si tu avais fait une rechute pendant que je dormais, dit-elle en haussant légèrement les épaules.

Chappy ne pouvait s'empêcher de s'approcher de la femme qui était apparue de nulle part et qui était rapidement en train de devenir une obsession. Il pénétra dans son espace personnel et la prit dans ses bras.

À son soulagement, elle ne le repoussa pas sous l'effet de la crainte. Au lieu de ça, elle se blottit contre lui, et ils restèrent debout à côté de son canapé.

Chappy posa sa joue sur la tempe de Carlise et soupira, satisfait.

— Merci, dit-il avec ferveur. Je n'ai pas le souvenir de quelqu'un ayant agi de façon aussi altruiste que toi envers moi.

Il attendait sa réaction. Elle secoua la tête contre lui, puis s'écarta et leva les yeux pour croiser les siens.

— Je n'allais pas te laisser te débrouiller tout seul, Riggs. Tu es celui qui est sorti dans la tempête, alors que tu étais *malade*, pour me trouver. Si tu n'avais pas suivi Baxter...

Sa voix mourut et elle frissonna.

— Mais je l'ai fait. Et tu vas bien. Et je vais bien, la rassura-t-il.

— Oui, s'accorda-t-elle à dire.

La dernière chose que souhaitait Chappy, c'était la lâcher mais il se força à laisser tomber les bras autour d'elle et à reculer.

— Il y a trois jours, nous étions des étrangers et, aujourd'-hui, j'ai l'impression de te connaître depuis toujours, dit-il avant de hausser les épaules. Je ne comprends pas mais, avec le temps, j'ai appris à ne pas remettre en question ce genre de choses.

— Pareil, dit-elle, rendant Chappy avachi de soulagement. Mais je sais que des situations intenses peuvent parfois rapprocher davantage les gens qu'en temps normal.

Chappy secoua la tête.

— J'ai le sentiment que, peu importe l'endroit et le moment où je t'aurais rencontrée, j'aurais ressenti la même chose qu'en cet instant.

Il voulait en dire plus. Voulait lui dire qu'il ne la forcerait à entretenir aucune sorte de relation si elle ne le souhaitait pas. Mais il était bien trop tôt pour ce genre de conversation... non ?

Il s'éclaircit la voix et retourna à la cuisine.

— Je vais aller mettre la casserole dans la salle de bains pour toi. L'eau ne bout plus mais la casserole sera encore chaude au toucher. Fais juste attention, d'accord ?

— Oui, dit-elle avec un petit hochement de tête.

Elle resta debout à côté du canapé pendant qu'il portait la grande casserole jusqu'à la salle de bains.

— Prends ton temps. Le repas n'ira nulle part.

— D'accord, merci, répondit Carlise, lui faisant un petit sourire avant de se rendre à son sac à dos, posé contre le mur.

Chappy l'avait vu plus tôt mais l'avait laissé à sa place. Elle n'avait pas fouillé ses tiroirs ni ses effets personnels pendant qu'il avait été inconscient, même si, honnêtement, s'il avait été dans la situation à sa place, il l'aurait carrément fait. Cependant, il ne voulait pas remercier sa gentillesse et sa générosité en mettant les mains dans ses affaires.

Elle sortit des vêtements de rechange, puis se dirigea vers la salle de bains avant d'en fermer la porte.

Chappy laissa échapper un long soupir. Il était quelque peu choqué du vide qu'il ressentait dans le chalet maintenant qu'elle était hors de vue. Ce qui était ridicule mais il ne pouvait s'ôter ça de la tête. Elle ne mit pas beaucoup de temps dans la salle de bains et, quand elle en émergea, les cheveux autour de son visage étaient mouillés, le laissant en déduire qu'elle avait profité de l'eau chaude pour se laver le visage.

Immédiatement, il se demanda si elle s'était également lavé d'autres parties du corps.

Ayant l'impression d'être un pervers, il fit de son mieux pour faire taire ce raisonnement. S'il pensait à elle, nue dans sa salle de bains, se servant de l'une de ses serviettes pour caresser ses séduisantes courbes...

Non. Il n'irait pas sur ce terrain-là.

Chappy s'éclaircit la voix.

— Tout va bien ? demanda-t-il.

Carlise fit oui de la tête.

— L'eau chaude m'a fait beaucoup de bien. Merci.

— Je répète, j'allumerai le générateur demain et nous pourrons prendre tous les deux une douche. Il n'y aura pas une tonne d'eau chaude, mais ce sera suffisant pour une douche rapide. Nous pouvons aussi faire une lessive.

— Je ne considèrerai plus jamais l'eau chaude ni l'électricité comme acquises, dit-elle en souriant légèrement.

Elle laissa tomber un paquet de linge sale à côté de son sac à dos, puis flâna jusqu'à la cuisine.

— Que puis-je faire pour aider ?

— Rien, lui répondit Chappy. Tout est fait. Prends juste place. Que puis-je t'offrir à boire ?

— De l'eau, ça ira.

Il sentit son regard anxieux sur lui lorsqu'il servit deux assiettes de pâtes collantes, gluantes.

— Quoi ? demanda-t-il, incapable de ne *pas* demander. Qu'est-ce qui ne va pas ?

— Rien.

— Ne fais pas ça, dit-il calmement, accrochant son regard.

Ne dis pas qu'il n'y a rien alors que je peux voir que quelque chose te tracasse. Tu peux me demander n'importe quoi. Dire n'importe quoi. Je ne vais pas me mettre en colère. Je ne vais pas te punir pour penser d'une autre façon. Entre nous, les choses sont allées de zéro à cent à la vitesse de la lumière, mais je ne veux pas que tu aies l'impression de ne pas pouvoir exprimer une inquiétude ou me confier ce que tu as en tête.

— Je ne suis simplement pas habituée à m'asseoir et à faire attendre quelqu'un, répondit-elle. Tommy attendait toujours de moi que je fasse tout, cuisiner, nettoyer, lui apporter une bière... Et bien entendu, ça me fait aussi bizarre d'être simplement assise là, après avoir tout fait ces derniers jours.

Ce n'était pas la première fois que Chappy avait envie de botter les fesses de son ex. Il apporta leurs assiettes pleines sur la table et les posa avant de retourner en cuisine pour saisir deux verres d'eau, deux fourchettes et deux serviettes en papier.

Il posa le tout sur la table, s'assit, puis respira un grand coup avant de se tourner vers elle.

— J'ai trente-quatre ans. Je me fais à manger depuis ces quinze dernières années. Je fais ma propre lessive, paie mes propres factures, nettoie ma propre vaisselle, les sols, les toilettes et tout le reste. Je n'attends pas de toi, ni des autres au demeurant, que tu fasses ces choses-là à ma place. En fait, ça me ferait extrêmement bizarre, à *moi*, de rester assis et de *te* laisser faire tout ça. Je n'aime pas non plus l'idée que tu aies tout fait ici pendant que j'étais malade. Ne te méprends pas, je suis reconnaissant et je n'ai pas le souvenir de la dernière fois qu'on ait fait tout son possible pour en faire autant pour moi... mais je n'attends pas ni ne désire cette dynamique dans la moindre de mes relations, qu'elle soit platonique ou romantique.

Carlise le regardait si attentivement que Chappy souhaitait

pouvoir lire dans son esprit et savoir à quoi elle était en train de penser. Comme elle ne commentait pas, il continua de parler.

— Je dois admettre que ça fait du bien de cuisiner pour quelqu'un d'autre que moi. J'en fais toujours trop et dois manger les restes pendant des jours. Je finis par me rendre malade de manger la même chose, mais je culpabilise si je jette de la nourriture parfaitement bonne. Alors, tu es vraiment en train de me faire une faveur.

Les lèvres de Carlise se tordirent et elle leva les yeux au ciel.

— Te laisser être aux petits soins avec moi, c'est te faire une faveur ?

— Ouaip ! répondit-il avec un large sourire.

— Bref, marmonna-t-elle en attrapant sa fourchette.

Chappy savait que les pâtes aux épices étaient bonnes, mais il retint tout de même son souffle quand elle prit la première bouchée. Ses yeux s'agrandirent tout en mâchant. Après avoir avalé, elle lui fit un grand sourire.

— Bon sang, Riggs, c'est... c'est *trop* bon !

Il ricana.

— Je ne suis pas sûr que ce soit un véritable compliment puisque tu n'as rien mangé d'autre que du beurre de cacahuète et de la confiture ces trois derniers jours.

— Je suis sérieuse. C'est vraiment, vraiment bon, dit-elle avec enthousiasme.

— Eh bien, il y en a plein alors, mange, répondit-il, le plaisir florissant dans sa poitrine.

Il était stupide... ce n'était que de la nourriture. Mais ils étaient assis là et elle mangeait le plat qu'il avait préparé pour elle, et son instinct protecteur pour cette femme grandit. Il savait que ce n'était pas juste question de nourriture... C'était un sentiment de satisfaction, profondément ancré dans son âme, de subvenir aux besoins de Carlise.

Il n'avait pas menti plus tôt en lui disant qu'il était un

protecteur. Il adorait qu'on ait besoin de lui et faire des choses pour les autres. Mais cette fois, c'était tellement différent.

Différent d'aider ses amis ou un voisin. D'aider un touriste sur le sentier des Appalaches. Différent de simplement vouloir lui rendre en retour la faveur après qu'elle s'était occupée de lui.

Il tombait déjà sous le charme de Carlise.

Ça ne lui ressemblait pas. Il avait connu son content de femmes avec les années et aucune d'entre elles ne lui avait fait ressentir ce qu'il ressentait en cet instant, assis à la table de son humble chalet, si fier de partager le repas qu'il avait préparé. Aucune ne s'en était même rapprochée.

Il ne connaissait peut-être pas beaucoup de détails sur la vie de Carlise, mais il savait qu'elle était le genre de personne qui ferait le nécessaire pour prendre soin d'un de ses semblables même si elle ne le connaissait pas. Elle était le genre qui s'inquiétait pour un chien errant. Qui le nourrissait et s'assurait qu'il ait chaud et soit à l'abri d'une tempête.

Elle était le genre de femme qui ne resterait pas avec un homme qui la maltraiterait, qui s'en irait dès la première fois qu'il lèverait les poings. Qui refuserait de mettre son nez dans la vie personnelle d'un homme et dans ses affaires même quand il était en plein délire et qu'il ne le saurait jamais. Le genre de femme qui trouvait du plaisir en une chose aussi simple que de l'eau chaude.

D'accord, peut-être en savait-il plus sur Carlise qu'il ne le pensait. Et le moindre détail lui donnait simplement envie d'en apprendre davantage.

— Tu es affreusement calme, là. Je crois que tu parlais plus quand tu délirais, dit Carlise, l'air un peu nerveuse.

— Désolé, je n'ai pas l'habitude d'avoir des invités, répondit-il.

Elle fit la grimace.

— Non, c'est moi qui suis désolée. Dès que je le pourrai, je ne resterai plus dans tes pattes.

— Ce n'est pas ce que j'insinuais, lui avoua-t-il, une panique instantanée montant en lui. C'est juste... que je ne suis pas celui qui a le plus de conversation. J'appréciais juste le fait d'être assis là, avec toi, et j'essayais de me souvenir de la dernière fois que j'avais été à ce point content. En général, je mange debout dans ma cuisine, dévorant rapidement mon repas.

— Moi aussi. Quelque part, on souffre encore plus de la solitude en s'asseyant à table tout seul, non ?

Le soulagement envahit Chappy. Elle comprenait. Il n'aurait pas dû en être surpris.

— Ouais, dit-il. Alors... parle-moi de ces traductions que tu fais. Quel genre de livres traduis-tu ? Comment as-tu appris suffisamment le français pour être capable de faire ça ? Je suppose que ça paie bien puisque tu en as fait ta profession...

Le visage de Carlise s'illumina. Elle commença à lui raconter ce qu'elle avait fait et Chappy n'entendit que la moitié de ses paroles ; il était davantage fasciné par la passion avec laquelle elle parlait de son travail, à quel point elle s'était animée quand elle avait commencé à le décrire.

Quand elle ralentit, elle lui sourit d'un air penaud.

— Désolée. J'en ai probablement dit plus que ce qui t'intéressait d'entendre.

— Non, répondit-il immédiatement. C'est fascinant. Je suppose que je n'y avais jamais pensé auparavant, mais c'est génial que les livres d'auteurs parlant le français puissent être disponibles dans d'autres langues, pour que les autres puissent les lire. Je ne sais pas ce que je ferais sans livres.

— N'est-ce pas le meilleur moyen de se perdre dans une histoire ? Quand on est triste car on vient de finir un livre ? L'un des trucs les plus chouettes concernant mon travail, c'est que je dois communiquer directement avec les auteurs. Je veux dire, parfois, je suis engagée par les éditeurs pour traduire mais la plupart de mon travail se fait avec les auteurs eux-mêmes. Je dois me pincer quand ils entament réellement une conversation avec moi par e-mail.

— C'est carrément cool, dit Chappy, posant son coude sur la table et son menton sur la main tout en observant Carlise.

— Oui, ça l'est vraiment, dit-elle.

— Tu n'as pas pu travailler beaucoup ces derniers jours... Est-ce que ça va te faire prendre du retard ?

Carlise haussa les épaules.

— Pas tant que ça. Je veux dire, je devrais probablement me remettre au boulot bientôt mais je prévois toujours une grande marge de manœuvre pour chaque traduction. La dernière chose que je souhaite, c'est délivrer un livre en retard à un auteur et bousiller son planning de publication.

Prévenante. Un autre trait que Chappy ajouta dans la colonne des points positifs de Carlise.

Ils demeurèrent silencieux un moment, puis elle inclina la tête.

— Écoute... tu entends ?

Chappy se tendit et fit un effort pour entendre ce qui avait capté l'attention de Carlise.

— Non, q oi ?

— C'est calme, murmura-t-elle. J'ai été tellement habituée aux hurlements du vent dehors que ça me fait bizarre de ne *pas* les entendre.

— Tu as raison, lui confirma Chappy. Par chance, cela veut dire que la tempête a finalement décidé de continuer sa route.

— Il est bientôt l'heure de dîner pour Baxter, dit-elle. Tu crois qu'on pourrait mélanger un peu de ces délicieuses pâtes avec son re as ? Ce serait chaud, je sais qu'il aimerait. Et c'est du fromage... tous les chiens aiment le fromage et le bœuf.

Chappy ricana.

— J'en suis sûr. Les épices sont légères, et j'en ai fait une tonne. Comme je l'ai dit, quand je cuisine, j'ai tendance à en faire trop.

— Eh bien, j'en suis ravie. Parce que je pourrais carrément manger ça au petit-déjeuner, au déjeuner, au dîner et ne jamais me lasser.

— Dit la femme qui a mangé du beurre de cacahuète et de la confiture pendant trois jours d'affilée.

Carlise arbora un sourire, puis haussa les épaules.

— Allez, je nettoierai pendant que tu prépareras le repas de Baxter. Puis, nous sortirons et vérifierons qu'il va bien.

— Je peux...

— Non.

Carlise souffla.

— Tu ne sais pas ce que j'allais dire !

— Tu allais dire que tu pouvais m'aider à nettoyer. Je m'en charge. Si tu m'aides avec la vaisselle et pour emballer les restes, Baxter attendra simplement plus longtemps d'avoir son repas.

— C'est sournois, commenta Carlise, mais elle souriait alors Chappy savait qu'elle n'était pas vraiment en colère.

— Non, c'est pratique. Bon, maintenant, quelle quantité penses-tu vouloir ajouter au repas de Baxter ce soir ?

Cela lui faisait se sentir à l'aise de travailler côte à côte avec Carlise dans la cuisine. L'espace n'était pas super large, alors ils se rentraient constamment dedans. Cela paraissait intime mais pas étrange du tout. C'était dingue à quel point Chappy se sentait bien avec cette femme dans son propre espace.

Cela ne prit pas longtemps à Chappy de laver à la main les assiettes ainsi que l'autre vaisselle qu'il avait utilisée pour préparer leur repas, et à Carlise de préparer le bol de Baxter. Il expliqua qu'il gardait les recyclables et les apportait à Newton quand il rentrait chez lui et qu'il brûlait autant de déchets qu'il le pouvait. L'été, il avait également un bac à compost. C'était important pour lui d'avoir un impact aussi faible que possible sur l'environnement et de vivre aussi naturellement qu'il le pouvait quand il se trouvait au chalet.

Ils se couvrirent tous deux pour sortir sur le porche avec le dîner de Baxter, et Chappy retint son souffle quand ils sortirent, priant pour que le chien soit toujours là.

Il l'était.

Dès que la porte s'ouvrit, la tête de Baxter sortit de son nid de couvertures qu'il avait fabriqué. Il y avait des empreintes de pattes qui allaient du porche jusqu'au jardin ; il était évident que le chien avait fait sa commission puis s'en était retourné à la chaleur de sa petite tanière.

— Hé, Bax, prononça doucement Carlise. Comment vas-tu ? Tu as l'air à l'aise. Bien que ce soit nettement plus chaleureux et agréable à l'intérieur, avec Riggs et moi. Nous ne te ferons pas de mal, je le promets. La tempête semble s'être arrêtée, ce qui est une bonne nouvelle. Sans le vent, tu devrais avoir bien plus chaud. Je t'ai apporté de la nourriture et de l'eau. Et tu as droit à une surprise... Riggs a fait des nouilles au fromage ! Elles sont troooop bonnes. Tu vas penser que tu es mort et que tu as atterri au paradis. Je les ai mélangées avec des haricots verts et des pois chiches parce qu'il te faut des nutriments, mais je pense que tu ne les remarqueras même pas avec cette merveille au fromage et au bœuf que tu vas engloutir.

Chappy avait un énorme sourire sur le visage. Elle était adorable, à parler au chien comme s'il pouvait comprendre ce qu'elle lui disait. Mais là encore, peut-être que c'était le cas. Baxter l'observait la tête penchée comme s'il faisait une fixette sur chaque mot.

Carlise posa les bols sur le plancher en bois du porche et les poussa vers l'avant, vers le chien. Quand elle commença à reculer, Chappy dit :

— Non, reste près de lui. Et continue de parler. Il lui faut des rappels réguliers que tu ne vas pas lui faire de mal. Que tu ne vas pas lui donner de la nourriture, puis la lui retirer.

— Je ne ferai jamais ça, dit-elle, l'air scandalisée, mais elle fit comme il lui suggéra et, lentement, elle s'assit sur les fesses, plus proche qu'elle ne l'avait jamais été auparavant.

— Bon chien. Je sais que je suis proche mais je ne te ferai pas de mal. Cette nourriture est entièrement à toi. J'ai eu mon content, plus que mon content, si tu veux savoir, raconta-t-elle au chien d'un ton calme. Et il y a un tas de restes. Je verrai si j'arrive à me contrôler pour que tu puisses en avoir demain mais je ne garantis rien. Je pourrais me lever au milieu de la nuit et sortir en douce jusqu'ici, au frigo, et manger le reste moi-même.

Elle continua de parler de n'importe quoi au chien, et l'appât de nourriture finit par l'emporter et Baxter se déplaça lentement vers l'avant, juste assez pour atteindre le bol. Comme il l'avait fait auparavant, il n'engloutit pas la nourriture aussi vite que possible. Il semblait savourer chaque bouchée, comme s'il craignait ne plus jamais en avoir et qu'il avait besoin d'apprécier l'expérience tant qu'il le pouvait.

Chappy pouvait le comprendre... Quand lui et ses amis avaient été des prisonniers de guerre, ils n'avaient pas vraiment été nourris régulièrement. Et quand ils l'avaient été, cela avait été dégoûtant, du gruau d'avoine dilué ou un truc qui n'avait eu absolument aucune saveur.

Le premier repas qu'il avait eu à l'hôpital, en Allemagne, avait eu un meilleur goût que tout ce dont il avait pu se rappeler avoir mangé dans sa vie. Ça lui avait pris vingt minutes pour finir un simple bol de soupe au poulet. Pas parce que son estomac s'était rapetissé mais parce qu'il avait savouré chaque gorgée.

— Il mange, dit Carlise du même ton que celui qu'elle prenait pour parler au chien.

— Tends le bras et pose ta main près de l'assiette. N'essaie pas de le toucher, pose juste ta main là, suggéra Chappy.

— Je ne veux pas lui faire peur, le contredit-elle.

— C'est pour cela que tu ne vas pas essayer de le toucher, lui répondit-il calmement.

Sans protester davantage, Carlise bougea lentement, parlant une fois de plus à Baxter de ce ton calme tout en plaçant sa main près du bol.

Baxter s'arrêta de manger pendant un temps, regardant Carlise puis sa main, puis son attention se reporta sur le bol.

— Il m'ignore ! dit Carlise gaiement.

Chappy aurait ri s'il n'avait pas craint d'effrayer le chien.

Ils regardèrent tous les deux Baxter lécher le bol jusqu'à ce qu'il soit débarrassé de chaque morceau de nourriture. Puis, à leur surprise et grand plaisir, il lécha les doigts de Carlise, juste une fois, avant de retourner dans le petit antre qu'il s'était fabriqué sur le porche.

Carlise se tourna et sourit à Chappy. Il dut produire un effort prodigieux pour ne pas la prendre dans ses bras et l'embrasser spontanément.

— Il m'a léchée ! s'exclama-t-elle, heureuse. Tu as vu ça, Riggs ? Il m'a léchée !

— Je l'ai vu, ma belle.

Ce terme d'affection était sorti sans qu'il y pense. Maintenant que le chien avait fini de manger et était retourné se lover dans les couvertures, Chappy s'accroupit sur la pointe des pieds à côté de Carlise. Il garda son équilibre en posant une main sur son épaule et l'autre sur le mur à côté d'elle.

— Hé mon grand, c'est bien, complimenta-t-il au chien.

Merci d'être venu jusqu'à moi et de m'avoir guidé jusqu'à Carlise.

Ses amis seraient morts de rire en le voyant parler à un chien, mais il n'avait pas encore eu l'occasion de montrer sa reconnaissance au cabot, et il se dit que c'était le bon moment pour lui parler sans l'effrayer, lorsqu'il avait le ventre plein et que, avec de la chance, il se sentait détendu.

Carlise s'appuya contre lui et les trois restèrent ainsi un long moment. Puis, un petit coup de vent vint souffler sous le toit du porche, et Chappy sentit Carlise frissonner.

— Il est temps de retourner à l'intérieur, dit-il avec fermeté en se relevant.

Carlise ne se plaignit pas, elle tendit simplement le bras pour saisir le bol désormais vide du chien, pousser plus près du lit de Baxter celui d'eau fraîche avant de tendre la main vers le haut pour que Chappy l'aide à se relever. Quand elle fut de nouveau sur ses pieds, il mit son bras autour de sa taille, la conduisant vers la porte.

Elle regarda en arrière, vers Baxter.

— Bonne nuit, mon grand. Nous viendrons te voir le matin. Reste au chaud et en sécurité, d'accord ?

Bien entendu, le chien ne répondit pas mais ses grands yeux marron les fixaient, les observant retourner à l'intérieur du chalet.

CHAPITRE SEPT

Carlise s'assit sur l'une des extrémités du canapé avec son ordinateur portable sur les genoux. Après qu'ils eurent nourri Baxter, Riggs lui suggéra de travailler un peu. Il lisait un livre à l'autre bout du canapé et elle ne pouvait s'empêcher de lui jeter des regards de temps à autre.

Il paraissait bien mieux qu'il ne l'avait été ces trois derniers jours. Elle le préférait bien davantage debout, à se déplacer, qu'allongé, parfaitement immobile et malade. C'était dingue qu'il soit passé, en quelques heures, d'un état complètement inactif à un état qui donnait l'impression qu'il n'avait pas été malade du tout. Mais elle était plus que soulagée qu'il soit en voie de guérison.

Bien entendu, maintenant qu'il était conscient, elle se sentait un peu gênée ; elle était une invitée non sollicitée. Et elle vivait chez lui depuis trois jours. Bon, il n'avait pas vraiment été conscient de sa présence mais quand même.

Elle avait dormi tout l'après-midi – ce qu'elle ne faisait jamais – et, maintenant, elle ne se sentait absolument pas fatiguée. Ce qui était sans doute une bonne chose car elle n'était pas pressée de discuter des arrangements concernant le coucher. Elle n'y avait pas réfléchi à deux fois avant de dormir à côté de lui pendant qu'il était malade. Il l'avait souhaitée clairement près de lui et n'avait pas été suffisamment en forme pour faire quoi que ce soit d'inapproprié. Mais maintenant qu'il était réveillé et éveillé... ce n'était pas comme si elle pouvait encore grimper dans le lit avec lui.

Mais elle le voulait.

Bon sang, comme elle le voulait !

Elle ne s'était jamais sentie aussi protégée que lorsque Riggs la tenait dans ses bras. Ne s'était jamais sentie aussi contente.

Ce qui était dingue. Stupide. Ridicule.

Riggs Chapman était un inconnu. Elle ne le connaissait pas. Il pouvait soudain décider qu'elle devrait le remercier de l'avoir sauvée, de manière physique... Il pourrait la forcer et il n'y aurait rien qu'elle puisse faire puisqu'il était bien plus fort qu'elle. Et elle ne pouvait pas partir... Elle était coincée ici pour le moment.

Rien que l'idée que quelqu'un prenne quelque chose qu'elle ne voulait pas donner et de ne pas avoir le choix ensuite de faire autrement que de partager des espaces de vie restreints la rendait presque physiquement malade.

— Tu vas bien ? lui demanda Riggs.

Levant les yeux vers lui, surprise, elle hocha la tête.

Il l'observa un long moment avant de lui retourner son signe de tête et de reporter son attention au livre dans ses mains.

Carlise se calma. Riggs ne forcerait *personne*. Il était vrai qu'elle ne le connaissait pas aussi bien mais il avait eu un tas d'occasions aujourd'hui de se montrer agressif, de lui faire du mal s'il l'avait souhaité, ce qu'il n'avait pas fait. Il lui avait fait à manger, s'était confié sur le fait de se sentir seul, s'était assis avec elle pendant qu'elle nourrissait Baxter.

Carlise *savait* que Riggs faisait partie des bons gars.

Cela la démangeait toujours d'appeler Susie. Pour avoir son opinion. Son amie était honnête – presque trop – et on pouvait compter sur elle pour avoir de bons conseils. Mais non. Elle appréciait pleinement le fait de faire une pause vis-à-vis de la vie réelle. Et elle ne pensait pas que Tommy puisse la retrouver grâce à ses appels mais elle n'allait pas prendre le risque. Pas encore. Elle voulait quelques jours supplémentaires pour se sentir en totale sécurité avant d'avoir à s'inquiéter que son harceleur revienne à la charge.

Prenant une grande inspiration, Carlise reporta son attention sur le livre qu'elle était en train de traduire. C'était l'un de ses genres favoris : un thriller romantique. Avec une héroïne qui avait des problèmes... et qui avait besoin d'un homme dans sa vie pour l'aider à s'en sortir. Elle avait toujours souhaité être comme les héroïnes de ces romans. Fortes, résistantes, courageuses.

Elle ne s'était jamais considérée comme telles. Jamais. Mince, au premier signe d'une menace, que ferait-elle ? Courir.

Mais les héroïnes des romans qu'elle traduisait n'étaient pas comme elle. La plupart du temps, elles affrontaient le danger sans détour. Même quand tout allait mal, elles continuaient de se battre, refusant d'abandonner.

Pendant un moment, Carlise rêvassa sur ce qu'elle ferait si Tommy se pointait au chalet... Serait-elle comme l'une des héroïnes des livres qu'elle adorait, l'affronterait-elle ? Lui botterait-elle les fesses et serait-elle préparée à se protéger elle-même ?

Probablement pas. Elle ferait n'importe quoi. Son premier instinct serait de se cacher. De s'enfuir... si Tommy ne la traînait pas de force et ne lui faisait pas tout ce qu'il voulait.

N'aimant pas l'idée que son ex puisse mettre à exécution toutes les menaces qu'il lui avait envoyées par e-mail et par messages – ça ne pouvait être que lui –, Carlise frissonna.

Riggs remua soudain, se leva et alla jusqu'au lit, saisit l'une des couvertures duveteuses repliées au pied du meuble et la ramena jusqu'au canapé. Sans dire un mot, il la secoua puis fit signe à Carlise de retirer son ordinateur.

Levant l'appareil, Carlise laissa Riggs étendre la couverture sur ses genoux, au-dessus de celle qu'elle avait déjà. Puis, il se tourna vers le feu et y ajouta une bûche, faisant danser les flammes d'une vigueur renouvelée.

Il finit par se rasseoir.

— C'est mieux ?

Carlise comprit tardivement qu'il l'avait vue frissonner et avait cru qu'elle avait froid.

Soudain, elle eut envie de pleurer. Il était tellement aux petits soins ! Si désireux de lui apporter tout ce qu'il pensait qu'elle voulait. Tommy avait-il déjà été ainsi ? Pas vraiment. Et son père ne s'était carrément jamais autant occupé de sa mère.

— Bien mieux. Merci, répondit-elle.

Riggs sourit puis reporta son attention à son livre.

Touchée. Elle craquait pour cet homme.

En un jour, il s'était davantage comporté comme un petit-ami comparé à Tommy ou tout autre mec avec qui elle était sortie. Et ça semblait venir naturellement pour Riggs. Il n'en faisait pas trop juste pour lui faire de la lèche. Ne lui léchait pas les bottes ni ne faisait de gestes obscènes ou flagrants. Tout ce qu'il faisait, ça faisait simplement partie de ce qu'il était.

Et elle l'aimait bien. Beaucoup.

Mais elle n'avait aucune idée de ce que, lui, pensait d'elle. Elle était une invitée inattendue. Quelqu'un qui s'était imposé car un homme comme Riggs ne tournerait jamais le dos à une personne dans le besoin. Et qui savait combien de temps ils seraient coincés ensemble dans son chalet ? Le pauvre homme était venu ici pour un peu de paix et de tranquillité.

Si elle voulait être honnête, cependant, il ne paraissait absolument perturbé. Il lui avait même dit à quel point il appréciait le fait d'avoir quelqu'un pour qui cuisiner et avec qui manger.

Prenant la décision qu'elle avait simplement besoin de se relaxer, Carlise essaya une fois de plus de se concentrer sur les mots à l'écran devant elle. La tempête avait pris fin, ce qui voulait dire qu'elle pouvait espérer être capable de retourner bientôt à sa voiture, de reprendre la route et de continuer sa vie.

Penser à quitter le chalet, à quitter Riggs, lui tordit le ventre. Elle avait le sentiment que lorsqu'elle serait partie, elle quitterait une chose incroyable. Quelque chose qui changeait la vie. Mais quel autre choix avait-elle ? Ce n'était pas comme si Riggs allait déclarer son éternel dévouement et la supplier de ne pas s'en aller.

Mais une petite part, ancrée profondément – la part romantique qui croyait aux contes de fées et à l'amour véritable – désirait simplement ça. Elle avait un boulot qu'elle pouvait faire de partout. Pourquoi ne pourrait-elle pas le faire d'ici ? Ou de l'appartement de Riggs à Newton ?

Un nouveau départ lui paraissait en réalité parfait. Tommy finirait par laisser tomber son obsession ou peu importe le problème qu'il avait. Sa mère penserait probablement qu'elle prenait une grosse décision trop rapidement mais, à terme, elle comprendrait. Et Carlise et Susie pouvaient rester meilleures amies... elles avaient les e-mails, les SMS, les appels téléphoniques. Elles pourraient encore bavarder et rire ensemble.

Bon sang, Susie adorerait probablement le Maine. Elle croyait en des trucs comme Bigfoot et les kidnappings d'extraterrestres, et cette région était un vivier pour les fans des deux.

Pendant un moment, elle imagina qu'elle déménageait ici. Qu'elle rencontrait les amis de Riggs, l'accueillait à son retour d'une excursion en tant que guide dans les Appalaches ou après être parti au milieu de la nuit pour aller couper un arbre qui serait tombé en travers de la route ou sur une maison.

Puis, ses sourcils se froncèrent. Elle était, de nouveau, ridicule. Au mieux, Riggs tenterait de rester en contact avec elle après son départ, surtout parce qu'il voudrait s'assurer qu'elle serait en sécurité. Mais ils finiraient par se perdre de vue et continuer chacun leur vie.

— Ça se passe mal ? demanda Riggs.

Carlise sursauta, surprise, et le regarda.

— Quoi ?

— Tu restes assise en fixant l'écran et tu ne tapes pas. La traduction ne se passe pas bien ?

Carlise sentit ses joues chauffer. Merde. Elle avait rêvassé de vivre avec l'homme à côté d'elle au lieu de travailler.

— Non, ça va. Je veux dire… je réfléchissais juste.

— À propos de quoi ?

Oui, alors, hors de question de lui dire la vérité ! Qu'elle avait imaginé un véritable fantasme, l'accueillir quand il rentrerait à la maison et qu'ils se jetteraient dans le lit tous les deux.

— La vie, simplement. Ce que j'allais faire ensuite, maintenant que la tempête est finie.

— Tu sais, rien ne presse. Il se passera encore un moment avant que nous ne puissions sortir d'ici prudemment. Ce n'est pas comme si les chasse-neiges venaient dans le coin. JJ verra ce qu'il peut faire mais la priorité sera pour les routes principales.

Carlise ne saurait dire si Riggs était contrarié d'être coincé ici plus longtemps ou pas.

— Je sais que tu n'attendais pas d'invité, commença-t-elle à dire mais Riggs l'interrompit de suite.

— En effet mais je ne suis pas embêté que tu sois là, Carlise. Peut-être que, si tu étais une garce, si tu te plaignais du manque d'électricité, du fait que nous sommes au milieu de nulle part ou si tu étais globalement une emmerdeuse, je pourrais. Mais je trouve que tu conviens parfaitement à cet endroit.

Ses paroles imprégnèrent son âme.

— En fait, j'aime beaucoup la tranquillité ici.

— Moi aussi. Bien que je ne croie pas que je pourrai vivre ici à plein temps, dit-il avec un haussement d'épaules. Enfin, j'adore venir ici pour me ressourcer, me reconnecter avec la nature, m'éloigner des gens agaçants. Mais à terme, ça me manquerait de ne pas pouvoir descendre jusqu'à l'épicerie pour prendre quelque chose dont j'aurais besoin ou pour me prendre un hamburger de fast-food, ou autre...

— Ils ont des fast-foods à Newton ? le taquina-t-elle.

Riggs fit un large sourire.

— Le meilleur. Granny's Burger, dit-il. Un restaurant familial qui passe inaperçu et ils font les meilleurs burgers que tu n'aies jamais mangés. Et des frites... Bon Dieu, elles sont tellement bonnes !

Carlise fit un grand sourire.

— Bref, je veux juste dire que j'adore ce chalet mais *La Petite Maison dans la prairie* n'est pas la vie que j'aimerais à plein temps.

— Que sais-tu de *La Petite Maison dans la prairie* ? demanda-t-elle.

Soudain, une teinte rouge envahit les joues de Riggs.

— Je t'ai dit que j'aimais lire, dit-il, un peu penaud.

— Tu as lu les romans ?

— Ouais. Je n'allais en lire qu'un... mais ils m'ont aspiré. Je ne pouvais plus m'arrêter. J'aime quand une saga est bonne.

— Moi aussi, lui dit-elle.

— Les auteurs sont cruels, en nous faisant aimer tous les personnages qu'ils ont imaginés. Il est généralement impossible de ne pas lire les autres tomes d'une série.

— N'est-ce pas ? Et quand ils introduisent un personnage dans le premier tome pour lequel nous avons besoin d'une histoire, seulement pour apprendre que nous ne l'aurons pas avant le tome huit ? C'est tellement méchant, dit-elle.

Riggs ricana.

— Bref, je voulais juste dire que, même si j'adore être ici, je ne prévois pas du tout de faire de cet endroit ma résidence permanente.

Carlise le regarda longtemps. Et finit par hocher la tête.

— Bon, je vais cesser de parler maintenant afin que tu puisses travailler un peu. Tu veux t'installer à table ? Est-ce que ce serait plus facile ?

— Non, je suis bien ici. Mais merci.

— D'accord. Si tu as besoin de quoi que ce soit, demande-moi.

Carlise hocha de nouveau la tête et observa Riggs baisser les yeux vers son livre en main. Elle prit une profonde inspiration. Il fallait qu'elle travaille un peu. Elle n'était pas en retard, pas encore, mais elle le serait si elle prenait trop de journées de repos.

Heureusement, elle fut bientôt absorbée par l'histoire et la traduction commença à se faire assez rapidement. Elle était toujours plus facile lorsque Carlise appréciait le roman qu'elle traduisait. Par chance, elle n'était pas trop difficile et aimait tous les genres, alors ne pas aimer une histoire n'arrivait pas très souvent.

La familiarité de son job fit effet, et Carlise se perdit en rendant les mots français plus fluides et aussi chargés de sens qu'en anglais.

Chappy ne pouvait empêcher son regard de dévier vers Carlise. Il n'avait aucune idée de ce qu'il lisait, n'avait pas tourné la page depuis un certain temps. Il était trop fasciné par la femme à côté de lui. Elle avait pris du temps pour se mettre à travailler mais, maintenant que c'était fait, elle le faisait sourire.

Ella avait froncé les sourcils, plissé le front, tapé quelques mots, incliné la tête, pensive, puis avait tapé de nouveau. Le processus de traduction d'un livre étranger en anglais était incroyablement intéressant. Et la femme qui le faisait encore plus.

Il se demanda à quoi elle avait pu penser aussi fort avant de se concentrer sur son boulot. Oui, il l'avait alors furtivement observée aussi... et il avait vu tant d'émotions se succéder sur son visage ! Plus il passait du temps avec elle, plus il voulait être dans sa tête.

Chappy ne voulait absolument pas qu'elle ait l'impression d'envahir son espace et il était clair qu'elle s'en inquiétait. Il aimait l'avoir ici. Il était tellement soulagé et reconnaissant envers Baxter de l'avoir mené jusqu'à l'étrangère marchant sur la route. L'alternative le rendait de nouveau physiquement malade. Le corps de Carlise serait enterré sous la neige aujourd'hui... Il ne l'aurait jamais vue sourire. Jamais entendu son rire. Jamais vu sa compassion pour Baxter ou pour lui-même.

Le monde serait un endroit plus sombre sans son existence.

Ne jamais la connaître lui paraissait impossible maintenant. Il avait l'impression qu'il la connaissait depuis des années. Il serait vraiment passé à côté de quelque chose si elle n'avait pas débarqué dans sa vie.

Chappy finit par être en mesure de reporter son attention sur son livre. C'était un thriller d'espionnage et il n'avait toujours aucune idée de qui était le méchant, ce dont il félicitait grandement l'auteur. En général, il était capable de deviner ce genre de choses assez tôt dans une histoire, mais pas cette fois.

Il ignorait combien d'heures étaient passées quand il termina le roman mais, quand il regarda Carlise, il vit que sa tête reposait sur le coussin derrière elle et qu'elle était profondément endormie. Ses doigts étaient encore sur le clavier, et il se demanda combien de fois elle s'était écroulée de fatigue en plein boulot par le passé.

Remuant lentement pour ne pas la réveiller, Chappy se mit debout. Il ajouta deux bûches au feu, puis enleva doucement l'ordinateur des mains de Carlise, touchant le pavé tactile pour faire apparaître ce sur quoi elle travaillait. Par chance, elle ne l'avait pas protégé par un mot de passe ; il tapa sur *sauvegarder*, juste au cas où, et referma l'ordinateur avant de le placer sur la petite table de cuisine.

Puis, sans même y réfléchir à deux fois, il se pencha et passa ses bras sous les jambes de Carlise et dans son dos. Il la souleva aisément et l'emmena vers le lit.

Ce moment était resté toute la nuit dans un coin de sa tête : leur disposition pour dormir. Il la voulait dans son lit. Il voulait y être *avec* elle. Ils avaient dormi ensemble, lovés, lorsqu'il avait été malade, mais ses tripes lui disaient qu'elle serait mal à l'aise de faire de même désormais, alors qu'il avait maintenant toute sa tête sans la fièvre. S'il était un gentleman, il lui cèderait son lit, puis irait dormir sur le canapé.

Mais il ne voulait pas faire ça.

— Riggs ? marmonna-t-elle contre son torse.

Le bras de Carlise s'était mis autour du cou de Riggs pendant qu'il la portait sur une courte distance, et il retint son souffle tout en la posant sur le matelas.

— Oui ? demanda-t-il calmement.

— J'ai froid.

Les couvertures sous lesquelles elle avait été enfouie étaient tombées quand il l'avait soulevée et Chappy mit rapidement ses jambes sous les couvertures du lit et les déploya sur elle.

— C'est mieux ? lui demanda-t-il.

— Hmm.

De toute évidence, elle était encore en grande majorité endormie.

Chappy garda les yeux baissés vers Carlise un long moment, en plein débat intérieur avec lui-même. Il devrait faire demi-tour et retourner au canapé. Y dormir. Ce serait présomptueux de faire autrement et elle flipperait probablement de se réveiller dans ses bras.

Mais ses pieds ne voulaient pas bouger. Il se sentait enraciné sur place. L'indécision le déchirait. Rester ou partir ?

Quand elle se mit à frissonner sous les couvertures, sa décision fut prise.

Plus tôt, Chappy avait enfilé un jean et un T-shirt à longues manches et, bien qu'il ait pour habitude de dormir sans rien d'autre qu'un caleçon, il souleva la couette et s'allongea sur le matelas entièrement habillé sans hésiter.

Carlise avait froid et elle aurait plus chaud avec lui à côté d'elle. Mais en gardant ses vêtements, par chance, il éviterait de la mettre mal à l'aise dans la matinée. Le peau-à-peau serait plus efficace pour les maintenir tous les deux au chaud, mais il ne comptait rien faire pour qu'elle pense qu'il en tirait avantage. Garder ses vêtements sur lui n'était pas un choix difficile.

À la seconde où il se blottit contre elle, un souvenir surgit dans sa tête, celui d'être allongé avec elle juste comme ça, ses jambes nues emmêlées aux siennes. De glisser sa main sous le T-shirt de Carlise et de la laisser reposer sur sa peau douce.

À la surprise de Chappy, son sexe remua.

Il se força à penser à autre chose. À sortir dehors, dans le froid, pour faire démarrer le générateur au matin. À déblayer la neige. À finir par appeler JJ pour lui demander de l'aider avec la voiture de Carlise.

La pensée qu'elle s'en aille en voiture tua instantanément toute sorte de désir qu'il ressentait.

Pour chaque minute passée en sa présence, il en voulait dix fois plus. Ce genre d'attachement ne lui arrivait jamais... En général, les gens l'agaçaient. Rapidement. Même ses amis, parfois. Il aimait être seul. Il était un introverti par nature. Mais il était extrêmement à l'aise avec Carlise.

Elle marmonna quelque chose, puis se retourna dans ses bras, enfouissant son visage dans le creux de son cou. Elle avait le nez froid et se trémoussa contre lui, mettant les deux mains sous son T-shirt pour les laisser sur la peau nue de son torse.

Chappy sourit, même s'il retint sa respiration lorsque les doigts froids de Carlise touchèrent sa peau.

— Tu es chaud, marmonna-t-elle, endormie.

— Chuuut, répondit-il, posant le menton sur le sommet de sa tête.

L'une des jambes de Carlise se poussa contre la sienne ; elle était désormais pelotonnée contre lui aussi fermement qu'elle pouvait l'être.

Chappy ne s'était jamais senti aussi détendu. Ils étaient tous les deux entièrement vêtus mais ce moment paraissait tout de même intime. Carlise se tortilla contre lui un peu plus longtemps, puis finit par pousser un soupir, de ce qui semblait être du contentement.

Pendant un moment, il continua de s'inquiéter de ce que pourrait apporter la nouvelle journée. Se demanda si elle serait en colère qu'ils soient ensemble dans le lit. S'ils seraient toujours entortillés comme ils l'étaient actuellement. Si elle aurait peur de lui car il aurait volontairement choisi de dormir à côté d'elle.

Mais plus il demeurait avec Carlise dans ses bras, plus ses

inquiétudes s'évanouissaient. Il ferait face à sa réaction dans la matinée. Il la convaincrait qu'il n'y avait rien de mal dans ce qu'ils avaient fait, qu'ils avaient seulement partagé leur chaleur corporelle. Le chalet se refroidissait la nuit, le feu mourant. C'était la chose logique à faire.

Et qu'elle était en sécurité avec lui. Totalement et à 100 % en sécurité. Il ne lui ferait jamais de mal. Traquerait quiconque essaierait.

Chappy était absolument à l'aise avec la direction que prenaient ses pensées. Cette femme était à lui ; il le savait d'instinct. Il le sentait jusqu'à l'os. Elle avait été guidée jusqu'à sa porte pour une raison. Et il n'allait pas la laisser partir sans se battre.

Par chance, il avait encore un peu de temps pour la convaincre qu'il n'était pas fou et qu'ils étaient faits pour être ensemble. Il ne savait pas du tout comment il allait faire ça, mais il trouverait. Il le devait. Dans son esprit, il n'y avait aucune alternative.

CHAPITRE HUIT

Carlise se réveilla le matin suivant avec la lumière du soleil dans les yeux. Elle fronça les sourcils et cligna des paupières, surprise : elle n'avait pas vu le ciel depuis des jours.

— Désolé, prononça la voix profonde de Riggs, et elle sentit du mouvement avant que la lumière ne diminue derrière ses paupières.

Elle ouvrit les yeux et découvrit Riggs, étendu à ses côtés – *tout* à ses côtés – et immobilisé, bloquant les rayons du soleil avec sa tête.

Elle se raidit et essaya de deviner à quoi il pensait et ce qu'il ressentait en tentant de le lire dans ses yeux... mais sans succès.

— Bien dormi ?

Elle hocha la tête.

— Tu n'as pas eu froid ?

Carlise secoua la tête.

— Tu es ensommeillée au réveil.

Elle haussa les épaules.

— Sans café, il me faut plus de temps pour me réveiller.

— Je vais aller dehors et démarrer le générateur pour un moment. Je sortirai la cafetière et l'allumerai.

— Tu as une cafetière ? demanda-t-elle, incrédule.

— Ouaip !

Carlise ferma les yeux d'extase.

— Reste calme, mon cher cœur, blagua-t-elle.

Quand Riggs se mit à rire, elle le ressentit dans sa propre poitrine... ce qui la ramena à leurs positions actuelles. Elle était sur le côté, l'une de ses jambes se trouvait entre celles de Riggs et sa main était sous son T-shirt, posée sur son torse. L'autre lui étreignait l'avant-bras. Elle s'y accrochait comme si elle ne voulait jamais le laisser partir... et elle réalisa que c'était le cas.

— Euh... nous avons dormi ensemble, dit-elle, grimaçant dès que les mots eurent quitté sa bouche.

Riggs ne paraissait pas du tout décontenancé.

— Ouaip. Tu t'es endormie en travaillant et je n'ai pas eu le cœur de te réveiller. J'aurais pu dormir sur le canapé... mais franchement ? Je ne le voulais pas. Je voulais être ici. À côté de toi. Je me souviens vaguement que nous avons dormi comme ça quand j'étais souffrant et je dois dire que c'est bien mieux maintenant que j'ai toute ma tête, libéré de la fièvre, expliqua-t-il avant de s'arrêter pour étudier Carlise pendant un moment et d'ajouter : Je ne suis pas désolé, Carlise... mais je ne veux pas que tu t'en inquiètes ou que tu flippes pour ça. Tu es d'accord ?

Était-elle d'accord que cet homme splendide veuille dormir à ses côtés toute la nuit ? Hum... mais oui, bon Dieu ! Mais elle garda son excitation pour elle et répondit simplement :

— Oui.

— Tant mieux. Et tu seras d'accord cette nuit ? Quand il sera temps d'aller au lit et que nous le referons ?

Des frissons picotèrent Carlise tandis que l'excitation nageait dans ses veines. En réalité, il n'était pas en train de dire qu'il se passerait plus de choses que le simple fait de dormir, mais le corps de Carlise avait d'autres idées...

— Oui, répéta-t-elle.

Riggs soupira.

— Merci Seigneur, murmura-t-il.

Puis, à la surprise de Carlise, Riggs se pencha et lui embrassa le front.

— Ferme les yeux, ma belle. Je vais bouger et le soleil sera de nouveau pile dessus.

Elle fit ce qu'il lui conseillait et sentit les rayons contre ses paupières lorsqu'il changea de position devant elle. De l'air froid infiltra le cocon chaleureux dans lequel ils se trouvaient, et elle s'enfouit sans attendre dans les couvertures pour tenter de préserver la chaleur corporelle de Riggs.

— Je vais mettre plus de bûches dans le feu. Ça se réchauffera bientôt. Reste simplement au lit pour le moment, dit Riggs.

Carlise ouvrit les yeux et observa un Riggs entièrement vêtu se diriger vers la cheminée. Sachant qu'ils étaient tous les deux restés habillés, qu'il n'avait de toute évidence pas tiré profit d'elle la nuit précédente, l'estime que Carlise avait pour Riggs grimpa encore plus haut qu'elle ne l'était déjà.

Ses intuitions avaient eu raison : il était un homme d'honneur. Il ne lui ferait pas de mal. Il n'allait pas l'attaquer ni la violer dès qu'elle baisserait la garde.

Pourtant, une infime part d'elle, celle qui avait toujours été déçue par les hommes dans sa vie, la mettait en garde quant au fait qu'elle ne connaissait pas encore tellement bien Riggs. Qu'elle ignorait le fait qu'il puisse y avoir des aspects de lui qu'il maintenait enfouis.

Elle le regardait s'affairer autour du chalet, sortant une ancienne cafetière du fond de l'un des placards dans lequel elle ne s'était pas embêtée à regarder. Riggs finit par lui jeter un coup d'œil.

— Tu veux nourrir Baxter ce matin ? Ou veux-tu rester au lit et me laisser essayer quand je sortirai pour aller démarrer le générateur ?

Carlise voulait passer voir le chien, mais elle pouvait percevoir dans le ton de Riggs son souhait de se lier d'amitié avec Baxter.

— Tu peux le faire si ça ne te pose pas trop de problèmes.

— Jamais, lui répondit-il avec un petit sourire.

De l'autre bout de la pièce, elle le regardait vider deux boîtes de poulet émincé dans un bol, accompagné d'une boîte de haricots verts.

— Tu le gâtes ! s'exclama-t-elle.

— Hé, c'est la première fois que tu ne seras pas là pour le nourrir. Je dois lui apporter suffisamment de motivation pour ne pas déguerpir, expliqua Riggs. J'y mettrai une cuillerée de pâtes au fromage quand je sortirai, en allant en chercher dans le frigo. Je reviens.

Carlise ne pouvait que sourire en entendant cela. Où allait-il aller ?

Quinze minutes et quelques passèrent pendant que Carlise somnolait, attendant le retour de Riggs. Quand elle entendit le grincement de la porte, elle ouvrit les yeux et vit Riggs entrer avec un énorme sourire sur les lèvres et un bol vide.

— Il a mangé ? demanda-t-elle inutilement.

— Ouais. Il se laisse convaincre. Ce n'est qu'une question de temps avant que nous ne puissions le faire entrer à l'intérieur. Il va adorer dormir devant le feu. J'ai aussi démarré le générateur. C'est plutôt bruyant mais, dès que nous aurons terminé de faire ce que nous avons à faire avec le courant, j'irai l'éteindre.

Maintenant qu'elle était plus éveillée, Carlise pouvait en effet entendre le bourdonnement du générateur dehors. Après le silence de la forêt, il ne donnait pas l'impression d'être à sa place.

— Tu peux te doucher la première, dit Riggs. Ça prendra encore dix minutes et quelques pour que l'eau chauffe, mais je mettrai le café en route et brancherai ton ordinateur pour qu'il soit pleinement chargé. Tu veux que je charge ton téléphone également ?

Carlise se força à s'asseoir. L'air dans le chalet n'était presque plus aussi froid qu'il l'avait été quand Riggs s'était levé. Elle réfléchit à sa question un moment puis secoua la tête.

— Tu es sûre ?

— Puis-je avoir seulement du réseau ?

Riggs haussa les épaules.

— Probablement pas.

Carlise secoua de nouveau la tête.

— Ça ira pour ma mère quelques jours de plus. La dernière fois que je lui ai parlé, je lui ai dit que je serai indisponible pour un moment.

— Si tu en es sûre...

— Je le suis, lui confirma Carlise.

Elle n'était pas prête à faire entrer la vraie vie. Elle voulait prétendre qu'elle était simplement en vacances.

Enfin... la vérité, c'était qu'elle crevait de peur d'avoir, lorsqu'elle allumerait son téléphone, reçu une douzaine de messages effrayants de son harceleur. Elle n'était pas encore prête à gérer ça. Elle voulait vivre dans un monde imaginaire avec Riggs pour un peu de temps encore.

— OK. Dès que tu seras prête, dis-le-moi. J'ai pensé qu'on pourrait peut-être aller se balader aujourd'hui.

Carlise le regarda attentivement, sourcils froncés.

— Euh... il y a genre... soixante centimètres ou plus de neige là dehors, Riggs.

— Je sais, répondit-il en souriant. Mais j'aimerais jeter un œil dans le coin, voir s'il y a des arbres tombés dont il faudrait s'occuper. Et le soleil est là. Il fait probablement au moins 20 °C de plus sans le vent qui souffle. Ce serait sympa.

— Dit l'homme habitué aux hivers du Maine, marmonna Carlise.

— Ouaip ! réagit Riggs sans paraître embarrassé. Je pense aussi que Baxter appréciera d'avoir l'occasion de se dégourdir les jambes.

— Tu crois qu'il nous suivra ?

— Je crois que, partout où tu iras, il ira, dit Riggs avec un hochement de tête.

— Ça, je ne sais pas... Il est habitué à être seul, dit Carlise, bien que le plaisir naisse à la pensée que Baxter l'apprécie suffisamment pour vouloir la suivre partout.

— Il y a un vieil adage qui dit quelque chose comme : si tu sauves une vie, tu en es alors responsable. Il t'a sauvée donc il a l'impression que tu lui appartiens désormais. De plus, tu lui as donné à manger quand il mourait de faim, des couvertures quand il était frigorifié et tu lui as parlé d'un ton apaisant et aimant. J'ai le sentiment que ce chien ferait n'importe quoi pour toi.

Le plaisir ressenti à la pensée que Baxter l'aime bien s'effaça lorsqu'elle se mit à songer à ce qui arriverait une fois qu'elle sera partie.

— Quoi ? Qu'est-ce qui ne va pas ? demanda Riggs, s'approchant du lit.

— C'est juste que... je n'ai jamais eu de chien. Je ne sais pas ce qu'il faut faire avec. Ce serait mieux s'il s'attachait à toi.

— Trop tard, ma belle. Ne cherche pas midi à quatorze heures. Les choses s'amélioreront.

Il avait l'air si sûr ! Carlise avait un million de questions mais ne voulait pas paraître casse-pieds, pas après toutes les gentilles choses qu'il avait dites à son sujet la nuit dernière.

— D'accord.

— Bon. Si tu te lèves et me donnes les affaires que tu aimerais laver, je ferai une lessive après nos douches. Le temps que tu te brosses les dents, tout ça, l'eau devrait être prête pour toi.

Pour la première fois, Carlise réalisa qu'elle se retrouverait nue derrière la porte de la salle de bains. Et elle ne souvenait pas d'y avoir vu un verrou... Riggs pourrait débouler pendant qu'elle serait sous la douche et...

Non.

Il ne ferait pas ça. Elle le savait au plus profond d'elle-même. Elle se força à repousser la couette et s'extirpa des draps chauds. Elle se rendit à son sac à dos et en sortit la dernière tenue propre dont elle disposait. Elle adorait porter les pulls de Riggs mais, maintenant qu'il était réveillé et conscient, cela lui paraissait trop intime, alors elle porterait à nouveau ses propres affaires.

Elle était soulagée que ses vêtements puissent être lavés mais se sentait un peu mal à l'aise de donner ses sous-vêtements à Riggs. Bien sûr, il n'avait même pas cillé devant le paquet de vêtements. Il les avait simplement jetés dans le panier qu'elle l'avait vu utiliser avant de le ramasser et de se rendre à un large placard qu'elle ne s'était pas embêtée à examiner.

Il tira sur la porte à galandage et Carlise aperçut un petit lave-linge empilé sur un sèche-linge. Les appareils ne semblaient pas être à leur place dans le chalet, surtout après tous ces jours à n'avoir utilisé que le feu de cheminée comme source de lumière.

— J'ajouterai les vêtements que tu portes actuellement après ta douche, dit-il en se penchant, pour saisir un paquet de vêtements à mettre dans la machine à laver.

Carlise ne put s'empêcher de mater ses fesses. Des

merveilles. Rondes. Petites. Et ses doigts avaient très envie de les toucher.

À cette pensée, elle pivota et se rendit dans la salle de bains. Se trouver près de Riggs était un enfer pour sa libido. Mais la dernière chose qu'elle souhaitait était de le mettre mal à l'aise. Les femmes devaient le draguer tout le temps ; il était beau à ce point. Et elle ne voulait pas faire quoi que ce soit qui puisse lui faire regretter de lui avoir permis de rester ici.

Elle jeta un coup d'œil à la poignée de porte, tandis qu'elle se brossait les dents, et sut qu'elle avait eu raison : il n'y avait pas de verrou. Mais elle n'avait aucune crainte. Après s'être brossé les dents, elle ouvrit le robinet de la douche et fut ravie de constater la vitesse à laquelle l'eau s'était réchauffée. Elle retira ses vêtements aussi vite que possible et se trouva sous le jet chaud avant d'avoir eu le temps de ne serait-ce que s'inquiéter d'être nue, avec une simple et fragile porte entre elle et Riggs.

Une douche n'avait jamais fait autant de bien, et elle jura une fois de plus de ne jamais considérer l'électricité ni l'eau chaude comme acquises.

*
**

Chappy serrait les dents en entendant l'eau dans la salle de bains. Carlise était de l'autre côté de la porte. Nue. Couverte de savon. Dans sa douche, à lui.

Son sexe se durcit et, cette fois, il ne pensa pas de suite à autre chose pour faire passer son érection. Cela lui avait coûté toute sa volonté de la laisser au lit plus tôt. Elle n'avait pas paniqué quand elle s'était réveillée dans ses bras. Elle avait accepté sans sourciller, tout comme elle l'avait fait pour tout le reste depuis qu'ils s'étaient rencontrés.

Il avait été incapable de s'empêcher de se montrer clair sur le fait qu'il voulait dormir de nouveau avec elle ce soir, surpris et soulagé qu'elle n'ait pas protesté. Il n'avait pas manqué la lueur de désir dans le regard de Carlise, ni la façon dont elle avait subtilement remué sous lui. Elle avait été excitée à l'idée de redormir avec lui, et Chappy n'avait jamais été aussi heureux de sa vie.

— Doucement Chap. Tu dois ralentir, se marmonna-t-il. Tu ne peux pas te jeter sur cette femme comme un animal sauvage.

Mais c'est ainsi qu'il se sentait ; il n'avait jamais autant désiré une femme comme c'était le cas pour Carlise Edwards. C'était en réalité une partie de la raison pour laquelle il lui avait suggéré d'aller se promener. Il avait besoin de penser à autre chose qu'aux sentiments qui se déchaînaient en lui. S'il restait dans le chalet avec elle toute la journée, il ferait proba-blement quelque chose qu'il regretterait. Il ne voulait pas lui faire peur, laisser son attirance pour elle bousiller la connexion qu'ils avaient.

Il n'avait jamais été le genre d'homme à avoir *besoin* de sexe, mais plus il passait de temps près de Carlise, plus il croyait devenir fou de désir.

Il voulait la voir lever ses yeux endormis vers lui, parcourir son corps nu de ses mains et la sentir trembler sous et autour de son sexe lorsqu'il lui ferait perdre le contrôle.

— Bon sang ! jura-t-il, se passant une main dans les cheveux.

Il était temps de penser à autre chose. Sa verge palpitait dans son pantalon, ses bourses étaient gonflées comme si elles étaient prêtes à décharger ce qu'elles contenaient rien qu'à l'idée de pénétrer la femme dans sa douche.

Il pouvait s'y rendre tout de suite. Se déshabiller. La

rejoindre sous l'eau et la faire jouir sur ses mains, sa langue, en quelques minutes. Il était à ce point certain de leur connexion. Mais il ne ferait rien qui pourrait détruire la confiance qu'ils étaient en train de bâtir.

Et c'était pour cela qu'il avait besoin d'aller dehors. Pour renvoyer un peu de cette énergie crépitante. Il se sentait bien, comme s'il n'avait jamais été malade. Sans Carlise, il ne serait pas en aussi bonne forme, il n'en doutait pas. Mais aujourd'hui, il était plus que prêt à faire quelque chose de physique... quelque chose qui n'incluait pas d'être nu et de céder à une session de marathon sexuel avec sa superbe invitée.

Bon Dieu ! Le revoilà reparti ! Il devait se ressaisir. Quand ce serait son tour de prendre une douche, il se masturberait. Ça devrait le calmer.

Au plus profond de lui-même, Chappy savait qu'il se mentait à lui-même. Oui, se branler devrait l'aider à se sentir mieux à court terme mais, dès qu'il poserait les yeux sur Carlise, sa queue serait de nouveau au taquet.

Poussant un soupir, il fit de son mieux pour se concentrer sur la préparation du café. Il était plus que prêt à avoir sa tasse de kawa, comme Carlise. Il s'appuya contre le comptoir de la cuisine et écouta l'eau de la salle de bains se couper alors que le café passait. Il se tortura en imaginant Carlise passer une serviette sur son corps humide, se pencher pour enfiler sa culotte, mettre les mains dans le dos pour agrafer son soutien-gorge.

Bon Dieu ! Son esprit ne lui donnerait donc aucun répit ! N'arrêterait pas de penser combien Carlise serait séduisante, étendue dans ses draps. Nue.

Quand elle ouvrit la porte de la salle de bains, Chappy avait une telle érection qu'il était surpris de ne pas avoir joui dans son caleçon. Carlise lui sourit et tout ce que put dire Chappy fut :

— Le café est prêt. Je reviens bientôt.

Avant de passer près d'elle pour aller à la salle de bains. L'odeur du savon de Chappy sur la peau de Carlise, la vue de ses longs cheveux mouillant son T-shirt firent perdre à sa verge quelques gouttes. Il venait à peine de fermer la porte qu'il se débarrassa de ses vêtements pour aller sous la douche.

L'eau n'avait pas encore eu le temps de se réchauffer complètement mais ça irait. Une douche froide lui ferait probablement du bien. Il s'était montré rude avec elle et il le savait, mais il ne voulait pas que Carlise aperçoive son érection. Soit cela avait été trop furtif, soit cela avait potentiellement rendu inquiets ces beaux yeux bleus. Cette dernière option n'était pas acceptable.

Chappy s'était emparé de sa verge à la seconde où il avait pénétré sous l'eau, feulant de plaisir en commençant à se caresser. Cela ne dura pas longtemps… Il n'avait même pas eu le temps de verser du savon dans sa main pour s'aider à s'astiquer. Il venait juste de prendre ses bourses d'une main et de presser son sexe de l'autre avant de jouir. Avec force.

Des filins blancs atterrirent sur le rempart en plastique de la douche, et Chappy pouvait s'imaginer de quoi aurait l'air Carlise avec sa semence sur ses seins. Elle lui ferait un sourire et étalerait doucement son sperme sur sa peau…

Merde. Son pénis remua de nouveau et un autre jet de sperme recouvrit sa main. L'eau dans son dos était tiède, et Chappy se tourna pour qu'elle lui tombe sur le visage, se forçant à penser à toutes les choses qu'il devait faire aujourd'hui.

Au bout d'une minute ou plus, il fut capable de prendre le savon et de se laver. Bien qu'utiliser le gant de toilette sur son sexe soit presque douloureux. Ses bourses étaient encore sensibles tandis qu'il se lavait entre les jambes, et il laissa échapper un petit ricanement. Le fait qu'il ait cru qu'il se sentirait mieux une fois qu'il se serait masturbé était presque hilarant. Il ne sentait pas mieux... il se sentait même plus nerveux.

Il avait besoin de Carlise Edwards d'une manière qui le bouleversait constamment, et pas juste pour le sexe. Il avait besoin de ses sourires. De son calme. De sa nature attentionnée. Il avait eu cette femme dans la peau si profondément, si rapidement qu'il aurait dû en être terrifié. Mais au lieu de ça, tout ce qu'il ressentait était l'anxiété de ne pas pouvoir être capable de la convaincre de lui accorder une chance.

Puis, il repensa à l'expression de son visage quand il lui avait suggéré de charger son téléphone. Elle avait été... nerveuse ? Effrayée ? De quoi, il n'en était pas vraiment sûr mais Chappy n'aimait pas ça. Si quelqu'un osait encore poser la main sur elle, il le regretterait. Elle ne devrait pas le savoir mais elle disposait d'un défenseur tout à fait prêt. Il n'avait pas passé toutes ces années dans l'armée sans avoir appris à envoyer un ennemi au tapis.

L'eau passa du tiède au gelé en une fraction de seconde, mais Chappy resta debout sous le jet encore un moment, espérant malgré tout que cela aiderait sa verge à rester sage une fois qu'il serait habillé et retournerait dans le chalet. Il désirait Carlise dans son lit, sous son corps, voulait être en elle, mais il souhaitait qu'elle ait confiance en lui, qu'elle se sente en sécurité et bien plus encore.

Et si elle en venait à n'être jamais à l'aise avec l'idée de coucher avec lui, il le respecterait. Il *la* respecterait. Il continuerait de la protéger. De la laisser partir si c'était ce qu'elle souhaitait. Ça pourrait le tuer mais il le ferait. Il ne prendrait jamais plus que ce qu'elle serait prête à donner.

De bien des façons, elle était comme Baxter ; elle voulait être aimée, voulait désespérément se sentir en sécurité. Mais était incapable de faire pleinement confiance à ceux qui désiraient l'aider.

Pour l'instant.

Il donnerait à Carlise de l'espace et du temps. Il la laisserait voir qu'elle pouvait lui faire confiance avec ses secrets, son corps, tout. Et une fois qu'elle se serait ouverte, lui aurait confié ce qu'elle fuyait, il demanderait à JJ, à Cal et à Bob de se charger de la menace.

Ensuite, ce ne serait qu'une question de persuasion quant au fait d'emménager à Newton. Avec lui.

Chappy ricana. Bon... Il avait le sentiment que rien ne serait facile avec Carlise. Mais elle en vaudrait la peine. Il le savait sans en douter.

⁎⁎

Quelque chose avait changé chez Riggs, mais Carlise ne put mettre le doigt dessus. Il avait toujours sa nature habituelle, amicale et protectrice, mais elle l'avait surpris en train de la regarder plus qu'à l'accoutumée. Et après hier, ça voulait dire quelque chose... Ce n'était pas alarmant, pas vraiment, mais elle était consciente qu'il la scrutait encore plus que la veille.

Elle avait été quelque peu réticente à partir pour une promenade mais, une fois qu'elle se retrouva dehors, elle réalisa à quel point elle avait besoin de sortir du chalet. Elle l'adorait mais il était petit, et elle avait stressé par rapport à ses pensées constantes envers Riggs. Désormais, être dehors, au soleil, lui semblait extraordinaire.

Baxter ressentait visiblement la même chose. D'abord, elle s'était inquiétée du fait que le chien fuie et se perde mais Riggs l'avait rassurée quant au fait qu'il n'allait pas les perdre, pas alors qu'ils le nourrissaient et lui offraient un endroit chaud où dormir, sur le porche du chalet.

Il était encore maigre, trop maigre, mais étonnamment, même après seulement quelques jours de repas complets, il avait pris un peu de poids. Ses os du bassin et ses côtes ne pointaient plus autant qu'auparavant et, actuellement, le chien s'amusait près d'eux. Ce fut le seul mot auquel pensa Carlise pour le décrire... Baxter bondissait dans la neige comme un lièvre. Il donnait même l'impression de sourire quand il jouait dans les grandes congères. Il ne se rapprochait pas suffisamment pour se faire caresser, mais il gardait vraiment et nettement un œil sur eux, ne les laissant pas aller trop loin devant ou derrière.

L'air était froid, Carlise pouvait voir son souffle quand elle exhalait, mais il ne semblait pas faire aussi froid que précédemment. Le vent n'était plus aussi fort désormais mais faisait encore danser les arbres au-dessus de leurs têtes.

Comme elle progressait lentement et péniblement dans la neige profonde, Riggs lui attrapa la main. Cela semblait naturel, comme s'ils marchaient ainsi tous les jours.

Un petit sourire se forma sur le visage de Carlise. Elle surprit Riggs qui la regardait du coin de l'œil – encore –, alors elle se tourna vers lui pour le regarder, tout en continuant de marcher.

— Quoi ?

Il haussa les épaules.

— Tu as l'air contente.

— C'est la vérité ?

— Toujours.

— Je le suis, lui dit-elle. Enfin, je ne suis pas vraiment une fille de la nature. J'ai toujours vécu en ville. Mais c'est si paisible de marcher ici, au milieu de nulle part ! D'être les premiers à laisser nos traces de pas dans la neige fraîche. Cela rend mes problèmes pas si insurmontables.

— J'adore cet endroit. Quand mes amis et moi étions

retenus en otages, j'étais presque certain que nous n'aurions jamais la chance de refaire ce genre de chose. J'essaie de ne pas le prendre pour acquis.

Carlise lui pressa la main. Elle détestait l'imaginer comme un prisonnier de guerre. Cela lui semblait inconcevable. Il était si fort, si chevronné.

Après un long moment, elle demanda :

— Allons-nous quelque part en particulier ?

— Ouaip. Je pensais nous diriger vers la route pour aller vérifier ta voiture, mais j'ai décidé d'aller par là à la place, pour te montrer un truc.

— Quoi ?

Il fit un large sourire.

— Tu devras attendre et le voir quand nous y serons.

— Tu es vilain, dit Carlise en faisant la moue. Je déteste les surprises.

— Tu aimeras celle-là, répondit-il d'un air mystérieux.

La vérité, c'était que Carlise adorait les surprises mais, depuis longtemps maintenant, elle n'en avait pas vraiment eu beaucoup de bonnes et elle était devenue méfiante.

Ils marchèrent un moment, probablement environ trente minutes ou plus, s'arrêtant fréquemment pour admirer le paysage ou jeter un œil à Baxter avant que Riggs ne se tourne vers elle. La marche n'avait pas été facile avec toute cette neige et Carlise sentit une goutte de sueur couler le long du côté de sa joue. Elle était emmitouflée et, au tout début, elle avait eu froid mais, maintenant, elle avait la sensation d'avoir un peu trop chaud. La température était sans doute bien en dessous de zéro mais elle avait dépensé pas mal d'énergie.

— Tu es prête ? lui demanda Riggs.

— Ouais !

— D'accord, ferme les yeux.

Sans réfléchir, Carlise fit ce qu'il demandait.

— Reste ici. Laisse ta main sur cet arbre. Et ne regarde pas, peu importe ce que tu entends. D'accord ?

Elle était de plus en plus intriguée. Ils avaient traversé les bois et tout ce qui se trouvait autour d'elle se ressemblait. Elle ne savait pas comment Riggs savait où ils allaient mais il était clairement dans son élément ici. Elle ne doutait pas de ses talents d'orientation.

— D'accord, le rassura-t-elle tardivement.

Il s'éloigna d'elle, et il était en réalité plus dur qu'elle ne l'aurait cru de garder les yeux fermés. À la seconde où il était parti, elle avait eu l'impression d'être seule là dehors, dans cette contrée sauvage. Elle pouvait entendre de subtils sons pas loin mais, curieusement, ça ne suffisait pas.

— Riggs ? l'appela-t-elle, détestant le fait que sa voix tremble.

Elle entendit des bruits de pas se rapprocher.

— Que se passe-t-il ? lui demanda-t-il.

À la seconde où les mains gantées de Riggs touchèrent son visage, Carlise se détendit... et se sentit tout de suite stupide.

— Désolée. Ce n'est rien.

— Regarde-moi, lui ordonna-t-il.

Elle ouvrit les yeux. Il lui leva la tête, si bien que lorsque ses paupières s'ouvrirent, elle ne vit que lui.

— Qu'est-ce qui ne va pas ? Qu'est-il arrivé ?

— Je me suis juste... inquiétée pendant une seconde.

— À quel sujet ?

— Que tu me laisses ici. Que tu puisses trouver marrant le fait de faire une blague ou autre.

En réponse, la mâchoire de Riggs se contracta tandis qu'il se rapprochait encore.

— Je ne ferai jamais ça. Ce ne serait absolument pas drôle.

— Je sais, chuchota-t-elle.

— Pourquoi penser à un truc pareil ?

Maintenant que ses yeux étaient ouverts et qu'elle vit à quel point Riggs semblait affecté par ce qu'elle pensait, Carlise se sentit mal.

— Je l'ignore.

— Non, tu le sais, la contredit-il. Parle-moi, ma belle.

— Mon ex... il trouvait ça marrant de me faire peur. Il bondissait des coins et de derrière les portes juste pour m'entendre hurler. Me disait qu'il avait besoin d'aller chercher un truc dans une autre allée d'un magasin, puis sortait et déplaçait la voiture, me faisant croire qu'il m'avait laissée. Il adorait me jouer des tours en m'appelant tard le soir sans rien dire quand je décrochais, il respirait juste bruyamment, raconta-t-elle avant de secouer la tête, tentant de se débarrasser de toute pensée concernant Tommy. Me laisser ici sans bouger pendant qu'il serait allé cacher quelque chose est un truc qui l'aurait bien amusé. Il disait toujours que je ne savais pas plaisanter.

— Rien de tout ça n'est drôle, dit-il avec fermeté. Faire peur aux gens n'est pas un truc que je fais pour m'éclater, et ce n'est pas cool. Je ne te ferai jamais un truc pareil. Jamais.

Les muscles de Carlise se détendirent en entendant cette réponse, celle qu'il venait de verbaliser, tout comme la façon dont son corps entier semblait s'être crispé de colère. Mais celle-ci ne lui était pas destinée.

— Navrée d'avoir douté de toi.

— Ne le sois pas, lui dit Riggs en secouant la tête. Nous sommes encore en train de faire connaissance tous les deux. Et ton passé t'a appris à être méfiante. Mais tu peux abaisser ton bouclier avec moi, Carlise. J'espère te prouver avec le temps que *je* peux être ton bouclier. Je peux te protéger des enfoirés du monde entier. Des ennuis que la vie aime balancer aux gens de temps en temps.

Ses paroles signifiaient tout. Carlise était habituée à ce que personne ne la défende. En commençant par sa mère quand elle était enfant, incapable de la protéger de son père. Riggs lui faisant la promesse de le faire n'effaçait pas automatiquement le passé mais, en regardant dans ses yeux sérieux, elle sentit le mur renfermant son cœur craquer un peu.

Il fallut un moment mais Riggs finit par se détendre. Elle sentit son pouce caresser le dessous de sa mâchoire.

— Ça va maintenant ?

Elle acquiesça.

— Je crois, oui.

— Est-ce que tu te sentirais mieux en gardant les yeux ouverts mais en me tournant le dos à la place ?

Davantage de soulagement traversa Carlise.

— Oui !

— OK.

Riggs déplaça ses mains afin qu'elles soient sur les épaules de Carlise et il lui fit faire demi-tour. Mais il ne la lâcha pas ; au lieu de ça, il se pencha et posa son menton sur son épaule. Leurs visages étaient à un cheveu l'un de l'autre et, si elle se tournait, leurs lèvres se toucheraient.

Une main bougea jusqu'à la hanche de Carlise, et il la tint ainsi contre lui un moment.

— Regarde Baxter. Il s'amuse comme un fou.

Carlise aperçut immédiatement le pitbull noir dans le paysage boisé, neigeux et féérique. Il lançait un bâton dans les airs, puis se jetait dessus quand il atterrissait, balançant de la neige partout autour de lui en jouant.

Carlise sourit face à la joie qu'exprimait le chien.

— Il savait que tu étais contrariée, tu sais, l'informa Riggs.

— Quoi ?

— Il attendait de voir ce que j'allais faire. Il se tenait suffisamment près pour pouvoir te protéger de moi s'il le fallait. Mais quand tu t'es détendue, il l'a fait également.

Carlise regarda fixement le chien qui jouait devant elle.

— Je ne l'ai pas vu.

— Je sais. Tu n'as vu que moi.

Il n'avait pas tort. Quand elle regardait dans les yeux de Riggs, il était la seule chose à laquelle elle pouvait penser. Il lui emplissait les sens, d'une bonne manière.

— Je reviens tout de suite. Je ne serai pas long et tu seras en vue tout ce temps. Tu es en sécurité avec moi, Carlise. Je te donne ma parole.

Elle hocha la tête, sachant qu'elle ne pourrait rien dire en cet instant si elle essayait.

Riggs s'éloigna, et elle sentit une fois de plus le vent froid souffler autour d'elle. Elle resserra ses bras autour d'elle-même et s'appuya contre l'arbre à côté duquel Riggs l'avait laissée. Elle observait Baxter jouer dans la neige comme s'il n'avait absolument aucun souci. Le chien avait été affamé, violenté et abandonné et, pourtant, après un peu d'amour, il ne pouvait être plus heureux.

Elle pouvait en apprendre beaucoup du chien, se dit Carlise. Elle avait eu une enfance rude et, pourtant, elle avait toujours su que sa mère l'aimait de tout son cœur, malgré le fait d'avoir été trop faible et effrayée pour fuir son père avec Carlise. Quand cette dernière avait fini par déménager dans une nouvelle ville pour recommencer sa vie, tout avait été un peu amer. Ses voisins étaient amicaux, elle avait un boulot qu'elle adorait et pour lequel elle était douée et elle avait trouvé une amie proche en la personne de Susie. Sa mère continuait le cours de sa vie également, heureuse pour la première fois depuis des années.

Après plusieurs rencards ratés pendant des années, le dernier problème de Carlise était la solitude... une envie d'avoir quelqu'un à aimer, qui l'aimait en retour. Et elle avait cru que Tommy était cet homme. Au lieu de ça, il était devenu la plus grande erreur de sa vie.

Après la mesure d'éloignement, quand les messages et e-mails *anonymes* étaient devenus plus malveillants, elle s'était confrontée à lui, juste une fois. Tommy avait déclaré qu'il ne savait pas de quoi elle parlait. Avait nié tout contact passé ces premières semaines, après la rupture.

Pourtant, le harcèlement avait continué. Dans l'esprit de Carlise, il ne pouvait s'agir de quelqu'un d'autre. Vint ensuite une violence plus tangible, aboutissant à ses pneus lacérés... alors elle avait fui. C'était lâche, mais Carlise ne voulait pas savoir ce qu'il ferait ensuite.

Aujourd'hui... elle était un peu comme Baxter ; elle cherchait sa place dans le monde. Une place où elle pourrait être en sécurité.

Et elle avait trouvé Riggs.

Un mouvement sur sa droite attira son attention et Carlise se tourna, découvrant Riggs se tenant tranquillement à quelques mètres de là, à l'observer.

Elle cligna des yeux.

— Désolée, je ne t'avais pas entendu.

— Je n'ai rien dit. Et je ne voulais pas te toucher alors que tu étais perdue dans tes pensées, pouvant potentiellement t'effrayer... alors j'attendais simplement. Ce n'est pas vraiment une épreuve de rester là, à te regarder, dit-il avec un petit haussement d'épaules.

Une nouvelle brique dans le mur cernant son cœur tomba suite à ses paroles.

— Ma surprise est prête ? demanda-t-elle.

Il eut l'air penaud.

— Ouais mais, maintenant, je trouve que c'est un peu stupide. Ce n'est pas terriblement excitant et j'ai probablement été trop optimiste quant à tes espoirs.

Carlise trouva mignon le fait qu'il s'inquiète.

— Riggs, tu aurais pu m'emmener ici et me dire que tu

voulais me montrer ton arbre préféré de toute la forêt que j'en aurais été enchantée. Tout ce que tu veux partager avec moi, je veux le voir.

Pendant un moment, une expression si intense traversa son visage que Carlise en fut surprise mais, ensuite, elle s'illumina et il lui fit un sourire. Elle ne savait pas ce qui avait pu, dans ses mots, l'affecter à ce point.

Il tendit une main.

— Viens ici, ma douce.

Elle n'avait pas loupé les termes d'affection qu'il avait laissé échapper. Une chaleur se déployait en elle à chaque fois. Il ne voulait sûrement rien sous-entendre en les prononçant, alors elle ne devait pas avoir trop d'espoir. Il s'en irait probablement en courant s'il savait ce que ces simples petits surnoms affectueux signifiaient pour elle. Elle avait besoin d'avancer prudemment. De garder ses sentiments pour elle.

Elle franchit la distance entre eux et posa sa main gantée dans celle de Riggs. Il pressa ses doigts avant de se tourner et de marcher vers un bosquet.

— Cet endroit est facile à trouver à cause de cet amas particulier de sapins. Ils sont les seuls dans les environs, aussi loin que tu puisses voir, expliqua-t-il tandis qu'ils marchaient vers l'endroit où la neige avait été dérangée, devant les arbres qu'il désignait.

Carlise réalisa qu'il avait raison ; elle n'avait même pas remarqué que les sapins n'étaient pas vraiment à leur place au milieu de tous ces épicéas et de ces érables autour d'eux.

— Je suppose que quelqu'un les a plantés là comme une sorte de marqueur, continua Riggs. Nous sommes à environ un kilomètre et demi de mon chalet, et il fut un temps où il y avait un autre chalet par ici, pas très loin de là où nous nous tenons.

— Que lui est-il arrivé ? demanda Carlise, regardant autour d'elle sans voir aucun signe d'une quelconque structure.

— Une avalanche.

Elle s'immobilisa et regarda fixement Riggs, stupéfaite.

— Sérieux ?

— Oui. La plupart des gens ne considèrent pas le Maine comme le centre des avalanches, mais tu vois cette montagne ? demanda Riggs, désignant un point derrière les sapins.

Carlise vit l'énorme montagne qui se dressait. Un frisson lui parcourut le dos.

— Nous sommes en sécurité, l'apaisa Riggs comme s'il pouvait lire dans son esprit. Il fait encore assez froid pour que la neige sur les pentes soit stable. Quand la météo se réchauffera et que la neige remuera là-haut, ce sera une tout autre histoire.

— Est-ce que ton chalet est menacé d'être enseveli ? demanda Carlise.

— Non. Je me suis assuré de le bâtir en dehors de la zone à risque. Mais je me dis que la personne qui était ici avant moi ne l'a pas fait. Je n'ai pas vérifié les archives du secteur mais, après avoir vu de mes yeux ce que je m'apprête à te montrer, j'ai regardé un peu alentour et j'ai découvert ce qui restait d'une fondation non loin. Une avalanche a emporté le chalet, et la personne qui y vivait a décidé d'aller vivre ailleurs après ça. Si seulement ils avaient bâti leur chalet à au moins deux kilomètres vers l'ouest, là où je me trouve, ils auraient été en sécurité.

Carlise frissonna de nouveau.

— Tout ira bien pour nous, lui dit Riggs. Je ne t'aurais pas emmenée ici si j'avais pensé autrement. Mais je t'ai rendue nerveuse et ce n'était pas mon intention. Alors, je te montrerai pourquoi je t'ai emmenée ici, puis nous retournons au chalet, d'accord ?

Elle hocha vivement la tête. Désormais, elle ne pouvait plus effacer dans son esprit l'image de la neige les ensevelissant tous les deux.

Riggs la fit avancer et désigna le sol.

— Je suppose que les anciens propriétaires étaient des survivalistes, ou un truc du genre, à cause de ça.

Baissant les yeux, Carlise réalisa que Riggs avait déblayé la neige dans une petite zone, devant les sapins. Elle aperçut une petite porte ouverte avec une échelle qui menait plus bas.

— Mais qu'est-ce que... ? demanda Carlise, confuse.

Riggs parut amusé.

— Quand j'ai acheté la propriété là-haut, l'agent immobilier m'a parlé de cet endroit. C'est un bunker en cas de fin du monde, pour autant que je sache. Il n'est pas immense, tout juste suffisant pour deux personnes. Il y a des étagères en métal sur lesquelles étaient stockées de vieilles rations militaires MRE et quelques pots remplis d'eau. Mes amis et moi l'avons nettoyé, alors il est vide désormais.

Sa curiosité piquée, Carlise s'approcha du trou. Une fois fermée, la porte serait alignée avec le sol et elle supposa qu'elle se mélangerait à la terre durant l'été. Inspectant cette porte, elle aperçut un large anneau sur l'extérieur, de toute évidence fait pour l'ouvrir, et il y avait ce qui ressemblait à une sorte de système hydraulique relié au-dessous.

— Je peux y descendre ? demanda-t-elle.

— Bien sûr. Fais attention en descendant l'échelle. Ce n'est pas si profond mais ça te ferait quand même mal si tu tombais.

— Tu viens aussi ?

Pour la première fois, Riggs parut mal à l'aise.

— Je ne me sens pas très bien dans les espaces confinés, dit-il avec un petit haussement d'épaules.

Carlise se sentit mal pour lui.

— Je suis navrée.

— Ne le sois pas. Ce n'est pas ta faute. Je suis déjà allé là-dedans mais je préférerais ne pas y retourner, à moins d'y être obligé.

Carlise hocha la tête.

— Je peux regarder d'en haut.

— Non, dit-il avec fermeté. Mes phobies ne sont pas les tiennes. Je peux voir que tu es curieuse et c'est pour cela que je t'ai emmenée ici. J'avais le sentiment que tu serais intriguée. Vas-y, tout ira bien pour moi ici.

— Il y a un risque que je sois enfermée là-dedans ?

— Non. Pas du tout. En fait, ça ne se verrouille que de l'intérieur. Alors, une fois qu'on y est, on peut laisser les autres dehors, mais pas l'inverse. C'est pourquoi j'ai supposé que c'était un bunker pour une fin du monde. Ceux à l'intérieur voudraient laisser le reste de l'humanité dehors.

Carlise hocha la tête. Elle se rapprocha du trou au sol et regarda dedans. Il faisait noir dans le bunker et, avant qu'elle ne puisse y réfléchir ou demander à Riggs s'il avait une lampe de poche, sa main apparut avec exactement ce dont elle avait besoin.

— Tiens, cette lampe est puissante. Tu pourras la poser au sol quand tu seras à l'intérieur, et elle devrait illuminer tout l'intérieur.

Lui souriant, Carlise s'assit dans la neige au bord du trou et posa ses pieds sur les barreaux de l'échelle. Elle descendit rapidement dans le bunker et regarda autour d'elle, fascinée, après avoir posé la lampe sur le sol. Le faisceau illuminait tout le lieu, exactement comme l'avait dit Riggs. Levant les yeux, elle le vit accroupi à l'entrée.

— C'est trop cool ! lui dit-elle, avec le sourire.

— Nous y avons laissé les étagères car ça aurait été très compliqué de les retirer. Je suppose que l'ancien propriétaire les a montées à l'intérieur car elles ne seraient pas passées par la porte. Le coin arrière contient des toilettes chimiques et, si tu regardes très attentivement au fond, à gauche, tu pourras voir un trou au plafond qui a été rebouché.

Carlise s'avança plus profondément dans le bunker et regarda l'endroit désigné par Riggs. Et en effet, il y avait un petit trou.

— C'est le trou d'aération. Cal pense qu'il y avait probablement un genre de ventilateur de fixé pour aspirer l'air ou le rejeter, selon les besoins. Nous l'avons rebouché toutefois, comme ça, aucune bestiole ne peut y entrer et se retrouver bloquée.

Il y avait aussi dans ce lieu ce qui ressemblait aux vestiges de lits de camp en métal. Il n'y avait plus de matelas dessus, toutefois. Regardant autour d'elle, Carlise pouvait imaginer les membres d'une famille assis ici, pendant que le monde se déchaînait au-dessus de leurs têtes. Elle avait traduit quelques romans d'apocalypse et d'invasions extra-terrestres et pouvait clairement se représenter un groupe de gens tapis sous terre, essayant de survivre à un monde complètement chamboulé.

Elle retourna au trou, où Riggs était toujours accroupi.

— C'est *vraiment* cool !

— Ouais, répondit Riggs. Je n'ai pas réussi à me résoudre à l'enlever. Peu de personnes sont au courant, alors je ne m'inquiète pas trop du fait qu'il soit utilisé à des fins malfaisantes. Et ce n'est pas comme si quelqu'un pouvait y trébucher. Personne ne vient ici, excepté moi et des chasseurs à l'occasion, mais il est plutôt difficile à trouver à moins de savoir ce qu'on cherche.

Carlise ramassa la torche et jeta un dernier regard au bunker avant de se tenir à l'échelle. Le conteneur était tout juste suffisamment haut pour qu'elle puisse se tenir debout. Elle avait le sentiment que Riggs devait se baisser un peu quand il était à l'intérieur. Il n'y avait qu'environ huit barreaux jusqu'au sommet et, dès qu'elle se trouva suffisamment haut, la main de Riggs se plaça sous son coude pour l'aider.

Carlise lui donna la lampe torche et il la rangea dans l'une des grandes poches de son blouson.

— Tu veux le refermer ? demanda-t-il.

Carlise fit un large sourire.

— Oui !

Elle ne pouvait s'empêcher d'être fascinée par ce bunker et la façon dont il fonctionnait. Avant de le refermer, Riggs lui montra le mécanisme de verrouillage. C'était un verrou simple qui se glissait pour empêcher la porte d'être ouverte de l'extérieur.

À sa surprise, la porte en acier d'aspect très lourde était facile à refermer. L'engin hydraulique l'empêchait de le faire en claquant, mais ce n'était pas lent pour autant. Carlise se dit que, si on fuyait pour sa vie, avec un alien sur les talons, on n'avait pas envie d'avoir à tirer de toutes ses forces pour entrer à l'intérieur, mais que la porte se referme assez rapidement.

— Je peux voir les rouages fonctionner dans ta tête, lui dit Riggs, un petit sourire aux lèvres une fois la porte du bunker bien refermée.

— Je m'imaginais quelqu'un tentant de fuir une invasion extra-terrestre et venir ici pour se cacher, lui raconta-t-elle.

— Tu as déjà pensé à écrire tes propres livres ? demanda Riggs.

Carlise cligna des yeux, surprise.

— Quoi ?

— Tu traduis les textes des autres. Tu n'as jamais eu envie d'écrire les tiens ?

— Oh, je ne suis pas une autrice, protesta-t-elle. Je traduis juste pour les autres.

Riggs la considéra un long moment et c'était comme s'il pouvait lire dans son esprit.

— Je parie que tu peux le faire.

— Faire quoi ?

Mais elle savait de quoi il parlait.

— Écrire un livre.

— Pourquoi penser ça ? Tu viens de me rencontrer, lui dit-elle, légèrement sur la défensive.

— J'ai l'intuition que tu peux faire tout ce que tu souhaites, dit-il sans hésiter.

Cette façon de croire en elle, d'avoir l'air si sûr de lui, lui chamboula le ventre.

— En plus, apparemment, tu as traduit pas mal de livres. Je suis sûr que tu t'es fait tes propres idées en faisant ce que tu fais.

Carlise confirma à contrecœur.

— Qu'est-ce qui te retient ?

Elle haussa les épaules.

— Je ne sais pas.

— Eh bien, je crois que tu devrais te lancer. Même si c'est juste pour toi. Peut-être que tu peux écrire une romance extra-terrestre. L'héroïne se cache des vilains aliens dans un bunker dans les bois. Puis, un alien bienveillant la trouve et la rassure quant au fait qu'il est là pour aider. Pour aider *tous* les humains. Il gagne sa confiance. Ils passent des moments coquins dans le bunker, puis en ressortent et bottent les fesses des vilains. Elle part sur sa planète parce qu'il se trouve qu'il est le roi de son peuple et ne peut rester sur la Terre indéfiniment, et elle vit heureuse à ses côtés, en tant que reine consort.

Carlise fixait Riggs, incrédule.

— Quoi ? demanda-t-il, tout sourire.

— Je... tu... mais quoi ?!

— J'ai peut-être, ou peut-être pas, lu une ou deux romances extra-terrestres dans ma vie, dit-il en riant.

— Sérieux ?

— Ouaip.

Carlise secoua la tête.

— Tu ne cesses jamais de me surprendre.

— Tant mieux. Je veux que tu restes sur tes gardes, lui dit-il, pénétrant son espace personnel.

Elle dut incliner la tête en arrière pour ne pas rompre leur regard. Cette expression intense était de retour.

— Qu'est-ce que tu es en train de me faire ? lui murmura-t-il.

Carlise peina à déglutir. Elle voulait lui poser la même question. Elle se sentait figée sur place. Gelée. La tête de Riggs s'était-elle baissée ? Oui. Bon Dieu, allait-il l'embrasser ? Elle voulait qu'il le fasse. Plus qu'elle ne voulait respirer.

Elle releva le menton, lui faisant savoir que c'était ce qu'elle désirait. Qu'elle le désirait, lui.

— Puis-je ? chuchota-t-il, sans cesser de la regarder.

De la chair de poule s'étendit sur ses bras, sous son T-shirt à manches longues et son blouson. Cette façon avec laquelle il demandait toujours la permission de la toucher était l'une des nombreuses choses qu'elle adorait chez lui.

— Oui. Je t'en prie.

Immédiatement, les lèvres de Riggs furent sur les siennes.

Ils avaient froid d'être dehors depuis si longtemps mais se réchauffèrent rapidement. Le baiser avait commencé doucement et suavement ; une paire de lèvres qui se caressaient, qui apprenaient à se connaître. Mais très vite, les gestes chastes passèrent à l'étape supérieure.

Carlise eut soudain l'impression qu'elle ne pourrait jamais se rapprocher assez de Riggs. Ses mains agrippèrent fermement son blouson et elle resta ainsi. L'une des mains de Riggs se posa sur son dos pour la tenir bien contre lui et l'autre se plaça sur sa nuque. Il l'immobilisait tout en lui dévorant la bouche.

Elle n'avait jamais été embrassée de la sorte auparavant. Comme s'il avait besoin d'elle pour respirer. Leurs langues se tournaient autour, Riggs mordit et aspira la lèvre inférieure avant de replonger dans sa chaleur.

Cette façon qu'il avait de la tenir aurait pu mettre Carlise mal à l'aise s'il avait été un tout autre homme. Mais il s'agissait de Riggs. Il la serrait fort contre lui mais elle ne doutait pas que, si elle faisait le moindre geste de recul, il la lâcherait dans la seconde. Sauf qu'elle ne voulait pas reculer. Elle désirait plus.

Un gémissement rauque alla de la gorge de Riggs jusqu'à la bouche de Carlise, et elle sentit de suite son entrejambe devenir humide. De savoir que Riggs était tout aussi excité qu'elle ne lui fit que le désirer davantage. Leur baiser était allé de zéro à quatre cent vingt-deux en quelques secondes et, bien qu'elle l'embrasse de façon encore plus urgente, Carlise maudit le fait qu'ils étaient au milieu des bois au lieu d'être à l'intérieur de son chalet.

Elle désirait cet homme. Peu importe si cela faisait moins d'une semaine depuis qu'elle avait fait sa rencontre. Cela n'importait pas qu'elle ne soit pas le genre de femme à ne pas se lancer dans des amourettes. Ils donnaient l'impression d'être tout *sauf* une amourette. Elle avait besoin de cet homme plus qu'elle avait besoin d'air.

Ce fut Riggs qui, finalement, se détacha mais sans la lâcher ; il laissa ses mains juste là où elles étaient, et il la regardait droit dans les yeux tandis qu'ils haletaient tous les deux, tentant de retrouver leur équilibre.

— Bon sang de bonsoir, murmura-t-il au bout d'un moment.

Carlise afficha un large sourire.

— Ouais...

— Je te désire, Carlise, dit-il sans ambages. Je ne crois pas avoir *déjà* désiré une femme aussi fort que je te désire. Mais pas pour une seule nuit. Il y a quelque chose chez toi qui fait que je t'ai dans la peau. Je n'arrête pas de penser à toi, à me demander ce que j'ai pu faire de bien dans ma vie pour que tu apparaisses comme par magie.

— Je n'aurais pas dû me trouver sur cette route, dit-elle tout bas. Mon plan était de rester sur la route 2 jusqu'à Bangor.

— Mais tu ne l'as pas fait. Tu as conduit jusqu'à moi. Jusqu'à ma montagne. Mon chalet.

— Oui.

Ce moment était important, Carlise pouvait le sentir. Elle ne savait pas ce qu'il signifiait, si les choses entre elle et Riggs pouvaient fonctionner, mais elle voulait que ce soit le cas. Tellement.

— Nous ne ferons pas l'amour aujourd'hui, finit-il par dire.

Carlise fronça les sourcils et leva des yeux fixes sur lui.

— J'en ai envie, tu n'imagines pas à quel point. Mais je veux te prouver que tu es plus qu'une lubie passagère. Je veux que tu apprennes à me connaître. J'ai besoin que tu sois sûre car une fois que tu m'auras laissé t'avoir... ce sera fini. Il n'y aura pas de retour en arrière possible, Carlise. Tu comprends ça ?

Elle le comprenait. Tout comme elle voulait être avec Riggs, une infime part d'elle s'inquiétait du fait que, dès qu'ils auraient fait l'amour, il souhaiterait qu'elle s'en aille. Prendre le temps pour apprendre à mieux se connaître était la chose la plus intelligente à faire. Une réaction d'adultes. Mais quand même, ça craignait un peu... Parce que, *zut* alors, cet homme savait embrasser ! Et s'il pouvait embrasser aussi bien, elle ne doutait pas que faire l'amour avec lui bouleverserait sa vie.

— Oui.

— Oui, quoi ?

— Nous devrions attendre. Je n'en ai pas envie mais c'est probablement plus judicieux.

— Et pour l'autre chose ? J'étais sérieux, Carlise. Une

fois que tu m'auras laissé entrer dans ton corps, tu seras à moi. Tout comme je serai à toi. J'ai besoin que tu comprennes ça.

L'idée que cet homme soit à elle fit couler le désir dans ses veines.

— Oui.

Il la fixa un moment avant d'inspirer profondément par le nez.

— D'accord.

— D'accord, répondit-elle en écho, puis elle sourit, au bout d'une minute ou deux. Alors, nous allons rester là toute la journée ou retourner au chalet ?

— Je ne peux pas bouger, admit-il avec un léger froncement des sourcils.

— Quoi ? Pourquoi ? Tu vas bien ? lui demanda Carlise, inquiète.

Il souffla.

— Je vais bien. Je n'ai simplement pas envie de te lâcher. Et pour info, ce n'est pas parce que nous n'allons pas faire l'amour que tu ne vas pas dormir dans mon lit, dans mes bras. Ça tient toujours.

Carlise sourit de nouveau.

— Tant mieux. Parce que ton lit est vraiment confortable.

Riggs poussa un grognement.

— C'est la seule raison pour laquelle tu l'apprécies ?

Il était marrant de le taquiner.

— Peut-être ! J'aime également beaucoup l'odeur de tes draps.

— Et ?

— Tes oreillers sont incroyables. Et je n'ai jamais connu d'homme avec une telle obsession pour les couvertures.

— *Et* ? demanda-t-il encore, la tirant sans ménagement à lui.

Elle pouvait sentir son érection contre son ventre. Le désir infusa en elle une fois de plus.

— Et dormir avec un homme ne m'a jamais autant donné l'impression de me sentir en sécurité que lorsque je suis dans tes bras, admit-elle d'une petite voix.

Il afficha un petit sourire.

— Ça, c'est sûr ! Quand tu es avec moi, tu es clairement en sécurité.

Il prit une profonde inspiration, puis laissa sa main retomber sur sa nuque.

Carlise éprouva immédiatement le manque de son contact.

Mais il l'améliora lorsqu'il se tourna et passa un bras autour de sa taille, la maintenant serrée contre lui.

— Allons te ramener et te réchauffer.

— C'est toi qui étais malade, pas moi, lui rappela-t-elle.

— Et je ne veux pas que, toi, tu tombes malade, riposta-t-il. Ce n'est pas rigolo, crois-moi. Même si j'avais la meilleure des infirmières.

Carlise sourit durant tout le chemin jusqu'au chalet. Les choses avaient changé entre elle et Riggs dans ce bunker... et elle était aux anges. Susie lui dirait qu'elle était complètement folle et avançait bien trop vite, qu'elle avait besoin de bien ralentir, qu'elle ne connaissait même pas cet homme. Mais Susie aurait tort.

Riggs la traitait mieux que quiconque ne l'avait jamais fait, et elle savait au fond d'elle qu'il était exactement le genre d'homme que celui qu'il lui avait montré jusque-là. Honorable. Bon. Protecteur. Sûr.

À un moment, elle allait devoir affronter la raison pour laquelle elle avait quitté l'Ohio en premier lieu, mais elle était trop occupée à vivre sa propre romance pour le moment. Peut-être écrirait-elle un livre au sujet d'une héroïne qui se perdrait dans les contrées sauvages du Maine et atterrirait dans le chalet de montagne d'un homme pour y vivre heureuse jusqu'à la fin.

Des papillons nageaient dans le ventre de Carlise. Elle se sentait étourdie. Excitée. Ravie.

Et cela faisait longtemps qu'elle n'avait pas ressenti ce genre d'émotions. Ces derniers temps, elle avait été emplie d'appréhension, de peur, d'inquiétude. C'était un changement agréable. Un énorme changement.

Son attention fut attirée par Baxter, qui chassait un petit animal devant eux tandis qu'ils marchaient, mais il ne s'enfuit pas. Il semblait qu'il voulait n'avoir que dix mètres ou moins de distance avec les humains qu'il avait visiblement clamés comme étant les siens.

— Ça te dit du saumon pour le déjeuner ? demanda Riggs. J'en ai dans le congélateur que je pourrais cuisiner.

— Ça me paraît bien. Je pourrais faire des haricots verts pour aller avec ?

— Parfait, lui répondit-il.

Lui jetant un regard, Carlise vit qu'il l'observait tout en lui répondant et, quelque part, elle avait le sentiment qu'il ne parlait pas de la nourriture...

Elle lui retourna son sourire et se blottit contre lui. Elle était la femme la plus chanceuse du monde ! Elle traverserait de nouveau toutes les merdes qu'elle avait vécues dans sa vie si cela supposait de finir juste ici, aux côtés de Riggs.

CHAPITRE NEUF

Ces trois derniers jours avaient autant été le paradis que l'enfer pour Chappy. Le paradis car il ne s'était jamais senti aussi bien avec une femme. Et l'enfer parce qu'il la désirait tellement et qu'il faisait de son mieux pour rester un gentleman, pour leur accorder à tous deux du temps afin d'être totalement sûr avant de la déclarer comme sienne.

Carlise était drôle et intelligente. Elle riait beaucoup et le faisait rire également. Elle était belle, elle sentait incroyablement bon et elle l'embrassait comme si elle avait faim de lui. Il aurait aimé qu'ils soient dans un lieu tropical, afin de pouvoir apercevoir davantage les courbes de son corps mais, là encore, l'avoir blottie contre lui sur le canapé sous l'une de ses couvertures était presque aussi formidable.

Il y avait quelque chose d'électrique dans l'attente en constante progression et dans la tension sexuelle au chalet ; cela faisait un incroyable aphrodisiaque. Chappy se masturbait à chaque fois qu'il se douchait, même si cela impactait peu le désir qu'il ressentait dans ses veines.

La veille au matin, il avait aussi entendu Carlise gémir légèrement sous la douche et cela lui avait réclamé chaque once de contrôle pour s'empêcher de la rejoindre dans la salle de bains. Quand ils feraient enfin l'amour, sa vie allait changer, Chappy le savait. Carlise allait lui faire perdre toute autre femme et il était absolument partant pour cela.

Bien qu'il apprécie le fait de rester assis sur le canapé et de lire pendant que Carlise travaillait sur l'une de ses traductions, il adorait parler avec elle de tout et rien, Chappy était un peu soulagé que ses amis viennent aujourd'hui au chalet. Ils avaient prétendu que c'était pour être sûrs qu'il allait vraiment bien après avoir été malade, mais il savait qu'ils voulaient inspecter Carlise.

Ils étaient ses meilleurs amis et il ne pouvait leur en vouloir de chercher à s'assurer qu'elle soit assez bien pour lui. Qu'elle n'allait pas l'utiliser ou qu'elle n'était pas une croqueuse de diamants. Il n'aurait pas l'intimité dont il aurait besoin pour promettre à ses amis que Carlise n'avait rien à voir avec les garces qu'ils avaient connues pendant et après leur vie dans l'armée.

En réalité, il avait hâte qu'ils la rencontrent, car il savait sans en douter un instant que, au bout de quelques minutes en la présence de Carlise, ils sauraient qu'il était un sacré chanceux.

Chappy pouvait dire que Carlise était quelque peu mal à l'aise à l'idée de rencontrer ses amis, cependant. Il avait tenté de lui assurer qu'ils allaient l'adorer, mais savait qu'elle allait devoir voir par elle-même à quel point JJ, Cal et Bob avaient les pieds sur terre. Leur plan était d'essayer de retrouver son SUV sur le chemin les menant au chalet et voir s'ils pourraient le dégager. Ils récupèreraient également la valise qu'elle avait laissée à l'arrière et l'apporteraient au chalet.

Et pour ce qui était de la voiture, la batterie pourrait avoir été détruite par le froid ou le moteur pourrait avoir été endommagé à cause de l'arbre qu'elle avait heurté. Ils vérifieraient tout ça et transmettraient l'information une fois arrivés. Le soleil avait brillé ces trois derniers jours, mais il faisait encore froid et la neige n'avait pas du tout fondu. Les soixante centimètres de neige avaient peut-être été de trop pour que le petit SUV puisse le supporter mais peu importait ; si Carlise avait besoin de se rendre en ville, il l'y emmènerait avec sa Jeep.

— À quelle heure penses-tu qu'ils seront là, déjà ? demanda nerveusement Carlise.

— Je ne suis pas sûr. Sans doute aux environs du déjeuner, lui répondit-il. Bob a un chasse-neige à l'avant de son pickup mais, au final, ce sont les conditions des routes qui détermineront quand ils arriveront.

— D'accord. J'espère que Baxter ne flippera pas.

— Mais non, la rassura Chappy.

— Ça, tu n'en sais rien...

— Je le sais. Il se sent tellement mieux avec nous. Il s'est habitué à notre présence et découvre que tous les gens ne sont pas mauvais. Rien qu'hier, il est presque entré dans le chalet quand tu as laissé la porte ouverte. Au pire, je pense qu'il restera seulement pour s'assurer que tout ira bien pour toi.

— Il est du genre protecteur, hein ? demanda Carlise avec un petit sourire.

— Ouais ! Je me suis presque fait dessus quand il a aboyé hier, quand je te chatouillais sur le canapé et qu'il t'a entendue hurler à travers la porte. Je suis sûre qu'il a cru que je te faisais du mal.

— Tu ne me ferais pas de mal, dit Carlise avec conviction.

Il adorait le fait qu'elle ait l'air si sûre.

— Évidemment que non. Mais Baxter ne le sait pas. Toutefois, il l'apprendra.

— Tu penses que Cal se souviendra d'apporter le paquet de nourriture pour chien ? Bon, même si je suis convaincue que

Baxter adore la nourriture pour les humains, il vaut sans doute mieux le déshabituer au plus tôt plutôt que trop tard.

— Il s'en souviendra.

— Je n'arrive pas à croire que je vais rencontrer Callum Redmon... il est célèbre !

Chappy ricana.

— Peu importe ce que tu fais, ne fais pas de révérence ou ne l'appelle pas Votre Altesse. Il déteste ça.

— Oh Seigneur, non, je ne ferai pas ça. Ce serait... bizarre, dans le genre.

— En effet.

— Mais ça ne veut pas dire que je n'y penserai pas, dit-elle avec un petit rire.

— Je sais que je n'ai pas besoin de te le dire, car je te fais confiance, mais je vais tout de même le faire. S'il te plaît, ne fixe pas ses cicatrices. Il a vécu l'enfer quand nous étions prisonniers de guerre et il a subi le plus gros de la torture de la part de nos ravisseurs.

— Je ne le ferai pas. Ce ne sont pas les cicatrices qui font l'homme, c'est ce qu'il y a à l'intérieur qui compte. Les plus beaux mecs sont les pires salopards tandis que ceux qui ne correspondent pas au modèle de la société quant à ce qui est masculin ou beau ont souvent les plus grands cœurs et sont les plus gentils.

— Ça, c'est vrai. Il y a juste eu pas mal de saloperies racontées sur lui à cause de son statut royal et de ses cicatrices. Ça laisse des séquelles.

— Eh bien, il ne craint rien ici. Je ne ferai jamais rien, intentionnellement, pour contrarier tes amis.

— Et ils ne feront rien pour te contrarier, lui retourna Chappy.

— C'est... Nous avons... commença-t-elle avant de marquer

une pause. Je pense qu'ils s'inquièteront de la vitesse à laquelle les choses ont évolué entre nous.

— Mais non.

— Évidemment que si. Je veux dire, ça *a été* rapide, Riggs.

— Ça te paraît mal ?

— Eh bien... non, mais...

— Alors, au diable ce que les autres pensent, dit-il fermement.

Mais Chappy savait d'où cela provenait... Elle n'avait pas encore appelé sa meilleure amie ni sa mère, car elle avait peur qu'elles la jugent, tout comme elle pensait que les amis de Riggs le feraient.

— Oui...

Ils se trouvaient dans la cuisine, et il posa la main sur la joue de Carlise pour l'inciter à le regarder. Il adorait poser ses mains sur elle. La toucher de toutes les façons possibles. Sa peau était toute douce et elle avait l'air si fragile, mais il savait qu'elle était solide comme l'acier.

— Si Susie te disait que tu étais en train de faire une erreur, tu la croirais ? Ou tu ferais confiance à ce que tu ressens et à ce qui se tisse entre nous ?

Chappy n'avait pas vraiment voulu poser cette question mais il s'inquiétait un peu du fait qu'elle semblait stresser quant à la vitesse de leur relation. Pour lui, ils allaient parfaitement ensemble mais, si elle ne ressentait pas la même chose, il attendrait aussi longtemps qu'il faudrait à Carlise pour comprendre que c'était fait pour se réaliser.

— Tu ne comprends pas, dit-elle tout bas en baissant le regard et sans répondre à sa question.

L'estomac de Chappy s'agita. Ils n'avaient pas discuté de ce qui avait amené Carlise dans le Maine en premier lieu mais c'était là, entre eux, comme un rocher qu'ils allaient devoir finir par contourner. Il essayait d'être patient, et il lui laisserait lui raconter les détails lorsqu'elle se sentirait à l'aise.

— Alors, parle-moi, dit-il, conscient du ton implorant de ses paroles.

— J'ai... j'ai peur.

— De moi ?

— Non ! Pas de toi. Jamais de toi.

— Alors, de quoi ?

Elle ouvrit la bouche pour répondre mais se stoppa quand un son provenant de l'extérieur attira leur attention.

Maudissant intérieurement ses amis pour le mauvais timing, Chappy se pencha et embrassa tendrement Carlise.

— Nous en parlerons plus tard. Mais en attendant, sache une chose : peu importe ce qui est arrivé. Peu importe que tu aies peur... nous trouverons *ensemble* comment passer outre. Quelques squelettes dans le placard ne m'effrayeront pas, ma douce.

Elle lui fit un sourire encourageant et hocha la tête.

Ça suffirait, pour l'instant. Mais plus tard, lorsqu'ils seraient seuls, Chappy serait déterminé à entendre l'histoire de Carlise. À la laisser lui dire ce qu'elle avait sur le cœur. D'instinct, il savait qu'ils ne pourraient pas avancer tant qu'ils auraient affaire à ce qu'elle fuyait.

— Viens rencontrer mes amis. Ils vont t'adorer.

Chappy l'aida à mettre son manteau, et ils sortirent sur le porche. Baxter était dans sa petite tanière, sous le bois de chauffage, mais gardait les yeux sur Carlise comme sur les nouveaux arrivants.

C'était un chien génial et un protecteur extraordinaire. Chappy ne pouvait être plus heureux de la façon dont lui et Carlise étaient en phase.

Cal, Bob et JJ sortirent du Chevrolet Silverado de Bob, qui disposait d'un énorme chasse-neige à l'avant – et qui était la seule raison pour laquelle ils étaient capables d'atteindre son chalet –, et Chappy fut surpris de voir leur assistante administrative, April, sortir également du véhicule.

— Hé ! dit Bob avec un large sourire en marchant vers le chalet, une énorme valise à la main. JJ restait près d'April pour s'assurer qu'elle ne tombait pas dans la neige profonde et Cal suivait derrière.

Avant que Chappy ne puisse répondre, Baxter sortit de sa niche de fortune et émit un grognement sourd dans sa gorge, se tenant près de Carlise.

— Oula, OK ! Je ne m'approcherai pas, dit Bob, s'arrêtant là où il se trouvait, au pied des trois marches menant au porche.

— C'est bon, Baxter, dit Carlise, s'agenouillant sans attendre sur le proche, près du chien manifestement perturbé. Ce sont des amis. Ils ne te feront pas de mal.

— Je crois qu'il est plus inquiet du fait qu'ils ne te fassent du mal à *toi*, chérie, lui dit Chappy.

Elle leva les yeux vers lui, puis en revint au chien.

— Ils ne me feront pas de mal non plus, ajouta-t-elle.

— Nom de Dieu, c'est le chien le plus maigre que j'ai jamais vu, commenta JJ.

— En vérité, il a pris du poids depuis une semaine ou plus, par rapport à la première fois où on l'a vu, informa Chappy en haussant les épaules.

À sa surprise, Baxter était suffisamment proche de Carlise pour qu'elle le touche. Sa main se posa gentiment sur la nuque du chien, et il pouvait voir que le corps de ce dernier tremblait.

— Je ne suis pas certain que ce soit une bonne idée, dit-il, méfiant.

Mais Carlise ignora son avertissement.

— C'est bon, il est juste nerveux. C'est probablement la première fois qu'il voit d'autres gens à part nous depuis longtemps. Tout va bien, hein, Bax ? Ce sont les amis de Chappy. Ils viennent juste rendre visite. Ce sont des gens bien. Ils ne te feront pas de mal.

Sa voix était légèrement chantante, et Chappy eut un éclair soudain de ce à quoi elle ressemblerait en parlant à leur bébé. C'était complètement dingue mais, toutefois, un désir le frappa si intensément que ça le fit presque tomber à genoux.

— Je t'apporterai une super grosse assiette pour te récompenser d'avoir été si courageux, continua Carlise, inconsciente de la réponse viscérale de Chappy en réaction à ses paroles mielleuses adressées au chien. Allez, va te pelotonner dans ton nid. Il fait encore froid dehors et, avant que tu ne prennes plus de poids, tu le ressentiras encore.

À la surprise de Chappy, Baxter jeta un dernier coup d'œil aux nouveaux humains, comme pour leur donner l'avertissement silencieux de ne pas faire de mal à sa personne préférée, puis se tourna et marcha tranquillement jusqu'à l'espace derrière le bois de chauffage qu'il avait établi comme étant le sien.

Carlise se mit debout et fit un grand sourire à ses amis.

— Salut. Désolée pour ça. Nous pensons que quelqu'un l'a battu. Il ne fait pas facilement confiance. En fait, c'était la première fois qu'il se rapprochait suffisamment de moi pour que je le touche.

Chappy pouvait témoigner du fait que Carlise était enthousiaste et, pendant un temps, il en voulut à ses amis de se trouver là puisqu'il ne pouvait partager sa joie de la façon qu'il préférait, ce qui impliquait ses lèvres sur les siennes. Là encore, s'ils n'étaient pas arrivés, Baxter n'aurait pas eu une raison de se montrer si protecteur et qui savait combien de temps supplémentaire cela lui aurait demandé pour rassembler le courage nécessaire pour laisser Carlise le caresser.

— Tu as l'air d'aller bien pour quelqu'un qui a été malade il n'y a pas si longtemps, dit Bob en grimpant sur le porche avant d'enlacer Chappy typiquement comme un homme, à l'aide d'un bras avec plusieurs tapes dans le dos.

— J'ai bénéficié d'une infirmière exceptionnelle, dit-il, souriant à Carlise.

Les joues de l'intéressée virèrent au rose comme si elle n'était pas habituée à ce qu'on lui fasse des compliments.

— Je m'appelle Bob, dit son ami, tendant une main à Carlise, qu'elle secoua, et sa paume fut engloutie par celle, immense, de Bob.

— Et moi, c'est JJ. Voici April, lui dit ce dernier en serrant la main de Carlise après que Bob eut reculé.

— J'ai tenté d'empêcher tout le monde de venir en même temps et de vous envahir, mais ils n'ont pas écouté, dit April d'un ton exaspéré.

— On voulait voir si notre ami allait bien, protesta Bob.

April leva les yeux au ciel et Carlise se mordit la lèvre pour ne pas éclater de rire.

— Je crois me souvenir d'un boulot lors duquel Chappy a été heurté à la tête par un morceau de bois et a saigné comme un dingue sans qu'aucun de vous n'ait ressenti le besoin d'arrêter ce qu'il faisait pour voir s'il allait bien. Vous lui avez juste dit de flanquer des pansements sur sa tête et de retourner travailler.

Chappy ricana. April n'avait pas tort ; *elle* avait été celle qui s'était brièvement arrêtée à son appartement après le travail pour s'assurer qu'il allait vraiment bien.

— Il a la tête dure, marmonna Bob, sur la défensive.

— Rien ne peut abattre l'incroyable melon qu'il a, dit JJ.

— Il est robuste, ajouta Cal.

Carlise gloussa.

April leva de nouveau les yeux au ciel.

— Vous voulez rentrer ?

Tout le monde hocha la tête, et Chappy maintint la porte

ouverte le temps que tous ses amis se suivent à l'intérieur. Cal fermant toujours la marche, il s'arrêta avant d'entrer et demanda, avec calme :

— Tout va vraiment bien, mon pote ?

Chappy hocha la tête.

— Ouais, je me sens bien. J'étais un peu faible jusqu'à ce que ma fièvre retombe, mais je vais bien.

Au tour de Cal de hocher la tête.

— Et on dirait qu'*elle* est te fait du bien.

— Quoi ?

— Elle te fait du bien, répéta Cal. Tu as l'air détendu. Tes yeux n'ont plus la bougeotte, en quête du moindre problème, à attendre que quelqu'un bondisse de derrière un arbre.

Il avait raison mais également tort : quand ils étaient allés se balader, Chappy avait été très attentif quant à l'endroit où ils s'étaient trouvés et aux bruits autour d'eux, mais cela avait été pour protéger Carlise. Pas parce qu'il avait peur qu'il y ait des engins explosifs dissimulés sous la neige ou que des terroristes sans scrupules se cachent dans les arbres.

Cal lui donna une bonne tape dans le dos, ne lui accordant pas l'occasion de répondre, et entra dans la maison, portant un énorme paquet de nourriture pour chien.

Chappy regarda une dernière fois Baxter et lui dit qu'il était un bon chien avant d'aller à l'intérieur et de fermer la porte.

Bob était en train d'ajouter une autre bûche dans le feu, Cal se dirigeait vers la salle de bains et JJ se tenait près du canapé, sur lequel April et Carlise étaient assises et discutaient comme si elles étaient des amies perdues de vue depuis longtemps, plutôt que comme deux femmes qui avaient fait connaissance dix minutes auparavant.

C'était une scène agréable. Avec quatre personnes en trop dans son petit chalet, on aurait pu se sentir tassé. Presque claustrophobe. Mais avoir ses amis qui débarquaient pour s'assurer qu'il allait bien et mieux connaître la femme qui était apparue de nulle part l'emplissait de gratitude.

— Vous avez faim, les amis ? demanda-t-il à l'ensemble de la pièce.

— Non, ça ira pour nous.

— Non.

— Non, merci.

— Je mangerais bien un truc.

Ce dernier commentaire venait de JJ. Avant que Chappy n'ait le temps de se rendre en cuisine pour voir ce qu'il pouvait offrir à son ami, April se mit à parler :

— Jack, tu as mangé juste avant de venir ici. Tu ne peux pas avoir tout le temps faim.

— Je suis un gars en pleine croissance, lui répondit-il avec un sourire en coin.

Elle se tourna vers Carlise.

— Tu serais choquée du montant du budget de l'entreprise qui part dans la nourriture. Au bureau, nous avons un frigo plein à craquer, tout comme des placards très remplis. Je jure qu'il est *toujours* en train de manger !

Carlise lui sourit.

— Je suis certaine qu'ils brûlent un tas de calories, à abattre des arbres, tout ça...

April acquiesça.

— C'est vrai, mais quand même !

— Carlise pourrait vous faire des sandwiches au beurre de cacahuète et à la confiture ! Elle était vraiment douée pour ça pendant que j'étais souffrant, dit-il, amusé. Je me suis plus ou moins évanoui dès que nous sommes revenus au chalet, après l'avoir trouvée, à errer sur la route. Je n'ai pas eu l'occasion d'expliquer quoi que ce soit sur le lieu. Elle ignorait que la cuisinière marchait au gaz et, bien entendu, le générateur était éteint, alors il n'y avait pas d'électricité.

— Oh non ! Tu as mangé du beurre de cacahuète et de la confiture pendant trois jours ? lui demanda April.

— Ouais. Mais ce n'était pas horrible. C'est-à-dire que j'étais davantage inquiète au sujet de Riggs qu'au sujet de la cuisine.

— Riggs. Bon sang, je n'ai entendu personne t'appeler comme ça depuis des années, dit Cal en revenant dans la pièce.

— N'est-ce pas ?

— Il m'a dit que c'était son nom avant de s'évanouir, réagit Carlise, un peu sur la défensive. C'est dur d'employer un autre nom après l'avoir appelé Riggs et pensé comme tel pendant trois jours, pendant qu'il était inconscient.

— Ça me va parfaitement, dit Chappy, ne souhaitant pas qu'elle pense qu'il n'aimait pas son prénom lorsqu'il était prononcé par ses lèvres. Alors... je suppose, par la valise qu'a rapportée Bob, que vous avez trouvé sa voiture, les gars ? demanda-t-il, dans le but de détourner l'attention de Carlise.

Elle lui fit un sourire soulagé.

— Ouaip ! Nous nous sommes arrêtés en chemin. Elle est ensevelie, mec, dit Bob, qui était adossé au mur du chalet, maintenant qu'il avait alimenté le feu comme il le voulait.

— Je m'en doutais, soupira Chappy.

— Nous avons été en mesure d'ouvrir le compartiment arrière pour atteindre le coffre, mais on dirait qu'elle est allée pile là où la route fait ce virage à presque 90°. La neige a recouvert le pare-chocs et entièrement les pneus, ajouta Cal. De ce que nous avons pu voir, c'est bien bosselé à l'avant, là où elle a heurté l'arbre. Nous ne saurons pas quels seront exactement les dégâts jusqu'à ce que la neige fonde un peu.

— Nous pouvons l'extraire mais ça demandera des efforts, dit JJ. La météo est censée se réchauffer la semaine prochaine. Je suggère de laisser passer un peu de temps, de laisser le soleil faire son office. Ce sera plus facile de libérer la voiture et de voir à quoi nous aurons affaire.

Chappy regarda Carlise. Sa première réaction fut de protester contre le fait qu'ils libèrent sa voiture. Mais ce n'était pas comme si elle pouvait rester ici pour toujours... Si ?

Ils échangèrent un long regard avant qu'elle ne reporte son attention sur Bob.

— Merci d'avoir récupéré ma valise, ça me fait plaisir. Et ça me convient d'attendre un peu plus longtemps, dit-elle lentement. Je ne veux simplement pas abuser de l'hospitalité.

— Tu peux rester aussi longtemps que tu le veux, laissa échapper Chappy.

Elle lui fit un autre léger sourire. C'était comme s'ils étaient les deux seules personnes dans la pièce.

— Tu as besoin de joindre quelqu'un ? De faire savoir où tu te trouves ? Patron ? Famille ? Petit-ami ? Mari ? demanda Bob.

La colère grandit instantanément face à l'insinuation de son ami. Chappy lui jeta un regard noir.

— Je devrais probablement appeler mon amie bientôt, ainsi que ma mère. Mais il n'y a personne d'autre. J'ai ma propre affaire, que je peux gérer à distance, alors je n'ai pas besoin de m'en inquiéter, répondit calmement Carlise.

— Vraiment ? Puis-je te demander ce que tu fais ? Ou est-ce que je serais trop indiscrète ? demanda April.

— Tu ne l'es pas. Je suis traductrice. Je reçois des livres en français et les adapte en livres anglais, en gros, alors les auteurs et les éditeurs peuvent me les envoyer ici.

— C'est trop cool !

Bob avança tranquillement vers Chappy, mais ce dernier maintenait son regard sur Carlise. Elle avait l'air suffisamment à l'aise et il était content qu'April ait accompagné ses amis. Il avait l'impression que sa présence rendait cette rencontre plus facile. JJ et Cal paraissaient détendus, mais il était sûr et certain qu'ils écoutaient – et analysaient – chaque mot que prononçait Carlise.

En d'autres circonstances, il aurait été ravi qu'ils couvrent ses arrières. Mais en cet instant, en particulier après la question de Bob, il était quelque peu énervé qu'ils n'aient pas totalement confiance en son jugement.

— Il faut que je te demande... marmonna Bob en s'approchant de Chappy.

— Ce n'était pas cool, lui dit ce dernier. Tu penses sérieusement que je ne savais pas déjà si elle était célibataire ou non ?

Mais Bob ne parut pas dépité le moins du monde.

— Désolé, dit-il, n'ayant pas vraiment l'air aussi contrit. Tu l'aimes bien, de toute évidence.

— En effet, lui confirma Chappy sans hésiter.

— C'est parce qu'elle a pris soin de toi ? Parce qu'elle est piégée ici ? Est-ce que tu te sens responsable d'elle jusqu'à ce qu'elle puisse récupérer sa voiture ? Parce que nous avons assez de place dans le pickup pour l'emmener à Newton, te laisser à la paix et au calme dont tu as besoin de temps en temps, comme nous le savons tous.

— Non ! s'exclama-t-il.

À son éclat de voix, Carlise se tourna pour le regarder, une expression inquiète. Il lui fit un sourire crispé et souleva le menton pour lui faire comprendre que tout allait bien. Elle hocha sensiblement la tête, puis reporta son attention sur la femme assise à côté d'elle.

— Ça, par contre, *c'était* cool, observa Bob, imitant les précédentes paroles de Chappy.

— Quoi ?

— Tu as eu une vraie conversation sans dire un mot.

En effet. Chappy haussa les épaules.

— Je vais être honnête. Je ne comprends sans doute pas le lien que nous avons, mais il est réel. Ce n'est pas parce qu'elle est bloquée ici ou autre. C'est à cause de ce qu'elle est. Elle a été soumise à une situation inconfortable, elle a pris la responsabilité de s'occuper d'un inconnu juste après avoir vécu quelque chose d'éprouvant. Et elle n'a même pas hésité. Elle a fait ce qu'elle devait faire sans se plaindre. Elle n'a pas fouillé dans mes affaires, n'est pas partie à la recherche de choses de valeur pour les mettre dans son sac. Quand elle ne s'occupait pas de moi ou qu'elle ne mangeait pas de sandwiches au beurre de cacahuète et à la confiture, elle lisait. Ou faisait la sieste. Ou restait simplement assise sur le canapé, à regarder le feu. Tout ce que je fais, plus ou moins, quand je suis ici, seul.

— Tu lui as dit pour les caméras ? demanda calmement Bob.

Chappy grimaça.

— Non.

— Vous avez déjà couché ensemble ?

Chappy fit de son mieux pour ne pas s'énerver de nouveau contre son ami.

Bob leva les mains.

— Je demande juste parce que, si tu ne lui as pas dit pour les caméras et que vous devenez intimes, elle ne sera pas contente d'apprendre que ça a été enregistré. Ça, ce ne serait *clairement* pas cool, mec. Pas du tout.

Merde. Chappy n'avait même pas pensé à ça. Les caméras étaient là pour sa tranquillité d'esprit. Pour ses yeux uniquement. Mais *aucune* femme ne serait ravie d'apprendre qu'elle avait été filmée au lit sans le savoir.

— Je lui dirai avant que nous n'en arrivions là.

Bob hocha la tête.

— Pour ce que ça vaut... je l'apprécie. Je ne la connais pas, bien sûr, mais rien que de la voir avec le clebs dehors et la façon dont elle te regarde même quand elle parle à April... j'apprécie ce qui t'arrive, Chappy.

Il aimait ça aussi.

— Merci.

Cal les rejoignit tranquillement.

— Je sais que JJ t'a dit que la météo allait se réchauffer... ce qui veut dire que les risques d'avalanches vont aussi augmenter, l'avertit-il.

— Je sais, dit Chappy en agitant la tête. Nous resterons près du chalet jusqu'à ce que le risque soit écarté.

— Tu le prends un peu trop à la légère, dit Cal. Vous seriez plus en sécurité si vous redescendiez à Newton.

Chappy savait ça. Mais il n'était pas prêt. C'était assez dur de partager Carlise avec ses amis le temps d'une petite visite... Il adorait être seul avec elle. Il ne voulait pas encore penser au fait de devoir l'emmener en ville. Il se montrait égoïste mais, pour une fois, il s'en fichait.

— Ça ira pour nous ici. Le chalet ne se trouve pas en zone dangereuse.

— Au moins, avec une avalanche, ils seraient piégés ici encore plus longtemps, plaisanta Bob.

Les lèvres de Chappy se retroussèrent vers le haut.

— Et il semble parfaitement à l'aise avec ça, dit Cal. Fais juste attention, lui dit-il d'un ton plus sombre.

— Je le ferai.

— Avec la météo *et* avec elle, l'avertit Cal.

— Tu ne vas pas t'y mettre non plus, réagit Chappy avec un soupir.

— Que sais-tu vraiment d'elle ? De sa famille ? Son environnement ? Sa situation financière ? Elle pourrait te considérer comme un moyen pratique de sortir des ennuis qu'elle pourrait avoir.

Chappy n'aimait pas le fait que ses amis soient si cyniques. Et méfiants. Mais ces sentiments étaient en conflit avec la satisfaction qu'il ressentait du fait qu'ils ne s'en fichaient pas. Et il ne pouvait le nier, il s'était posé toutes ces questions moins d'une semaine auparavant ; ses amis se mettaient à sa place.

— Elle *cache* quelque chose, finit-il par admettre.

Les sourcils de Bob et de Cal se haussèrent à l'unisson en réaction à son aveu. Il continua avant qu'ils ne puissent faire de commentaire.

— Elle a mentionné un ex violent. Elle ne m'a pas raconté comment elle s'était retrouvée sur ma route, à part m'avoir dit qu'elle s'était perdue. Elle se rendait à Bangor, en partant de Cleveland. Elle est proche de sa mère et de sa meilleure amie mais, à part ça, je ne crois pas qu'il y ait beaucoup de gens sur qui elle compte. J'essaie de ne pas la brusquer. Elle m'en dira plus quand on se connaîtra mieux. Je ne suis pas inquiet quant à la façon dont elle a atterri ici toutefois. Elle n'a pas une once de malhonnêteté en elle, les gars. Ça, j'en suis sûr.

— Elle est en cavale ? demanda Cal.

— Son ex l'a blessée ? grogna Bob.

Voilà. Ça, c'était la raison pour laquelle il supportait la curiosité et le caractère trop protecteur de ses amis. Ils détestaient apprendre que quelqu'un avait été maltraité ou blessé autant que lui.

— Je n'en suis pas totalement sûr. Elle n'est pas le genre de personne à se barrer quand la vie devient difficile. Mais dans ce cas-ci, je crois qu'elle a peur de quelque chose... ou de *quelqu'un*.

— Si tu as besoin de quoi que ce soit, dis-le-nous dit Cal d'une voix basse.

— Ouais, nous sommes peut-être de minables militaires complètement finis, mais nous sommes plus que capables de protéger l'un des nôtres, enchaîna Bob.

Une force envahit le corps de Chappy. Ces hommes étaient ses meilleurs amis, comme des frères. Ils avaient combattu ensemble et s'étaient sauvé la vie les uns les autres plus de fois qu'il ne pouvait le compter. Leur volonté d'intervenir en faveur de Carlise, une femme qu'ils ne connaissaient même pas, voulait dire beaucoup pour Chappy.

— Merci, leur dit-il. Quand j'en saurai plus, et avec sa permission, je vous en ferai part et nous pourrons réfléchir à une stratégie s'il s'avère que c'est nécessaire.

Bob comme Cal montrèrent leur accord.

— Vous avez vraiment l'air sérieux, les gars. Tout va bien ? demanda nerveusement Carlise, depuis sa place, sur le canapé.

— Tout va bien, répondit immédiatement Chappy, désirant la rassurer.

— Ouais, nous nous demandions juste lequel d'entre nous allait se rendre à la maison du vieux Smith demain.

— Du vieux Smith ? s'interrogea Carlise.

— Il n'est pas si vieux, intervint April en soupirant. Et il n'est pas si mauvais.

— La dernière fois que je m'y trouvais, il a insisté pour que je reste déjeuner et m'a servi un genre de viande qu'il avait probablement gardée dans son congélateur pendant vingt-cinq ans, dit JJ. Il a aussi insisté sur le fait que des gens l'obser-vaient et que quelqu'un l'attendait dehors pour le choper car il avait espionné pour le gouvernement quarante ans auparavant.

— C'est vrai ? demanda Carlise, les yeux grand ouverts.

— Non, répondit JJ en secouant la tête, amusé.

— Il se sent seul, insista April. Et ce n'est pas grand-chose pour vous que de vous asseoir avec lui pendant une heure ou plus, après l'avoir rassuré en lui disant que les arbres dans son jardin ne vont pas tomber sur sa maison.

L'air d'avoir été réprimandé, JJ hocha la tête.

— Maintenant que nous avons constaté par nous-même que Chappy n'était pas aux portes de la mort, je dois retourner à Newton, annonça soudain Bob.

— Ouais, il y a un truc à la télé que j'aimerais bien regarder, s'accorda Cal.

Chappy ne contredit pas ses amis. N'essaya pas de les faire rester plus longtemps. En fait, il devait une fière chandelle à Bob pour avoir été le premier à suggérer le fait qu'ils partent. Il ne comprenait peut-être pas, ni n'avait pleinement confiance en ce qu'il se passait entre Chappy et Carlise, mais il s'en remettait suffisamment à Chappy pour lui lâcher la grappe et le laisser faire ce qu'il voulait.

— Oh, je suis sûre qu'on pourrait préparer un truc pour tout le monde, protesta Carlise en se levant.

— Non, nous ne voulons pas vous embêter, les amis. En plus, nous savons que Chappy aime sa solitude. C'est pour cela qu'il vient ici, pour se terrer et être seul, dit Bob.

Chappy vit Carlise afficher un air soucieux et il aurait pu botter les fesses de son ami pour ignorer quand se taire. Il était évident qu'elle s'inquiétait désormais d'être une intruse... encore.

— Peut-être que je devrais...

— Je vais te donner mon numéro de téléphone, l'interrompit April. Je te donnerai le numéro de Jack's Lumber également. Le réseau ici est inexistant, mais je suis sûre que tu pourras te servir du téléphone satellite de Chappy. Si tu as besoin de quoi que ce soit, appelle-moi. Je demanderai à l'un des gars de te l'apporter. Ou si tu veux juste discuter... tu sais, entendre une voix féminine et amicale... je ne suis qu'à un coup de fil.

— Oh, merci, lui dit Carlise. Je te donnerai le mien aussi.

Grâce à la distraction d'April, Chappy soupira en voyant les gars prendre leurs manteaux sur le portant près de la porte. Il demeura derrière April et Carlise pendant qu'elles s'échangeaient leurs coordonnées. Il ne fut pas surpris quand Carlise se baissa pour enlacer l'autre femme ; April eut l'air interloquée pendant un moment mais, ensuite, un sourire prit le relais sur son visage.

Chappy aimait bien April, depuis toujours. Elle était la colle qui maintenait leur entreprise et, en général, il la considérait comme les autres copains. Mais aujourd'hui, il se rendit compte qu'il ne savait pas grand-chose sur cette femme... Rien sur sa famille, sur sa façon de passer son temps libre, si elle avait des amis.

Il avait toujours simplement supposé qu'elle avait des gens avec qui sortir quand elle n'était pas au bureau. Mais en voyant la vitesse à laquelle elle et Carlise avaient sympathisé, ainsi que son plaisir évident en réaction à une simple étreinte, il se demanda s'il avait mal supposé.

Mais il n'eut pas le temps de lui faire davantage qu'un sourire avant qu'elle ne passe la porte d'entrée, à la suite des copains. JJ tenait la porte, se tenant entre eux et Baxter. Le chien semblait content de rester recroquevillé dans son nid, gardant les yeux posés sur tous les inconnus.

À un moment, April glissa sur la neige, et elle serait tombée sur les fesses mais JJ fut suffisamment proche pour la rattraper. Il l'attira contre lui, la maintenant contre son flanc jusqu'à ce qu'elle soit de nouveau sur ses pieds.

En observant son ami tenir April, Chappy réalisa soudain que JJ regardait leur secrétaire de la même façon que Chappy regardait probablement Carlise. Comme si elle était le soleil et la lune en même temps.

Alors qu'il était témoin de la scène, le visage de JJ se débarrassa de toute expression, et il s'écarta d'April.

— Ça va ?

Elle rougit mais hocha la tête.

— Je suis maladroite. Je pourrais trébucher sur de l'air.

JJ ne fit pas de commentaire, mais Chappy remarqua qu'il resta proche d'April sur le chemin jusqu'au pickup.

Il se tint sur le porche tandis que le groupe montait dans le véhicule. Tout le monde baissa sa vitre, sur le départ. Le soleil était de sortie mais il n'aidait pas à réduire le froid dans l'air. La semaine prochaine apporterait une météo plus chaude mais, pour le moment, il faisait encore assez frisquet.

Sans y réfléchir, Chappy se plaça derrière Carlise et l'enveloppa de ses bras, l'attirant contre lui pour qu'elle reste au chaud.

— Content que tu ne sois pas mort ! s'écria Bob.

April secoua la tête et lui donna une tape sur le bras.

— C'était impoli ! le gronda-t-elle lourdement du siège arrière.

Bob sourit simplement, pas le moins du monde désolé pour son humour macabre.

— Appelle si tu as besoin de quelque chose, lui ordonna JJ.

— Nous resterons en contact si nous entendons quoi que ce soit au sujet d'alertes d'avalanches, ajouta Cal.

Chappy sentit Carlise se raidir contre lui, et il regarda son ami, sourcils froncés.

— Mais je suis certain que tout ira bien, ajouta tardivement Cal, incité par le regard mécontent de Chappy.

— Si tu as besoin d'aide pour sa voiture, dis-le-nous, dit JJ. Nous reviendrons.

— Merci ! répondit en criant Chappy.

Lui et Carlise observèrent Bob manœuvrer son pickup puis prendre la direction de la route. Le grand chasse-neige, poussant la poudreuse sur le côté comme il le faisait, rendait plus logique la façon dont ils avaient pu affronter la tempête. Même avec un chasse-neige, cela avait dû être difficile de faire la route jusqu'à son chalet, bien que Chappy n'en fut pas surpris. Ses amis étaient très têtus et hors de question pour eux de laisser un peu de neige se mettre sur leur chemin pour protéger ses arrières.

— Allez, rentrons à l'intérieur, dit Chappy, faisant pivoter Carlise vers la porte.

À sa surprise, Baxter était sorti de son coin contre le mur de la maison et était assis à côté d'eux. Tellement près que Chappy pouvait tendre le bras et presque toucher la tête du chien.

— Oh, salut Baxter ! Tu veux entrer aussi ? demanda Carlise de cette même voix chantante qu'elle avait utilisée plus tôt. C'est agréable et il fait chaud là-dedans. Je te préparerai un lit confortable près du feu. Tu vas adorer. C'est promis.

Elle ouvrit la porte et, laissant Chappy sous le choc, Baxter entra comme s'il avait passé sa vie en tant qu'animal domestique.

— Riggs ! Regarde ! Il est entré ! souffla Carlise.

— Je le vois, ma belle.

— Je suis si...

Sa phrase resta en suspens, puis Carlise se tourna rapidement vers lui et enfouit sa tête contre son torse.

Chappy les fit tous deux entrer à l'intérieur et ferma la porte, puis l'enveloppa de ses bras et la laissa pleurer contre lui.

Elle reprit le contrôle d'elle-même en quelques minutes, leva la tête pour le regarder de ses yeux rouges.

— Je suis tellement contente, murmura-t-elle.

Il rit.

— Pardonne-moi de te dire ça mais on ne dirait pas.

Son sourire était de travers.

— Je le suis, dit-elle avant de s'essuyer les yeux avec les mains, puis de les placer sur le torse de Chappy et de se pencher contre lui. As-tu déjà été content au point que ça te fasse peur, car tu t'attends à ce que les choses soient gâchées à nouveau ?

Chappy devint soucieux et resserra son étreinte.

— Oui...

Carlise hocha la tête.

— C'est juste que... Toi. Baxter. Mon boulot... tout est si parfait en ce moment. Et je crève de peur que tout disparaisse en un nuage de fumée. Du genre, peut-être que je suis en train de rêver ou un truc comme ça... Que je vais me réveiller et que tout se sera envolé. Sera différent.

— Tu n'es pas en train de rêver. Et je n'irai nulle part. Baxter est entré maintenant, et j'ai le sentiment qu'il ne voudra pas redormir dehors de sitôt. Tout va bien, ma jolie.

— Le passé trouve toujours le moyen de se faufiler quand on s'y attend le moins, marmonna-t-elle.

Chappy retint son souffle, espérant qu'elle soit sur le point de s'ouvrir à lui.

Mais au lieu de ça, elle poussa un soupir.

— Je suis morose. Je vais bien. Je ne suis pas aussi émotive en général.

Mentalement, il poussa un soupir en écho avec le sien. Elle avait raison. Ce qui la tracassait se trouvait juste sur le bout de sa langue. Il l'aurait incitée à en dire plus mais, puisque Baxter qui était entré représentait un moment heureux et important, il ne voulait pas casser l'ambiance.

— Tu peux être aussi émotive que tu le souhaites. Je peux le supporter. Je peux supporter tout ce que tu voudras bien me dire. Tu es en sécurité avec moi. C'est tout.

Elle sourit et remonta la main jusqu'à la joue de Chappy.

— Je sais.

— Ah oui ? ne put-il s'empêcher de dire.

Elle acquiesça de suite.

— Tant mieux. Car c'est vrai. Ça te convient vraiment de rester ici avec moi une autre semaine ou plus, jusqu'à ce qu'on puisse dégager ta voiture ?

— Et à *toi*, ça te convient que je sois ici ? Tu m'as dit que tu aimais ta solitude et ton ami l'a confirmé. Je ne veux *vraiment* pas m'imposer.

Chappy jura dans sa tête. De toute évidence, elle avait pris personnellement les paroles de Bob.

— Tu ne t'imposes pas. Même si j'aime ma solitude, je me suis aussi senti seul. Depuis que tu es là, je n'ai pas du tout ressenti ça.

— Moi non plus.

— Bien, alors c'est réglé. Tu peux rester aussi longtemps que tu le souhaites. Et si nous installions confortablement Baxter et décidions quoi faire pour le déjeuner ? Je meurs de faim.

Elle gloussa.

— Toi et JJ...

— Ouais. Tu n'as pas encore vu ce mec manger... Il nous aurait dévalisés, dedans comme dehors !

Carlise rigola, et ce son enveloppa son cœur pour l'emprisonner. Il n'avait pas menti, il pouvait supporter ses émotions mais il préférait largement son rire à ses larmes. Même si c'était des larmes de joie.

Plus tard, Baxter étant pelotonné sous une montagne de couvertures, devant le feu de cheminée, avec le ventre plein, Chappy s'assit sur le canapé, le bras posé autour de Carlise. Elle s'était blottie contre lui après avoir ouvert un livre de poche choisi sur son étagère. Ils lurent ainsi, serrés l'un contre l'autre sous une couverture duveteuse, pendant une heure au moins.

Cela réclamait tout le sang-froid de Chappy, pour ne pas arracher le livre des mains de Carlise et la pousser sur les coussins pour la mettre dans son lit. Mais Bob avait raison : il devait lui dire pour les caméras.

— Je dois te dire quelque chose, lâcha-t-il.

Elle referma son livre et leva les yeux vers lui.

— Ça a l'air sérieux, dit-elle, l'air soucieux.

— Ça ne l'est pas. Enfin je veux dire, je ne crois pas qu'il y ait de quoi en faire toute une histoire... mais tu pourrais.

— Qu'est-ce que c'est ?

— J'ai des caméras, dit-il franchement. Pour ma protection.

Carlise hocha la tête.

— C'est sans doute judicieux. Ce chalet n'est pas vraiment sur les sentiers battus et, si quelqu'un veut entrer par effraction, ce n'est pas comme si des voisins pouvaient le voir et appeler la police.

— Exactement. Il n'y a rien auquel je tiens trop et qui pourrait être volé. Quand je suis absent, je ne laisse pas d'armes à feu ni autre qui pourraient être utilisées pour blesser une autre personne. Mais je n'aime pas l'idée que quelqu'un se trouve chez moi. Ce chalet est un refuge pour moi et, si quelqu'un voulait y entrer par la force, je voudrais être au courant.

— Je peux comprendre ça.

— Le truc... c'est que les caméras ne sont pas seulement à l'extérieur. Il y en a ici aussi.

Chappy retint son souffle, attendant que Carlise se mette à flipper. Il pouvait la voir réfléchir à ce qu'il venait de dire.

Elle se mordit la lèvre.

— Elles ne sont pas connectées à un quelconque service ou quoi, c'est juste une application sur mon téléphone. Je suis le seul à y avoir accès. J'ai mis en place une tonne de protocoles de sécurité, alors la probabilité que quelqu'un pirate et visionne les images va de mince à nulle. L'application garde les enregistrements pendant trente jours avant de les supprimer.

Il parlait vite mais il voulait qu'elle sache qu'il ne stockait pas des centaines d'heures de vidéos ou un truc du genre.

— Bob a dit que je devais te le dire. Que je serais un enfoiré de ne pas le faire. Alors, je te mets au courant.

Elle leva le menton.

— Tu n'es pas un enfoiré, dit-elle.

Chappy laissa échapper un soupir.

— C'est tout ce que tu as à dire ? Je t'apprends que, chaque mouvement de la semaine dernière, excepté ceux que tu as faits lorsque tu te trouvais dans la salle de bains, est sur vidéo, et tu es davantage inquiète par le fait que mon ami me traite de tous les noms ?

— Eh bien... Tout d'abord, je ne suis pas surprise concernant les caméras. Tu m'as clairement dit que tu étais protecteur. J'ai supposé que cela insinuait que tu l'étais pour tes affaires comme pour tes amis. Si je veux être totalement honnête, je ne suis pas ravie de me retrouver sur vidéo. Mais je te fais confiance, Riggs. Si tu dis que personne d'autre que toi ne les verra, je te crois.

Chappy ne put que la regarder attentivement pendant un long moment. Mais comment avait-il fait pour avoir autant de chance ?

— Où sont-elles ? demanda-t-elle, regardant autour d'elle.

— Il y en a là, dit-il en désignant le coin à l'opposé. Et l'autre est dans le coin de la cuisine, dit-il en montrant l'endroit.

Elle se tourna pour le regarder une nouvelle fois.

— Est-ce que tu as regardé les vidéos des derniers jours, quand tu étais malade ?

Il ne lui mentirait pas, bien qu'il ne rentre pas dans le détail quant au le fait qu'il pouvait les télécharger afin de les regarder.

— Je les ai passées en revue. Mais c'était plus pour m'assurer que je ne t'avais pas blessée d'une quelconque manière plutôt que pour t'espionner.

— Je n'ai rien pris. Ni regardé dans tes affaires.

— Je sais, répondit-il, et ils se regardèrent un long moment. Je les couperai le reste du temps que tu seras là, lui dit-il, se surprenant lui-même de lui faire cette proposition.

Elle l'étudia un moment avant de dire :

SUSAN STOKER

— Tu les as pour une raison. Pour te sentir en sécurité. Je suppose que ton besoin de les avoir est lié à ce qui t'est arrivé.

Comme d'habitude, sa perspicacité tombait juste. Il haussa les épaules.

— Avoir été retenu captif a emporté ma confiance en l'humanité pendant longtemps. Je n'avais confiance en *personne*. Les autres conducteurs sur la route, les gens qui passaient dans la rue, les randonneurs sur le sentier des Appalaches... Ça me bouffait. Je me demandais qui pourrait m'attendre dehors pour m'attraper, ce qu'on me prendrait. Nos ravisseurs ont volé le sentiment de sécurité que j'avais toujours considéré comme acquis. Je les déteste pour ça, admit-il avec calme.

— Ne les éteins pas, dit-elle avec fermeté.

— Quoi ?

— Laisse-les allumées. Je ne vais jamais faire quoi que ce soit qui puisse te faire sentir comme lorsque tu étais un prisonnier de guerre.

— Ce n'est pas que je n'ai pas confiance en toi, commença-t-il à dire, mais elle posa une main sur sa bouche et agita la tête.

— Je sais. Si tu as besoin d'elles pour te sentir bien ici, dans ton refuge, alors laisse-les en marche.

Chappy retira la main de Carlise de sa bouche et lui embrassa la paume.

— Je nous ai regardés. En train de dormir, ajouta-t-il pour être clair. Toi qui montes sur le lit alors que j'étais malade... et moi qui t'attrape sans te laisser partir. Tu n'as pas paniqué, tu n'as pas essayé de t'échapper. Tu t'es juste adressée à moi. Et quand tu t'es endormie, je ne pouvais détourner mon regard de toi, dans mes bras.

Carlise déglutit avec difficulté.

— Si je n'éteins pas ces caméras... quand nous ferons l'amour, ce sera en vidéo, lui rappela-t-il. Mais personne, et je dis bien *personne*, ne les verra jamais. C'est entre nous. Je ne vais pas partager ce que tu me donnes avec qui que ce soit d'autre. Si cela te met mal à l'aise, même un peu, je les couperai avant que nous n'allions au lit, et je les rallumerai dans la matinée.

— Je peux les voir ?

— Quoi ? Les vidéos ?

— Ouais... de nous en train de dormir. Quand tu étais malade.

— Bien sûr. Elles ne seront pas supprimées avant une semaine, au moins.

Comme elle ne répondait pas, il demanda :

— Oh, tu voulais dire maintenant ?

— Si ça te va ?

Chappy fit oui de la tête. Il avait la gorge serrée. Elle avait dit qu'elle se moquait des caméras mais cela pourrait changer dès qu'elle aura vu les vidéos.

Il se libéra d'elle et sortit de sous la couverture, puis se rendit dans la cuisine ; son téléphone était posé sur le comptoir. Il l'avait chargé plus tôt, lorsque le générateur était en marche. Le téléphone en lui-même ne marchait pas pour les appels, mais Internet par satellite, quand il fonctionnait correctement, avait suffisamment de puissance pour faire marcher l'application. Et puisque les vidéos avaient été téléchargées sur le disque dur quand il avait allumé le générateur la première fois, elles pouvaient être visionnées.

Il retourna sur le canapé et s'assit à côté de Carlise. Chappy fut soulagé lorsqu'elle se blottit de nouveau contre lui. Il afficha l'application sur son téléphone et rembobina jusqu'au jour où elle était arrivée.

Il lui tendit le téléphone et lui montra comment faire défiler les vidéos. Il regarda par-dessus son épaule pendant qu'elle examinait les images.

Dix bonnes minutes passèrent avant qu'elle n'éteigne le

téléphone et ne tende le bras devant lui pour placer l'appareil sur la petite table à côté du canapé.

Puis, il eut comme un choc lorsqu'elle se plaça sur ses genoux, le chevauchant. La couverture glissa de ses épaules mais Chappy s'en aperçut à peine. Ses mains allèrent sur sa taille tandis qu'il la fixait dans les yeux.

— On peut sauvegarder des extraits des vidéos ? demanda-t-elle.

Chappy fronça les sourcils puis hocha la tête.

— Oui.

— Bien. Quand tu téléchargeras les images d'aujourd'hui, je veux celle de Baxter qui entre dans le chalet pour la première fois. Et peut-être une de toi en train de cuisiner, parce que tu es sexy quand tu tiens une spatule, Riggs Chapman, l'aguicha-t-elle.

Pour la première fois depuis qu'il avait évoqué les caméras, les muscles de Chappy se détendirent ; il n'avait pas réalisé à quel point il avait été tendu.

— Tu ne balises pas à cause des caméras ? demanda-t-il.

Carlise fit mine de s'en moquer.

— Je n'ai rien fait qui me fasse honte. Et ce n'est pas comme si tu en avais une dans la salle de bains ou autre... parce que là, ce serait complètement différent. Je te fais confiance, Riggs. Mais... peut-être que tu pourrais supprimer les vidéos de nous en train de faire l'amour avant que les trente jours ne soient passés ? demanda-t-elle, hésitante.

— Elles ne seront plus là dès que je pourrais télécharger les images, promit-il.

Elle lui fit alors un sourire. Un sourire sexy qui fit remuer son sexe dans son caleçon.

— Eh bien... peut-être pas dans l'immédiat. Je n'ai jamais été du genre à regarder du porno, mais ce serait le bon moment de m'y mettre. Je veux dire... peut-être que de *nous* regarder ensemble, ce ne serait pas si mal.

Cette fois, son sourire était timide.

Le cerveau de Chappy lui donna l'impression d'être sur le point d'exploser.

— Quelle femme... soupira-t-il.

— Trop bizarre ? demanda-t-elle en faisant la grimace.

— Non ! Tu es parfaite !

Elle secoua la tête.

— C'est faux. J'ai des défauts, Riggs. Ne me mets pas sur un piédestal.

— Très bien. Dans ce cas, tu es parfaite pour *moi*, lui dit-il.

L'air soucieux ne quitta pas son visage. Chappy agrippa sa nuque et l'encouragea à s'appuyer contre lui. Elle s'affaissa sur son torse, ses bras entre eux, et se blottit, laissant Chappy supporter le poids de son corps.

— Parle-moi, lui murmura-t-il. Il n'y a rien que tu puisses me dire pour me faire changer d'avis sur le fait de t'avoir ici. De te faire l'amour. Rien de rien.

— Je te parlerai. Mais pas ce soir. Ça te va ? Ce soir, je veux juste m'asseoir là et essayer de prétendre que tout va bien dans ma vie et que je suis heureuse.

— D'accord, ma belle.

Il était déçu mais, si elle avait besoin de plus de temps, il lui en accorderait. Car elle avait fini par confirmer que quelque chose se passait dans sa vie, quelque chose qui n'était pas bien. Et qu'elle lui avait dit qu'elle lui en parlerait. Il devait juste être patient.

— Merci. Riggs ?

— Oui, chérie ?

— Par pitié, ne me fais pas de mal. Je ne crois pas que je pourrais le supporter. Pas après tout le reste.

— Ça n'arrivera pas. Ni physiquement, ni mentalement, ni émotionnellement. Je le promets.

Elle soupira puis se décala ; elle était encore plus près. Ses bras s'extirpèrent de leur position, et elle en posa une dans le dos de Chappy. L'autre alla sur sa nuque, où elle caressa ses cheveux.

Une chair de poule couvrit ses bras, en réaction au contact de Carlise. Cette femme pouvait le briser mais, quelque part, il savait qu'elle ne le ferait pas. Elle l'avait traité avec soin tout comme il l'avait fait avec elle. Il pourfendrait tous les dragons à ses trousses, rien que pour avoir le droit de finir chaque jour exactement comme aujourd'hui. Avec elle dans ses bras, au chaud, confiante.

⁎

Les vêtements volaient dans la pièce tandis qu'ils étaient jetés des tiroirs de la commode. Ensuite, les robes et les chemises suspendues dans le placard de Carlise furent arrachées de leurs cintres.

— Où est-ce que tu es, garce ? Où est-ce que tu *es* ?!

Chaque mot était ponctué d'un coup de couteau, les vêtements et les draps de Carlise étant lacérés encore et encore, sous l'effet de la frustration et de la rage.

Chaque coin, chaque fissure, dans l'appartement avait été inspecté. Tous les courriers, ouverts, les papiers dans le bureau de Carlise, fouillés... Et pourtant, toujours aucun indice de l'endroit où était partie cette salope ! Elle s'était levée, puis avait disparu sans laisser de trace.

Haletant sous l'effet de l'effort, la personne qui s'était introduite se tenait au centre de la chambre de Carlise et fixait la douzaine de chemises et culottes déchirées, de photos et de bibelots brisés, l'esprit à cent à l'heure pour savoir quoi faire ensuite. Comment trouver l'endroit où elle avait pu partir.

C'était inacceptable ! Apparemment, Carlise pensait que partir mettrait fin à tout mais elle avait tort. *Tellement* tort ! Quand le lieu où elle se trouvait serait découvert, elle paierait pour s'être envolée sans un mot. Paierait pour avoir réclamé cette putain de mesure d'éloignement. Paierait pour *tout* !

Et là, une idée apparut.

Sa mère.

Bien sûr ! Elle était la clé.

Carlise avait dû dire à sa mère où elle s'en allait ou avait au moins appelé depuis. Sa mère saurait exactement où elle était allée. Et elle cracherait le morceau, surtout si un petit... moyen de *persuasion* était utilisé pour extorquer l'information. Cette vieille ratée était faible. Tout comme sa fille.

La personne sourit d'un air narquois et se dirigea vers la porte d'entrée de l'appartement, ignorant toute la destruction occasionnée derrière elle.

— Je vais te trouver, garce. Et quand ce sera fait, tu regretteras tous tes mensonges... toute la douleur que tu as causée. Je te le garantis.

CHAPITRE DIX

Trente-six heures étaient passées depuis l'aveu de Riggs au sujet des caméras, et Carlise était plus que surprise de ne pas se sentir embêtée en sachant qu'il enregistrerait la moindre chose qu'ils faisaient ou disaient à l'intérieur du chalet.

Si cela avait été Tommy, elle aurait complètement paniqué. Cela lui aurait paru comme une énorme invasion dans sa vie privée et elle n'aurait pas été capable de faire confiance sur le fait qu'il garderait les bandes pour lui. Mais depuis qu'elle et Riggs étaient ensemble, chaque minute de chaque jour, tous deux filmés à tout moment, sans parler du fait important qu'elle avait confiance en lui d'une façon qu'elle n'aurait jamais pu avoir avec son ex, elle ne parvenait pas à y accorder de l'importance.

Une autre surprise durant cette dernière journée et demie : Baxter était devenu un chien d'intérieur très aisément ! Cela confirmait la pensée de Carlise, qu'il avait autrefois été l'animal domestique de quelqu'un. Il n'y avait pas eu d'accident dans la maison et était même allé jusqu'à la porte pour gratter, leur faisant comprendre qu'il voulait sortir. Il ne s'était pas suffisamment approché pour être caressé, préférant son petit coin près du feu, sous ses couvertures, mais Carlise avait confiance dans le fait que, avec le temps, il se détendrait encore plus. Il maintenait son regard sur eux, peu importe où ils se trouvaient dans le chalet, toujours en alerte.

Carlise et Riggs avaient dormi ensemble presque toutes les nuits depuis son arrivée, et elle ne s'était jamais sentie autant en sécurité ni aussi contente. Quand elle et Tommy dormaient ensemble, elle était constamment tendue, en alerte, et par conséquent, jamais pleinement disposée à se reposer.

Elle aurait dû le quitter bien avant ça. Elle était restée en partie car elle avait honte de s'être retrouvée, elle ne savait comment, dans le genre de relation qu'elle s'était juré de ne jamais vivre après avoir grandi dans un foyer violent. Mais aussi car elle lui avait trouvé des excuses pendant si longtemps... Il travaillait trop dur, il était stressé, inquiet de ne pas subvenir à ses besoins...

Elle n'avait pas raconté ce qu'il se passait à Susie, et surtout pas à sa mère, ne voulant pas les inquiéter. Mais quand Tommy avait cessé d'être seulement cruel ou menaçant pour la bousculer tellement violemment qu'elle avait heurté le comptoir et s'était blessée, elle avait fini par ouvrir les yeux.

N'ayant aucune idée des malheurs de Carlise, sa mère comme Susie avait demandé pourquoi elle avait subitement décidé de le quitter. Quand elle avait avoué, cela avait poussé Susie à demander si la violence avait été l'histoire d'une fois... si Carlise pouvait peut-être lui accorder une autre chance. Peu surprenant, puisqu'il excellait dans l'art de charmer tous ceux qui ne le connaissaient pas bien. D'un point de vue extérieur, Tommy était un bon parti et leur relation était géniale. Carlise savait que tout reposait sur elle.

Elle n'avait pas pris la peine d'expliquer que les hommes comme Tommy ne changeaient pas, que leurs excuses ne valaient rien et que ça ne prendrait pas longtemps avant qu'il ne replonge dans un schéma de raclées et de faux regrets. Carlise savait que Susie ne comprendrait jamais pleinement, elle n'avait jamais vécu de relation avec maltraitances. Elle n'avait pas grandi en se demandant de quelle humeur serait son père en rentrant à la maison, s'il serait content ou s'il commencerait immédiatement à brandir les poings, sans s'inquiéter de la personne qu'il allait blesser.

Sa mère ne comprenait que trop bien, évidemment.

Sa meilleure amie l'avait davantage soutenue lorsque Carlise avait commencé à recevoir des menaces. Elle avait été outrée, en réalité... même si elle avait tenté de l'interroger, si cela pouvait être quelqu'un d'autre que Tommy. Et elle avait marqué un point : des pneus crevés, de la peinture sur la porte, des notes laissées... tout ça, ce n'était pas vraiment son style. Il était plus du genre rentre-dedans, à chercher la confrontation. Le genre qui débarquait devant sa porte pour sonner et lui dire en personne qu'elle était une garce.

Mais si ce n'était pas Tommy qui la harcelait, elle n'avait aucune idée de qui ça pouvait être d'autre. Elle ne pensait à personne d'autre qui la détestait suffisamment pour vouloir rendre sa vie misérable comme ça avait été le cas avant qu'elle ne quitte Cleveland.

Il y avait cette femme à l'épicerie qui était devenue excessivement folle lorsque Carlise avait pris le dernier grand pot de glace au cookie, l'avait suivie jusqu'à la caisse, puis tout le chemin jusqu'à sa voiture, poussant des cris stridents tout du long. Malgré l'attitude irrationnelle de cette femme, Carlise ne pouvait imaginer quelqu'un la harceler à cause d'une crème glacée.

Peut-être était-ce l'autrice qui avait soutenu que sa traduction était mauvaise. Elle ne l'était pas ; la femme n'avait simplement pas voulu payer pour le travail qu'avec effectué Carlise.

La possibilité que ce soit son père demeurait dans une partie de son esprit. Il avait paru suffisamment soulagé pour s'en laver les mains, concernant sa femme comme sa fille... mais là encore, peut-être que lorsqu'il avait appris qu'elles allaient bien toutes les deux, son égo n'avait pas pu le supporter. Et Carlise avait été *celle* qui avait continuellement supplié sa mère de quitter cet homme.

— Quelle heure est-il ? marmotta Riggs à côté d'elle.

Il faisait encore nuit dehors. Elle était blottie contre lui, de la même façon qu'elle dormait chaque nuit. L'une de ses jambes entre les siennes, sa tête sur son torse, son bras en travers de son corps, le tenant aussi fermement qu'il la tenait. Elle portait l'un de ses T-shirts et une culotte mais le haut était remonté durant la nuit.

L'une des mains de Riggs restait sur le bas de son dos, ses doigts effleurant l'élastique de son sous-vêtement. L'autre était posée sur son bras, qui lui était sur son torse, comme pour s'assurer qu'elle ne s'éloignerait pas de lui.

— Pas encore l'heure de se lever, murmura-t-elle en réponse.

— Tu n'arrives pas à dormir ?

Carlise secoua la tête.

— Je réfléchis.

— À quel sujet ?

C'était le moment. Elle devait lui parler de son harceleur. De la raison pour laquelle elle était partie de Cleveland et pourquoi elle avait fini dans son chalet, au milieu d'une grosse tempête. Il méritait de savoir que, s'ils restaient ensemble, il était possible qu'il soit en danger. Que quelqu'un puisse trouver son chalet et le profaner, en un sens. Le saccager, le réduire en cendres.

Cette dernière pensée la fit frissonner contre Riggs.

— Carlise ? Qu'est-ce qui ne va pas ? Parle-moi.

— Je suis victime d'un harceleur, avoua-t-elle.

Le soulagement qui se répandait dans son corps à la suite de sa prompte confession était immense. Elle n'avait vraiment pas réalisé à quel point cela pesait sur elle, de garder ce secret.

À sa surprise, Riggs ne se tendit pas sous elle.

— Tu sais de qui il s'agit ? demanda-t-il.

Elle leva la tête et tenta de voir son visage dans le noir.

— Tu n'es pas en colère ?

— Oh, mais je suis furieux, dit-il calmement. Mais j'ai besoin d'informations pour y remédier. Et la dernière chose dont tu as besoin en ce moment, c'est de moi qui me lève pour fulminer en faisant les cent pas. Baxter n'aimerait pas ça non plus. Je suis juste heureux que tu me fasses suffisamment confiance pour me raconter ce qui t'a amenée ici. Alors, je reste calme, tentant de regrouper les informations afin de pouvoir les transmettre à JJ et les autres, afin que nous puissions mettre fin à la menace que tu subis. Et afin que nous puissions continuer nos vies.

C'était la chose la plus douce et la plus adorable qu'on ne lui ait jamais dite. Ce qui était probablement bizarre mais peu importait.

— Je suis presque certaine que c'est mon ex... Il n'était pas content lorsque j'ai rompu. Et il était même encore plus fou de rage le jour d'après, après avoir découvert que j'avais mis tous mes vêtements et les trucs que j'avais rapportés chez lui dans des cartons pendant qu'il était au boulot. Il m'a suppliée de lui accorder une autre chance. M'a suivie partout où j'allais, même durant ses journées de travail. Il est venu à mon appartement, m'a appelée des douzaines de fois par jour pendant des semaines. Il m'a aussi envoyé des messages, encore et encore. Je n'ai jamais répondu au téléphone ni n'ai ouvert la porte.

« Au début, ses messages vocaux et ses SMS étaient tout gentils et pleins d'excuses. Puis, ils sont devenus menaçants, mêlés à des excuses ici et là. Au bout d'un moment, il a cessé d'essayer de me contacter purement et simplement et j'ai pensé qu'il avait fini par abandonner. Mais... c'est peu de temps après que des choses étranges ont commencé à arriver.

— Des choses étranges ?

Carlise hocha la tête et inspira profondément.

— Des trucs qui fichent la frousse. Des mots laissés sur ma voiture, aussi bien quand je me trouvais dans ma résidence que lorsque j'étais sortie faire des courses. Mes pneus étaient tailladés. Le mot « salope » peint sur ma porte. Des e-mails et des SMS provenant de numéros et de comptes inconnus.

— Que disaient-ils ?

— Rien de bien, dit Carlise en plissant le nez.

Comme Riggs ne répondit pas, elle soupira.

— Peu importe qui c'était, ça disait que j'étais une idiote. Une stupide garce. Un horrible être humain. Que je ne savais pas à quel point j'avais la belle vie. Ce genre de choses.

— Tu es allée voir la police ?

Carlise pouvait dire qu'il était en colère mais son pouce lui caressait le bras de manière apaisante. Ça comptait beaucoup qu'il n'ait pas bondi et ne soit pas excessivement énervé par cette situation.

— Oui, et j'ai obtenu une ordonnance de protection, qui reposait sur les appels et les messages de son téléphone. Mais il n'y a pas grand-chose d'autre à faire puisque je ne peux prouver qui laisse des mots ou vandalise ma voiture ou ma porte. Je n'ai pas de caméras à mon appartement. Ils m'ont dit que je pourrais engager quelqu'un pour voir si les e-mails et les SMS pouvaient être tracés mais, honnêtement, même si j'ai suffisamment d'argent pour vivre, je n'ai pas les fonds inépuisables pour embaucher des spécialistes. Ça paraissait juste plus simple de sortir de la ville pendant un temps et d'espérer que ça se calme plutôt que payer quelqu'un pour *peut-être* retrouver la personne qui me persécute.

Riggs resta silencieux un moment. Carlise avait le sentiment qu'il n'était pas d'accord avec sa décision mais elle appréciait le fait qu'il ne la houspille pas à ce sujet.

— Qui ça pourrait être d'autre à part ton ex ? finit-il par demander.

Elle lui parla de l'autrice qui n'avait pas été satisfaite de son travail. De la femme à l'épicerie. Elle nomma chaque personne qu'elle avait pu contrarier, même à faible dose, les semaines avant que le harcèlement ne commence.

Riggs secoua la tête et Carlise se redressa pour le regarder.

— Quoi ?

— Carlise, les gens ne font pas les choses que tu as endurées parce que tu t'es insérée sur la voie dans une zone en travaux. Ou parce que tu as pris le dernier pot de crème glacée. Ou parce que tu n'as pas été d'accord avec eux sur le post d'un réseau social.

— Les gens sont dingues, Riggs, dit-elle doucement. Je le jure, tout le monde est devenu bien plus susceptible cette dernière décennie, voire plus. La plus petite chose peut faire perdre les pédales à quelqu'un.

— Je le comprends, répondit calmement Riggs, mais je ne crois toujours pas que ces choses rendent quelqu'un furieux au point de remonter ta piste pour savoir où tu vis et de te crever les pneus. Sans parler de tous ces e-mails et SMS envoyés.

— Ouais, réagit-elle en soupirant, reposant la tête sur son torse. La seule autre personne à laquelle je pense est mon père.

Riggs s'immobilisa.

— Ton père sait où tu vis ? C'était quand, la dernière fois que tu as interagi avec lui ?

— Oui, et il y a environ quatre mois. Il est venu à Cleveland, il voulait voir ma mère. Elle était partie dans l'Ohio sur mon insistance. Elle me manquait et elle était vraiment bien là-bas. Bref, mon père appelle de temps à autre. Il essaie de convaincre maman de revenir avec lui. Elle dit toujours non, mais quand il est venu à Cleveland il y a quelques mois, elle a fini par accepter d'aller déjeuner avec lui. J'étais *tellement* en colère quand elle m'a dit ça après coup. Je lui ai fait promettre de me prévenir si et quand il la recontactait. À ma surprise, elle l'a fait. Il est revenu à Cleveland seulement deux mois plus tard. Je l'ai suppliée de me laisser aller le voir à la place et elle a été d'accord.

— Pitié, dis-moi que tu n'es pas allée retrouver cet enfoiré violent toute seule, grogna Riggs.

— Pas question ! dit Carlise avec ferveur. J'ai demandé à Tommy de venir avec moi mais il a dit qu'il était occupé. Alors, j'ai appelé Susie et elle est venue. Il n'est rien arrivé, dit-elle d'un ton apaisant, posant la main sur le côté de la nuque de Riggs et caressant sa mâchoire avec son pouce. Je lui ai dit avec des termes convaincants que maman en avait fini avec lui. Que nous étions heureuses de ne plus l'avoir dans nos vies.

« Il a essayé de me dire qu'il avait changé mais je le savais mieux que lui : il sera toujours un salopard. Il n'était pas ravi du fait que je ne cède pas. Il a commencé à avoir son tic à la mâchoire, exactement comme c'était le cas avant qu'il ne se déchaîne sur maman ou sur moi. Mais puisque nous étions dans un endroit public, il ne pouvait rien faire. Il s'est simplement levé, puis est parti.

— Ce n'est pas bon, commenta Riggs.

— Je sais. Le truc du pneu, c'est un acte que je l'imagine complètement faire, mais je ne sais pas comment il aurait pu avoir mon e-mail ou mon numéro de téléphone. Ce n'est pas comme si je les lui avais donnés.

— Ce genre d'infos n'est pas difficile à trouver, lui dit Riggs. Tu as reçu des messages depuis que tu es ici ?

— Sincèrement ?

— Évidemment.

— J'ai peur d'allumer mon téléphone. Je sais que je devrais. Je dois appeler ma mère et Susie… mais je n'ai simplement pas envie de voir si le fait d'être partie l'a fait renoncer ou si ça l'a mis encore plus en colère, admit Carlise.

— Tu veux que je le fasse ? L'allumer le premier ? Enfin, je n'effacerai rien qui ait pu arriver car nous aurons besoin des messages comme preuve de harcèlement auprès de la police, mais rien que d'entendre toutes ces sonneries et ces vibrations quand tu rallumeras ton téléphone peut être stressant.

Carlise bougea sans y penser. Elle roula jusqu'à se retrouver allongée sur lui. Ils étaient collés l'un à l'autre, des hanches à la poitrine. Elle s'appuya légèrement et baissa les yeux vers le magnifique visage de Riggs. Ses mains à lui se déplacèrent jusqu'aux hanches de Carlise pour l'aider à garder l'équilibre.

— Tu ferais ça pour moi ?

— Je ferais n'importe quoi pour toi, Carlise. Tu n'avais pas encore compris ça ?

— Je commence à le comprendre. C'est… je n'ai jamais connu quelqu'un qui soit aussi bienveillant que toi, Riggs. Je ne sais pas comment réagir.

— Tu n'as pas à faire quoi que ce soit. À part faire avec et l'accepter comme dû.

— Je veux te remercier.

— Pour quoi ?

— Pour ne pas avoir flippé. Pour ne pas avoir bondi du lit et arpenté la pièce d'un pas lourd. La colère me fait peur… Je sais pourquoi. Il ne faut pas être un génie pour comprendre que les actions de mon père quand j'étais enfant m'affectent encore aujourd'hui. Et être avec Tommy n'a pas aidé. Même quand je suis consciente que la colère d'une personne n'est pas dirigée contre moi, ça me rend quand même nerveuse. Alors, j'apprécie le fait que tu n'aies pas bronché quand je t'ai raconté pour Tommy. Tu n'étais pas ravi, je pouvais le voir à ta façon de te tendre. Mais tu n'as rien fait pour me mettre mal à l'aise.

— J'abhorre la violence, lui dit Riggs sans détourner les yeux des siens. Ce qui est bien ridicule, étant donné ce que j'ai fait pour gagner ma vie avant d'emménager dans le Maine. Mais après avoir été un prisonnier de guerre et avoir vu mes amis se faire tabasser pour absolument aucune raison, après avoir constaté la torture qu'a subie Cal simplement parce que nos ravisseurs trouvaient ça drôle de faire du mal à un membre de la famille royale, je ne peux la tolérer. Je ne peux pas promettre de ne jamais me mettre en colère dans le futur mais, maintenant que je sais à quel point ça t'affecte, je ferai de mon mieux pour la contenir.

— Tu n'as pas à...

— Je la contiendrai, l'interrompit Riggs, avec fermeté. Je ne te donnerai jamais une raison d'avoir peur de moi. *Jamais.*

Carlise déglutit avec peine et cligna des yeux pour tenter d'éloigner ses larmes.

— Merci, dit-elle dans un murmure.

— Nous pouvons allumer ton téléphone pour vérifier mais, honnêtement, même si la tempête est finie, je ne suis pas sûr que la WiFi fonctionne. J'ai Internet par satellite et c'est assez capricieux. Je dois vérifier l'antenne et sans doute la mettre à jour. C'est arrivé de plus en plus souvent dernièrement... si ça ne marche pas, je devrai descendre un bout en voiture pour trouver un signal. Une fois que nous serons levés, je te laisserai te servir de mon téléphone satellite pour appeler ta mère et Susie. Je suis sûr qu'elles sont mortes d'inquiétude maintenant. Tu dois les rassurer quant au fait que tu vas bien et t'assurer que, elles, elles vont bien. Ensuite, nous irons peut-être nous promener avec Baxter, faire la lessive, lire, jouer aux dames... tu peux bosser un peu sur le bouquin que tu traduis. Puis, nous préparons le dîner ensemble. D'accord ?

Ses plans pour la journée semblaient magnifiques. Parce qu'ils allaient faire la plupart de ces choses ensemble.

— D'accord.

— Ce que je découvrirai sur ton téléphone déterminera le moment où tu devras contacter la police ici, à Newton. Ils ne représentent pas une immense force, mais le chef de police est un homme bon. Il prendra tes inquiétudes au sérieux, ma belle. Il ne tolèrera personne victime de harcèlement sous sa juridiction.

— Mais nous ne savons pas qui m'envoie ces messages.

— Il le découvrira. Il pourrait avoir besoin de prendre ton téléphone un moment, le transmettre au département informatique pour analyse, mais nous trouverons. On t'en trouvera un nouveau quand on ira en ville, comme ça tu pourras continuer de communiquer avec ta mère et Susie.

Carlise avait les yeux baissés vers l'homme sous elle. Le soleil commençait seulement à percer à l'horizon, apportant à la pièce une douce lueur.

— Riggs... murmura-t-elle.

— C'est normal, dit-il en secouant légèrement la tête, l'air sérieux. C'est ce que fait un homme pour sa femme. Il la protège. Il se met en quatre pour s'assurer qu'elle est heureuse et en sécurité. Il veille sur elle. Tout comme elle le fait pour lui. Tu n'as pas eu un bon exemple de ce à quoi devrait ressembler une relation, mais je m'occupe de toi, Carlise. Si tu as faim, je te nourris. Si tu as froid, je t'apporte des couvertures. Si tu as peur, je te protège et, si tu es heureuse, je ferai tout ce que je pourrai pour que tu le restes.

Carlise ne parvenait pas à parler sur l'instant, même si sa vie en dépendait. Elle était bouleversée, dans le bon sens du terme. Comment avait-elle réussi à trouver cet homme ? Les chances avaient été infimes ! Et pourtant, elle était bien là, dans son lit, dans ses bras.

Elle baissa la tête sans réfléchir. Sans hésiter. Sans douter.

Ses lèvres touchèrent celles de Riggs et il s'ouvrit immédiatement à elle. Elle l'embrassa presque désespérément, exprimant avec ses lèvres les mots qui ne parvenaient pas à passer outre la boule qu'elle avait dans la gorge.

Le baiser devint passionné en quelques secondes. Ce qui avait commencé comme une façon de le remercier devint en un clin d'œil quelque chose d'infiniment plus profond. Riggs roula jusqu'à ce que Carlise se trouve sous lui. Il mit une jambe entre les siennes et elle pouvait sentir son érection battre contre son ventre. Ils n'étaient séparés par rien d'autre que leurs sous-vêtements. Et soudain, ils furent de trop.

— J'ai envie de toi, dit-elle d'une voix haletante quand il s'écarta pour prendre une grande inspiration.

Il avait les lèvres gonflées et humides par leur baiser. Même si elle le regardait, il sortit la langue pour s'essuyer la lèvre inférieure, et Carlise eut grand peine à ne pas faire revenir le visage de Riggs vers elle.

— Tu es sûre ?

— Je n'ai jamais été aussi sûre d'une chose dans ma vie, lui répondit-elle.

En réponse, Riggs se pencha pour atteindre la petite table à côté du lit. Il ouvrit brutalement le tiroir, jurant d'y avoir mis trop de force lorsqu'il finit au sol. Il remua sous elle et fouilla le sol un moment.

Carlise gloussait, tenant bon sur la taille de Riggs afin qu'il ne tombe pas du lit.

Quand il se remit droit et demeura au-dessus du corps de Carlise, il avait un préservatif dans la main. Ils n'avaient pas discuté de protection, mais elle appréciait sa bonne volonté quant au fait d'enfiler une capote. Tommy avait râlé et pleurniché de devoir en porter une. Cependant, elle savait déjà qu'elle ne pourrait comparer les deux hommes d'aucune manière. Riggs serait le meilleur à chaque fois.

— Je les ai achetées pour maintenir au sec le bout de mon fusil de chasse, si je dois sortir sous la pluie ou la neige, lui dit-il sérieusement. Pas parce que j'avais déjà eu une raison de m'en servir avant aujourd'hui.

Carlise le croyait. Comment pourrait-elle faire autrement ? Il faisait son possible pour la rassurer, pour s'assurer qu'elle était en sécurité. Elle n'avait aucune raison de douter de lui. Elle hocha la tête et se lécha la lèvre inférieure, le désirant davantage que ce qui était censé être normal.

Ses yeux ambrés perçaient les siens tandis qu'il posait le préservatif à côté de l'oreiller, puis la déplaça de ses genoux pour s'attaquer à son T-shirt. Il le fit passer par-dessus sa tête, et Carlise admira tout chez Riggs tandis qu'il s'agenouillait devant elle. Il était magnifique. Elle détestait voir les cicatrices sur son torse car elle savait désormais comment il les avait obtenues, mais elles ne la distrayaient en aucune façon de sa beauté, de sa silhouette, de son corps.

Carlise leva les mains sans réfléchir et les plaça fermement sur ses pectoraux, les faisant courir lentement de haut en bas sur son corps. Riggs ne bougeait pas. Il était en réalité immobile comme une statue, et Carlise commença à s'en inquiéter.

— Riggs ?

— Ouais ? répondit-il, les dents serrées.

Elle cessa de bouger et leva les yeux vers lui. Il n'avait vraiment pas l'air d'apprécier le fait qu'elle le touche. Elle retira les mains, incertaine.

— Tu n'aimes pas que je te touche ? lui demanda-t-elle dans un murmure.

— Ne pas aimer ? demanda-t-il, ses sourcils courbés vers le bas sous l'effet de la confusion. Je n'ai littéralement pensé qu'à tes mains sur moi pendant une semaine. Je me suis masturbé sous la douche tous les jours, en rêvant de ce que ça ferait de t'avoir contre moi. Je bande plus que je ne l'ai fait depuis des années, et ce serait un miracle que je dure suffisamment longtemps pour enfiler ce préservatif et entrer en toi. Ne pas aimer que tu me touches ?! Impossible.

Ses paroles aidèrent Carlise à se sentir mieux, bien qu'elle demeure confuse.

— Alors, pourquoi tu ne fais rien ? Tu ne me touches pas ?

— Parce que je crois que je ne peux pas bouger, admit-il. J'ai peur de tout perdre si je le fais.

Carlise sourit et remit ses mains sur son torse.

— Ça veut juste dire que tu dureras plus longtemps quand nous passerons aux choses sérieuses, alors, la rassura-t-elle.

Il la fixa un court instant avant de descendre du lit, déplaçant les mains de Carlise. Il repoussa son caleçon de ses hanches et s'en débarrassa d'un coup de pied avant de la chevaucher une fois de plus.

Carlise ne pouvait s'empêcher de rougir. Elle n'était pas vierge. Elle avait vu son lot de pénis... Mais le sien était... Bon Dieu, il était stupéfiant ! Et intimidant. Il était énorme. Pas plus long que la normale mais plus épais que tous ceux qu'elle avait connus. Et tandis qu'elle l'observait – car hors de question de regarder ailleurs qu'entre les jambes de Riggs –, une perle de liquide préséminal fuit de la fente du gland et coula le long de son membre durci.

— Bon sang, Carlise, rien que tes yeux suffisent à me faire exploser, admit-il.

Lentement, Carlise approcha sa main de son érection et fit courir un doigt sur le côté. Il tressaillit instantanément, comme si le contact de Carlise l'avait électrifié.

Riggs grogna et empoigna la base de son sexe pour le presser fort.

— Touche-moi encore, l'implora-t-il. S'il te plaît. J'ai besoin de tes mains sur moi.

Sourire aux lèvres, aimant le fait que, bien qu'il soit à genoux devant elle, elle paraissait détenir intégralement le pouvoir en ce moment ; Carlise reposa la main sur sa verge palpitante. Elle la tint fermement, étonnée que son pouce et son doigt ne puissent pas se toucher, et caressa vers le haut.

La main de Chappy n'avait pas relâché son sexe à sa base, et il rejeta la tête en arrière en poussant un grognement.

Ravie, Carlise commença à le caresser lentement. Les sexes masculins étaient si incroyables ! Durs comme l'acier et, pourtant, la peau y était si douce. Riggs fit retomber sa tête vers l'avant et il la transperça d'un regard intense. Carlise fut surprise qu'il la regarde, elle, et non pas sa main sur son sexe. Elle alternait, levant les yeux vers lui puis les baissant vers ce qu'elle était en train de faire.

— J'espère que tu ne te montrais pas juste gentille quand tu as dit ce que tu as dit plus tôt, grogna-t-il d'une voix lente et torturée.

— À quel propos ? demanda-t-elle, fascinée par le liquide annonciateur qui s'échappait de sa verge pendant qu'elle le caressait.

— À propos du faire d'être absolument d'accord pour que je jouisse le premier.

— Je ne voulais pas juste être gentille, le rassura-t-elle.

Voir à quel point il était excité et à quel point il la désirait la faisait énormément vibrer. Elle ne pensait pas avoir déjà connu un homme qui la regardait comme Riggs le faisait en cet instant. Comme si elle était la lumière de son monde. Comme si c'était elle qui faisait tourner le monde.

Elle retira sa main et se tortilla sous lui, essayant de se rasseoir légèrement.

Riggs se raidit sur ses genoux, lui accordant la place de bouger.

— Je te fais mal ? demanda-t-il, inquiet.

Elle ne répondit pas, attrapant simplement l'ourlet du haut qu'elle portait pour le tirer vers le haut, courbant le dos afin de réussir à faire passer le tissu par-dessus sa tête. Elle jeta le T-shirt sur le côté et se rallongea.

— Je ne veux pas salir ton T-shirt, dit-elle d'un air faussement timide en lui souriant.

— Merde, jura-t-il, les yeux fixés sur sa poitrine. Tu es parfaite. Regarde-toi... tes seins sont... bon sang...

Sa réaction fut tout ce qu'elle pouvait espérer, et même plus. Carlise courba le dos tout en tendant la main vers son pénis.

— *Oui*... Bon Dieu, tes mains font tellement de bien. Si douces... encore, plus vite, s'il te plaît... oui, comme ça ! Je vais jouir.

Et il jouit. Sans prévenir, une éruption de sperme s'écoula de sa verge, atteignant sa poitrine. Elle se mit à rire quand une autre giclée sortit. Puis, une autre. Sa main était glissante suite à son orgasme, et l'expression sur le visage de Riggs ressemblait davantage à de la douleur qu'à du plaisir. Elle avait des filets de sperme sur la poitrine, et probablement sur son visage également, mais elle s'en moquait.

Elle ne s'était jamais sentie aussi désirable auparavant. Riggs n'avait même pas duré trente secondes après qu'elle se fut mise nue. Il n'y avait pas meilleur signe pour montrer qu'il était attiré par elle.

Elle s'attendait à ce qu'il s'effondre sur elle, mais elle aurait dû savoir qu'il ne le ferait rien de ce qu'elle pensait que les autres hommes feraient. Il tendit les mains et la toucha avec respect. Ses paumes s'aplatirent sur sa poitrine et il commença à masser son sperme sur sa peau. Son odeur, musquée et terreuse, emplissait l'air.

— J'espère que tu es à l'aise, dit-il, presque sur le ton de la conversation.

— Quoi ? Pourquoi ?

— Parce qu'on va rester ici un moment. Maintenant que tu as calmé le jeu, je peux prendre mon temps. Découvrir ce que tu aimes... ce qui te fait te tortiller, ce qui te fait crier, ce qui te fait perdre le contrôle. Le point positif en vivant ici, au milieu de nulle part, c'est qu'il y a très peu de distractions... Je vais prendre mon temps et te montrer à quel point le sexe peut être génial.

Son petit discours était un peu prétentieux. Il était en train de présumer le fait qu'elle ne savait pas déjà que le sexe pouvait être agréable. Mais Carlise avait le sentiment que toute expérience qu'elle avait eue par le passé serait maigre en comparaison avec ce que cet homme pouvait lui faire, alors il pourrait avoir raison d'être prétentieux.

En réponse, elle se cambra sous son contact.

— Qu'est-ce que tu attends dans ce cas ?

— Ta permission. Ton consentement. L'assurance que tu me désires autant que je te désire. Je veux tout de toi, Carlise. Ta confiance, ton corps, ton cœur.

Elle s'immobilisa sous lui.

— Je suis amoureux de toi, dit-il sans une once d'hésitation. J'ignore comment ça a pu arriver si vite ni pourquoi, mais je sais que c'est ce que je ressens pour toi. La dernière femme que je voudrai. La dernière que j'aurai. Tu es la femme que j'ai cherchée toute ma vie. Et soudain, te voilà, pratiquement sur le seuil de ma porte. Je suis un sacré chanceux, et je vais faire tout ce qu'il faudra pour m'assurer que tu ne voudras jamais me quitter.

Elle avait la bouche sèche et la gorge serrée. Est-ce que cet homme était réel ?

Dernièrement, sa vie avait été un tourbillon, mais à la seconde où elle l'avait vu s'évanouir dans son lit à cause de la fièvre... elle avait su. Même si elle n'était pas prête ni capable de l'admettre à ce moment-là. Il était à elle.

Au fond d'elle, elle suspectait que c'était la raison pour laquelle elle avait volontiers pris soin de lui pendant trois jours. Pour laquelle elle n'était pas flippée à l'idée de dormir à côté de lui alors qu'il était toujours un étranger. Pour laquelle elle lui avait fait confiance si vite.

— Carlise ? demanda-t-il, ses mains ne bougeant plus alors qu'il était en train de lui masser les seins, et c'était comme si chacun des muscles de son corps était actuellement gelé.

— Oui. Touche-moi, Riggs. Tu as ma permission et mon consentement. Je t'ai désiré au moment où je t'ai vu. Je suis à toi. Moi entière. Je... je t'aime aussi.

La passion s'épanouit dans les yeux de Riggs.

— J'espère que tu ne dis pas ça juste pour être sympa, dit-il, avec un certain désespoir.

Carlise ne put s'empêcher de rire.

— Je n'aime peut-être pas les conflits, mais je ne suis jamais partante pour qu'un homme me touche et me fasse l'amour juste pour être sympa.

Les mains de Riggs recommencèrent à bouger. Il malaxa ses seins avant de s'abaisser, puis de prendre l'un de ses mamelons dans sa bouche pour l'aspirer avec vigueur. Il n'en fit pas une routine. Ne la laissa pas s'habituer à son contact. Il fonçait simplement avec enthousiasme dès le début.

Le sexe de Carlise mouillait pour lui, et elle se cambra sous sa bouche, venant lui tenir la tête et empoigner ses cheveux avec force.

— Ouiiiii, s'exclama-t-elle dans un souffle.

L'autre main de Riggs se dirigea vers sa hanche et agrippa

sa culotte. En se soulevant, Carlise l'aida de son mieux pour la retirer, tout en se tortillant sous le plaisir provoqué par les bons soins de sa langue et la succion de sa bouche.

Quand le pied de Carlise jeta hors du lit le bout de tissu, Riggs se remit à genoux, se positionnant afin d'être entre ses cuisses, puis baissa les yeux vers elle. Cette fois, son regard n'alla pas sur son visage mais vagabonda sur sa poitrine et son buste avant de se centrer sur son pubis.

— Bon sang, Carlise.

Celle-ci fit un large sourire, reconnaissante d'avoir pris le temps de se raser sous la douche la veille. Elle n'aimait pas tout raser, car c'était pénible à entretenir et n'aimait pas ressembler à une enfant à cet endroit, mais elle gardait les poils taillés courts sur son pubis et rasait totalement ses lèvres.

Se sentant sexy comme jamais et, les mots de Riggs résonnant encore dans sa tête, Carlise abaissa les genoux et écarta lentement les jambes, autant qu'elle le put.

Riggs se lécha les lèvres en l'observant, son appétit facilement décelable dans son regard. Chose curieuse, sa verge était de nouveau raide et, chaque fois qu'il remuait, elle la sentait effleurer sa cuisse, son bas-ventre. L'avoir à l'intérieur d'elle devenait une obsession.

— Touche-moi, Riggs, lui dit-elle avec conviction.

— Où ? lui demanda-t-il dans un murmure.

— Partout.

Les yeux de Riggs revinrent au visage de Carlise, et il sourit.

— Accroche-toi, ma belle. Ça va être intense.

Puis, il commença à bouger.

CHAPITRE ONZE

Chappy avait l'impression d'avoir mis ses doigts dans une prise. De l'électricité bourdonnait partout dans son organisme. L'orgasme qu'il avait eu quelques minutes plus tôt semblait dater de plusieurs jours. Son sexe était dur et prêt à repartir une fois de plus, ce qui était quasiment son état normal lorsqu'il se trouvait près de Carlise.

Sauf que, maintenant, elle se trouvait sous lui. Magnifiquement nue. Et il n'avait jamais vu ni rien ni personne d'aussi beau. Elle était une vraie femme. Elle n'était pas maigre comme un bâton, elle avait des courbes aux bons endroits. Il pouvait prendre ses seins à pleines mains et, pourtant, il avait de grandes mains. Elle avait un adorable petit ventre qu'il avait hâte d'explorer. Elle avait de bonnes cuisses... mais c'était son entrejambe qui avait toute son attention en cet instant.

Il s'abaissa vers son corps et baissa la tête, ressentant le besoin d'inhaler son essence. Il plaça ses épaules entre ses cuisses et attrapa ses fesses, la soulevant légèrement afin qu'elle soit juste devant lui. Inhalant profondément, Chappy sentit son sexe tressauter vivement ; celui-ci savait où il voulait être :

profondément plongé dans son corps. Mais cela devrait attendre... la bouche de Chappy voulait d'abord son tour avec ces lèvres-ci.

Il prit quelques secondes pour lever les yeux, pour voir au-delà des collines et des vallées de son buste, pour voir dans ses prunelles. Carlise s'était mise sur les coudes et lui rendait son regard. Il aimait le fait qu'elle veuille voir ce qu'il faisait.

Mais de qui se moquait-il ?! Il aimait *tout* chez elle !

La façon dont ses iris s'étaient mis à briller quand il avait éjaculé sur ses seins était un événement qu'il n'oublierait pas de sitôt. Elle avait adoré... Ce n'étaient pas toutes les femmes qui aimaient ce genre de choses. Mais le sexe sans barrière était ce que préférait Chappy. Et comme il l'avait dit à Carlise, elle était tout pour lui. Point, barre. Si les choses ne marchaient pas entre eux – une pensée qui faisait accélérer son rythme cardiaque –, il soupçonnait qu'il ne coucherait plus jamais avec quelqu'un d'autre. Personne ne pourrait la remplacer, il n'avait aucun doute là-dessus.

— Riggs ? l'interpella-t-elle avec un petit sourire. Tu vas faire quelque chose là, en bas, ou juste me regarder ?

— Oh, mais je vais faire quelque chose. Je fais juste durer le moment. La perspective de goûter ta douce chatte pour la première fois...

Du pourpre rougit ses joues, ce que Chappy trouva adorable.

— Accroche-toi, la prévint-il.

— À quoi ? demanda-t-elle en riant.

— À moi.

Puis, il baissa de nouveau la tête. Il fit courir sa langue entre les plis de son intimité, son arôme musqué éclatant sur ses papilles et lui donnant envie d'en avoir encore plus. Il sentit les mains de Carlise s'enchevêtrer dans ses cheveux, et il sourit avant de se remettre au boulot.

En quelques instants, elle se mit à se tortiller sous son emprise, alors qu'il suçait et léchait, soignant tout particulièrement son clitoris. Cela ne mit pas longtemps avant que le petit paquet de nerfs n'apparaisse derrière son petit bout de chair protecteur, donnant à Chappy un meilleur accès pour rendre dingue Carlise. Ses fluides lui recouvrirent bientôt le visage, et Chappy faillit jouir à nouveau, juste en sachant à quel point elle était excitée.

Se retirant, il enfonça lentement l'un de ses doigts en elle, émerveillé par la vue de ses muscles qui lui pressaient le doigt, Carlise se serrant autour de lui. Elle était étroite et chaude et totalement lubrifiée, il ne doutait pas qu'elle serait capable de l'accueillir sans aucun problème.

Il retira son doigt et ne put résister à l'envie de le porter à ses lèvres pour le nettoyer avec la langue.

— Délicieux, gémit-il avant de le réinsérer lentement dans son corps.

Il la pénétra avec le doigt en douceur, fasciné par la facilité avec laquelle son corps s'était ouvert à lui.

Elle grogna au-dessus de lui.

— Riggs... l'implora-t-elle.

— Oui ? demanda-t-il distraitement.

— En moi. Je te veux en moi.

— Je le suis, répondit-il calmement, ajoutant un second doigt.

— Plus ! Je veux ta queue !

Le membre en question tressauta de nouveau. S'il n'avait pas été compressé par le matelas, Chappy était persuadé qu'il aurait risqué de jouir ici et maintenant. Entendre Carlise dire des trucs cochons le rendait dingue.

— Tu vas l'avoir, ma douce. Mais tu n'es pas encore tout à fait prête.

— Je le suis, insista-t-elle.

— Je ne veux pas te faire mal. J'ai besoin que tu mouilles plus. Que tu jouisses d'abord.

À sa surprise, l'une de ses mains voleta jusqu'à descendre entre ses jambes.

— Très bien. Alors, je vais jouir, dit-elle, haletante, avant de commencer à titiller son clitoris.

La voir se masturber, de façon si proche et si intime, était davantage aphrodisiaque que ce Chappy aurait cru. Ses doigts étaient encore en elle et il pouvait la sentir pulser autour d'eux, Carlise se rapprochant de plus en plus de l'orgasme.

Son odeur changea légèrement tandis qu'elle approchait du but, et Chappy immobilisa ses doigts, mémorisant la façon dont elle se touchait. Il prenait des notes pour le futur... Les jambes de Carlise s'écartèrent et ses hanches se levèrent d'une bourrade lorsqu'elle jouit, et le cœur de Chappy battait aussi vite qu'il l'avait fait plus tôt, quand il avait eu son propre orgasme.

Elle retira immédiatement ses doigts de son clitoris, mais Chappy voulait – non, *avait besoin* – de plus. Il tordit ses doigts et partit en quête de cette petite zone spongieuse à l'intérieur de son corps tout en prenant son clitoris dans sa bouche pour le suçoter.

Carlise poussa un cri perçant et s'agrippa à ses cheveux si fort qu'il en eut mal, mais il ne pouvait que sourire malgré cette légère douleur en faisant durer son orgasme.

Les muscles des jambes de Carlise se secouèrent de façon incontrôlable, et il sentit ses abdos se tendre. Elle était si belle, en proie au plaisir, que Chappy lutta pour ne pas jouir ici et maintenant lui aussi. Sauf qu'il avait besoin d'être en elle lorsqu'il jouirait à nouveau. Il n'y avait rien qu'il désirait plus que sentir ses muscles lui presser le pénis, de la même façon qu'ils le faisaient autour de ses doigts.

Quand elle gémit, il relâcha la pression. Il aurait encore l'occasion de la mettre dans tous ses états, encore et encore, de la forcer à jouir pour lui plusieurs fois, mais ce n'était pas le moment. Il avait besoin de ne faire qu'un avec cette femme. De lui montrer tout ce qu'elle représentait pour lui. De la chérir.

Bougeant rapidement, ne la laissant pas vivre jusqu'au bout son orgasme, Chappy attrapa le préservatif qu'il avait placé plus tôt au bord du matelas. Il jura en essayant de déchirer le paquet car ses doigts étaient lubrifiés à cause de ses fluides et il ne parvenait pas à avoir une bonne prise de l'emballage. Il finit par se servir de ses dents pour l'ouvrir et il déroula en vitesse la capote sur son sexe. Puis, il mit les genoux de Carlise aux creux de ses coudes, l'écartant davantage.

Il baissa les yeux vers son intimité, béante, luisante. C'est lui qui avait fait ça... Il l'avait préparé à accueillir sa verge.

Son regard alla de son entrejambe à ses tétons durcis, puis à son visage. Elle avait la respiration lourde et levait des yeux admiratifs vers lui. Il lut l'amour dans son regard, et cela le fit perdre tout contrôle avant même d'être sur le point de s'insérer en elle.

— Oui ? ne put-il s'empêcher de demander, car il voulait être certain qu'elle le désirait ; il ne prendrait jamais une femme sans sa permission.

— Oui ! cria-t-elle presque.

Grand sourire aux lèvres, Chappy aligna son sexe en pleine érection avec celui de Carlise et commença à s'enfoncer. Il n'eut pas besoin de se guider dans son corps ; il bandait suffisamment pour ne pas avoir besoin d'une quelconque assistance. Son sourire devint gémissement lorsque le bout de sa verge fut englouti par la moiteur la plus torride dans laquelle il n'avait jamais autant pris plaisir à entrer.

Du liquide préséminal gicla dans le préservatif, et Chappy serra les dents. Il n'allait pas durer longtemps. C'était trop agréable. Exactement comme rentrer chez soi.

Mais alors, les mains de Carlise se posèrent sur ses fesses pour les presser fermement, le rapprochant d'elle.

— Plus ! Je te veux tout entier !

Voilà. Les mots de Carlise suffirent pour que Chappy soit complètement et totalement à elle.

Il s'enfonça entièrement dans son corps sans s'arrêter, jusqu'à ce que ses poils pubiens se mêlent aux siens. Puis, il se décala, désireux d'être encore plus profondément en elle. Son sexe palpitait presque de douleur. Le plaisir qui remontait en glissant de ses reins jusqu'à sa colonne vertébrale, puis jusqu'à ses bras, qui en tremblaient, était presque trop puissant pour qu'il puisse le supporter.

Ses bourses étaient si remontées qu'il était miraculeux qu'il ait toujours envie.

— Tu fais tellement de bien. Je me sens si comblée. J'adore ça, Riggs. Tu n'as pas idée.

Les paroles de Carlise étaient brûlantes contre son oreille. Il n'avait pas réalisé qu'il s'était laissé tomber pour enfouir son visage dans sa nuque. Levant la tête, il la regarda, voulant s'assurer qu'elle n'avait pas mal, tandis qu'il fit doucement reculer ses hanches pour ensuite replonger dans son cocon une fois de plus.

Il ne vit aucune douleur sur son visage, rien que du plaisir.

— *Oui*. Riggs ! Encore ! Vas-y ! Plus vite, s'il te plaît.

Il était ravi de rendre service. Il maintint un rythme soutenu – dedans et dehors, dedans et dehors –, appréciant la façon dont le corps de Carlise remuait sous le sien. Elle ne restait pas étendue, passive ; ses hanches ondulaient, l'allure augmenta rapidement comme si cela accélérerait le rythme de Chappy en retour.

Il maintenait toujours les genoux de Carlise dans ses bras, alors elle se retrouvait presque pliée en deux sous lui. Chaque coup de reins secouait ses seins, et Chappy en eut l'eau à la bouche, désireux de lui mordiller les tétons pendant qu'il la prenait. Mais il n'était pas contorsionniste, ne pouvait pas les atteindre tout en étant en elle. Il aurait le temps, plus tard, de les déguster.

Un moment, il savourait la sensation d'être totalement en elle pour la première fois et, le moment d'après, le bas de sa colonne vertébrale picotait, lui annonçant qu'il allait jouir d'ici quelques secondes.

Il s'en voulait d'en finir aussi vite pour leur première fois. Il ne voulait être nulle part ailleurs qu'enfoncé profondément dans son sexe, mais il devait bouger plus vite. Serrant les dents, il riva son regard à son visage tout en la baisant. Avec force.

Elle avait la respiration rapide et ses yeux étaient à demi fermés à cause du plaisir pendant qu'il chevauchait son corps. Il n'allait pas tarder à en finir. Il plongea aussi loin que possible en elle, regrettant, pour la première fois de sa vie, de ne pas être en mesure d'inonder de son sperme la matrice d'une femme avant d'exploser.

Chappy vit des étoiles. Le monde devint noir pendant un temps, submergé par le plaisir le plus intense qu'il ait connu. Quand il jouit, il maintint toujours Carlise pliée en deux mais, avec ses mains, elle lui caressa le dos, d'un geste apaisant.

Au diable la paix ! Il voulait qu'elle soit aussi retournée que lui. Changeant de position, Chappy baissa les jambes de Carlise mais rapprocha le bas de son corps, se remettant de nouveau à genoux, prenant appui sur ses talons.

— Riggs ?

— Je veux que tu jouisses encore. Sur ma verge, cette fois.

— Comment peux-tu encore être en érection ? demanda-t-elle, incrédule.

— Je ne le suis pas complètement, mais comment pourrais-je ne pas l'être à la vue de ce beau corps qui m'appartient ?

La main de Chappy s'approcha de son clitoris et commença

à le caresser, avec fermeté et rapidité, exactement comme il l'avait vue faire plus tôt.

Sa main s'infiltrant entre leurs corps, il retira un peu des substances qui avaient coulées et s'en servit pour lubrifier son clitoris.

— Jouis pour moi, ma belle. Permets-moi de te sentir serrer ma queue.

Elle eut une secousse contre lui, et il sourit. Dire des choses cochonnes l'excitait vraiment.

— Riggs, c'est... oh merde !

Ses hanches recommencèrent à trembler, tout comme ses cuisses et, cette fois, au lieu de regarder son visage, Chappy ne put s'empêcher de regarder là où ils étaient toujours connectés. La vue de son sexe plongé dans son corps était érotique et plus sexy que tout ce qu'il avait vu dans sa vie.

Il ne put s'empêcher de penser à cette fois, dans un futur pas trop lointain l'espérait-il, où il pourrait entrer en elle sans protection. Quand il pourrait la remplir de sa semence et voir son ventre s'arrondir avec leur bébé.

Merde. Ils n'avaient pas discuté d'enfants ni de ce qu'il se passerait après leur départ du chalet mais, maintenant qu'il avait cette idée, il ne pouvait s'en défaire. Elle ferait une excellente mère. Serait une belle femme enceinte. Leurs enfants pourraient courir dans les tous les sens ici, au chalet, appréciant la nature autant que lui. Il devrait agrandir, leur offrir plus de chambres, mais il pourrait s'en charger sans problème.

Son esprit revint au présent quand Carlise s'écria en jouissant. La sentir onduler sur son sexe était indescriptible... il admirait cette femme. Elle l'avait impressionné avec sa bonne volonté de se laisser porter, sa capacité d'adaptation, sa gentillesse envers ses amis... mais maintenant qu'ils étaient aussi proches que deux personnes pouvaient l'être ? Il était épaté.

Dès qu'elle eut fini de trembler, Chappy, avec réticence, s'extirpa de son corps. Son membre étincelait à cause des fluides de Carlise et il était presque douloureux de retirer le préservatif. Il quitta le lit pour aller le jeter mais fut de retour avant qu'elle n'ait bougé d'un millimètre. Souriant face à la façon dont elle était étendue sur le matelas, Chappy remonta les couvertures qui avaient été rejetées pendant leurs ébats et étreignit Carlise contre lui après l'avoir rejointe sous les draps.

Elle se blottit immédiatement contre lui, une jambe posée sur la sienne et un bras sur son torse, pour le garder près d'elle.

— Bon sang, Riggs. Je me sens toute molle.

Il ne put empêcher le sourire satisfait d'étirer ses lèvres.

— Même chose, ma douce.

— J'ai une mauvaise nouvelle pour toi cependant, dit-elle nonchalamment.

Il se raidit.

— Laquelle ?

— Je n'irai pas dehors pour démarrer le générateur afin qu'on puisse se doucher.

Détendu, Chappy ricana.

— Je ne te le demanderai même pas, alors tu peux te détendre. Je m'en chargerai.

— Merci, mon Dieu.

Ils restèrent allongés tous les deux, dans une satiété paisible pendant quelques minutes, avant que Carlise ne pose le menton sur son torse pour le regarder.

— Quoi ? lui demanda-t-il car elle ne disait rien.

— C'est juste... que je ne veux jamais partir d'ici. Je veux vivre dans cette bulle de bonheur pour toujours.

— Maintenant, tu comprends pourquoi j'aime venir ici.

— Oui. C'est si calme et si paisible.

— Même si j'aimerais te garder ici, dans mon lit, pour que

je puisse te faire l'amour tous les jours, nous ne pouvons rester ici pour toujours, lui dit-il avec douceur.

— Je sais, dit-elle. Tu as une vie et un boulot que tu dois faire en ville. Juste... Je n'ai pas envie que le monde réel s'immisce dans le bonheur que je ressens en cet instant.

— Ça n'arrivera pas, dit Chappy, ferme.

Carlise soupira.

— Dès que tu allumeras mon téléphone, ça arrivera.

Mais il fit non de la tête.

— Non. Je vais m'occuper de ça pour toi. Personne ne te touchera si j'ai mon mot à dire.

— Tu ne peux pas le promettre, dit-elle d'un ton grave. Je suis une personne pragmatique. Je ne pourrais pas être avec toi à chaque minute de la journée, même si j'aimerais beaucoup. De vilaines choses peuvent arriver, je les ai vues et les ai vécues personnellement. Mais seulement de savoir que tu *veux* me protéger, ça signifie tellement pour moi.

Chappy savait qu'elle avait raison. Il guidait des groupes sur le sentier des Appalaches, il était loin de chez lui pendant plusieurs jours comme plusieurs nuits. Et il pouvait bosser sur un arbre pendant des heures. Mais heureusement, ce n'était pas la période de l'année où il avait des randonnées sur le sentier. Il avait le temps de découvrir qui la harcelait et de s'assurer qu'il ou elle savait qu'elle était intouchable à partir de maintenant.

— Tu as la tête sur les épaules. Quand les choses deviennent trop compliquées, tu te sors de la situation, dit-il au bout d'un moment.

— Tu veux dire que je fuis, dit-elle sèchement.

— Oui. Et tu mets de la distance entre toi et celui ou celle qui te harcèle. C'était la chose la plus intelligente à faire, Carlise. Je le pense.

Elle soupira.

— Je l'espère. J'espérais que, s'il ne parvenait pas à me trouver, il perdrait son intérêt pour moi.

— Eh bien, nous verrons si ça a marché dans un petit moment. Mais d'abord, je veux rester allongé ici et me délecter de la tranquillité que je ressens en cet instant.

— Tes deux orgasmes y parviendront, dit-elle, la satisfaction et la fierté faciles à déceler dans le ton de sa voix.

Chappy fut amusé.

— Eh oui. Et pour info... ça n'était jamais arrivé avant.

— Quoi ? Que tu aies un orgasme ? réagit-elle avec insolence.

Il enfonça ses doigts dans sa taille, la chatouillant, adorant la façon dont elle criait et se tortillait contre lui. Sentant ses seins contre sa peau nue, l'effleurement de ses poils pubiens contre sa cuisse... c'était si intime, et il ne pouvait pas l'aimer davantage qu'en ce moment.

— Non, petite maligne, répondit-il quand ils se calmèrent. Que je jouisse deux fois en si peu de temps. Je suis accro à toi. Peut-être que, dans un an, ou cinq, ou dix, je t'aurai fait suffisamment l'amour pour ne pas me sentir désespéré au point d'avoir l'urgente envie de jouir.

Elle gloussa contre lui.

— Honnêtement, Riggs, c'est un compliment. Je ne me suis jamais sentie aussi sexy que lorsque tu t'es agenouillé devant moi, incapable de te retenir et de devoir jouir sur-le-champ.

— Tu *es* sexy, la rassura-t-il.

— Je t'aime, chuchota-t-elle contre sa peau. Je sais que les gens ne comprendront pas comment ni pourquoi les choses entre nous ont évolué aussi vite, et je ne peux l'expliquer non plus. Je sais juste que j'étais destinée à être avec toi.

Ses paroles incitèrent Chappy à fermer les yeux, soulagé. Et reconnaissant.

— Même chose, ma douce. Même chose.

Il voulut rouler pour se remettre sur elle mais quelque chose le fit s'arrêter. Il avait l'impression d'être observé... C'était un sentiment qu'il n'avait jamais ignoré, pas après son entraînement militaire et tout ce qu'il avait traversé.

Tournant la tête, il cligna des yeux.

Baxter était assis à côté du lit, le fixant de ses grands yeux bruns.

— Merde, jura Chappy.

— Quoi ? Que se passe-t-il ? demanda Carlise, l'air légèrement inquiète.

— Ne panique pas. Rien de mal. Mais ton chien nous regarde.

Carlise tourna la tête pour voir sur le côté du lit et il la sentir rire contre lui.

— Oh, alors c'est *mon* chien quand il veut sortir ? lui répondit-elle avec insolence.

— Non. Il a toujours été ton chien. Il t'a trouvée en train de marcher sur cette route, t'a menée dans la bonne direction. Il est venu me chercher et m'a guidé jusqu'à toi. C'est ton chien, à n'en point douter.

— Tu crois qu'il veut sortir ? Ou c'est un genre de voyeur ? demanda-t-il avec un grand sourire.

— Je crois qu'il veut sortir, répondit Chappy, amusé.

— Eh bien, je ne suis pas encore prête à sortir de ce lit bien chaud.

Chappy se pencha et l'embrassa.

— Je n'allais pas te le demander. Je rassemble juste mon courage et ma motivation pour m'écarter de ton corps exquis, m'extirper des couvertures chaudes, m'habiller, mettre une bûche ou deux dans la cheminée, le faire sortir puis démarrer le générateur pour qu'on puisse prendre une douche chaude, un café et un petit-déjeuner chaud.

— Je me lèverai quand tu seras dehors et m'occuperai du café, proposa-t-elle.

Mais Chappy secoua la tête.

— Non, reste à ta place. Je veux te voir allongée dans mon lit, nue et heureuse, quand je reviendrai. Je ne saurais te dire combien de fois j'ai fantasmé là-dessus ces derniers jours.

Elle rougit.

— Tu vas me gâter, le gronda-t-elle.

— C'est mon but, lui répondit Chappy sans hésiter avant de se tourner vers le chien. J'arrive, mon grand. Donne-moi une seconde.

Comme si Baxter pouvait le comprendre, il se tourna et se dirigea vers l'entrée du chalet. Puis, il s'assit, face à la porte, comme pour lui accorder de l'intimité.

— Voilà que, *maintenant*, il tourne la tête, commenta Chappy en secouant la sienne avec un rire étouffé avant de s'extraire des couvertures, de se pencher et d'embrasser Carlise avec douceur. Je t'aime. Tellement. Je reviens.

Puis, il se tourna, pas le moins du monde embarrassé par sa nudité, et se pencha pour ramasser les vêtements qui avaient été jetés. Il pouvait sentir le regard de Carlise sur lui et cela le fit sourire. Elle pouvait regarder autant qu'elle le voulait, cela ne le dérangeait pas. Chaque centimètre de lui appartenait à Carlise.

Il se rendit à l'armoire et enfila un boxer, un pantalon et un T-shirt à longues manches, puis se tourna de nouveau vers le lit. Exactement comme il le pensait, les yeux de Carlise le fixaient.

— La vue te plaît ? la taquina-t-il.

— Plus que tu ne le penses, répondit-elle avec un énorme sourire.

Sachant que, s'il allait vers le lit, il ramperait de nouveau sous les couvertures et que Baxter ne pourrait pas sortir de sitôt, Chappy se força à se diriger vers la salle de bains à la place. Il n'avait pas prévu que la matinée se déroule ainsi, mais il était plus que ravi. Il avait désiré Carlise avant même d'avoir pris conscience de sa présence.

Il pourrait les imaginer ensemble pendant des années mais, d'abord, il devait être sûr qu'on s'occupait de la personne qui la harcelait. Une fois que ce serait fait, ils pourraient se détendre tous les deux et continuer leur vie... ensemble, avec de la chance.

CHAPITRE DOUZE

Carlise ne pouvait pas se souvenir d'un meilleur début de journée que celui qu'elle et Riggs avaient partagé. Leurs ébats avaient été... mieux que ce qu'elle aurait pu imaginer. Riggs était un amant généreux. Et il n'avait pas pris de gants avec elle, ce qu'elle avait adoré. Elle n'avait pas été consciente de ça, la concernant, à quel point elle avait apprécié quand Riggs s'était montré vigoureux. Pas d'une façon qui faisait mal, mais il l'avait facilement maintenue tranquille quand elle avait tenté de se libérer, forçant son orgasme à continuer d'une façon qui avait presque été douloureuse. Mais au final, tellement bonne ! Et il l'avait prise brutalement et rapidement, sans ménagements.

Tout ce qu'il avait fait avait été incroyable et elle avait hâte de recommencer.

Mais après avoir fait sortir Baxter et lancé le générateur, il avait refusé de la rejoindre dans le lit, lui ordonnant de se détendre. Puisqu'elle ne voulait pas qu'il l'attende, elle n'écouta pas. Elle se leva, prit une douche, l'aida à faire des œufs, du bacon et des toasts pour le petit-déjeuner et nourrit Baxter.

Elle savait qu'il attendait qu'elle sorte son téléphone et elle essayait alors de gagner du temps, essayant de penser à tout et à n'importe de quoi en dehors de son harceleur. Elle avait le sentiment qu'il savait ce qu'elle faisait, mais il ne la critiqua pas pour ça.

Ce ne fut pas avant que la vaisselle ne soit faite, Baxter ronflant après être retourné dans sa couche près du feu, et qu'elle n'ait radoté au sujet du livre qu'elle traduisait et au sujet de l'identité du méchant selon elle, qu'il s'approcha d'elle et l'attira contre lui.

L'une des mains de Chappy se posa sur sa nuque et l'autre, autour de sa taille.

— Il est temps, ma belle.

Carlise soupira contre lui et hocha la tête.

— Tout ira bien. Je te le promets.

Elle n'en était pas si sûre mais elle répéta quand même son geste. La dernière chose qu'elle souhaitait, c'était que sa vie vienne perturber son bonheur actuel. Mais il avait raison, ignorer le problème n'allait pas le faire partir. Elle devait découvrir d'une façon ou d'une autre si le harcèlement avait pris fin, maintenant qu'elle ne se trouvait plus à portée de l'individu qui la traquait.

Riggs s'écarta mais ne la lâche pas.

— Tu me fais confiance ? demanda-t-il.

— Oui.

Carlise n'avait même pas eu besoin d'y réfléchir à deux fois pour répondre à cette question.

— Bien. Va chercher ton téléphone pendant que je vais dehors pour rallumer le générateur. Je le mettrai en route et verrai si nous sommes chanceux et que la WiFi fonctionne, comme ça nous pourrons voir à quoi nous avons à faire. D'accord ?

— D'accord.

La nausée baignait dans son estomac tandis qu'elle tournait

la tête vers son sac à dos, dans lequel elle avait planqué son téléphone afin de ne pas être obligée de le voir. Elle priait pour que Riggs ne décide pas que ses problèmes soient trop grands et qu'il ne veuille plus avoir affaire à eux. À *elle*.

Cela ne lui prit pas longtemps pour qu'il sorte et mette en route le générateur. Elle l'attendait, son téléphone en main, quand il revint, et elle le lui tendit sans le regarder dans les yeux.

— Ça ne change rien, dit-il, ferme.

Carlise leva les yeux vers lui, hésitante.

— Peu importe ce qu'il a envoyé ou non, rien ne change concernant mes sentiments pour toi. Je t'aime, Carlise. Pour le meilleur et pour le pire, n'est-ce que pas ce que dit le dicton ? Je m'engage pour du long terme et, même si nous avons affaire à ce connard pour les années à venir, je ne m'en irai nulle part. D'accord ?

Le soulagement la submergea. Elle acquiesça, la gorge trop serrée pour parler.

— Bien.

Il l'embrassa sur le front, puis tourna l'attention vers le téléphone.

Retenant son souffle, Carlise le fixa avec appréhension alors qu'il allumait l'appareil.

Rien ne se produisit. Pas de sonnerie. Pas de vibration. Rien.

— Il est mort ? l'interrogea-t-elle.

— Non. Il semble avoir 20 % de batterie.

— Alors, la WiFi ne fonctionne pas ?

— Malheureusement, on dirait que non, répondit calmement Riggs. Je ne me suis jamais vraiment intéressé à la WiFi quand je venais ici puisque je me servais de ce chalet comme d'un endroit pour m'échapper de tout. Je veillerai pour de bon à une mise à jour de l'équipement et le rendrai plus stable puisque tu en as besoin pour ton travail. Je vais faire un peu de chemin sur la route jusqu'à un endroit où je pense capter.

Elle se sentit tout émoustillée et confuse qu'il veuille améliorer son système Internet à cause d'elle. Mais le moment n'était pas venu d'y penser.

— Donne-moi le temps de prendre mon manteau, et j'irai avec toi, dit Carlise, se tournant vers la porte.

Riggs lui attrapa la main avant qu'elle ne fasse un pas.

— Je pense que tu devrais rester ici. Je descendrai la route en Jeep, m'arrêterai à ta voiture pendant que j'y serai. Je vérifierai les notifications, puis je reviendrai.

Carlise savait qu'elle devrait protester. Devrait insister sur le fait qu'il s'agissait de son problème et qu'il ne devrait pas s'en charger. Mais une plus grande part d'elle était soulagée. Ça faisait du bien, *vraiment* du bien, d'avoir quelqu'un qui s'occupe d'elle. En tout cas, elle ne savait pas comment elle réagirait si un flot de notifications déboulait à la seconde où elle allumerait son téléphone.

— Je t'en prie ? Laisse-moi me charger de ça pour toi, ma douce, dit-il.

Elle hocha la tête.

Le soulagement qui se lit sur le visage de Chappy la fit comprendre qu'il avait *besoin* de faire ça. Elle avait le sentiment que si elle avait insisté, il l'aurait laissée venir avec lui mais le fait qu'il voulait la protéger d'un possible assaut de méchanceté lorsqu'il allumerait son téléphone lui faisait du bien.

— Reste ici avec Baxter. Je ne serai pas long, promit-il.

— D'accord.

Il l'étudia un moment avant de hocher la tête. Elle était soulagée par le fait qu'il n'hésite pas, qu'il allait se charger de ça maintenant, même si une petite partie d'elle voulait remettre ça à un peu plus tard. Mais elle était une adulte. Et elle avait besoin de savoir, d'une façon ou d'une autre.

Elle marcha avec lui jusqu'à la porte et l'embrassa avec fougue avant qu'il ne sorte avec le téléphone et ses clés. Elle le regarda par la fenêtre se rendre au petit garage mitoyen qui abritait de toute évidence son véhicule. Il en sortit un moment plus tard, dans une Jeep, faisant signe au chalet comme s'il savait qu'elle regardait, puis descendit à vive allure le sentier que le pick-up de Bob avait déneigé quand ses amis étaient venus.

Prenant une profonde inspiration, Carlise fit demi-tour, voyant Baxter se tenant à un mètre d'elle, l'étudiant, la tête légèrement penchée comme s'il comprenait qu'elle était stressée.

— Hé, Bax, dit-elle doucement. Il sera bientôt de retour.

Il ne bougea pas, continua simplement de la fixer avec ce regard qui donnait l'impression qu'il savait tout.

Carlise contourna le chien, lui accordant plein de place, et s'en alla vers la canapé. Elle s'y assit, sans vraiment avoir envie de lire, et elle ne chercha pas à prendre son ordinateur portable. Elle serait incapable de se concentrer pour le moment de toute manière.

À sa surprise, Baxter déambula près du canapé et sauta sur le coussin à côté d'elle.

Il tourna sur lui-même puis s'assit, le derrière contre sa cuisse.

À la fois émue et ravie, puisqu'elle n'avait seulement pu le toucher qu'une seule fois jusqu'à présent, Carlise lui caressa le dos, du haut en bas, très doucement. Sa colonne vertébrale n'était plus aussi protubérante que lorsqu'elle avait vu le chien pour la première fois, et un sentiment de satisfaction se mit à couler dans ses veines.

Étonnamment, elle fut surprise d'être détendue. Peu importait ce que Riggs trouverait quand il allumerait son téléphone, ils y feraient face. Elle était davantage enthousiaste par le fait que Baxter ait fini par lui faire pleinement confiance, semblait-il. C'était ça ou alors il essayait de la réconforter. Elle avait l'intuition que c'était un mélange des deux.

Peu importait la motivation du chien d'avoir sauté à côté d'elle, il éloignait les pensées de Carlise des messages qui pourraient se trouver sur son téléphone. Elle avait hâte que Riggs revienne pour qu'il voit Baxter. Continuant de le caresser, elle sourit, ce qui était la dernière chose qu'elle pensait faire en cet instant.

**

Chappy avait les sourcils froncés devant le téléphone dans sa main. Il s'attendait à y trouver des messages, des SMS, mais il ne s'attendait pas à en voir des *centaines* ! La fuite de Cleveland de Carlise n'avait pas seulement fait reculer son harceleur, cela avait apparemment empiré la situation.

Son corps entier étant tendu, Chappy fit défiler les messages. Ils devenaient de plus en plus colériques au fil des jours. Qui que soit l'harceleur de Carlise, il était furieux de ne pas parvenir à la trouver. Qu'elle ne réponde pas à ses messages. Qu'elle soit apparemment hors de sa portée.

Son estomac se noua. Carlise devait vraiment se rendre à Newton et parler au chef de police.

Alfred Rutkey avait vécu dans le Maine toute sa vie ; il était en quelque sorte un vieux gars, mais Chappy le respectait. Il ne tolérait pas les magouilles dans sa ville et n'hésitait jamais à envoyer de l'aide lorsque quelqu'un était blessé ou perdu sur le sentier des Appalaches. Les chefs des petites villes n'aimaient pas dépenser leurs budgets durement gagnés et assez peu conséquents dans ce que beaucoup considéraient comme des chasses aux chimères, mais le chef Rutkey n'était pas l'un d'entre eux.

Chappy était d'autant plus soulagé par le fait que Carlise ne soit pas présentement confrontée à tous ces affreux messages. En les parcourant, sa colère continua de grandir. Comment quelqu'un pouvait *oser* traiter un autre être humain de la sorte ?! Comment pouvait-il oser penser que Carlise lui devait quelque chose ?

Les derniers SMS étaient les plus inquiétants :

Inconnu : T'es où, salope ?

Inconnu : Tu crois que tu peux te cacher ? Tu ne peux aller nulle part sans que je te retrouve.

Inconnu : Tu finiras par revenir et, quand tu reviendras, je serai toujours là. À attendre. À observer.

Inconnu : Comment va ta mère ? Elle avait l'air plutôt bien à la bibliothèque. Quel dommage que son pneu ait été crevé l'autre jour.

Inconnu : Les femmes ont été faites pour obéir. Pour servir les hommes. Le problème dans ce monde, ce sont les gens comme TOI. Tu n'as pas réussi à mettre dans ta petite tête que tu n'es rien sans un homme qui te dise quoi faire.

Inconnu : Mais où tu es, putain ?! Tu le paieras très cher quand je te trouverai !

Il y avait également plusieurs e-mails décousus qui n'avaient pas davantage de sens. Mais les menaces étaient claires. Carlise était en danger, et sa mère l'était probablement aussi si le harceleur l'avait réellement suivie comme il l'avait insinué... semblait-il responsable de son pneu crevé.

Si ça ne tenait qu'à lui, Carlise ne retournerait jamais à Cleveland et sa mère viendrait vivre à Newton.

Il soupira. Il aurait tellement voulu dire à Carlise que tout allait bien, qu'il n'y avait aucun message, pour qu'elle ne stresse pas. Mais il ne lui mentirait pas. Premièrement, ce serait salaud de faire ça et, deuxièmement, il ne souhaitait pas qu'elle baisse la garde. Et elle devait également avertir sa mère de faire attention.

Il respectait les femmes. Elles n'étaient pas plus supposées « obéir » à un homme que les hommes étaient censés attendre leur soumission. Selon lui, c'étaient les femmes qui faisaient tourner le monde.

Il s'installa dans sa Jeep sur le bas-côté de la route et songea aux prochaines étapes à accomplir. Il devrait parler à Carlise à son retour au chalet, s'assurer qu'elle comprenait que, peu importait l'identité de son harceleur, il ne lâcherait pas de sitôt. Puis, il irait en discuter avec le chef Rutkey, lui demanderait de faire des recherches sur son ex, Tommy. Il voulait discuter de tout ça avec ses amis pour être sûr qu'ils étaient au courant de la situation. Ils l'aideraient à protéger Carlise, il n'en doutait pas.

En vérité, même s'ils avaient décidé de se lancer dans l'entretien des arbres et de ne rien faire de cliché pour d'anciens soldats des Forces Spéciales, comme de bosser dans la sécurité ou d'être gardes du corps, Chappy sentait un besoin profondément ancré de protéger les autres. Il gardait toujours un œil sur les hommes et femmes qu'il menait sur le sentier des Appalaches. Lui et ses amis étaient tous très protecteurs envers April, pas seulement parce qu'elle était leur employée mais aussi car elle semblait n'avoir personne d'autre sur qui compter. Chappy ne connaissait pas son histoire, aucun d'eux ne la connaissait, mais ils avaient eu le sentiment que, quoi que ce soit, ça n'avait pas été génial.

Chappy ne doutait pas que, lorsque Bob, Cal et JJ auraient été mis au courant de la situation de Carlise, ils feraient tout ce qu'il faudrait pour veiller à ce que son harceleur ne s'approche pas d'elle.

Il poussa un soupir, transféra les e-mails qu'elle avait reçus vers sa propre boîte mail, puis créa un dossier appelé « Trucs

Dégueu' » dans la messagerie de Carlise. Il ne pouvait pas les effacer car ils représentaient des preuves, mais il ne voulait pas qu'elle soit forcée de les voir non plus. Il ouvrit les e-mails qu'elle avait reçus de sa mère et de Susie, mais ne les lit pas. Il voulait seulement que Carlise puisse les lire sans avoir de réseau ni de WiFi lorsqu'il serait de retour au chalet.

Il était dans l'embarras quant à ce qu'il fallait faire des messages haineux qu'elle avait reçus de son harceleur. Au final, il les laissa car il avait conscience qu'ils représentaient davantage de preuves, mais il demanderait au moins à Carlise de ne pas les lire pour éviter une peur et un stress supplémentaires. De lui faire confiance pour se charger de la situation.

Il l'aimait. Plus que ce qu'il ne l'aurait cru possible après un peu plus d'une semaine. Et ça lui faisait sacrément peur. Maintenant qu'il avait eu un aperçu de ce que cela signifiait de trouver sa moitié, d'être aimé par elle et de ce à quoi pourrait ressembler la vie avec Carlise à ses côtés, il était terrifié à l'idée de la perdre.

Vérifiant sa montre, Chappy jura. Il était parti plus longtemps qu'il ne l'avait prévu. Surtout avec un harceleur dans les parages, furieux contre Carlise pour des raisons qu'il n'avait pas pu déterminer. Pour autant qu'il puisse en juger, elle n'avait rien fait de plus que rompre avec un homme qui la maltraitait et elle essayait aujourd'hui de vivre sa vie. Sans compter qu'aucun des e-mails ni SMS n'exigeaient en réalité le retour de Carlise... et aucune mention n'avait été faite sur la fin de leur relation.

Si Tommy était le harceleur, n'aurait-il pas au moins fait référence à leur temps passé ensemble ?

C'était juste l'une des choses les plus troublantes concernant le harceleur de Carlise. De ce qu'il pouvait en dire, elle n'était pas le genre de personne à provoquer autant de... furie de la part d'une autre personne. Elle avait rompu avec Tommy et était passée à autre chose. Chappy ignorait si Tommy, lui, était passé à autre chose, mais la personne qui envoyait ces messages détestait clairement Carlise.

Qui que soit le harceleur, il était loin d'être stable. Ça, c'était évident. Ce que pensait beaucoup d'hommes, c'était que, s'ils ne pouvaient être avec une femme, personne n'en avait le droit. Il n'avait jamais compris ce genre de raisonnement. Si une femme ne voulait pas rester avec un homme, pourquoi donc lutter pour la garder ? Ça n'avait pas de sens.

Toutes les choses qu'il avait à faire tournèrent dans son esprit mais, tout d'abord, il fallait revenir auprès de Carlise. C'était un étrange sentiment, de désirer à tout prix être aux côtés d'une personne. De vouloir savoir ce qu'elle faisait constamment. Pas seulement parce qu'il était étouffant et possessif mais parce qu'il voulait être certain qu'elle avait tout ce qu'elle désirait ou tout ce dont elle avait besoin.

Avant de s'arrêter pour allumer le téléphone de Carlise, Chappy avait également vérifié sa Honda. Elle avait eu énormément de chance lors de sa sortie de route. Oui, elle avait heurté un arbre de plein fouet mais il était évident qu'elle n'avait pas conduit trop vite à ce moment-là. Il y avait également deux autres arbres non loin qui étaient deux fois plus grands et qui auraient davantage bousillé la voiture, à n'importe quelle vitesse.

Toutefois, le petit SUV aurait besoin de réparations avant que Carlise ne puisse le conduire. Comme il l'avait suspecté, la batterie était morte. Et à la façon dont la voiture s'inclinait, il avait le sentiment qu'un, voire deux pneus étaient à plat.

Carlise n'apprécierait peut-être pas, mais Chappy souhaitait remorquer la voiture jusqu'en ville pour que quelqu'un y jette un coup d'œil. Peut-être faire poser des pneus neige, faire quelques ajustements... des choses comme ça. Le Maine était très rude pour les véhicules, et il voulait être sûr qu'elle était en sécurité. Carlise était désormais la personne la plus importante dans sa vie et il ferait le nécessaire pour la maintenir en bonne santé et vivante pour les années à venir. Y compris s'assurer que sa voiture était en parfait état... et mettre fin à la menace de son harceleur.

Il conduisit lentement jusqu'à son chalet. Jusqu'à Carlise. Le chasse-neige de Bob avait fait du bon boulot en dégageant la deux voies jusque chez lui. Ce n'était pas parfait, d'où la nécessité de conduire lentement, mais il était un conducteur confiant et sa Jeep avait manœuvré sous de pires conditions.

Cependant, quand il rentra dans le petit garage attenant, qui ne pouvait comporter qu'un véhicule et qu'il avait bâti près de son chalet, Chappy poussa un soupir de soulagement. Si quelque chose lui était arrivé pendant qu'il vaquait par monts et par vaux, il aurait laissé Carlise seule dans son chalet, ce qui aurait été inacceptable. Il lui avait laissé son téléphone satellite, juste au cas où, mais il était soulagé d'être revenu.

Jetant un œil autour de la propriété tout en marchant vers le chalet, il se mit en tête d'agrandir le garage pour que le SUV de Carlise puisse y entrer. Il était peu probable qu'ils viennent à deux véhicules ici mais, juste au cas où, il voulait être sûr d'avoir un endroit où abriter leurs deux voitures en même temps.

Il entra dans le chalet et ouvrit la bouche pour saluer en criant mais s'arrêta juste à temps.

Au lieu de ça, il fixa Carlise qui dormait sur le canapé. Sa tête était appuyée sur le coussin du dossier, la bouche légèrement ouverte... et elle avait une main posée sur la tête de Baxter. Le chien était assis à côté d'elle, formant une boule.

Il avait les yeux ouverts, rivés sur Chappy, mais il ne bougea pas de sa place, à côté de Carlise, ce que Chappy approuva pleinement.

— Hé, mon grand. C'est confortable là, hein ? lui dit-il avec calme, posant le téléphone de Carlise sur le comptoir.

Il ne put s'empêcher d'aller la voir, comme si elle était une sorte d'aimant qui l'attirait vers elle.

Il marchait lentement, ne voulant pas alarmer Baxter, mais le chien semblait parfaitement content de rester à sa place. Chappy se mit à genoux, aux pieds de Carlise, se tenant en équilibre accroupi tout en la fixant.

Il était sacrément chanceux et il le savait. Elle était si belle. Il contempla ses longs cheveux blonds, en bataille, qui lui encadraient le visage, se rappelant d'y avoir enfoui ses mains pendant qu'elle dormait dans ses bras, le tableau qu'ils offraient sur son oreiller. Elle était un rêve devenu réalité. *Son rêve devenu réalité.*

Comme si elle pouvait sentir son regard intense sur elle, ses paupières papillonnèrent puis s'ouvrirent. Elle cligna des yeux pendant un moment, confuse, avant que ses lèvres ne se courbent lentement en un sourire endormi.

— Hé ! le salua-t-elle.

— Hé, lui répondit-il en retour.

Comme il ne dit rien d'autre, elle demanda :

— Tout va bien ?

— Tout va très bien, la rassura-t-il. Je viens de rentrer. Tu es fatiguée ?

Carlise secoua la tête.

— Pas vraiment. Mais je me suis assise et Baxter m'a rejointe, expliqua-t-elle en souriant au chien à ses côtés. Et je ne voulais pas le déranger en me levant pour prendre mon ordinateur. Je suppose que je me suis endormie... Quelqu'un m'a éreintée ce matin, ajouta-t-elle avec un sourire timide.

Le sourire de Chappy fut franc. Voilà ce dont il avait toujours rêvé mais ne pensait jamais avoir. Rentrer chez lui et trouver la femme qu'il aimait en train de l'attendre, lui souriant avec bonheur.

— Tu veux que je te rapporte ton ordinateur ? Tu veux quelque chose à boire ? Tu as faim ?

Elle secoua la tête.

— Non, je vais bien. Quelle heure est-il d'ailleurs ? Combien de temps es-tu parti ? Oh ! A-t-il envoyé des messages ?

Il était évident qu'elle venait juste de se souvenir de l'endroit il était parti et de la raison. Chappy fit le deuil de sa nana somnolente, inconsciente.

— Je ne suis pas parti si longtemps... peut-être une heure. Eh oui... il a envoyé des messages.

— Est-ce que... dit-elle avant de marquer une pause, puis de dire tout à trac : c'est grave ?

— Disons juste que t'en aller n'a pas suffi pour que ton harceleur t'oublie, dit-il d'un air grave.

Les épaules de Carlise s'affaissèrent et son regard se posa sur ses genoux.

Chappy posa le doigt sous son menton et le lui releva en douceur ; elle n'avait pas d'autre choix que de le regarder.

— Nous ferons la lumière sur tout ça, lui dit-il, ferme.

— Je ne sais même pas ce que j'ai fait pour le contrarier autant, dit-elle d'une petite voix. Je veux dire, je suis seulement *moi*. Je suis loin d'être un modèle. Je ne suis pas spéciale. Pourquoi fait-il ça ?

Chappy se déplaça lentement afin de ne pas déranger Baxter, s'asseyant de l'autre côté. Sa main glissa de son menton à sa nuque, l'autre la prenant par la taille.

— Tu *es* spéciale, insista-t-il. Tu es intelligente et drôle et carrément sexy, et je dois me retenir pour ne pas laisser mes mains sur toi tout le temps. Être simplement toi est la raison pour laquelle je suis tombé si vite amoureux. Je sais sans l'ombre d'un doute que, sans toi, je n'étais que la moitié de l'homme que je pouvais être. Puisque j'ai quitté le service, j'existais seulement. Mais aujourd'hui ? Je me sens comme si j'avais un nouveau but dans ma vie. Comme si toutes les choses que j'ai vues et faites, cette période durant laquelle j'ai été retenu en otage... tout ça, ça en valait la peine. J'y suis parvenu car c'était mon destin de *te* rencontrer.

« Franchement, je pense que ce gars te harcèle car il sait qu'il a laissé une bonne chose lui glisser entre les doigts. Il a merdé et il aspire désespérément à te récupérer, à t'avoir sous sa coupe. Mais ça n'arrivera pas. Je ne le laisserai pas éteindre ta lumière... car elle est à moi, désormais. Et je ne dis pas ça dans le sens bizarre et psychopathe. C'est à moi de te protéger. De te garder en sécurité. De t'aider à briller. »

Les larmes montèrent aux yeux de Carlise, en réaction à ses paroles.

Chappy ignorait totalement d'où lui venaient ces mots – il n'était pas très réputé pour avoir l'âme si romantique –, mais d'une certaine façon, elle les lui inspirait.

— Riggs, murmura-t-elle.

— Nous étions faits pour être ensemble, dit-il avec simplicité. Je ne peux imaginer une puissance supérieure te mener à Baxter, qui t'a menée à *moi*, seulement pour que tu disparaisses ensuite de ma vie. Nous irons parler au chef de la police de Newton. Nous dirons à mes amis ce qu'il se passe. Nous dirons à ta mère et à Susie d'être prudentes, que quelqu'un dehors pourrait essayer de les utiliser pour te faire revenir à Cleveland. Nous ferons tout ce qu'il faudra pour être sûrs que tu es en sécurité, tout comme les gens auxquels tu tiens, et nous pourrons vivre heureux jusqu'à la fin de nos jours.

— Tu crois qu'il s'en prendra à ma mère et à Susie ? demanda-t-elle, alarmée.

Et merde. Il n'avait pas eu pour but de l'effrayer.

— J'aimerais te dire non mais, honnêtement, je ne sais pas ce que fera ce mec.

Chappy ne voulait pas évoquer le fait qu'il suspectait son harceleur d'espionner sa mère. Pas alors qu'elle était déjà si inquiète.

— Je te jure que nous trouverons. Nous ferons venir ta meilleure amie et ta mère ici, à Newton, s'il le faut. J'engagerai des gardes du corps pour elles. On les inscrira à une croisière d'un mois. Tout ce qu'elles voudront. Mais je ferai ce qu'il faudra pour être sûr qu'elles seront en sécurité, car c'est la meilleure chose à faire et parce que je sais que tu t'inquièteras et t'en voudras si quoi que ce soit leur arrive.

Dans un soupir, Carlise ferma les yeux et s'appuya contre lui.

— Je suis si fatiguée.

— Alors, dors, dit-il d'emblée.

Elle ouvrit les yeux, secoua la tête.

— Non, je veux dire que je suis juste fatiguée de tout ça. De m'inquiéter. De stresser. Fatiguée de me demander quand et où il pourrait débarquer. Je ne regrette pas d'avoir quitté Cleveland car cela m'a menée à toi... mais ensuite ? Est-ce qu'il me trouvera ici et devrai-je repartir à nouveau ? Et alors quoi ? Où irai-je ? Où serai-je en sécurité ?

— Avec moi. Tu seras en sécurité avec moi, dit Chappy, résolu. Je ne laisserai rien t'arriver.

— Tu ne peux rien empêcher, rétorqua tristement Carlise. Il finira par me trouver. Est-ce qu'il *te* fera du mal parce que tu es avec moi ? Ou à tes amis ? Ou à April ? Ou à Baxter ? Juste... je ne peux pas laisser quoi que ce soit t'arriver, Riggs. Je ne *peux pas*. Je ferai tout mon possible pour que tu ne sois pas aspiré par toute cette prise de tête.

— Tu sais ce que tu peux faire ?

— Quoi ?

— Te battre. Pour moi. Pour toi. Pour *nous*. Tu as raison quand tu dis que je ne pourrai pas tout le temps être à tes côtés. Mais je ne veux pas que tu nous abandonnes. Ne fuis pas. Reste ici, dans le Maine. Avec moi. Bats-toi pour ce que nous avons. C'est unique, Carlise. Je n'ai jamais ressenti ça auparavant et je me fiche de la vitesse à laquelle les choses ont évolué. Nous étions faits l'un pour l'autre et aucun maniaque ne nous enlèvera ça.

— Je peux faire ça... me battre, je veux dire, répondit-elle avec douceur.

— Bien. Maintenant, veux-tu voir les messages de ta mère et de Susie ? demanda-t-il, ressentant le besoin de changer de sujet car rien que de penser à Carlise devant repousser son agresseur, devant lutter pour sa vie, le rendait nauséeux.

— Oh, je peux les lire ? J'ai cru que, comme la WiFi ne fonctionnait pas, je ne pourrais pas le faire, dit-elle, contente.

— J'ai téléchargé les e-mails sur la mémoire de ton téléphone en les ouvrant. Je ne les ai pas lus, ajouta-t-il rapidement.

— Je m'en serais moquée si tu l'avais fait. Je te fais confiance, Riggs.

Une fois de plus, cette femme le mettait à genoux juste avec ses mots.

— Je me suis envoyé les e-mails de ton harceleur, puis je les ai mis dans un dossier appelé « Trucs Dégueu' » sur ta messagerie. Je sais que ce sera pénible mais je préférerais que tu ne les lises pas. Ils vont juste t'affecter, et je compte m'occuper d'eux mais je n'ai rien pu faire pour les SMS. Alors, je te demande également de ne pas les lire non plus. En tout cas, pas ceux d'un numéro anonyme. Tu peux lire les messages de ton amie et de ta mère, mais tu te sentirais bien mieux si tu laissais les autres pour le moment, lui expliqua Chappy.

Carlise acquiesça.

— J'ai l'impression d'être une mauviette car je suis soulagée de ne pas avoir à lire ce qu'il a écrit.

— Tu ne l'es pas, répliqua-t-il sans hésiter.

— Merci, dit-elle en soupirant. Je ne sais pas ce que j'aurais fait si tu n'avais pas été là.

Chappy n'avait vraiment pas envie de penser à ça. Car s'il n'avait pas pris la décision de monter au chalet pour échapper à la vie quelque temps, elle serait probablement morte là dehors, dans la nature sauvage. Sa voiture aurait été trouvée sans elle à l'intérieur. Son corps aurait pu ne pas être découvert avant le dégel du printemps. Cette pensée le fit frissonner.

Pour dissimuler sa détresse, il se pencha et embrassa le front de Carlise.

— Mais j'étais *là* et tu m'as trouvé, dit-il avec conviction, ses lèvres effleurant sa peau à chacun de ses mots.

Elle hocha la tête contre lui, puis murmura :

— Baxter est *venu sur le canapé* avec moi ! Il m'a laissé le caresser !

Chappy sourit.

— J'ai vu.

— Il a peur, mais il me fait confiance pour ne pas lui faire de mal. C'est ce que je ressens avec toi, Riggs. Je suis un peu nerveuse quant au fait que je t'aime énormément, quant à la vitesse à laquelle c'est arrivé. Mais je te fais confiance pour ne pas me faire de mal. Pour bien me traiter. Et quand, à l'avenir, je flipperai à cause de choses qui paraîtront insignifiantes ou stupides car elles me rappelleront un souvenir du passé, je te ferai confiance pour le supporter. Pour comprendre que ce n'est pas ta faute, que ce sont mes souvenirs contre lesquels je me bats.

Chappy la regarda dans les yeux et hocha la tête.

— Je n'aurais pas pu mieux dire, mon ange. Mes ravisseurs m'ont pris une partie de moi. Ils ont volé une partie de mon âme. Et parfois, je me demande si je la retrouverai un jour...

Mais avec toi à mes côtés, j'ai le sentiment que oui. Sois patiente avec moi également, ma chérie. Si je fais ou dis quoi que ce soit qui te fait reconsidérer le fait de rester avec moi, je t'en prie, accorde-moi l'occasion d'arranger les choses.

— Je le ferai. Et nous y arriverons, dit-elle, convaincue. Je le sais.

Chappy expulsa un soupir de soulagement.

— Je pense aussi. Ne bouge pas. Toi et Baxter avez l'air trop bien installés pour bouger. Je vais prendre ton téléphone et te laisser lire tes e-mails, tes SMS. Il y en a deux de gens que je suppose être des clients. J'irai dehors et démarrerai le générateur, voir si la WiFi fonctionne, et tu pourras répondre si tu le dois.

Il l'embrassa rapidement et entreprit de se relever mais elle l'arrêta en posant sa main sur son bras.

— Riggs ?

— Oui, ma belle ?

— Je t'aime.

Bon Dieu, il ne se lasserait jamais d'entendre ces mots dans sa bouche.

— Je t'aime aussi, répondit-il. Je reviens.

Il voulait tendre la main et donner une caresse à Baxter mais ne voulait pas effrayer le clébard. Alors, il se leva et se dirigea vers l'endroit où il avait laissé le téléphone.

— Tu veux des pâtes *caprese* pour le déjeuner ? demanda-t-il. Tomates, pâtes et mozzarella ?

— Ça me paraît délicieux, même si je pourrais me contenter d'un sandwich au beurre de cacahuète et à la confiture ! dit-elle pour plaisanter.

Cinq minutes plus tard, alors que Chappy s'affairait dans la cuisine, il leva les yeux et vit Carlise concentrée sur son téléphone. Elle avait une mèche de cheveux coincée derrière l'oreille et elle caressait Baxter d'un air absent de sa main libre.

Elle remplissait sa maison juste en existant. Elle occupait tous les espaces vides de son cœur de la même façon. Elle ne le savait peut-être pas, mais la nouvelle mission dans la vie de Chappy était de faire tout ce qui était en son pouvoir pour la rendre heureuse.

*
**

Les yeux étrécis, la personne qui harcelait Carlise observait sa mère. Ce serait si facile de s'approcher furtivement derrière elle pendant qu'elle cherchait les clés de sa maison de ville. Si facile de la pousser à l'intérieur et de la faire tomber, de l'attacher. Si facile de lui faire admettre où se trouvait Carlise.

Cette garce fragile n'endurerait pas deux minutes de torture avant de céder.

Avant de retourner chez elle, la vieille peau avait poussé son caddie dans un supermarché comme si elle se fichait totalement du monde. C'était rageant. Ça provoquait presque la colère. Parce qu'il était impossible qu'elle soit si détachée, fredonnant dans le putain de rayon du primeur, si elle *ignorait* où était Carlise. Elle avait clairement été en contact avec sa fille.

Alors, un des moyens de faire revenir Carlise à Cleveland était que quelque chose d'affreux arrive à sa mère... Si cette stupide salope ne ramenait pas ses fesses ici d'elle-même, malgré les avertissements, encore et encore, alors des mesures drastiques devraient être prises.

Soit la vieille femme cracherait le morceau concernant la cachette de Carlise, soit elle souffrirait à la place de sa fille.

D'une façon ou d'une autre, Carlise allait payer pour s'être comportée comme une garce absolue.

CHAPITRE TREIZE

— Je vais aller couper un peu plus de bois pour le feu pendant que tu parleras à ta mère et à Susie, dit Riggs, s'en allant vers la porte, avant de s'arrêter pour enfiler ses bottes et son blouson.

— Je ne veux pas te mettre à la porte de ta maison. Ça ira si tu restes pendant que je leur parle, répondit Carlise, sourcils froncés.

— Ça va. Je veux que tu sois en mesure de dire tout ce dont tu auras besoin ou voudras parler sans t'inquiéter du fait que je puisse t'entendre.

Elle avait lu les messages de sa mère puis les e-mails de ses clients mais n'avait pas pu regarder ceux de Susie avant que Riggs ne serve le déjeuner. Après cela, il avait suggéré qu'elle appelle ses proches avec son téléphone satellite pour les rassurer, leur dire qu'elle allait bien. Peut-être leur conseiller d'être très prudentes jusqu'à ce qu'ils puissent se rendre à Newton et parler de la situation avec le chef Rutkey.

— Entendre quoi ? Je n'ai aucun secret pour toi, Riggs, lui dit-elle.

Il fit un clin d'œil, et Carlise tomba presque en pâmoison pile à ce moment-là, face à cette moue sexy.

— Oh, tu sais... à quel point je suis mignon et que tu n'arrives pas à t'empêcher de poser tes mains partout sur mon corps.

Il n'avait pas tort, mais Carlise leva quand même les yeux au ciel.

— Je dirais que c'est *vous* qui avez du mal à garder vos mains pour vous, monsieur.

— C'est vrai, dit-il sans aucune once d'embarras.

Il marcha jusqu'à elle d'un pas raide ; c'était le seul mot qu'elle avait en tête pour expliquer sa façon de s'approcher et Carlise recula jusqu'à être acculée contre le comptoir.

Les mains de Riggs se posèrent sur sa taille et il la tira vivement contre lui.

Elle gloussa et posa ses mains sur son torse, donnant du poids sans s'inquiéter de ses intentions. Si Tommy l'avait attrapée de manière aussi agressive, elle aurait tenté de s'extirper de son emprise.

— Toi, ma belle, tu es fatale. Je le jure, tout ce que j'ai à faire, c'est te regarder, et je te désire. Encore. Je ne peux être rassasié. Mais ce n'est pas qu'une question de sexe. C'est te parler. Te regarder travailler. Te voir avec Baxter et voir cette confiance qu'il a pour toi. Entendre ton rire quand je fais quelque chose de stupide. C'est un tout.

— Tu fais erreur, c'est *toi* qui es dangereux. J'ignorais complètement que je pouvais être aussi... obsédée par le sexe.

— Tant que ce n'est qu'avec moi, ça me va parfaitement, réagit Riggs avec un sourire satisfait.

— Oh, aucun doute là-dessus. Tu es le seul homme que je désire, Riggs, lui dit très sérieusement Carlise.

— Tant mieux. Maintenant, embrasse-moi avant que je ne sorte et ne devienne tout chaud et transpirant. Et probablement courbaturé. Je suis certain que j'aurai besoin d'un massage quand je rentrerai.

— D'accord. Évidemment que tu en auras un. Mais seulement après une douche, le taquina-t-elle.

Riggs sourit de toutes ses dents, puis sa tête bascula vers l'avant. Carlise se mit sur la pointe des pieds pour faire la moitié du chemin. Elle voulait l'embrasser de nouveau, déjà depuis la dernière fois, juste avant de manger le déjeuner, quand il lui avait fait faire volte-face pour planter un baiser sur ses lèvres avides.

Le baiser devint tout de suite charnel. Quand Riggs s'écarta, le T-shirt de Carlise était de travers, la fermeture éclair du blouson de Riggs avait été descendue et l'une des mains de Carlise se trouvait le T-shirt de Riggs, sur sa peau nue. L'autre était dans ses cheveux, qui se dressaient dans toutes les directions à force d'être empoignés et tirés.

— Fatale, marmonna-t-il avant de lui poser un autre baiser brutal, puis de s'écarter, de remettre en place le T-shirt de Carlise et de refermer son propre blouson. Le froid me fera du bien, dit-il avant de se tourner vers Baxter. Tu veux venir dehors avec moi, Bax ?

Le chien ne fit pas un bruit, trotta simplement jusqu'à la porte, puis se retourna pour le regarder comme s'il voulait dire « Eh bien ? Allons-y ! »

Carlise rit, tout comme Riggs. Ensuite, elle ne put s'empêcher de dire :

— Sois prudent.

Elle grimaça de suite. Elle était une éternelle angoissée, elle ne pouvait s'en empêcher. Elle disait toujours ça à Tommy quand il allait quelque part, et il détestait ça. Lui disait qu'elle était ridicule, que ce n'était pas comme s'il allait être intentionnellement imprudent.

Mais Riggs lui sourit et lui répondit :

— Comme toujours. Prends ton temps avec tes coups de fil. J'en aurai pour un moment.

— D'accord.

Il atteignit la porte et l'ouvrit avant qu'elle n'ajoute :

— Riggs ?

— Ouais ? demanda-t-il à l'entrée.

— Je t'aime.

Voir le sourire sur le visage de Riggs était le clou de sa journée.

— Je t'aime aussi. À plus.

Puis, il fut parti.

Carlise prit une profonde inspiration, puis se saisit du téléphone satellite et s'installa sur le canapé. Elle tira une couverture sur ses genoux, puis composa le numéro de sa mère.

Elle répondit après trois sonneries.

— Allo ?

— Salut Maman, c'est Carlise.

— Lise ! Où es-tu ? Tu vas bien ? Tu n'as répondu à aucun de mes mails ni à aucun de mes messages. J'étais si inquiète !

— Je vais bien, Maman.

Il y eut une courte pause au bout du fil.

— Tu as effectivement l'air d'aller bien. Surtout que, la dernière fois que nous avons parlé, tu étais pas mal en panique.

Carlise grimaça. Elle avait appelé sa mère quand elle avait été en chemin, hors de Cleveland. Ce jour-là, elle avait été angoissée, ignorant où elle allait ni quand elle reviendrait et, bien entendu, elle n'avait aucune idée de l'identité de la personne qui la harcelait.

— Où es-tu ? lui demanda sa mère.

— Dans le Maine, répondit Carlise avec un petit sourire.

— Quoi ? Vraiment ? Le Maine ? Attends, ne viennent-ils pas de subir un énorme blizzard ou quelque chose du genre ?

— En vérité, oui. Alors, pour faire court, je me suis perdue et suis sortie de la route juste au moment où ce blizzard débutait, et un chien m'a trouvée, ce qui m'a littéralement sauvé la vie.

— Carlise Renée Edwards, tu ferais mieux de commencer à parler tout de suite ! Mais qu'est-il arrivé, ma parole ? demanda sa mère, l'air complètement secouée.

— Calme-toi, Maman. Je vais *bien*. Et même mieux... Je suis heureuse. J'ai rencontré quelqu'un.

Il y eut une pause bien plus longue cette fois.

— Oh, ma chérie, dit enfin sa mère d'un ton qui faisait clairement comprendre qu'elle n'était pas ravie de ce fait nouveau.

— Il est incroyable, Maman. Promis ! Il n'a rien à voir avec Tommy... ou Papa. Il possède ce chalet qui est tellement joli. Le chien dont je t'ai parlé, Baxter, m'a menée droit vers lui. Il était malade quand je suis arrivée ici et je me suis occupée de lui pendant trois jours, pendant que la tempête faisait rage dehors. Quand il s'est réveillé, j'avais peur que les choses deviennent effrayantes, mais il s'est démené pour s'assurer que je sois à l'aise, que je ne me sente pas menacée. Son nom est Riggs. Il était militaire, il a été prisonnier de guerre avec ses amis, et je les ai rencontrés eux aussi. Ils sont venus ici pour s'assurer qu'il allait parfaitement bien après avoir appris qu'il avait été malade et qu'une femme inconnue était dans son chalet, et je l'aime.

Carlise avait conscience que ses mots s'emmêlaient et qu'elle bredouillait comme si elle avait huit ans, mais elle voulait que tout soit sorti avant que sa mère ne lui dise qu'elle était en train de commettre une erreur, qu'elle précipitait les choses. Qu'elle n'approuvait pas.

Comme il n'y eut rien d'autre que le silence à l'autre bout du fil, Carlise interpella d'un ton inquiet :

— Maman ?

— Je suis là, répondit-elle, l'air remarquablement calme.

— Dis quelque chose, la supplia Carlise. Tu me fais peur.

— La mère qui est en moi veut te dire que tu agis bien trop vite. Que tu ne peux pas aimer un homme que tu viens de rencontrer.

— Mais ? dit Carlise, retenant presque son souffle, attendant que sa mère dise ce qu'elle avait à dire.

— Mais... j'ai entendu quelque chose dans ta voix que je n'avais jamais entendu avant. Certainement pas quand tu parlais de Tommy. Est-ce que cet homme te traite bien ?

— Tellement bien, Maman. Il est différent de tous ceux que j'ai rencontrés. C'était comme si je le connaissais déjà avant même qu'il n'ouvre la bouche et ne prononce un mot.

Elle entendit renifler du côté de sa mère.

— Maman ? Qu'est-ce qui ne va pas ? Tu pleures ?

— Non, ça va. Je suis juste contente pour toi.

Carlise cligna des yeux, surprise.

— Je pensais que tu serais fâchée. Ou que, au moins, tu me conseillerais de ralentir ou autre...

— Ma chérie, je savais avant même de marcher jusqu'à l'autel avec ton père que je ne devais pas le faire. Mais je n'avais pas le cran de faire marche arrière. Il y avait trop de gens à l'église, trop d'argent avait été dépensé. Et cela m'a pris bien trop d'années pour me sortir de là... avec toi. J'ai honte d'être restée aussi longtemps avec lui. Tu as eu de très mauvais exemples de ce qu'est l'amour. De comment un partenaire est supposé se comporter.

« Mais cela t'a aussi rendue méfiante et très consciente de la façon dont un homme *devrait* te traiter. Si tu dis que tu aimes cet homme et qu'il te traite bien, alors je te dis de foncer. Rien de tel que de vivre l'un avec l'autre pendant plusieurs jours sans discontinuité pour savoir immédiatement quel genre d'homme il est. C'est arrivé très vite, oui... mais si quelqu'un mérite d'être heureux, c'est toi. Tu as déjà suffisamment souffert dans ta vie.

Le soulagement envahit Carlise et ce fut à son tour d'avoir les larmes aux yeux. Elle savait déjà qu'elle aimait Riggs, mais recevoir le soutien de sa mère voulait tout dire pour elle.

— Tu vas l'adorer. Il est très protecteur.

— C'est bien. Mais est-ce qu'il est beau ? Pitié, dis-moi qu'il est bûcheron !

Carlise éclata de rire.

— En fait, lui et ses trois amis détiennent une compagnie appelée Jack's Lumber... ils dirigent une entreprise d'entretien des arbres.

Sa mère se joignit à ses rires.

— Et de quoi a-t-il l'air ?

— Oh, Maman, souffla Carlise. Il est si beau.

— Quand vais-je le rencontrer ? Quand rentres-tu ? Tu l'emmèneras avec toi ?

Voici venue la partie épineuse.

— Eh bien... Je ne peux pas encore rentrer pour le moment, répondit-elle, évasive.

— Tommy continue de te harceler, n'est-ce pas ? devina tout de suite sa mère.

— Ouais... Il n'est pas content de ne pas me trouver. Riggs a vérifié mes messages, il a dû faire un peu de route en voiture puisqu'il n'y a pas de réseau au chalet, je me sers de son téléphone satellite pour t'appeler, et il y a encore plus de messages, de SMS que quand je suis partie. Alors, je vais rester ici un moment. Et prier pour que Tommy mette fin à son obsession le plus tôt possible.

Sa mère soupira.

— Je comprends mais je déteste le fait que ça t'arrive.

— Je sais. Et il faut que tu fasses attention. Je suppose qu'il... il a laissé entendre qu'il en aurait après toi s'il ne parvenait pas à me trouver.

— Je peux prendre soin de moi. Tu le sais, dit sa mère d'un

ton ferme. Je suis peut-être restée avec ton père bien trop long-temps mais j'en ai appris beaucoup. Je suis une personne différente aujourd'hui. Je suis simplement navrée que ça m'ait pris autant de temps. Que tu aies dû souffrir à cause de mes décisions.

— Je ne t'en veux pas. Je comprends. Si j'avais eu un enfant avec Tommy, cela aurait été bien plus dur de partir. Et je sais que tu es coriace mais, si quelque chose devait t'arriver à cause de moi, je ne me le pardonnerais jamais.

— Rien de tout ça. Tout ira bien pour moi. Reste où tu es. Continue d'apprendre à connaître ton homme. On dirait qu'il est parfaitement conscient de ce qu'il se passe et, avec de la chance, il te gardera en sécurité.

— Il le fera, dit Carlise sans l'ombre d'un doute.

— Bien. Merci d'avoir appelé, ma puce. J'étais vraiment très inquiète.

— Je suis désolée. Je ne sais pas quand je rappellerai mais retiens bien que je suis en sécurité.

— D'accord. Je vais vouloir rencontrer ton Riggs, à un moment.

— Tu le rencontreras. Je t'aime, Maman.

— Je t'aime aussi, ma puce. Prends soin de toi et fais attention. On se reparle bientôt.

— Oui. Bye.

— Bye.

Carlise raccrocha, se sentant nettement mieux. Elle s'était souciée de ce que sa mère pourrait penser du fait qu'elle aimait un homme après seulement quelques jours. Mais elle avait raison, Carlise savait à quoi devait ressembler une relation – et à quoi elle ne devait pas ressembler – et, jusqu'ici, Riggs avait largement dépassé ses rêves.

Elle se leva et marcha tranquillement jusqu'à la fenêtre. Le soleil brillait, et c'était le premier jour depuis qu'elle était arrivée que la température était supérieure à zéro degré. Il faisait encore froid mais le soleil qui brillait rendait ce froid presque doux.

Une boule de neige passa devant la fenêtre, suivie par Baxter, qui sauta pour l'attraper en plein vol. Évidemment, elle se désintégra dès qu'il mâcha le paquet de neige légèrement tassé mais cela n'arrêta pas ce petit idiot de chien de bondir, victorieux, comme s'il avait vaincu un méchant.

Carlise regarda sur la droite, de là où était venue la boule de neige, et elle faillit en avaler sa langue. Riggs avait retiré son T-shirt et les muscles de ses bras ondulaient tandis qu'il lançait une hache et tranchait une bûche en deux.

Elle regarda quelques minutes, remarquant la sueur sur ses tempes, Riggs se donnant du mal pour couper le bois à mettre dans la cheminée. Il faisait osciller la hache, coupait une bûche, puis jetait une boule de neige à Baxter. Ses mouvements étaient captivants, réconfortants et, lorsque Riggs fit une pause pour essuyer la sueur de son front avec son bras, il regarda en direction de Carlise, cette dernière comprenant finalement qu'elle l'avait observé pendant un bon moment.

— Tu vas bien ? articula-t-il en silence, les sourcils froncés en la fixant également.

Elle sourit et acquiesça. Il lui fit un geste du menton, puis retourna à sa découpe, cette fois avec un petit sourire sur les lèvres. Carlise jura qu'il bandait un peu plus les muscles qu'auparavant, simplement parce qu'il savait maintenant qu'elle regardait.

Elle gloussa. Il était extrêmement difficile de ne pas reposer le téléphone et d'aller dehors pour le rejoindre. Elle était attirée vers lui d'une façon qu'elle ne comprenait pas. Quand elle était près de lui, elle était ravie et, ce matin, lorsqu'il était parti pour aller vérifier son téléphone, il lui avait manqué au moment même où il s'en était allé. C'était un sentiment étrange mais pas mauvais.

Carlise se demanda vaguement si c'était simplement le résultat du fait qu'ils partageaient un si petit endroit et étaient l'un près de l'autre vingt-quatre heures par jour, pour l'essentiel. Tout ce qu'elle savait, c'était que, plus elle passait de temps en sa présence, plus elle *désirait* être près de lui. Ce qui était tout nouveau pour elle.

Honnêtement, elle se sentait soulagée que le coup de téléphone avec sa mère soit derrière elle. Elle l'avait appelée en premier car elle avait voulu en finir au plus vite, certaine que sa mère essaierait de la convaincre de revenir à la maison. Ça s'était tellement mieux passé que ce à quoi elle s'était attendue !

Après que son regard se fut attardé sur Riggs une fois de plus, elle retourna dans la pièce. Revenue sur le canapé, elle composa le numéro de Susie, l'autre seul numéro qu'elle connaissait par cœur, espérant une conversation de fille avec sa meilleure amie.

— Allo ?

— Hé, Suze, c'est Carlise, dit-elle quand son amie répondit.

Le cri strident et assourdissant qui survint sur la ligne fut si fort que Carlise grimaça, même si elle souriait.

— Oh mon Dieu ! J'essaie de te mettre la main dessus depuis presque deux semaines ! s'exclama Susie.

— Je sais. Je suis désolée ! Il y a eu une énorme tempête ici et je n'ai pas de réseau là où je me trouve.

— *Où* es-tu ? J'étais si inquiète !

— Tu ne vas pas croire tout ce qui m'est arrivé...

— Eh bien, tu n'es partie que depuis une semaine et demie. Maintenant que je sais que tu es vivante – merci, Seigneur –, qu'est-ce qui a pu arriver en aussi peu de temps ?

— J'ai bousillé ma voiture, j'ai failli mourir de froid, j'ai été sauvée par un chien et j'ai trouvé l'homme de mes rêves, répondit simplement Carlise.

— *Quoi ?!* demanda Susie, criant aigu de nouveau. Commence par le début et ne laisse aucun détail !

Carlise rit et fit comme demandé. Elle raconta à son amie tout de son aventure, ce qui ne prit, en vrai, qu'environ dix minutes. Susie ne l'interrompit pas, la laissa simplement parler.

Quand elle eut terminé, Carlise attendit une minute ou plus avant de demander :

— Alors ? Pourquoi tu ne dis rien ?

Au bout d'un moment, Susie soupira.

— Honnêtement, je ne suis pas sûre de savoir *quoi* dire. Maintenant, je m'inquiète même encore *plus* pour toi, Car.

— Quoi ? Pourquoi ?

— Parce que ça ne te ressemble pas. D'abord, tu quittes la ville sans dire à personne où tu vas, inquiétant ta mère et moi, et maintenant, tu es toute chamboulée avec un bûcheron que tu as rencontré il y a une semaine comme si tu allais vivre toute ta vie avec lui ? C'est juste... ce n'est pas comme ça que ça fonctionne dans la vie.

Carlise se renfrogna. En fait, elle s'attendait à cet argument de la part de sa mère, mais elle avait espéré que son amie serait contente pour elle.

— Qui a dit que nous n'étions *pas* censés avoir de fin heureuse ? demanda-t-elle peu après.

— Écoute... Je sais que tu es au tout début de cette nouvelle relation et que tu crois que tu es heureuse mais tu es dans le *Maine*. Dans un chalet reculé. Tu n'aimes pas les insectes, tu es une fille de la ville et tu as dit que tu ne te précipiterais jamais dans une autre relation après ce qui est arrivé avec Tommy. J'ai l'impression que c'est justement ce que tu viens de faire.

— Tu ne comprends pas, commença par dire Carlise, mais Susie l'interrompit.

— Alors, explique-moi de façon à ce que je *puisse* comprendre. Car tout ce que je sais, c'est que ma meilleure amie fuit un homme, qu'elle est en train de vivre une relation similairement dysfonctionnelle avec un autre et qu'elle prend le même chemin.

— Ce n'est pas juste, lui répondit Carlise. Riggs n'est pas Tommy. À part les trois jours où il a été inconscient, tout ce qu'il a fait n'a été que pour mon bonheur et ma sécurité.

— Ma belle, tu étais tout aussi heureuse avec Tommy au début, lui rappela gentiment Susie.

Carlise devenait frustrée. Riggs n'avait *rien* à voir avec son ex et cela l'irritait que son amie soit aussi têtue... même si elle devait admettre avec réticence que ses arguments étaient valides. Si leurs places étaient inversées, elle aurait dit sans doute les mêmes choses à Susie.

Elle prit une profonde inspiration, puis fit comme lui avait demandé son amie, elle lui expliqua d'une façon qu'elle pourrait comprendre.

— Il y a deux jours, je travaillais sur ma traduction et j'ai perdu la notion du temps, comme toujours. Ce que je sais ensuite, c'est que Riggs a placé une assiette avec un sandwich à côté de moi. Puis, il m'a embrassé le haut du crâne et est reparti. Tommy s'énervait toujours quand je travaillais pendant qu'il était là. Il n'aimait pas ne pas être le centre de l'attention et, jamais, pas une seule fois, il ne m'a préparé quelque chose à manger. Une autre fois, nous étions en cuisine pour préparer le dîner – *ensemble* – et j'ai fait tomber une fourchette sur le sol. Je me suis penchée pour la ramasser et, quand je me suis relevée, j'ai remarqué qu'il s'était déplacé et avait placé sa main sur le coin du comptoir. J'ai demandé ce qu'il fabriquait et il a juste haussé les épaules et a dit qu'il avait fait en sorte que je ne me cogne pas la tête sur le coin en me relevant. Je pourrais te raconter encore une vingtaine d'histoires de ce genre, Susie. Des situations dans lesquelles Riggs s'est montré prévenant avec moi, a fait des choses gentilles seulement pour mon bien-être ou bien quand il aurait pu se mettre en colère pour une raison ou une autre et qu'il ne l'a pas fait. Plus je passe du temps avec lui, plus j'ai *envie* d'être près de lui.

— J'adore le fait qu'il te traite aussi bien, mais les hommes ne font-ils pas *tous* ça quand ils commencent à nous fréquenter ? Je n'apprécie pas le fait que ta mère et moi ne connaissions pas ce mec ni où il te retient. Dis-moi où se trouve son chalet. Quelles sont les villes alentour ? Au moins, donne-nous une *chance* de te trouver si tu disparais soudain des radars, encore. Il pourrait t'assassiner ce soir et t'enterrer dans les contrées sauvages et personne ne trouverait jamais ton corps !

Dans un profond soupir, elle conclut :

— Je suis ta meilleure amie, Car. Je n'en serais pas une très bonne si je n'essayais pas ici d'être la voix de la raison.

Sans hésiter, Carlise répondit :

— La ville la plus proche est Newton. On m'a dit qu'elle était assez petite. Je me trouvais sur la route nationale 2, me dirigeais vers Bangor, et je suppose que j'ai pris la mauvaise sortie et que j'ai pris la direction du nord, sur une plus petite route, la 26. L'autre chose que je sais, c'est que j'ai vu des panneaux pour le Mont Baldpate et que j'ai pris une autre route. Il neigeait vraiment beaucoup et je savais que je devais faire demi-tour, mais il n'y avait pas d'endroit pour le faire. Et puis, j'ai fait une sortie de route et Baxter m'a découverte... et m'a guidée jusqu'à Riggs.

Il y eut un silence pendant un long moment inconfortable.

— Bon Dieu, je n'aime pas ça, réagit Susie.

Carlise soupira, frustrée.

— Je veux que tu sois heureuse pour moi ! C'est si compliqué ?

— Sincèrement ? Oui. Souviens-toi, j'étais avec toi quand tu as rencontré Tommy et que tu as dit des choses similaires à ce que tu dis aujourd'hui. Tu t'es extasiée sur le fait qu'il était génial et sur tout ce qu'il faisait pour toi. Puis, les choses ont mal tourné et, maintenant, tu te retrouves avec un harceleur. Attends... tu as reçu des mots ou des messages de lui depuis que tu es là-bas ?

— Il n'y a pas de réseau ici et la WiFi n'arrête pas de bugger mais Riggs a consulté mon téléphone et dit que, oui, il me laisse encore d'affreux messages.

— Attends, attends, attends ! Tu ne les as pas vus de tes yeux ? *Vraiment* ? Car, tu te comportes de façon vraiment stupide là !

Susie avait l'air en colère et Carlise ne savait pas bien pourquoi.

— Je lui fais confiance, Susie.

— Ça fait une semaine et demie ! Tu ne le connais même pas ! cria-t-elle.

— Si ! riposta Carlise, sa voix montant également dans les aigus.

— Tu as couché avec lui, n'est-ce pas ? demanda-t-elle brutalement, comme si elle venait de réaliser que c'était une possibilité. C'est pour ça que tu agis ainsi. Il t'hypnotise avec sa queue magique et tu es dans une sorte de transe sexuelle.

Maintenant, Carlise était furieuse.

— Oui. Et c'était *incroyable*. Ma meilleure fois. En vérité, mon plaisir compte pour lui, contrairement à Tomm, y qui voulait seulement planter son gourdin en moi pour prendre son pied et ensuite s'endormir. Je n'ai jamais été avec un homme qui m'ait autant désirée que Riggs.

— Évidemment qu'il te désire. Il vit au milieu de nulle part. Combien de femmes se pointent sur le seuil de sa porte en pleine tempête ? Ça me paraît bien pratique que tu sois coincée là-bas, si tu veux mon avis. Bon Dieu, il pourrait avoir une MST ou autre !

— Là, tu te comportes comme une garce, bouillonnait Carlise.

— Et, *toi*, tu es imprudente et ridicule. Tu dois rentrer à la maison. *Maintenant.* Avant qu'il n'arrive à vider ton compte en banque ou à te convaincre qu'il veut se marier et avoir quatorze bébés.

Le ventre de Carlise se tordit et elle posa une main dessus. Des bébés avec Riggs... ça lui paraissait merveilleux.

Elle savait que Susie essayait de lui faire un électrochoc en visualisant la situation d'un point de vue extérieur mais, en fait, elle n'avait réussi qu'à provoquer l'inverse. Carlise mourait d'envie de donner des enfants à Riggs. Ils pourraient venir au chalet en été et leurs gosses pourraient courir partout sans encombre et s'en donner à cœur joie. Ils s'assiéraient au coin du feu et liraient des livres, savoureraient simplement passer du temps ensemble, en famille.

— Carlise ? Tu m'écoutes ?

— Non, répondit-elle calmement à sa meilleure amie. Quand tu rencontreras Riggs, tu verras à quel point tu te trompes. Il fait partie des gentils mecs, Suz. Je te le promets.

Elle soupira lourdement.

— Que vas-tu faire concernant ton harceleur dans ce cas ? As-tu au moins lu les e-mails ? Tu sais qu'on m'a fait de drôles de cadeaux ? Puisqu'il ne peut pas te trouver, il essaie apparemment de t'atteindre en passant par *moi*.

— Oh non, souffla Carlise, le ventre se tordant pour une tout autre raison, des larmes venant lui piquer les yeux. Suz, tu dois faire attention.

— Sans déconner, rétorqua-t-elle. Ce qu'il me faut, c'est que tu reviennes ici et mettes fin à tout ça.

— Et comment puis-je faire ça ? demanda Carlise, absolument sérieuse.

— Je ne sais pas ! Mais te terrer dans le Maine et prétendre que tu es amoureuse de ce Riggs n'aideront pas.

— Je sais que fuir n'aide en rien, répondit Carlise en soupirant. Mais je ne prétends rien. Je l'aime vraiment.

— Tu me tues, réagit tristement Susie. Tu me manques, Car. Ça me manque de te parler, de rire avec toi, d'avoir ma meilleure amie dans les parages à qui dire toutes mes bonnes nouvelles.

— Tu me manques aussi, la rassura Carlise. Et quelles bonnes nouvelles ? demanda-t-elle, souhaitant détendre l'atmosphère de l'appel.

— Ouais... J'ai un nouveau petit copain.

— Ah oui ? C'est génial ! Qui est-ce ? Quelqu'un que je connais ? Tu l'as rencontré où ?

— Ouais, dit Susie, presque timide. Il est super. Il m'aime tellement qu'il déteste quand quelqu'un me regarde de travers. Il est possessif mais dans le bon sens.

Carlise n'était pas sûre d'apprécier le fait de savoir ça. Tommy avait été possessif lui aussi et, au début, elle avait trouvé cela flatteur. Mais c'était vite devenu étouffant, et il faisait peur lorsqu'il défiait les gens qui lui avaient simplement dit bonjour.

Mais après avoir réussi à calmer son amie, elle était réticente à l'idée de la contrarier de nouveau ou de plomber l'ambiance.

— Je suis contente pour toi, lui dit-elle, et elle l'était vraiment.

— Merci. Moi aussi je le suis... sauf quand ma meilleure amie ne me dit pas où elle s'en va ni qu'elle n'est pas capable de rester en contact avec moi pendant une semaine et demie.

— Je suis désolée. Je ferais mieux de rester en contact à partir de maintenant.

— Bien. J'ai vraiment apprécié que tu m'appelles, Car. Et je m'excuse de m'être énervée. On se reparle bientôt ?

— Oui, on se reparlera, la rassura Carlise. Et je t'en prie, ne sois pas en colère contre moi.

Elle la suppliait car elle ne se sentait pas à l'aise avec la majeure partie de leur conversation, mais Susie restait sa meilleure amie. Les choses s'apaiseraient et elle comprendrait, une fois qu'elle aurait rencontré Riggs, qu'elle n'avait pas de quoi s'inquiéter.

— Je ne le suis pas, répondit Susie avec un soupir. Je m'inquiète juste pour toi.

— Je vais bien. Promis.

— Comment réagirais-tu si je venais là-bas pour le voir par moi-même ? demanda Susie.

— Sérieux ? Oui ! s'exclama Carlise.

— Je veux rencontrer ce fameux Riggs et m'assurer qu'il est suffisamment bien pour ma meilleure amie.

— J'adorerais ! Je te promets de mieux garder le contact que je ne l'ai fait et nous trouverons le meilleur moment pour que tu viennes. Il faut dire que Newton sort un peu des sentiers battus, alors je devrais te donner les directions précises, la taquina-t-elle en riant.

— D'accord. Fais attention, lui dit gentiment Susie.

— Toi aussi. Si tu vois Tommy dans les parages, va dans la direction opposée. Riggs a dit qu'il allait m'aider à mettre fin à ce harcèlement. Il va demander à ses amis de s'en mêler, ainsi qu'à la police locale.

— C'est un soulagement, ça, au moins.

— En effet.

— D'accord, on se parle plus tard.

— Je t'aime, Suz.

— Je t'aime aussi. Bye.

Carlise raccrocha, peu certaine de la façon dont elle se

sentait à la suite de la conversation avec sa meilleure amie. Elle et Susie s'étaient toujours montrées franches l'une envers l'autre, mais ses soucis mis de côté, aujourd'hui, elle avait semblé... bizarre. Elle ne pouvait mettre exactement le doigt dessus mais le sentiment persistait. Peut-être que c'était parce que Susie paraissait davantage furieuse qu'inquiète.

Elle détestait le fait que son amie ne puisse pas être d'un grand soutien dans sa relation avec Riggs, mais elle savait que Susie avait une bonne raison d'être méfiante, étant donné la dernière relation de Carlise. Et elle n'avait probablement rien dit d'inattendu. Mais elle ne connaissait pas Riggs non plus ; une fois qu'elle le connaîtrait, elle constaterait qu'il n'avait rien à voir avec Tommy. Que ses sentiments pour Carlise étaient authentiques.

Ce ne fut pas avant qu'elle ne se lève pour aller reposer le téléphone sur le comptoir de la cuisine qu'elle réalisa que Susie ne lui avait rien raconté sur son nouveau petit ami... elle avait soigneusement changé de sujet.

Faisant mine de s'en moquer, Carlise décida que ce serait la première chose qu'elle demanderait la prochaine fois qu'elle parlerait à Susie. Elle voulait tout savoir sur le nouvel homme dans sa vie.

Toutefois, pour le moment, elle avait besoin de voir Riggs. De lui parler. De se rassurer sur le fait qu'il était l'homme qu'elle pensait être, et pas le monstre que Susie semblait s'imaginer.

Elle enfila ses bottes et son blouson, puis sortit dehors. Baxter la vit et courut immédiatement dans sa direction. Il s'approcha assez près pour qu'elle puisse lui frôler la tête du bout des doigts avant qu'il ne reparte en un éclair pour manger de la neige et la jeter en l'air.

Tout en riant, Carlise se tourna vers Riggs... et s'immobilisa. Il se dirigeait vers elle avec une expression sur le visage qu'elle ne put interpréter. Si elle devait deviner, elle dirait qu'il avait l'air contrarié.

— Qu'est-ce qui ne va pas ? demanda-t-elle, soucieuse, tout en quittant le porche.

— C'est ce que j'allais *te* demander. Tu n'as pas réussi à joindre ta mère, ou Susie ? Elles sont malades ? Faut-il qu'on t'emmène en ville ou que tu retournes dans l'Ohio ? Nous pouvons sans doute y être en un jour en voiture ou nous pourrions aller jusqu'à Bangor et prendre un vol pour Cleveland.

Carlise le regarda, surprise.

— Mais est-ce que tu existes pour de vrai ? lâcha-t-elle.

— Quoi ? demanda-t-il, l'air totalement confus.

— Je ne savais pas que les hommes comme toi existaient. Tu ne sais même pas si quelque chose ne va pas et, pourtant, tu me parles de m'emmener en Ohio parce que tu crois que je pourrais avoir besoin de voir mes proches.

— Donc, elles vont bien ? Alors, qu'est-ce qui ne va pas ?

Carlise secoua la tête. Cet homme ! Susie avait tellement tort à son sujet. Cet instant précis était la raison numéro 516 qui le lui prouvait.

Elle se rapprocha et mit ses bras autour de son cou. Immédiatement, Riggs la tira brutalement contre lui. Puis, il posa un doigt sous son menton et lui releva la tête afin de pouvoir voir ses yeux.

— Tu vas bien ?

— Oui.

— Ta mère va bien ?

— Oui.

— Susie ?

Carlise hocha la tête.

Chaque muscle du corps de Riggs se détendit.

— Parle-moi, mon ange. En me fiant à ton air lorsque tu es sortie, j'ai imaginé le pire.

— Ma mère était très contente pour moi. Elle a dit qu'elle avait hâte de te rencontrer.

— Je veux la rencontrer également, dit Riggs en hochant légèrement la tête.

— Quant à Susie... Elle n'est pas très sûre. Elle croit que je suis folle, en vérité. Qu'il est impossible que je t'aime. Elle est inquiète, en gros. Elle veut que je revienne avant que tu ne voles tout mon argent et ne me mette en cloque avec l'un des quatorze bébés qu'elle est certaine que tu désires.

— Quatre, répondit immédiatement Riggs.

— Quoi ?

— Je préfère quatre enfants. J'ai toujours voulu une grande famille et quatre enfants me semblent être parfaits. Ils auront toujours un ami et quelqu'un avec qui jouer, quelqu'un pour les couvrir à l'école et quelqu'un sur qui ils pourront compter pour le restant de leur vie. Je me fiche que ce soit des garçons ou des filles, du moment qu'ils sont en bonne santé.

Carlise peina à déglutir.

— Et toi ? Tu veux des enfants ?

Elle acquiesça.

— Est-ce que je te fais peur avec mes quatre enfants ?

Carlise secoua lentement la tête.

— Quand j'étais petite, je disais souvent à ma mère que j'aurais aimé avoir des frères ou sœurs. Je pensais que, s'il y avait d'autres personnes avec nous, nous pourrions mieux protéger Maman. Ou que Papa n'aurait pas à être aussi méchant. Je ne sais pas. Mais en fait... j'ai toujours pensé que, quatre, c'était parfait.

Elle avait presque murmuré cette dernière phrase.

— Vraiment ?

Elle fit oui de la tête.

Riggs afficha un sourire. Un énorme.

— Nous étions faits l'un pour l'autre, mon ange. Ce n'est qu'un autre signe.

Carlise ne put que l'admettre.

— Tu as bientôt fini ici ?

— Pas encore.

— Oh, réagit-elle avec une moue exagérée. J'ai cru que tu pourrais avoir trop froid. Ou chaud. Ou que tu pourrais trop transpirer. Qu'une douche pourrait te tenter, maintenant.

— J'en ai encore pour environ vingt minutes à... Oh ! Je vois. Ouais, maintenant que tu le dis, une pause me ferait du bien. Je ne voudrais pas être en surchauffe.

Carlise sourit, ravie qu'il relève son insinuation.

— Exactement. Et ça ne fait pas si longtemps que tu n'es plus malade. Peut-être que je devrais t'aider sous la douche. Tu sais, pour que tu ne tombes pas et ne te cognes pas la tête ou autre.

— Tu me désires ? demanda Riggs dans un grognement.

Carlise sentit ses joues chauffer mais elle sourit et acquiesça.

— Quand tu me désires, tout ce que tu as à faire, c'est de le dire. Car je ne passerai *jamais* à côté de l'occasion de me retrouver en toi.

Ses paroles étaient directes, mais il parvenait tout de même à les rendre romantiques en même temps.

— Je te désire, lui dit-elle.

Sans un mot, Riggs se tourna et lui saisit la main, prenant la direction du chalet.

Baxter aboya, comme pour demander où ils allaient.

— On revient, mon grand. Vas-y, explore. Assure-toi que tout est sûr ici. Je reviens dehors dans un moment pour finir de couper et pour te balancer d'autres boules de neige.

— Tu crois que ça ira pour lui, ici dehors, tout seul ?

demanda Carlise, inquiète, se retournant vers le chien qui était déjà reparti se rouler dans la neige.

— Tout ira bien, lui répondit Riggs, l'incitant à monter les marches du porche.

À la seconde où ils furent à l'intérieur et que la porte se referma sur eux, les mains de Riggs s'occupèrent de lui retirer son manteau, et Carlise ne pensait plus à Baxter, ni à sa mère ni Susie.

Riggs la souleva et l'emmena vers le lit. Il la laissa tomber sur le matelas et elle gloussa en rebondissant.

— Tu as dix secondes pour te mettre nue, l'avertit-il.

— Sinon quoi ?

— Sinon je le ferai pour toi.

Carlise fit un large sourire et laissa retomber ses bras au-dessus de sa tête, son sourire en coin devant Riggs.

— Si tu crois que c'est une menace, tu as tort.

Il fit passer en vitesse son T-shirt par-dessus sa tête et Carlise en bava presque. Cet homme était superbe et il était tout à elle.

Il se pencha en avant, enleva les lacets de ses bottes, se débarrassa de celles-ci ainsi que de ses chaussettes, fit glisser son pantalon et son boxer le long de ses jambes musclées, puis grimpa sur le lit.

Elle et Riggs ne retournèrent pas dehors pour jouer avec Baxter pendant une heure et demie. Ils ne prirent pas non plus la douche comme elle le lui avait proposé. Mais elle ne s'en plaignit pas.

Non, elle n'avait pas une seule raison de se plaindre à propos de Riggs, qui lui donnait l'impression d'être la femme la plus belle et la plus désirable de tout l'univers.

CHAPITRE QUATORZE

— Tu es sûre de ne pas vouloir venir avec moi ? lui demanda Chappy pour la centième fois.

— Affirmatif, lui répondit Carlise en souriant. Je suis à la traîne avec cette traduction car *quelqu'un* n'arrête pas de me distraire en me retirant mes vêtements et en étant bien trop sexy.

Chappy ricana et l'attira contre lui. Ils se trouvaient dans la cuisine, après une matinée passée au lit. Il s'était réveillé avec sa verge dans la bouche de Carlise et, honnêtement, il avait cru mourir de plaisir. Elle avait fini par le faire jouir avec cette méthode, ce qui avait été en réalité une aubaine car cela lui avait apporté suffisamment de contrôle pour lui donner du plaisir de fond en comble avant de ressentir l'envie de revenir en elle. Elle avait joui à deux reprises – une fois contre son visage et l'autre sur ses doigts – avant qu'il ne la pénètre et ne jouisse, lui, une seconde fois.

Chappy n'arrivait pas à s'arrêter de penser à l'idée d'avoir un enfant avec Carlise. Elle était belle en cet instant, mais elle le serait encore plus, arrondie avec leur bébé. Il avait eu le pressentiment en jouissant en elle sans préservatif qu'il la mettrait en cloque. Bien évidemment, la vie ne fonctionnait pas toujours ainsi mais, avec la chance qu'ils avaient eue jusque-là, il était quasi sûr qu'ils n'auraient aucun problème à concevoir.

C'était extraordinaire de voir à quel point ils allaient bien ensemble. De leur désir d'avoir quatre enfants jusqu'à l'amour de Carlise pour le même genre de livres que lui, et la façon dont ils étaient tous les deux heureux en sortant du chalet sans téléphone, Internet ni télévision. Elle était faite pour lui, et il ferait tout ce qu'il y aurait en son pouvoir pour la traiter si bien qu'elle ne voudrait jamais le quitter.

Quatre jours avaient passé depuis qu'elle avait contacté sa mère et sa meilleure amie et, même s'il désirait vraiment continuer de se couper du monde, les messages sur son téléphone étaient constamment dans un coin de sa tête. Il ressentait la volonté de mettre la machine en marche pour découvrir qui la harcelait et s'assurer que ça s'arrêterait. S'assurer que Carlise comme ses proches n'avaient rien à craindre.

— Riggs ? demanda-t-elle. Est-ce que tout va bien ?

Il se força à concentrer sur l'instant présent.

— Tout va bien. Je serai probablement parti pour au moins cinq heures. Ça ira ?

— Tout ira bien pour moi. Et je ne veux pas que tu dépenses une tonne d'argent pour ma voiture. Je peux payer pour tout ce qui doit être fait.

Chappy hocha la tête mais, dans son esprit, il avait déjà des plans. Elle n'allait pas payer les réparations de sa voiture. Il ne voulait pas ni n'avait besoin de son argent. Si elle voulait le dépenser pour Baxter ou leurs enfants ou leurs amis, il n'aurait pas de problème avec ça, mais l'homme de Néandertal qui était en lui voulait subvenir aux besoins de Carlise. Lui donner tout ce qu'elle voulait, tout ce qu'il lui fallait.

— Tu m'ignores complètement, n'est-ce pas ? demanda-t-elle en levant les yeux au ciel.

— Je t'entends, lui dit-il.

— Tu m'entends mais tu ne vas pas me laisser payer pour ma voiture, c'est ça ?

— Non, répondit-il avec entrain.

— Tu n'es pas possible, lui dit-elle en secouant la tête.

— Non, ce que je suis, c'est follement amoureux de toi, et je veux te traiter comme tu aurais dû l'être dans toutes tes autres relations. Ça me rend heureux quand tu es heureuse, et je veux être sûr qu'il sera prudent de conduire ta voiture dans le Maine.

Il adorait le regard tendre qu'elle affichait. Il était évident qu'elle n'était pas habituée à ce qu'on prenne soin d'elle et il voulait la voir afficher cet air pour le restant de leur vie.

— Sois prudent là dehors. Je t'ai entendu parler à JJ hier du risque accru d'avalanches à cause de la météo plus clémente que nous avons eue. Et la neige n'a pas encore complètement fondu sur la route. Si tu pars dans le décor, Baxter ne sera pas là pour te ramener chez toi, le taquina-t-elle.

— Je serai prudent parce que, pour la première fois de ma vie, j'ai quelqu'un qui m'attend chez moi.

— Je t'aime, dit-elle tout bas en se mettant sur la pointe des pieds pour atteindre ses lèvres.

Il pencha la tête et l'embrassa avec tout l'amour qu'il avait dans son cœur. Il se retira bien avant d'être prêt à le faire.

— Si je n'y vais pas, je ne m'en irai jamais, dit-il en caressant du pouce sa lèvre inférieure gonflée.

Il ne parvenait pas à oublier la façon dont ses autres lèvres s'étiraient autour de son membre. Celui-ci remua dans son pantalon.

— Tu vas montrer les messages et tous ces trucs au chef de police, n'est-ce pas ? demanda-t-elle, se mordant la lèvre qu'il venait juste d'admirer.

— Oui. Tout ira bien. Promis. Nous découvrirons qui te persécute.

— Je l'espère.

— Nous y arriverons, promit Chappy. Parce qu'une alternative n'est même pas une option.

— J'espère qu'il va bientôt abandonner, suggéra-t-elle.

Chappy ne répondit pas. Ils le savaient tous les deux et il n'allait pas lui mentir en lui suggérant autre chose.

Elle soupira.

— Bon. Eh bien, ne t'énerve pas trop à cause des messages qui apparaîtront sur mon téléphone au moment où tu auras du réseau et ne finis pas par le détruire. D'accord ?

— Je ne le ferai pas. Et maintenant, je vais vraiment y aller. Si tu as besoin de quoi que ce soit, je te laisse le téléphone satellite. Tu peux m'appeler sur mon portable, ou sur le tien d'ailleurs, et je reviendrai aussitôt. Et les numéros de Bob, de Cal et de JJ sont aussi mémorisés. Celui d'April également.

— Tout ira bien pour Baxter et moi. Je vais juste être ici et travailler. Tu veux que je prépare le dîner pour ton retour ? Quelque chose te fait envie ?

— Toi.

La réponse était sortie automatiquement. Carlise fit un large sourire.

— Je crois que je peux me charger de ça.

— Je t'aime, Carlise. Tellement, tu n'as pas idée.

— J'en ai une, dit-elle, son sourire s'effaçant à mesure qu'elle redevenait sérieuse. Je n'aurais jamais pensé avoir ça. Un homme qui me respecte, qui m'*apprécie* vraiment et veuille me rendre réellement heureuse.

— Je ressens toutes ces choses et plus encore.

Il l'embrassa à nouveau, brutalement et brièvement, avant de se forcer à s'éloigner. Il était à deux doigts de tout envoyer balader et de la traîner jusqu'à leur lit. Mais il devait s'occuper de sa voiture. La remorquer jusqu'en bas de la montagne et parler au chef Rutkey. Plus tôt il partirait, plus tôt il serait revenu et plus tôt il la retrouverait.

— Tu es sûre de ne rien vouloir en ville ? demanda-t-il.

— Non. Juste que tu reviennes sain et sauf.

Bon Dieu, comme il aimait cette femme ! Il prévoyait déjà de lui trouver toute sorte de choses à l'épicerie. Du chocolat, le thé parfumé qu'elle disait apprécier, des fraises, des chips à l'ail. Il en avait appris énormément sur ce qu'elle aimait et n'aimait pas durant leurs nombreuses et longues conversations. Et il aimait l'idée de la gâter.

— Vas-y, lui dit-elle en souriant.

— Je pars.

— Sois prudent.

— Toujours.

Puis, il se dirigea vers la porte, faisant un détour par le canapé où Baxter avait élu domicile. Il passa la main sur la fourrure du pitbull, hochant la tête d'un air satisfait quand il sentit que le chien prenait du poids.

— Fais attention à elle, mon grand, dit-il.

Baxter laissa échapper un souffle comme s'il comprenait ce qu'on lui demandait. Puis, Chappy continua jusqu'à la porte.

— Verrouille derrière moi, lui ordonna-t-il.

Carlise leva les yeux au ciel mais accepta.

— Je le ferai.

Il quitta le chalet, et chaque pas qui l'éloignait d'elle lui paraissait... *mal*.

Il se demanda s'il se sentirait toujours comme ça. Il n'avait pas ressenti cette appréhension particulière quand il l'avait laissée les autres fois pour vérifier les messages sur son téléphone. Alors, pourquoi maintenant ? Peut-être parce que, avant, il n'allait qu'en bas de la route et que pour une courte période. Aujourd'hui, cela lui prendrait des heures pour faire ce qu'il avait à faire.

Plus tôt, il avait attaché la remorque pour la voiture de Carlise à l'arrière de sa Jeep, alors il n'y avait juste qu'à démarrer le moteur et partir. Mais Chappy prit le temps d'étudier les environs pour avoir un aperçu. Le soleil était de nouveau de sortie et il pouvait voir l'eau goutter des corniches du chalet et des arbres.

La neige était en train de fondre ; il vivait dans son chalet du Maine depuis suffisamment longtemps pour savoir que l'avertissement de JJ avait tapé en plein dans le mille. Les pluies avaient ramolli le sol avant que la neige ne commence à tomber ; la quantité extrême de neige dure leur était tombée dessus durant la tempête et, maintenant, la météo qui était plus douce… tout était fait pour réunir les bonnes conditions d'avalanches.

Il était confiant concernant le fait que son chalet ne courait aucun danger. Il était proche des endroits où se produisaient les avalanches du Mont Baldpate, mais n'était pas sur la ligne de tir, pour ainsi dire.

Et Carlise n'irait nulle part. Elle n'aimait pas beaucoup le froid – ce qu'il trouvait plutôt amusant puisqu'elle vivait à Cleveland – et elle lui avait assuré qu'elle et Baxter allaient rester pelotonnés à l'intérieur jusqu'à ce qu'il revienne.

Jetant un dernier coup d'œil et ne voyant rien qui ne sorte de l'ordinaire, Chappy grimpa derrière le volant de sa Jeep. Le sentiment de malaise lui collait à la peau tandis qu'il descendait l'allée pour rejoindre la route. Plus vite il ferait ses courses, plus vite il pourrait rentrer chez lui et s'assurer que tout allait bien.

⁂

. . .

Des heures plus tard, Carlise était ravie de la quantité de travail qu'elle avait effectuée. Grâce au calme du chalet et à l'absence de distractions, son travail de traduction progressait bien plus vite que lorsqu'elle était chez elle. Elle avait rattrapé son retard et était sur la bonne voie pour finir le livre à la date butoir requise par l'autrice.

Elle était en train de prendre une pause, faisant un câlin à Baxter – qui se révélait être une petite bête câline, une fois sa crainte d'elle et de Riggs surpassée – quand un bruit dehors attira son attention.

Reconnaissant le bruit d'un moteur de voiture, elle se fit légèrement soucieuse. Peut-être était-ce Riggs qui rentrait plus tôt à la maison. Il n'était parti que depuis quatre heures mais peut-être avait-il terminé toutes ces commissions.

Carlise se leva et alla à la fenêtre, à l'avant du chalet. À sa surprise, Baxter la suivit. En général, il se contentait de rester sur le canapé, étendu sur le dos avec les quatre pattes à l'air, quand elle se levait pour se rendre dans la salle de bains ou pour aller chercher de quoi grignoter. Mais cette fois, il était juste à ses côtés et elle remarqua les poils hérissés sur son cou.

Quand elle regarda dehors, Carlise eut la surprise de voir une Toyota RAV4 qui descendait l'allée vers le chalet.

— Mais qui est-ce donc ? se demanda-t-elle à voix haute en dépit du fait qu'elle n'allait pas avoir de réponse.

Baxter trépignait devant la porte d'entrée et émit un grognement grave.

Les poils des bras de Carlise se hérissèrent. Elle se pétrifia, osant à peine respirer.

Était-ce son persécuteur qui l'avait retrouvée ? Comment ? Et quand ? Les avait-il observés ? Avait-il attendu que Riggs s'en aille quelque part et la laisse seule ?

Elle était en train de se mettre dans tous ses états et était sur le point de courir vers la cuisine pour se saisir du téléphone satellite de Riggs quand le SUV s'arrêta et que quelqu'un en sortit.

Carlise observa pendant un moment, sous le choc complet, avant qu'un énorme sourire ne se forme sur son visage. Elle se rendit à la porte et poussa gentiment Baxter sur le côté.

— C'est bon, Bax ! Ça ne craint rien. C'est mon amie. Sois gentil ! Non ! Reste ici ! commanda-t-elle en se glissant par la porte, essayant d'empêcher le chien de passer à côté de ses jambes pour sortir.

Elle parvint à fermer la porte et à se retourner au moment où Susie atteignait les marches du porche.

— Susie ! Mais qu'est-ce que tu fiches ici ?

— J'espère bien que c'est un accueil chaleureux, et non pas un accueil plein de déception, répondit son amie avec le sourire.

— Oui ! Bien évidemment que oui !

Carlise ouvrit les bras et embrassa son amie. Susie était menue, mesurait seulement environ un mètre soixante et était maigre comme un clou, mais elle avait une personnalité qui la faisait paraître bien plus grande. Ses longs cheveux noirs étaient épais et magnifiques et ses yeux marron brillaient quand elle était contente. Elle ne semblait jamais quitter sa maison sans un visage intégralement maquillé et les vêtements les plus chics, et apparemment, un road trip ne faisait pas exception.

Elle était plus jeune de cinq ans et, parfois, à cause de cela, Carlise se sentait plus vieille comparée à son amie bien organisée et parfois naïve, mais elle ne l'échangerait pour rien au monde.

— Je n'arrive pas à croire que tu veuilles rester ici de ton plein gré, dit Susie en riant, regardant autour d'elle. Tu ne plaisantais pas en disant que tu te trouvais au milieu de nulle part !

— N'est-ce pas ? Mais comment as-tu réussi à me trouver ?

— J'ai pas mal réfléchi après que nous avons raccroché, Car. Je me sentais vraiment mal par rapport à la façon dont je me suis comportée... mais j'étais encore vraiment inquiète pour toi. Tu n'avais pas l'air d'être toi-même au téléphone et, avec ces mots et tout que tu reçois, je savais juste que je ne pourrais pas être en paix si je ne m'assurais pas que tu allais vraiment bien. Et je voulais rencontrer ce Riggs. Alors, j'ai rassemblé toutes les infos que tu m'as données sur le lieu où tu te trouvais, les routes et la ville et j'ai fait mon chemin jusqu'ici. J'ai pris un vol jusqu'à Bangor et j'ai loué ce SUV et... me voilà !

— Je suis heureuse de te voir, lui dit Carlise. Je n'arrive toujours pas à croire que tu aies trouvé le chalet.

— J'ai demandé mon chemin dans cette petite ville. Apparemment, il n'y a personne d'autre qui s'appelle Riggs et qui travaille dans les arbres en possédant un chalet. Ça n'a pas été trop difficile d'obtenir des indications.

— Eh bien, je trouve ça super. Mais Riggs n'est pas ici en ce moment, par contre.

— Il t'a laissée ici, toute seule ? demanda Susie, les sourcils levés de surprise.

— Ce n'est pas comme s'il y avait quelqu'un par ici qui voulait me nuire, répondit Carlise.

— Alors, il n'a pas de voisins ?

— Non. Et je ne crois pas que les animaux comptent dans ce cas. Attends ici une seconde pendant que je ramène Baxter.

Carlise était quelque peu inquiète en vérité car elle pouvait entendre le chien gratter sans s'arrêter à la porte. Il n'aboyait pas, mais il n'était clairement pas ravi qu'elle soit dehors pendant que lui était coincé dans le chalet.

— Il est gentil ? Il n'a pas l'air content...

— Il est gentil, la rassura Carlise. Mais il n'est pas habitué aux humains. Il mourait de faim quand nous l'avons trouvé et je crois qu'il a été battu. Alors, il est juste méfiant.

Elle ouvrit la porte et Baxter courut presque à côté d'elle. Carlise l'attrapa par le collier que les amis de Riggs avaient inclu à la nourriture pour chien qu'ils avaient ramenée.

— Pas si vite, Bax. C'est bon ! C'est Susie, c'est une amie.

Mais le chien ne paraissait pas enclin à accorder le bénéfice du doute à la femme qui se tenait sur le porche. Il grognait, ses poils encore dressés, et si les chiens avaient pu lancer des regards noirs, Susie en aurait reçu un énorme.

Carlise s'inquiéta. Il n'avait pas réagi comme ça quand JJ et les autres avaient été là. Elle ne parvenait pas à comprendre pourquoi il était énervé aujourd'hui.

— Essayons quelque chose : je le tiens pendant que tu entres à l'intérieur, puis je le laisserai dehors un moment. Avant ton départ, je sortirai pour l'attraper et le ramènerai pour que tu puisses monter dans ta voiture sans problème. Ça te va ? demanda Carlise à son amie.

Susie semblait pétrifiée et acquiesça immédiatement.

Carlise s'accrocha à Baxter tout en se déplaçant plus loin, le long du porche, s'éloignant de la porte, offrant à Susie un chemin dégagé pour entrer à l'intérieur.

Une fois qu'elle se trouva en sécurité derrière la porte d'entrée, Carlise gronda Baxter.

— Tu n'es pas très gentil. C'est mon amie et tu la verras probablement souvent. Je ne te laisse pas ici pour toujours, juste un moment, le temps de sa visite. Puis, je te ferai entrer, d'accord ?

À son soulagement, Baxter tourna la tête et lui lécha le visage, ce qui fit rire Carlise.

— Allez, oust, le clebs ! Va trouver des lapins à pourchasser et des boules de neige à manger.

Elle relâcha le chien et, à sa surprise, il s'assit immédiatement, la regardant.

— Oh, ne me fais pas culpabiliser ! Il ne fait même pas si froid dehors, lui dit Carlise.

Baxter cligna simplement des yeux.

Le cœur en peine, Carlise marcha jusqu'à la porte et se glissa à l'intérieur. Elle se tourna pour voir sa meilleure amie regarder l'intérieur du chalet avec curiosité.

— Un seul lit, hein ? dit-elle au bout d'un moment, accordant un sourire en coin à Carlise. Tu avais omis ce détail au téléphone.

Carlise gloussa.

— Ouais, tu n'étais déjà pas ravie de cette situation, j'ai pensé que ce serait une mauvaise idée de t'annoncer ça.

— C'est littéralement une romance littéraire qui prend vie. La demoiselle en détresse qui a besoin d'un endroit où s'abriter pendant une tempête et surprise ! Il n'y a qu'un seul lit... alors, je suppose que tu as dû le partager.

Carlise rit sottement.

— Une héroïne en péril.

— Quoi ?

— Une héroïne en péril. Je trouve que ça sonne mieux que « demoiselle en détresse ». Ça la fait moins passer pour quelqu'un en manque d'affection. Moins pathétique.

Susie leva les yeux au ciel et se mit à rire.

— Peu importe.

— De plus, les trois premiers jours, il était tellement malade, avec de la fièvre, qu'il n'y a rien eu de romantique, crois-moi, lui dit Carlise.

— Attends, est-ce que tu as dû la lui tenir pendant qu'il pissait ?! demanda Susie, les yeux agrandis.

Carlise éclata de rire.

— Oh mon Dieu, non ! Doux Jésus. Il était suffisamment

alerte pour marcher jusqu'à la salle de bains avec mon aide, puis je le laissais faire ce qu'il avait à faire. Il n'y avait aucun zizi à tenir pendant qu'il était malade.

— Mais il y en a un maintenant, dit Susie d'un air entendu.

Carlise ne pouvait effacer le sourire qui se formait sur son visage.

— Oh ouais, il y en a pas mal désormais.

Les deux femmes rirent ensemble.

— Tu as l'air d'aller bien pour quelqu'un qui était terrifié il y a seulement quelques semaines, observa Susie pendant qu'elles allèrent s'asseoir sur le canapé.

— Je me *sens* assez bien. Enfin, ne te méprends pas, j'ai encore peur de Tommy mais Riggs a promis de m'aider à trouver qui me persécute et à l'arrêter.

— Comment va-t-il faire ça ?

Carlise haussa les épaules.

— Je n'en suis pas sûre mais je lui fais confiance.

— Et revoilà cette confiance, dit Susie, l'air peu convaincue. Tu ne le connais même pas.

— En fait, si, la contredit Carlise.

— Comment ? Tu l'as rencontré il y a seulement deux semaines.

— C'est difficile à expliquer. Nous sommes restés ensemble vingt-quatre heures sur vingt-quatre, sept jours sur sept pendant des semaines. Je le *connais*, Suz. C'est un homme bon. Un bosseur. Loyal. Ses amis sont incroyables. Et il a vécu l'enfer pendant qu'il était militaire au...

— Donc il souffre de stress post-traumatique et peut péter un câble à tout moment ? l'interrompit Susie.

— Peut-être que oui, mais je n'en ai vu aucun signe. Et non, il ne va pas péter les plombs. Il dispose d'un bon self-control. De beaucoup, même.

Susie inclina la tête pour regarder son amie.

— Sommes-nous en train de parler de *bondage*, parce que... beurk ! Et si tu me dis qu'il t'attache ou qu'il utilise des menottes, je te traîne hors d'ici dans la seconde !

— Non ! s'empressa de répondre Carlise. Au contraire, il demande toujours la permission de me toucher. C'est... agréable. Il a simplement le contrôle de ses émotions. De ce qu'il fait. De ce qu'il dit. Il ne va pas me faire de mal, Susie. J'aimerais que tu puisses voir ça. En fait, je pense que tu le verras quand tu le rencontreras. Il est la meilleure chose qui me soit arrivée. Je l'aime et, maintenant, je réalise que tout ce que j'ai ressenti par le passé n'était qu'un pauvre fac-similé de ce que je ressens aujourd'hui. Tellement que ça en est presque ridicule.

— Ridicule ? Tu as aussi dit aimer Tommy, lui rétorqua Susie d'un ton que Carlise ne sut interpréter.

Elle ouvrit la bouche pour répondre mais entendit Baxter gémir et gratter à la porte d'entrée.

— Merde. Je ne peux pas le laisser dehors. Je me sens mal. Ça t'embête si je le fais entrer ? Peut-être qu'il se sentira mieux maintenant que nous sommes assises, et il constatera que tu ne vas pas lui faire de mal.

— Je ne sais pas, répondit nerveusement Susie.

— Peut-être que je pourrais le mettre dans la salle de bains ? songea-t-elle. Je pourrais lui mettre son petit lit là-bas, et peut-être même de la nourriture. Ça devrait l'occuper.

— Je pense que ça marchera. La porte est solide, n'est-ce pas ?

— Oui. Il sera bien là-bas. Attends.

Cela ne prit pas longtemps d'attraper Baxter et de le ramener à l'intérieur. Mais au lieu d'être un chien détendu, à la vue de Susie sur le canapé, les poils de son dos se dressèrent une fois de plus. Cela prit un petit moment mais Carlise finit par l'installer dans la salle de bains. Il n'en était pas ravi mais, par chance, il ne tenta pas de se dégager ni d'attaquer Susie.

— Voilà, c'est mieux. De quoi parlions-nous ? demanda Carlise en étant revenue s'asseoir sur le canapé avec son amie.

— D'à quel point tu aimes ce mec que tu viens de rencontrer, bien que tu aies dit aimer Tommy, lui rappela Susie presque d'un ton accusateur.

Carlise soupira.

— Je souhaite que tu apprécies et t'entendes bien avec Riggs, Suz.

— Et je ne peux pas le faire avant de le rencontrer. Quand va-t-il rentrer ?

Regardant sa montre, Carlise dit :

— Je ne sais pas exactement mais, selon son estimation, lorsqu'il est parti, il en a peut-être encore pour quarante-cinq minutes ou...

Susie se leva brutalement et Carlise la regarda, surprise. Elle cligna des yeux, confuse...

Puis, ses yeux s'agrandirent lorsque son amie mit la main dans la poche de son manteau qu'elle n'avait pas pris la peine de retirer, en sortant une arme. Qu'elle pointa droit sur elle.

— Lève-toi, lui dit Susie d'une voix que Carlise ne reconnut pas.

— Quoi ? demanda-t-elle, luttant pour comprendre ce qui était en train d'arriver.

— *Lève-toi.* Je veux que tu prennes un morceau de papier. Tu vas écrire un mot pour Riggs, et nous partirons.

Carlise se mit à rire, incrédule.

— Tu me kidnappes ? Je trouve que ça va un peu trop loin, non ? Et tu pourrais, s'il te plaît, ne pas pointer cette arme sur moi ? Elle n'est pas chargée, hein ?

—Oh, elle est chargée ! Et je pourrais parfaitement l'utiliser. Maintenant, tu vas te lever et prendre un morceau de papier !

À ce moment, elle réalisa qu'il ne s'agissait vraiment pas

d'une très mauvaise blague. La peur infusa tout de suite les veines de Carlise.

— Susie ? demanda-t-elle en se levant lentement. Que se passe-t-il ?

— Tu es tellement stupide, se moqua Susie en secouant la tête. D'abord, pour avoir largué Tommy. Tu ne trouveras *jamais* un homme aussi bon que lui. Tu l'as blessé et tu t'en fiches totalement ! Enfin, ne t'en fais pas pour ça, je prendrai ta place. Le seul problème, c'est qu'il pense encore à toi... ce qui est inacceptable.

— Quoi ? demanda Carlise, le cerveau tourbillonnant sous l'effet de la confusion alors qu'elle essayait de suivre ce que Susie disait. Tu sors avec *Tommy* ?!

— Oui. *Et* nous allons nous marier.

— Non, murmura Carlise, secouant la tête. Tu ne *peux* pas, Susie. Il est violent ! Il va te faire du mal !

— Non, c'est faux ! hurla haut et fort Susie. Il est à *moi* ! Je l'ai *toujours* désiré ! Quand tous les deux, vous avez commencé à sortir ensemble, j'ai essayé d'être contente pour toi. Vraiment, j'ai essayé. Mais tu ne l'as jamais mérité. Et tu es une *garce* de l'avoir quitté comme tu l'as fait ! Je l'ai consolé après que tu t'es barrée de sa maison sans l'avertir, et une chose en a amené à une autre. Il *m'aime* aujourd'hui. Il regrette de ne pas m'avoir choisie la première. Mais de temps en temps, il continue de parler de toi... Dit qu'il regrette de t'avoir fait du mal et de t'avoir forcée à partir. Il a même admis qu'il espérait recoller les morceaux avec toi avant qu'on ne se mette ensemble.

Susie aboya d'un rire de folle.

— Mais ça n'arrivera jamais, reprit-elle. Tu l'as largué. Tu l'as accusé de choses terribles ! Et puisque nous sommes amies, tu continueras à rôder dans les parages, comme une putain de fourbe. La seule manière de l'aider à comprendre à quel point il m'aime, c'est de *te* faire disparaître une fois pour toutes. Ensuite, il pourra se concentrer sur moi et *seulement* moi.

Carlise agita la tête.

— Mais... il est déjà à toi. Et j'ai Riggs. J'espérais emménager ici, rester avec...

— Mais ça ne suffit pas ! l'interrompit-elle, rageuse. Les gens parlent ! Ils disent de vilaines choses sur lui ! Quand les flics ont prononcé la mesure d'éloignement – *sur son lieu de travail* –, ça lui a causé des ennuis. Ils ont tout de suite supposé qu'il était une ordure et il a failli perdre son boulot ! Tu as ruiné sa réputation en propageant des putain de mensonges sur le fait d'avoir été violentée. Il n'allait jamais te frapper. Ton enfance perturbée t'a juste fait voir quelque chose qui n'existait pas. Tu es une *menteuse* et tu ne le récupèreras jamais !

Carlise voulait dire à son amie qu'elle ne *voulait* pas le récupérer mais elle n'en eut pas l'occasion avant qu'une chose incroyable ne lui vienne à l'esprit.

— Attends... c'était toi ?

— Qu'est-ce qui était « moi » ? demanda Susie.

La femme devant elle *ressemblait* à son amie, mais l'arme pointée dans sa direction et les mots colériques ne ressemblaient en *rien* à sa meilleure amie.

— Les mots. Les messages. Mes pneus.

Susie eut un petit sourire satisfait.

— Ouais.

— Pourquoi ? demanda Carlise, sincèrement choquée et atterrée.

— Tu as essayé de *ruiner* Tommy ! Ce n'était pas juste. J'ai pensé que ce n'était que justice de te rendre la monnaie de ta pièce. N'as-tu pas dit que ce Riggs ferait n'importe quoi pour te protéger ? Eh bien... je fais la même chose pour mon homme.

— J'étais *terrifiée*, dit Carlise, tentant d'assimiler le fait que la femme qu'elle considérait comme une sœur était la personne qui l'avait menacée pendant des semaines. Je me suis confiée à toi.

— Et avec Tommy, nous en avons ri, lui répondit-elle, son sourire devenant cruel.

Elle était dérangée. Carlise ne pouvait penser à une autre explication quant à la raison pour laquelle Susie agissait ainsi, pourquoi elle avait fait *tout* ce qu'elle avait fait.

— Mais ensuite, tu as disparu, et je ne pouvais plus m'amuser, et ça m'a énervée ! C'est une bonne chose, que tu aies appelé, car j'étais disposée à avoir une petite *conversation* avec ta mère... me servir d'une petite persuasion physique pour découvrir où tu te cachais. En fait, je me trouvais sur son parking quand tu as appelé, expliqua-t-elle avant de montrer brièvement un autre sourire mauvais. Mais quand tu as dit toutes ces merdes ridicules et que tu as eu l'air si heureuse... eh bien... je n'ai pas pu l'accepter.

— Je veux que tu *souffres*, Carlise. Comme tu as fait souffrir Tommy ! J'ai essayé de te convaincre de revenir dans l'Ohio mais tu t'es montrée bien trop stupide. Alors, j'ai fait ce que j'avais à faire... et me voilà. Maintenant, *va chercher ce putain de bout de papier.*

Susie souligna ses paroles en appuyant sur la détente de l'arme et en faisant feu sur le sol.

Carlise sursauta tellement à l'entente du gros bruit que son corps entier se mit immédiatement à trembler. Toutefois, son esprit était toujours pétrifié. Réfléchissait encore à tout ce qu'elle venait d'entendre.

Elle n'arrivait pas à croire que sa meilleure amie avait vraiment prévu de torturer sa *mère*.

Baxter grognait dans la salle de bains ; des grognements graves, féroces qui rendaient la situation encore plus terrifiante.

— Maintenant ! hurla Susie.

Se déplaçant rapidement et tâchant de trouver comment

elle pourrait bien se sortir de cet enfer, Carlise s'approcha du bloc-notes qu'elle avait utilisé quand elle traduisait les romans et en déchira une feuille. Elle la tendit à Susie. Mais son ancienne amie secoua simplement la tête.

— Écris, lui commanda-t-elle. Je te dirais quoi dire.

Carlise ne le voulait pas mais, sur le moment, elle n'eut pas le choix. Alors, elle prit un crayon posé près du calepin et commença à écrire ce que lui dictait Susie.

Elle pleurait quand elle en eut terminé.

Quand Riggs allait lire le mot, il allait être en colère. Mais pas contre elle. Elle ne doutait pas qu'il ne croirait rien d'écrit sur ce morceau de papier. Ils s'aimaient. Sincèrement, profondément. Il était impossible qu'il lui tourne le dos à cause d'un mot.

Sans parler du fait que, dès qu'il vérifierait les caméras, il apprendrait ce qui était arrivé.

Elle n'avait pas été bien convaincue par ces caméras, avait pensé plus d'une fois à lui proposer de les couper... mais elle avait confiance en Riggs. Et aujourd'hui ? Elle était éternellement reconnaissante de leur présence. Si Susie lui faisait du mal, Riggs saurait ce qui était arrivé et qui blâmer.

— Maintenant, fais tes bagages, ordonna Susie. Et dépêche-toi. Il faut que l'on se barre de cette montagne paumée avant que l'autre enfoiré ne revienne.

Ayant peu de choix, Carlise commença à mettre ses affaires dans le sac à dos qu'elle portait quand elle s'était mise en route sous la tempête. Une fois plein, elle mit le reste de ses affaires dans la valise que les amis de Riggs lui avaient ramenée après avoir trouvé sa voiture. Elle pleurait sans s'arrêter désormais, ne sachant pas quoi faire, comment s'échapper.

Susie. Jamais en un million d'années elle n'aurait suspecté son amie d'être celle qui la terrorisait. Désormais, il était flagrant de constater pourquoi elle n'avait jamais pu avoir un aperçu de son harceleur. Bon sang, elle avait raconté à Susie tout ce qu'elle faisait, où elle allait... à quel point les messages et les étranges cadeaux l'effrayaient.

Et la personne qu'elle pensait avoir à ses côtés était en réalité en train de *rire* dans son dos pendant tout ce temps. Savourant le fait qu'elle était effrayée et regardait constamment par-dessus son épaule.

Aujourd'hui, elle avait une arme chargée pointée devant elle et ne semblait pas avoir de problème pour s'en servir.

Avait-elle vraiment connu Susie ? Apparemment, non.

— Et maintenant, quoi ? demanda-t-elle d'une voix monotone quand elle eut terminé de faire son sac.

— Maintenant, nous partons, lui dit Susie.

— Et ?

Son ancienne amie lui sourit de nouveau. Un sourire mauvais si malicieux que les poils des bras de Carlise se dressèrent.

— Tu ne seras plus le problème de Tommy. Et lui et moi pourrons vivre heureux jusqu'à la fin. Je n'aurais pas à m'inquiéter de t'avoir comme boulet ou que tu reviennes pour essayer de le séduire et l'éloigner de moi. Maintenant, *bouge*. Et ne *pense* même pas à t'approcher de cette porte de salle de bains. J'enverrai une balle dans la tête de ce chien avant qu'il ne soit devant moi.

Baxter continuait d'agir comme un dément à l'intérieur de la petite pièce, il grognait férocement, en continu. L'idée qu'il soit tué était plus que ce pouvait supporter Carlise.

Comme elle traînait les pieds jusqu'à la porte d'entrée, avec sa valise et son sac à dos, elle prit une profonde inspiration et ses larmes s'arrêtèrent. Il fallait qu'elle garde la tête froide si elle devait survivre à ce qu'avait prévu Susie pour elle. Et cela ne sous-entendait certainement pas le fait de la ramener à Cleveland et de prétendre que rien de tout ça n'était arrivé.

Elle devait s'enfuir. Elle avait regardé suffisamment de documentaires criminels pour savoir que, si quelqu'un qui était résolu à faire du mal vous faisait monter en voiture, vous étiez cuit. Et elles savaient toutes deux que Susie ne pourrait conduire sur les routes enneigées et sinueuses et garder une arme pointée sur Carlise en même temps. Dès qu'elle serait dans le SUV, il serait probable que Susie la tue et trouve un endroit où balancer son corps, dans une zone désolée en forêt, sur le chemin menant à Bangor pour prendre son vol et retourner dans l'Ohio.

La colère infusait les veines de Carlise. Non. Elle venait juste de trouver Riggs. Elle ne voulait pas le quitter. Laisser Baxter.

Elle voulait apprendre à connaître JJ, et Bob, et Cal. Et découvrir ce qu'il se tramait entre April et JJ. Elle avait vu le regard que l'ami de Riggs avait posé sur l'assistante administrative quand elle avait failli tomber dans la neige, et ça n'avait clairement pas été juste une vague inquiétude.

Elle voulait revoir sa mère. Voulait qu'elle soit grand-mère en donnant à Riggs autant de bébés qu'il le souhaitait.

Carlise avait trop de raisons de vivre. Elle n'allait pas laisser Susie tout lui prendre. Et pour quoi ? De la jalousie ?

La raison pour laquelle Susie s'en était prise à elle n'était même pas très claire pour Carlise, pourquoi elle ne pouvait simplement pas retourner auprès de Tommy, laissant Carlise dans le Maine pour savourer la vie avec Riggs. Mais elle supposait, en cet instant, que ça n'avait pas d'importance. Tout ce qui comptait, c'était de s'éloigner au plus vite d'elle.

— Riggs ne croira pas le mot que tu m'as forcée à écrire, dit-elle en posant les sacs pour prendre son blouson suspendu au portemanteau à côté de la porte.

— Bien sûr que si, riposta Susie. C'était une passade. Tu as recouvré tes esprits et, maintenant, tu rentres chez toi.

Carlise secoua la tête. C'était Susie qui était stupide ; comment Carlise était-elle censée quitter la montagne ? Ce n'était pas comme si elle avait une voiture et Susie ne l'avait certainement pas laissé mentionner sa visite ou écrire son nom sur le mot... Alors, apparemment, elle devait penser que Riggs allait croire qu'elle avait quitté le chalet en lévitant, ou un truc du genre.

Elle n'allait pas signaler les failles du plan de Susie. Même sans caméras, Riggs aurait fini par découvrir qui l'avait emmenée et il aurait su que Carlise n'était pas partie volontairement. Il le fallait.

— Il va venir me chercher, dit-elle, ferme. Les gens en ville se souviendront de la femme qui leur a demandé où il vivait. Ils vont remonter jusqu'à la voiture louée... tu t'es servie de ta carte bancaire ? Pris un faux nom ?

Susie parut surprise pendant un temps, comme si rien de tout ça ne lui était venu en tête – et ce n'était clairement pas le cas – avant de pincer les lèvres, sourcils froncés.

Bingo. Elle avait toujours pensé que son amie était intelligente mais, apparemment, elle était seulement bonne actrice.

Sa stupidité fut au bénéfice de Carlise sur le coup. Susie avait merdé. Beaucoup. Elle aurait tout aussi bien pu laisser une énorme enseigne lumineuse qui pointait directement vers elle. Avec ses erreurs et les caméras qui avaient filmé chacun de ses mots et de ses actes, Susie serait attrapée rapidement, qu'elle tue Carlise ou non.

C'était actuellement la seule pensée positive qu'avait trouvée Carlise à propos de cette situation complètement foireuse.

— Peu importe, finit par dire Susie en haussant les épaules. Je clamerai l'ignorance. Tommy sera mon alibi.

Elle voulait lever les yeux au ciel... Comme s'il ferait un alibi convaincant ! Carlise le connaissait, savait qu'il pousserait

Susie sous un bus dans la seconde si ça pouvait sauver ses propres fesses.

Susie avait agi de manière impulsive en venant dans le Maine pour la trouver, et cela entraînerait sa chute.

— Dépêche-toi ou je tirerai dans la porte de la salle de bains sur ce satané chien, feula Susie.

Elle ne doutait pas qu'elle mettrait ses menaces à exécution alors Carlise se dépêcha de nouer les lacets de ses bottes, puis se redressa.

— Je suis prête.

Et elle l'était. Prête à la première occasion qu'elle aurait pour fuir.

Elle irait dans les bois. Riggs et Baxter la trouveraient. De ça, elle ne doutait pas.

Susie fit un geste avec l'arme et Carlise ouvrit la porte. Elle sortir du chalet dans lequel elle avait été si heureuse pendant des semaines, sans se retourner. Elle le reverrait. Elle devait y croire, autrement, elle deviendrait dingue et serait incapable de faire ce qu'il fallait.

Elle marcha vers le SUV garé près du chalet et posa calmement ses sacs sur le siège arrière, comme Susie l'avait ordonné.

— Monte, lui dit son ex-amie, désignant le siège passager avec l'arme.

Le cœur de Carlise battait à toute vitesse. Elle ouvrit lentement la portière et s'assit sur le siège. Susie referma la portière en claquant, manquant de justesse le pied de Carlise. Elle garda l'arme pointée sur elle tout en faisant le tour de la voiture, vers la portière côté conducteur.

C'était le moment. Sa seule chance de s'enfuir. Même si elle était littéralement au beau milieu des contrées sauvages du Maine, Carlise savait que, si elle partait avec Susie, ses chances de survie seraient nulles. Elle préférerait être perdue dans les bois plutôt que morte.

Susie tendit la main vers la poignée de la portière côté conducteur du SUV et Carlise passa à l'action.

Elle ouvrit violemment sa portière et se mit à courir.

Elle entendit Susie lui hurler de s'arrêter, mais elle continua. Droit vers les arbres, dans la direction que Riggs avait prise lorsqu'il l'avait emmenée faire une balade ensemble.

Le bruit d'un coup de feu résonna très fort derrière elle, dans la tranquillité paisible de la forêt. Tout le corps de Carlise sursauta, mais elle continua de courir.

Elle pouvait entendre Susie cavaler après elle et elle essaya d'aller plus vite. Mais elle savait qu'elle n'allait pas distancer son ancienne amie. Susie aimait faire du sport, pour de vrai. Elle allait à la gym presque tous les jours. Elle se flattait de rester mince et en forme. Bien que Carlise souhaitait être en bonne santé, elle n'était pas fan du fait de faire de l'exercice. Bon sang, la plupart du temps, elle restait sur ses fesses, à travailler sur son ordinateur.

Elle était à bout de souffle, regardant frénétiquement autour d'elle, tentant de trouver un bon endroit où se cacher. Puisque c'était l'hiver, les arbres n'avaient presque plus de feuilles. Et les quelques conifères qu'elle avait repérés ne la dissimuleraient pas longtemps.

— Tu ferais mieux de t'arrêter ! cria Susie, bien trop proche derrière elle.

Carlise ne s'embêta pas à répondre. D'une, il n'y avait rien qu'elle puisse dire à une tarée qui avait prétendu être son amie tout en la terrorisant et en riant d'elle avec Tommy. Et de deux... parler était presque impossible tellement elle haletait.

— Où est-ce que tu crois aller ? Il n'y a nulle part où te cacher ! Arrête-toi, garce !

Susie la rattrapait. Le rythme cardiaque de Carlise, qui était déjà rapide, grimpa encore plus en flèche lorsqu'elle se mit à paniquer.

Le bruit d'un second coup de feu ne l'aida pas. Puis un autre, une milliseconde plus tard, et une douleur apparut dans l'épaule de Carlise.

Elle trébucha en courant et faillit tomber mais se rattrapa à la dernière seconde.

Susie lui avait tiré dessus. *Elle lui avait tiré dessus* !

La colère et la terreur la faisaient sprinter à une allure qu'elle ne se savait même pas capable d'endurer. Elle était littéralement en train de prendre ses jambes à son cou.

Carlise entendit soudain un bruit sourd, puis un lourd craquement derrière, et elle prit le risque de tourner la tête pour voir ce qu'il se passait ; Susie était affalée sur la terre de la forêt. De toute évidence, elle avait trébuché sur quelque chose.

C'était la chance de Carlise.

De prendre l'avantage.

De se cacher.

De *vivre*.

Elle essaya de courir plus vite et fut brusquement surprise de réaliser qu'elle savait où elle se trouvait.

Devant elle, à moins de vingt mètres de sa position, se trouvait un amas de pins qui donnaient bien l'impression de ne pas être à leur place puisqu'il n'y en avait pas d'autres alentours.

Contre toute attente, elle avait couru vers l'endroit même où Riggs l'avait emmenée lors de leur balade. Elle accéléra encore plus en se dirigeant vers ces arbres.

Jetant un coup d'œil au sol devant elle, Carlise sentit le soulagement couler dans ses veines, faisant trembler son corps de manière quasi incontrôlable. La poignée de la porte du bunker était juste là ! La neige qui l'entourait avait considérablement fondu et la terre que Riggs avait retirée pour dégager les bords de la trappe était comme un signal lumineux, détonnant sur le terrain de la forêt resté imperturbé.

Elle s'arrêta brutalement, se pencha en avant et tira la

poignée vers le haut. À son grand soulagement, cela s'ouvrit sans la moindre résistance.

Envoyant un remerciement du fond du cœur au survivaliste qui avait installé le bunker, elle se tourna rapidement pour descendre l'échelle.

— *Non !*

En entendant le cri, Carlise leva les yeux et vit Susie à environ cinquante mètres, se rapprochant à grande vitesse.

Elle ne reconnut presque pas son amie : sa chevelure – élégante en temps normal – s'échappait de la queue de cheval soignée qu'elle avait lorsqu'elle était arrivée au chalet. De la neige et de la saleté recouvraient son buste après avoir chuté la tête la première au sol.

Mais c'était l'air de dégoût et de fureur sur son visage qui pétrifia Carlise pendant une demi-seconde.

Comment cette femme pouvait-elle être son amie ?

Cette femme qui avait été l'épaule sur laquelle elle avait pleuré en quittant Tommy. Qui avait écouté ses plus profonds espoirs et ses craintes. Cette femme qui avait ri et pleuré avec elle, qui l'avait soutenue.

La perte de son amie était presque aussi douloureuse que celle, lancinante, dans son épaule.

D'autres coups de feu retentirent, et Carlise se baissa d'instinct jusqu'à ce qu'un autre bruit, qui n'était pas familier mais glaçant, résonne soudain autour d'elles.

On aurait dit le tonnerre... mais le ciel était bleu, il n'y avait pas un nuage en vue.

Prête à attraper la poignée de la trappe, Carlise marqua une pause le temps d'un dernier regard à son ex-amie.

Susie s'était arrêtée et se préparait à tirer, mais elle ne regardait plus Carlise. À la place, elle fixait quelque chose au-delà du bunker. Ses yeux étaient grand ouverts et son expression furieuse s'était transformée en une expression de choc et de peur.

Carlise n'avait aucune idée de ce qu'elle regardait mais elle n'avait pas le temps de le découvrir. À chaque seconde, Susie pouvait se sortir de cette sorte de transe dans laquelle elle se trouvait et tenter de la tuer.

Elle claqua la porte du bunker et batailla avec le mécanisme de fermeture. Le noir était complet à l'intérieur, mais Carlise ne s'était jamais sentie aussi reconnaissante de se retrouver dans l'ombre, comme elle l'était exactement en cet instant. Elle était quasi sûre que la porte était blindée car aucun survivaliste qui se respectait n'aurait bâti un endroit pareil en faisant l'erreur de ne pas disposer d'une entrée qui ne soit pas capable de résister aux ennemis tentant d'entrer.

— Laisse-moi entrer ! Putain de merde, *laisse-moi entrer* ! hurla Susie de l'extérieur.

Sa voix était étouffée mais Carlise pouvait parfaitement l'entendre. Et il était hors de question qu'elle déverrouille la porte. Si Susie pensait avoir la moindre chance, elle se faisait des illusions.

— La montagne est en train de tomber ! *Oh mon Dieu* ! Je t'en prie, Carlise ! *Pitié* ! Ça vient vers moi ! Je vais être ensevelie ! *Laisse-moi entrer, laisse-moi entrer, laisse-moi entrer* !

L'ancienne amie de Carlise était en train de tambouriner sur la porte mais, au lieu de répondre à la terreur absolue de sa voix, elle s'éloigna à reculons de la trappe, filant lentement sur le sol vers le fond du bunker.

— C'est une avalanche ! Tu m'entends ? Si tu ne me laisses pas entrer, je vais mourir !

Le tonnerre qu'elle avait entendu avait dû être la neige et la glace qui s'étaient séparées de la montagne.

Carlise se sentait mal physiquement... mais elle ne pouvait pas ouvrir cette porte.

Susie lui avait *tiré* dessus. Elle saignait et son épaule lui faisait plus de mal que tout ce qu'elle avait ressenti dans sa vie. Son ex-amie l'avait menacée pendant des mois, lui faisant croire qu'elle était suivie. Elle avait commencé à fréquenter son ex pour une raison insensée et, maintenant, elle avait dans la tête l'idée que Carlise devait payer pour l'avoir larguée. Elle avait eu la ferme intention de la tuer et de laisser son corps quelque part dans la contrée sauvage du Maine.

Rien n'avait de sens en cet instant mais, ce qu'elle savait, c'était que, si elle laissait Susie entrer dans ce bunker, une seule d'entre elles en ressortirait. Puisque Susie avait l'arme, il ne fallait pas être un génie pour en déduire que ce ne serait pas Carlise.

Cela lui coûtait toutes ses forces d'ignorer Susie et ses appels de plus en plus désespérés. Elle entendit comme un bruit de train qui fonçait dans les bois, et les murs du bunker tremblèrent. Susie poussa un hurlement strident qui fut abruptement interrompu…

Puis, Carlise n'entendit rien au-delà du bruit du plus énorme et effrayant tonnerre qui grondait sans s'arrêter juste au-dessus de sa tête.

Elle s'attendait presque à ce que la porte du bunker explose, permettant à la tonne de roches et de neige qui était en train de glisser du Mont Baldpate d'entrer. Mais la porte tint bon. Le bruit continua, encore et encore, l'avalanche paraissant ne jamais s'arrêter.

Carlise fut soulagée d'être à l'abri de se refaire tirer dessus… mais seulement pour un temps. Ensuite, la culpabilité la submergea. Susie s'était trouvée dehors, pile sur le chemin d'une *avalanche*.

Il y avait une chance pour qu'elle ait survécu. Carlise lisait tout le temps des articles sur des gens qui en avaient réchappé.

Mais sans personne dans le coin pour la faire sortir, son amie était probablement partie.

Morte.

La réalité de sa propre situation frappa Carlise. Elle avait peut-être été à l'abri de l'avalanche mais elle était sous terre. L'avalanche avait sûrement enseveli l'entrée du bunker. Et ce n'était pas comme si elle avait la moindre provision ici. Les étagères en métal étaient vides.

Elle avait été enterrée vivante, tout comme Susie.

Un gémissement s'échappa des lèvres de Carlise avant qu'elle ne puisse le contrôler. Elle recula jusqu'à rencontrer le mur du bunker, mais s'écria de douleur à la seconde où son épaule toucha la surface. Elle était non seulement enterrée, mais on lui avait tiré dessus, le trou pour avoir de l'air avait été recouvert et Riggs trouverait cette satanée lettre et penserait qu'elle l'avait quitté !

Prenant une profonde inspiration avant que la panique ne la submerge, Carlise secoua la tête.

Non... Il y avait les caméras. La voiture de Susie était encore garée devant le chalet. Avec ses affaires à l'intérieur et probablement les portières encore ouvertes. Et elle n'avait aucun doute sur le fait que Baxter allait devenir fou dans la salle de bains, tentant probablement de gratter et de mordre pour trouver la sortie.

Riggs essaierait de la retrouver. Elle le savait.

La seule question était : comment allait-il bien pouvoir faire ? Quelle épaisseur faisait la neige au-dessus de sa tête ? Chercherait-il même aussi loin de son chalet ? Supposerait-il qu'elle avait été ensevelie pendant qu'elle courait ? Même s'il pensait vraiment à vérifier le bunker, comment le trouverait-il, avec toute cette neige qui recouvrait tout ? Avec la trappe enterrée sous tant de décombres ?

Les chances pour qu'elle soit retrouvée avant de mourir de faim ou de suffoquer allaient de minces à nulles.

Une larme roula sur la joue de Carlise. Elle avait finalement trouvé l'homme de ses rêves, juste pour qu'il lui soit arraché de la façon la plus cruelle qui soit.

— Je suis désolée, murmura-t-elle.

Ses mots semblaient raisonnés dans la boîte en métal. Maintenant que l'avalanche s'était arrêtée, tout était calme. Trop calme.

— Je suis ici, Riggs ! dit-elle à voix haute, car entendre sa propre voix était préférable au silence oppressant et effrayant. Je suis ici !

Carlise remonta les genoux et mit ses bras autour, tentant d'ignorer la douleur dans son épaule. C'était le dernier de ses soucis pour le moment. Sa tête tomba pour aller se poser sur ses genoux, et elle laissa s'échapper les larmes qu'elle avait désespérément retenues.

CHAPITRE QUINZE

Les sourcils de Chappy se froncèrent lorsqu'il descendit dans son allée. Un véhicule, les deux portières avant laissées grand ouvertes, était garé n'importe comment devant le chalet mais il ne voyait personne à l'intérieur.

Mais qui pouvait bien être là et pourquoi les portières étaient-elles ouvertes ?

Il remarqua la plaque d'immatriculation du Maine, mais il ne connaissait personne conduisant une RAV4. Il se méfia immédiatement. Plus que jamais conscient que Carlise était victime d'un harceleur, il ouvrit la boîte à gants de la Jeep et en sortit une arme qu'il avait avec lui au cas où il rencontrerait par hasard un ours ou un élan qui ne serait pas enclin à lui céder sa place.

Marchant rapidement, Chappy se dirigea vers le RAV4, mais un bruit familier arrêta sa progression.

Il n'avait entendu une avalanche qu'une seule fois mais ce son assourdissant s'était imprimé dans son cerveau. Ça ressemblait à un tonnerre lointain, et plus les tonnes de neige et de roches s'approchaient, plus le bruit du tonnerre grandissait.

Chaque muscle de son corps se tendit, et Chappy regarda fixement en direction du Mont Baldpate. Son chalet se trouvait hors de la zone d'avalanche. Son cerveau le savait, mais il luttait tout de même contre l'instinct qu'avait son corps de courir.

L'avalanche paraissait proche. Vraiment proche.

Chappy se força à longer le SUV pour monter les marches vers le chalet. Même si une avalanche avait lieu pile en ce moment, il était en sécurité. Il voulait rassurer Carlise quant au fait que tout irait bien là où ils se trouvaient. Qu'il avait fait des recherches et s'était assuré que le chalet serait à l'abri de la moindre avalanche qui pourrait survenir.

Mais à la seconde où il ouvrit la porte, Chappy sut qu'elle n'était pas là. Qu'elle n'était pas juste dans la salle de bains. Il y avait un sentiment de vide dans le chalet qui avait précédemment été occupé par la présence de Carlise. Elle avait amené la lumière et l'amour dans son monde et dans ce foyer loin de sa maison. Les deux semblaient nettement absents en cet instant.

Puis, un autre bruit, provenant de la salle de bains, lui noua la gorge.

Baxter grognait d'un air féroce, un air qu'il n'avait jamais entendu chez ce chien nerveux auparavant.

Il ouvrit la porte de la salle de bains, s'attendant à voir Carlise mais seul Baxter fuit de la pièce. Le chien courut partout dans le chalet, le museau au sol avant de se rendre à la porte pour aboyer lourdement, encore et encore.

L'effroi que ressentait Chappy était presque écrasant.

Carlise manquant à l'appel, Baxter enfermé dans la salle de bains, la voiture inconnue garée devant avec les deux portières ouvertes... Et maintenant qu'il y réfléchissait, il pensait avoir aperçu la valise de Carlise sur le siège arrière.

Merde. Est-ce qu'elle *partait* ? Avait-elle appelé un taxi pour venir la chercher ?

Non. Elle ne l'aurait pas laissé. Il le savait jusqu'au plus profond de son âme.

Baxter grattait à la porte et continuait d'aboyer. Il se tourna pour regarder Chappy comme pour lui demander « Qu'est-ce que tu attends ? Ouvre ! »

L'adrénaline circulait dans les veines de Chappy. Il remarqua son téléphone satellite posé sur le comptoir de la cuisine et la vaisselle sale dans l'évier. Carlise ne l'aurait jamais laissée comme ça. Tout comme lui, elle était du genre maniaque de la propreté et, même si elle était sortie pour aller se balader ou autre – même s'il doutait fortement qu'elle le fasse toute seule car elle avait dit que ses plans étaient de rester à l'intérieur et de travailler pendant son absence –, elle n'aurait pas quitté le chalet en laissant de la vaisselle sale.

Il y avait aussi des papiers sur la table et un stylo qui ne se trouvait pas là avant. C'était une chose sur laquelle il ne se serait pas interrogé en temps normal, si ce n'était le fait que Carlise était méticuleuse et rangeait toutes ses affaires quand elle avait fini de travailler. Elle était du genre psychorigide quand il était question de ses notes.

Regardant attentivement, il s'aperçut que quelque chose paraissait étrange : la couverture sur le canapé n'était pas pliée, ce que Carlise faisait habituellement quand elle se levait ; une serviette dont elle se servait pour essuyer les pattes de Baxter après qu'il fut sorti pour faire ses affaires se trouvait sur le sol au lieu d'être suspendue au portemanteau.

Il devait vérifier les caméras, voir ce qu'il s'était passé avant qu'il n'arrive chez lui.

Il courut dehors, obligeant un Baxter mécontent à rester à l'intérieur, son cœur cognant frénétiquement tandis qu'il allumait le générateur. Baissant les yeux vers son téléphone portable, il jura. La Wi-Fi ne marchait pas. *Encore*. Et il n'avait pas le temps de tripatouiller l'antenne pour essayer de la réparer.

Il avait besoin d'aide et devait retrouver Carlise. Elle n'était clairement pas dans les parages. Et la personne à qui appartenait ce SUV n'était pas ici non plus, mais le véhicule lui-même lui indiquait qu'elles étaient encore dans le coin, quelque part dans sa montagne.

Chappy coupa le générateur, puis appuya sur un numéro enregistré du téléphone satellite qu'il avait chopé en sortant de la maison, attendant patiemment que JJ réponde. Baxter aboya une fois de plus de l'intérieur tandis que Chappy retournait sur le porche.

— Attends, Bax. J'ai besoin d'avoir de l'aide en chemin avant qu'on ne te fasse sortir.

— Hé, tu viens seulement de partir. Qu'as-tu oublié ? demanda JJ en ricanant à l'autre bout du fil.

— J'ai besoin d'aide, dit-il sans tourner autour du pot.

— Que se passe-t-il ? demanda JJ, tout humour ayant quitté sa voix.

— Quand je suis arrivé au chalet, il y avait une voiture que je n'ai pas reconnue devant le chalet, Baxter était enfermé dans la salle de bains et il n'y avait aucun signe de Carlise, ni de la personne à qui appartient cette voiture.

— Merde. Tu crois que son harceleur l'a retrouvée ? demanda JJ.

— Je n'en ai aucune idée puisque je ne parviens pas à faire fonctionner cette fichue Wi-Fi pour vérifier les caméras, mais je suppose que oui.

— Merde ! Comment ?

Une horrible pensée frappa alors Chappy.

— Les seules personnes à qui elle a parlé sont sa mère et sa meilleure amie.

— Carlise a-t-elle pu envoyer un e-mail à quelqu'un ? Être pistée par son téléphone quand tu as vérifié ses messages ?

— Possiblement. Mais Carlise n'aurait pas ouvert la porte à quelqu'un qu'elle ne connaissait pas ni à son ex-petit ami ni à son père.

— Tu crois... que c'est l'amie ? demanda JJ, comprenant ce que Chappy ne disait pas.

— Je doute fortement que sa mère la harcèle. Elles semblent proches. Bien que je ne sache pas de quoi elle a parlé avec Susie, je suppose qu'elle lui en a suffisamment dit pour que son amie ait une bonne idée de l'endroit où elle se trouve.

— Je ne sais pas, Chappy, lui dit JJ, sceptique. Ton chalet est au milieu de nulle part.

— Je comprends mais il est encore trouvable. Il y a autre chose, confia Chappy à son ami.

— Quoi ?

— J'ai entendu une avalanche pendant que je marchais vers mon chalet. Vers l'est.

— *Putain.*

— Ouais. Et les deux portières avant de la voiture dans mon allée sont grand ouvertes.

— À quoi tu penses ?

— Je vérifierai les caméras quand j'y aurai accès plus tard pour confirmer, mais je crois que l'amie est venue ici et que Carlise l'a laissé entrer sans y réfléchir à deux fois. Quelque chose est arrivé pendant qu'elles causaient et... peut-être que le rideau est tombé ? Peut-être qu'elle a découvert que Susie était sa harceleuse. Cette femme a pu tenter de la forcer à partir avec elle, vu que les deux portières sont ouvertes. Mais si le véhicule se trouve encore ici, ça doit vouloir dire que Carlise s'est enfuie.

— Possiblement pile vers une avalanche, dit JJ d'un air grave. C'est très probablement la direction qu'elle a prise puisque ton chalet est entouré de tant de broussailles dans toutes les autres directions...

— J'ai besoin de toi et des autres gars, dit Chappy d'une voix aiguë. Elle pourrait être ensevelie ! J'ai besoin d'aide.

— Je suis déjà en chemin. J'appellerai les autres. Nous allons venir, Chappy. Mais si cette femme harcelait Carlise, elle est probablement dangereuse. Ne baisse pas la garde.

Chappy avait présumé la même chose.

— Non. Quand tu arriveras ici, je serai déjà parti à sa recherche.

— Nous te retrouverons. Tout ira bien pour elle, déclara JJ.

— Tu n'en sais rien, lui répondit faiblement Chappy, les mots lui brûlant la langue comme de l'acide.

— Je sais que tu as traversé l'enfer, comme le reste d'entre nous. Il est hors de question que tu aies trouvé la femme qui était faite pour toi juste pour la perde maintenant. Elle est futée, Chappy. Elle en savait suffisamment pour ne laisser personne la faire entrer dans cette voiture. Elle savait que sa meilleure chance était de courir. Ce sont *tes* bois, là-bas. Elle savait que tu la retrouverais.

Chappy prit une grande inspiration. Pour sûr, il la retrouverait.

Baxter aboya très fort.

— Ouah, c'était Baxter ?

— Ouais, il veut que je raccroche et que je le laisse sortir... vraiment.

— Il peut la pister, dit JJ.

Chappy cligna des yeux. Il n'avait même pas pensé à ça. Baxter adorait Carlise. Ses yeux la suivaient partout, à l'intérieur comme à l'extérieur du chalet. Et il n'avait clairement pas été ravi par le fait d'avoir été enfermé dans la salle de bains.

Son ami avait raison, Baxter *pouvait* probablement suivre la trace de Carlise. Bon sang, il l'avait trouvée au milieu de cette tempête, puis avait mené Chappy droit vers elle. Il pouvait faire la même chose aujourd'hui.

— Je dois y aller, dit-il à JJ.

— Vas-y. Nous sommes en chemin. Sois prudent. Je n'ai pas envie que tu aies survécu à ces enfoirés à l'étranger simplement pour être envoyé au tapis par une femme qui n'a pas toute sa tête.

— Bien reçu. À plus.

JJ raccrocha sans prononcer un autre mot. Chappy fourra le téléphone dans la poche intérieure de son blouson et se dirigea vers la porte.

— Trouve-la, Baxter. Trouve Carlise.

Puis, il lui ouvrit la porte.

Le chien bondit dehors comme une balle. Avec frénésie, il renifla autour du chalet, tentant de toute évidence de repérer l'odeur de Carlise. Il se dirigea vers le SUV garé devant le chalet et posa ses pattes avant sur le siège passager.

Puis, il se remit sur ses quatre pattes et fila vers les bois.

— Merde ! Attends, Baxter ! Attends-moi !

Mais le chien n'allait attendre personne. Chappy courut après le pitbull, l'apercevant ici et là tandis qu'ils zigzaguaient dans les arbres.

Le silence tout autour de lui était inquiétant. D'habitude, il y avait des oiseaux qui gazouillaient, le vent qui soufflait dans les arbres, toute sorte de bruit. Mais après le tonnerre de l'avalanche, c'était comme si la forêt retenait son souffle.

L'absence de bruit donnait l'impression qu'une lourde couverture recouvrait les épaules de Chappy. Il préférerait entendre Carlise hurler à l'aide. Quelque chose. *N'importe quoi* indiquant qu'elle était encore en vie.

— Carlise ! cria-t-il en courant.

La seule chose qu'il entendit en réponse fut un silence

encore plus oppressant. Suivant Baxter parmi les arbres, il pria pour que le chien sache où il allait.

Il courait depuis plusieurs minutes quand il finit par les voir : des empreintes de pas dans la neige. Parce que la météo était plus chaude, beaucoup de neige avait fondu mais pas intégralement. Ces empreintes lui remontèrent le moral. Carlise était partie par *là*. Il parierait sa vie là-dessus.

Pariait la vie de Carlise là-dessus.

Il vit deux sortes d'empreintes et, étant donné l'espace entre elles, deux personnes avaient couru. Il supposait que Susie avait pourchassé Carlise et que sa détermination s'était intensifiée. Meilleure amie ou pas, elle allait plonger ; il allait s'assurer que Carlise porte plainte et que cette femme soit enfermée aussi longtemps que possible.

Il n'envisagerait même pas l'idée que Carlise n'aille pas bien. Que son amie ait pu faire quelque chose de radical.

Chappy courut jusqu'à ce que les empreintes disparaissent. Il avait perdu leur trace lorsque la zone relativement plate qu'il avait parcourue avait radicalement changé : il y avait désormais une montagne de neige sur le chemin. De la neige et de la roche provenant de l'avalanche.

Carlise et sa poursuivante avaient couru directement *vers* le chemin de l'avalanche.

Ses entrailles se tordirent tandis que son regard fixait la tonne de neige qui était tombée du flanc du Mont Baldpate.

Il entendit un aboiement et leva les yeux. Baxter se tenait au sommet de la neige, lui retournant son regard.

Chappy pouvait liquider un terroriste à presque cinquante mètres. Il savait comment tuer quelqu'un à mains nues. Il avait été torturé et n'avait même pas laissé s'échapper un seul gémissement de douleur. Mais ça...

L'idée que sa Carlise ait pu être victime d'une avalanche était plus qu'il ne pouvait le supporter. Il n'aurait rien pu faire même s'il avait été à ses côtés. Il n'aurait pas pu retenir une tonne de neige pour la protéger.

Et maintenant, il ne pouvait rien faire à part prier qu'elle se soit retrouvée loin de cette zone de la montagne lorsque la neige s'était écroulée.

Baxter aboya de nouveau, de façon répétée cette fois.

Si le chien voulait qu'il le suive, c'est ce que Chappy ferait. Baxter pouvait le guider sur la neige, de l'autre côté, où il pourrait relever de nouveau la piste de Carlise.

L'énorme congère était aussi grande que Chappy, et il grogna sous le coup de l'effort que cela lui demanda de se porter jusqu'au sommet. Il suivait Baxter...

Mais à son plus grand désarroi, le chien s'arrêta à mi-chemin de la large bande de neige... et commença à creuser.

— Merde ! hurla Chappy, se mettant à genoux à côté du chien, creusant à mains nues.

Si Carlise se trouvait sous la neige, il devait la retrouver le plus vite possible. Elle pourrait être en train de suffoquer !

— Non... prononça Chappy à voix haute, creusant plus vite.

Ses mains devinrent rapidement engourdies. Les cailloux et la glace lui déchiraient la chair mais il ne ressentait pas la douleur. Tout ce qu'il avait en tête, c'était de retrouver Carlise.

Il ignorait depuis combien de temps il creusait, mais cela devait faire trente minutes ou plus quand il se rassit lentement sur les cuisses et expulsa un souffle d'angoisse.

Cela faisait trop longtemps. Si Carlise se trouvait là-dessous, elle était morte. Elle n'aurait pas pu survivre sans oxygène au-delà du temps qu'il avait mis à creuser.

— Baxter, dit-il tristement.

Le chien l'ignora, essayant de creuser davantage dans la neige.

— Arrête, Bax, retenta-t-il. Elle est partie.

Mais il ne fit même pas de pause. Ses pattes saignaient tout comme les doigts de Chappy mais la ténacité du chien ne déclina jamais.

Ne voulant pas se blesser plus qu'il ne l'avait déjà fait, Chappy tendit le bras pour le prendre par le collier. À sa surprise, Baxter grogna.

Chappy le lâcha immédiatement, ne voulant pas se faire mordre en plus du merdier qui était déjà devenu sa réalité lors de cette dernière heure.

Dès qu'il eut relâché le collier du chien, Baxter retourna à son excavation. Ils avaient fait des progrès, le trou sur lequel ils se concentraient faisait maintenant soixante centimètres de profondeur mais, selon ce que pouvait en juger Chappy, ils avaient encore au moins un mètre, voire plus, de neige, de glace et de roche à creuser avant d'atteindre le sol.

Il s'assit sur ses talons et observa un peu plus longtemps Baxter. Puis, il pencha la tête en arrière et regarda le ciel bleu. Des larmes lui emplirent les yeux et il les laissa couler.

Il ne s'était jamais senti aussi impuissant qu'en cet instant. Il avait promis de protéger Carlise, de la garder en sécurité, et il avait échoué. Énormément.

Quand elle avait eu le plus besoin de lui, il n'avait pas été là. S'il n'avait pas fait ce dernier arrêt à la scierie – où il avait pris du bois afin de fabriquer une niche pour Baxter –, il se serait trouvé au chalet à l'arrivée de Susie. S'il avait été plus rapide à la station de police, s'il n'avait pas pris cette tasse de café avec JJ, s'il n'avait pas passé trop de temps à l'épicerie...

Tellement de « et si » ! Tellement de regrets.

— Chappy ?

Il avait entendu qu'on avait appelé son nom et, pendant une fraction de seconde, son cœur s'emballa. Carlise ! Elle n'était pas sous la neige. Baxter se trompait ! Il creusait pour rien.

Mais ensuite, le cerveau de Chappy se mit en marche. La voix qu'il avait entendue était masculine. Ce n'était pas Carlise.

— Ici ! cria-t-il en réponse.

— On arrive !

Chappy reconnaissait la voix maintenant. Bob. Ses amis étaient venus. Ils étaient venus dans les temps jusqu'à son chalet. Il ne doutait pas qu'ils avaient conduit bien trop vite et imprudemment pour arriver ici... il pensait juste que ça ne suffirait pas.

Se tournant, il regarda au-delà de la neige et vit Bob, Cal, JJ et le chef Rutkey trottinant vers lui. Les roches et la neige inégale les empêchaient de se déplacer très rapidement mais ils étaient là. Et même mieux, ils apportaient chacun un pelle.

— JJ nous a parlé de l'avalanche et nous avons pensé qu'elles pourraient être utiles, dit Bob, l'ai grave imitant sans nul doute celui de Chappy.

— Merde mon pote. Tes mains, dit Cal, l'air soucieux, après que les hommes eurent escaladé la congère.

— Je vais bien, répondit calmement Chappy, tendant une main pour l'une des pelles.

JJ secoua la tête.

— On s'en occupe. Bouge.

Chappy était sur le point de gronder son ami, mais Alfred, le chef de police, le prit par le bras et le remit sur ses pieds, l'éloignant du trou que Baxter tentait de creuser avec frénésie.

— On s'en charge, mon grand. Tiens le chien pour qu'on puisse élargir le trou et trouver ta femme.

Cette fois, Chappy saisit Baxter par la peau du cou et l'éloigna du trou. Avec surprise, le chien le laissa faire. Chappy s'agenouilla à ses côtés et retint son souffle pendant que ses amis rejetaient la neige et les cailloux du trou. Ce dernier s'élargit et s'approfondit rapidement à mesure qu'ils creusaient.

À chaque pelletée de neige et de débris qu'ils retiraient du trou sans retrouver Carlise, les plus faibles espoirs de Chappy sombraient.

— Sommes-nous certains qu'il s'agisse du bon endroit ? demanda Bob.

— Oui, répondit Chappy avant que quelqu'un d'autre ne puisse le faire. Baxter est venu directement ici et a commencé à creuser. Elle est là, quelque part.

Le trio creusa un peu plus longtemps avant que le chef Rutkey ne dise :

— Bon sang, il y a un sapin plié en deux. Nous allons devoir creuser autour et le libérer avant de pouvoir atteindre la neige en dessous.

Quelque chose dans ces mots provoqua un déclic dans le cerveau de Chappy et, pour la première fois depuis presque une heure, l'espoir en lui grimpa de nouveau en flèche.

— Le bunker ! s'exclama-t-il, allant jusqu'au trou et regardant dans ses profondeurs.

— Quoi ? Quel bunker ? demanda le chef.

— Il y a un vieux bunker de survivaliste ici, l'informa JJ.

— Oh oui, c'est vrai, dit Alfred. Ce vieux monsieur qui possédait le chalet qui a été balayé par la dernière avalanche que nous avons connue ici. C'était un enfoiré paranoïaque. Pas du tout amical. Je n'ai découvert le fait qu'il avait un bunker que lorsque sa femme s'est retrouvée bloquée à l'intérieur et qu'il a eu besoin d'aide pour la faire sortir. Il est venu personnellement chez moi et m'a fait jurer de garder le secret. Quand nous l'avons sortie de là, c'était une épave mais, physiquement, elle allait bien. J'avais oublié tout ça.

— Les sapins, dit Chappy. C'est le repère dont je me sers pour localiser le bunker quand je pars en vadrouille. Ce sont les seuls dans les parages. Le bunker se trouvait à leurs pieds.

— Les arbres autour desquels nous creusons ont pu avoir chuté de la montagne, avertit Cal.

Mais Chappy secoua la tête.

— Elle a réussi à atteindre le bunker. Je *sais* qu'elle a réussi.

Je le lui ai montré la semaine dernière. Et avant que les empreintes de pas ne soient effacées par la coulée de neige, elle se dirigeait pile vers lui. Et Baxter nous a guidés jusqu'ici. Elle ne peut que se trouver là-dessous !

— Et l'amie ? demanda Cal, un sourcil levé.

Chappy croisa son regard, sachant instantanément ce à quoi pensait Cal.

— Je ne sais pas. Peut-être... peut-être qu'elles sont toutes les deux là-dedans.

— Putain, dit JJ, qui recommença à creuser, un peu plus vite désormais.

Quelques minutes plus tard, les hommes avaient atteint le sol de la forêt. Le trou qu'ils avaient creusé faisait presque deux mètres de profondeur et plusieurs mètres de large, et le dessus de leurs têtes dépassaient à peine du bord. Ils avaient mis au jour la porte du bunker, pile sous l'endroit où Baxter avait commencé à creuser.

JJ tira, mais ça ne voulait pas céder.

— C'est coincé, dit-il, frustré, essayant de tirer plus fort.

— Bougez, dit Chappy. Laissez-moi descendre.

Lui et Alfred aidèrent Bob et Cal à sortir du trou, faisant de la place pour que Chappy puisse y sauter.

— Ce n'est pas coincé. C'est verrouillé, dit-il, prêt à tomber de soulagement.

On ne pouvait verrouiller que de l'intérieur.

— C'est juste, dit Alfred d'en haut, lisant dans ses pensées. Après que la femme du mec a été bloquée à l'intérieur, il a reconfiguré la porte pour la rendre plus facile à ouvrir mais, par mesure de sécurité, on ne pouvait verrouiller que de l'intérieur. La dernière chose qu'il souhaitait était que des charognards – et ce sont ses mots, pas les miens – ne viennent et ne les piègent là-dedans.

Chappy se mit à genoux près de la porte et se pencha.

— Carlise ? Tu es là-dedans ? C'est moi, Riggs ! Déverrouille la porte. Tu ne crains rien. L'avalanche est terminée.

Comme il n'y eut pas de réponse dans l'immédiat, il tenta :

— Susie... ?

Les cinq hommes retinrent leur souffle, attendant le signe indiquant que quelqu'un était vivant dans le bunker.

**

Le temps n'avait aucune importance dans le sombre bunker. Carlise frissonnait, blottie contre l'un des murs. Elle espérait qu'il s'agissait de son imagination mais elle avait l'impression qu'il était désormais plus difficile de respirer que lorsqu'elle était entrée la première fois. Cependant... elle ignorait combien de temps avait pu s'écouler.

Son esprit vagabondait vers des endroits où elle ne voulait pas aller. Elle se demanda si c'était douloureux de suffoquer. Si elle se grifferait la gorge, tentant d'avoir de l'air qui n'était pas là ou si elle s'endormirait.

Ses sentiments oscillaient violemment entre la reconnaissance d'avoir trouvé ce bunker et échappé à l'avalanche et le chagrin et la colère concernant la trahison de Susie. Elle avait réussi à ne pas penser à Riggs pour ce qu'il lui paraissait être une éternité... mais elle ne pouvait s'empêcher de penser à lui en ce moment.

Changeant de position, désormais étendue sur le sol froid, elle se pelotonna, jurant lorsque le trou de la balle dans son épaule se rappela à son bon souvenir. Elle avait retiré son blouson depuis un moment et en avait fait une boule, s'appuyant dessus sur le mur pour tenter d'arrêter le saignement, mais elle n'avait pas l'énergie de le remettre.

Elle pensa à quel point elle avait eu de la chance de tomber sur le chalet de Riggs. À quel point elle avait été inquiète quand il avait été malade. Comme il avait l'air paisible quand il dormait, comme il était beau quand il souriait et comme il pouvait la faire vibrer d'un simple rire.

La sensation de ses mains calleuses sur sa peau lui manquait. Comme il avait l'air fort et viril quand il coupait du bois. La façon dont il babillait avec Baxter pour l'amadouer et l'attirer à lui afin de pouvoir le caresser. Comme il était protecteur.

Cette sensation quand il était en elle, la façon dont ses yeux avaient brillé quand il lui avait confié désirer quatre enfants.

Tout lui manquait, littéralement, chez cet homme.

Ce n'était pas juste qu'elle ait pu échapper à Susie, trouver ce bunker et survivre à une incroyable avalanche, juste pour mourir par manque d'oxygène.

Elle ne voulait pas mourir. Elle voulait vivre. Elle voulait Riggs. Voulait explorer Newton. Voulait découvrir son appartement dans la petite ville.

Des larmes coulèrent de ses yeux et son nez bouché rendait sa respiration encore plus difficile.

Carlise s'assit. Elle voulait être comme ces héroïnes qui déchiraient tout dans les livres de romance qu'elle traduisait. Elle voulait être capable de sortir toute seule de sa situation et montrer à Riggs qu'elle n'était pas une incapable. Qu'elle pouvait s'en sortir dans les bois sauvages du Maine.

Mais au lieu de ça, elle allait mourir.

Bon Dieu, elle espérait que ce ne serait pas Riggs qui retrouverait son corps une fois que la neige aurait fondu. Elle ne voulait pas qu'il vive ça après tout ce qu'il avait vécu.

Soupirant, Carlise mit les bras autour de ses jambes remontées, ignorant l'élancement dans son épaule et ferma les yeux, une joue posée sur les genoux. Respirer était clairement plus compliqué désormais. Et elle se sentait si vaseuse. Peut-être à cause de la perte de sang.

Elle pouvait presque entendre la voix de Riggs dans sa tête. Lui dire à quel point il l'aimait, combien il était fier d'elle. Comme elle était courageuse.

C'était officiel : elle était en train de mourir. Il était impossible qu'elle puisse entendre la voix de Riggs. Son cerveau lui jouait des tours. Elle hallucinait, aucun doute.

Une seconde plus tard, elle leva la tête, cessa de bouger.

Non, elle *pouvait* entendre la voix de Riggs !

Elle était étouffée et elle ne pouvait pas comprendre ce qu'il disait mais ça ne pouvait être que sa voix !

Elle laissa tomber les bras de ses jambes, se mit à quatre pattes et commença à ramper en direction de ce qu'elle prenait pour la porte.

Elle se cogna la tête contre quelque chose de dur, remuant la nausée dans ses tripes.

— Ne vomis pas, ne vomis pas, se sermonna-t-elle à voix haute.

C'était étrange d'entendre sa propre voix. Elle avait cessé de se parler à elle-même après être entrée dans le bunker. Mais quelque part, cela lui donna de la force. Elle n'était pas encore morte et elle se battrait pour son avenir avec tout ce qu'il lui restait.

Posant sa main sur le mur, elle sentit les étagères en métal qui étaient alignées sur un côté du bunker. Elle se souvenait vaguement à quoi ressemblait l'endroit quand Riggs le lui avait montré la première fois et, lentement, elle progressa jusqu'au bout, là où était localisée l'échelle.

Ce fut là qu'elle l'entendit de nouveau. La voix de Riggs, elle en était sûre.

— *Carlise ? Tu es là-dedans ? C'est moi, Riggs. Déverrouille la porte. Tu ne crains rien. L'avalanche est terminée... Susie ?*

Elle ouvrit la bouche pour répondre mais, soudain, elle ne parvint pas à parler. C'était comme s'il n'y avait plus du tout d'oxygène.

Pendant un temps, elle paniqua. Si elle n'atteignait pas cette porte, elle mourrait. Et elle était trop proche de retrouver Riggs ! De sentir ses bras autour d'elle.

Il fallait qu'elle bouge. Elle ne pouvait être sur le point d'être secourue pour échouer maintenant.

Elle commença à se mettre debout à l'aide de l'échelle, son épaule douloureuse. C'était comme si cela lui réclamait chaque once de force rien que pour lever la jambe jusqu'au premier barreau, mais la détermination jaillit en elle. Elle pouvait le faire. Elle n'avait pas le choix.

Carlise pensa à sa mère. À quel point elle était forte. Comment elle avait survécu des années au sein d'une relation toxique. Elle voulait la rendre fière. Voulait avoir la chance de lui dire à quel point elle était source d'inspiration.

Son épaule hurla de douleur tandis qu'elle se redressait de deux échelons sur l'échelle et tendit le bras vers la serrure. Elle ne parvenait pas à l'atteindre. Elle devait monter encore d'un barreau. Elle se tint prudemment, se donnant l'élan dont elle avait besoin pour faire glisser la serrure.

Elle empoigna le verrou et tenta de le bouger, mais son bras était si faible et douloureux, et elle se sentait si étourdie. Elle ne pouvait pas le bouger.

— Riggs, murmura-t-elle, quasiment submergée par le désespoir.

Il était si proche. Juste de l'autre côté de cette porte et, pourtant, il pourrait tout aussi bien être à des kilomètres.

Elle ne savait pas s'il entendait sa faible voix ou pas, mais elle pouvait l'entendre, *lui*, aussi facilement que s'il se tenait juste à côté d'elle, sans une énorme porte entre eux.

— Ouvre la porte, mon ange. Tu peux le faire. Je sais que tu peux ! Tout ce que tu as à faire, c'est déplacer ce bout de métal de quelques centimètres. Je ferai le reste. Les gars sont tous là, ainsi que Baxter. Il m'a menée jusqu'à toi. Tu ne crains rien. Fais-le, mon cœur. Pour moi. Pour nos quatre enfants. Pour nos amis. *Je t'en prie.*

Ayant l'impression qu'elle était à deux doigts de s'évanouir, Carlise ne pensait pas avoir la force de réessayer. Mais sa main bougea sans que son cerveau lui ordonne de le faire.

Et tout à coup, la porte fut déverrouillée.

À la seconde où le verrou s'agita, Riggs fut là. La lumière du soleil fut aveuglante après avoir été dans le noir si longtemps et Carlise referma immédiatement ses yeux. Elle se sentit chuter pendant une demi-seconde, puis Riggs l'attrapa. La tenant afin qu'elle ne tombe pas à la renverse, ses bras se refermèrent sur le haut de son buste.

Elle inhala profondément, savourant l'oxygène remplissant ses poumons.

Puis, elle se mit à crier lorsque Riggs la leva et la sortit du bunker, son épaule hurlant de douleur.

— Putain, d'où vient le sang ? demanda JJ.

— Je ne sais pas. Qu'est-ce qui te fait mal, ma chérie ? demanda Riggs, dans tous ses états.

Mais Carlise ne pouvait parler. Elle était trop occupée à essayer de remplir ses poumons d'autant d'air que possible.

— Tourne-la. Son dos est couvert de sang, dit JJ d'un ton calme, ce qui rassurait Carlise en dépit de ses mots.

Elle pouvait continuer à saigner à mort mais ce ton monotone et apaisant l'empêchait de paniquer.

— Riggs, croassa-t-elle.

— Je suis là, mon ange.

Elle ouvrit très légèrement les yeux afin de pouvoir le voir. L'inquiétude et l'amour dans son regard lui coupèrent presque le souffle, encore.

— Je ne te quittais pas. Elle m'a obligée à prendre mes affaires et à écrire un mot.

— Quel mot ? demanda Bob quelque part au-dessus d'eux.

Mais Carlise maintenait les yeux rivés sur l'homme qu'elle aimait. Elle ne lui en aurait pas voulu d'avoir douté d'elle en lisant le mot, mais elle pouvait bien admettre que ça lui aurait fait un choc.

— Je n'ai pas vu de mot, lui répondit Riggs. Mais même si ça avait été le cas, je n'aurais jamais *cru* que tu m'aurais quitté comme ça.

Carlise prit une autre grande inspiration et hocha la tête.

— Fais-la remonter, qu'on puisse jeter un œil à son épaule, dit Cal au-dessus d'eux.

— Tiens bon, dit Riggs.

Avant que Carline ne puisse se tenir prête, Riggs se cramponnait à sa taille et la levait.

— Attention, avertit JJ tandis qu'elle était soudain portée.

Avant qu'elle ne parvienne à comprendre ce qu'il se passait, elle se tenait sur le haut d'une énorme congère en plein soleil, soutenue par Bob et Cal. Ses yeux commençaient à s'adapter, et Carlise regarda autour d'elle, bouche bée. L'endroit ne ressemblait en rien à ce qu'il avait été quand elle était entrée dans le bunker. Il ressemblait à un terrain vague, neigeux et rocheux. Les arbres qu'elle avait pourtant *vus* dépassaient de la neige, formant des angles étranges, comme s'ils s'étaient cassés net à la base lorsque la neige avait dévalé la montagne.

Quand Riggs émergea du trou, il la prit tout de suite dans ses bras, la tenant fermement et solidement.

— Je vais relever son T-shirt pour jeter un œil à son dos, annonça calmement JJ.

— Regarde-moi, ma douce, lui ordonna Riggs.

Elle se tint prête en sentant que JJ saisissait doucement

l'ourlet de son T-shirt, mais elle fit ce que Riggs avait demandé, regardait dans ses beaux yeux.

— Je t'aime. Tu es incroyable.

Il était évident qu'il tentait de la distraire, mais elle fut vivement consciente du souffle froid contre sa peau quand JJ leva suffisamment le vêtement pour examiner son épaule.

— Tu as trouvé Susie ?

— Non. Elle n'est pas entrée dans le bunker avec toi ?

Carlise baissa les yeux mais il ne comprit pas.

— Ma chérie, je t'en prie... regarde-moi.

Elle le regarda.

— Que s'est-il passé ?

— C'était elle. Elle était la personne qui me harcelait. Je lui avais un peu parlé de Newton, et ça lui a suffi pour me retrouver. Elle a dit qu'elle s'était renseignée en ville concernant ton chalet et qu'on lui avait donné les directions. Je suppose qu'elle était jalouse de moi... ou... de quelque chose ? Je ne sais même pas vraiment. Mais apparemment, elle aimait Tommy, et ils ont commencé à sortir ensemble lorsque j'ai rompu avec lui. À un moment, elle s'est mis dans la tête que je devais être punie pour l'avoir quitté, pour avoir raconté aux gens qu'il était violent. Ça n'a pas de sens, Riggs... S'il était sien désormais, pourquoi s'attardait-elle sur le fait que je l'avais quitté ?

Elle inhala un souffle tremblant et secoua la tête.

— Bref... elle avait un flingue. Elle allait tirer sur Baxter. Elle m'a fait écrire un mot disant que je te quittais. Je savais que je ne devais pas monter dans sa voiture, alors j'ai fui. Je me suis dit que tu me trouverais dans les bois, même si je me perdais.

— Tu parles que je l'aurais fait, dit Riggs.

Carlise cria lorsque JJ examina la blessure par balle dans son épaule.

— Fais attention ! grogna Riggs.

— Désolé. On dirait que la balle est encore là. Il va falloir qu'elle sorte.

Carlise commence à s'agiter.

— Non. Pas ici ! Pitié ! Ça fait mal...

— Tout doux, ma chérie. Il ne voulait pas dire qu'*il* allait la faire sortir. Nous allons t'emmener à la clinique de Newton. S'ils ne peuvent pas le faire, ils t'enverront dans un plus gros hôpital. Tu auras les meilleurs antidouleurs et tu ne sentiras rien. Je le promets.

Carlise hocha la tête et tenta de se calmer. Évidemment que JJ n'allait pas faire de la chirurgie au milieu des bois ! Elle avait simplement paniqué.

— Tu peux la porter ? demanda Cal. On peut se relayer pour la faire sortir d'ici.

— Je la tiens mais merci, répondit Riggs.

Avant que Carlise ne puisse protester et essayer de se montrer courageuse, de leur dire qu'elle pouvait marcher – bien qu'elle ne soit pas du tout sûre de pouvoir –, Riggs la souleva avec précaution dans ses bras. Elle posa la tête sur son épaule et mit son bras valide autour de son cou. L'autre demeurait flasque sur ses genoux et elle essayait de ne pas trop le bouger. Chaque mouvement brusque envoyait une douleur qui ondulait jusque dans son dos.

JJ posa son blouson sur ses épaules, et Cal et Bob se tenaient chacun d'un côté de Riggs, lui tenant le bras et l'aidant à descendre la montagne de neige escarpée due à l'avalanche.

Baxter aboya et Carlise sursauta.

— C'était Baxter ? Il est ici ?

— Oui, c'est lui. Il m'a mené directement jusqu'à toi, lui dit Riggs.

— J'ai dû le mettre dans la salle de bains car il se montrait vraiment agressif envers Susie. Je n'ai pas compris sur le moment, mais je suppose qu'il essayait de me prévenir. Je n'ai pas écouté, dit tristement Carlise.

— Ne vous en voulez pas, dit derrière eux un homme que Carline ne connaissait pas, alors elle leva la tête pour regarder par-dessus l'épaule de Riggs.

« Je suis Alfred Rutkey, le chef de la police. Chappy est venu aujourd'hui et a expliqué votre situation. J'allais enquêter, mais je n'en ai apparemment pas eu l'occasion.

Carlise acquiesça et reposa la tête sur l'épaule de Riggs.

— Comment tu t'es fait tirer dessus ? demanda JJ.

Carlise soupira.

— Quand je fuyais Susie. Elle tirait pas mal à tort et à travers derrière moi. L'un de ses tirs est bien tombé, je suppose. Elle a trébuché, et j'ai alors été capable d'entrer dans le bunker pile quand nous avons entendu l'avalanche. J'ai refermé avant qu'elle ne puisse entrer, dit-elle avant que sa voix ne se baisse, alors elle continua en sanglotant : je ne l'ai pas laissé entrer. Elle tambourinait contre la porte. *Suppliait.* Me disait qu'elle pouvait voir la neige débouler vers elle. Mais je l'ai ignorée. Je l'ai tuée !

— Non ! s'exclamèrent les cinq hommes en même temps.

Carlise aurait trouvé cela amusant si la situation n'avait pas été aussi grave.

— Elle allait te tuer. Elle t'a *tirée* dessus, dit Cal, l'air féroce.

— Elle a mérité ce qu'elle a eu, grogna Bob.

— Si tu l'avais laissé entrer, tu serais morte maintenant, continua JJ.

— Je suppose que je dois organiser une battue pour retrouver son corps, marmonna le chef de la police.

Mais la seule opinion qui importait était celle de l'homme qui la tenait dans ses bras.

— Riggs ? murmura-t-elle. Tu me vois différemment désormais ?

— Oui, répondit-il sans hésiter.

Carlise grimaça.

Riggs continua.

— J'admets avoir pensé que tu n'étais pas trop dans ton élément ici. Tu es une fille de la ville. Je n'étais pas certain que tu puisses supporter de vivre dans une petite ville du Maine, même si tu étais motivée à essayer. Mais je t'ai sous-estimée. Tu es plus forte que tous ceux que j'ai pu rencontrer. Tu as gardé ton sang-froid pendant ce qui devait être une situation terrifiante et tu as fait ce que tu devais faire pour survivre. Tu aurais pu monter dans cette voiture avec elle. Mais tu ne l'as pas fait. Tu as protégé Baxter. Tu t'es enfuie loin d'elle. Tu t'es montrée plus rusée qu'elle. Tu t'es souvenue du bunker et tu es parvenue à y entrer.

— Je pense que les tirs ont déclenché l'avalanche, admit Carlise. Ils étaient tellement forts et ils résonnaient partout autour de nous.

— C'est une vraie possibilité, intervint Alfred. Les conditions étaient toutes réunies et, tout ce qu'il manquait, c'était le bon stimulus pour l'enclencher.

— Est-ce que je pense à toi différemment maintenant ? continua Riggs. Oui. Tu es dans ton élément. Tu étais née pour être avec moi. Pour être ici, dans le Maine, avec moi. Tu feras une féroce protectrice de nos enfants, de nos futurs animaux, de nos amis, de notre refuge dans la montagne. Tu as prouvé que tu pouvais t'occuper de toi-même lorsque ça partait en sucette... et même si je ne veux jamais que tu revives ça – *jamais* –, savoir que tu as lutté contre la Faucheuse elle-même pour rester en vie ne me fait que t'aimer davantage.

— Riggs, chuchota-t-elle, bouleversée.

— Ton seul boulot maintenant est de te rétablir. J'apporterai les enregistrements des caméras au chef Rutkey, comme ça, il aura les preuves dont il aura besoin contre Susie, au cas où elle ait pu survivre à l'avalanche. Il n'y aura absolument aucun doute sur la personne qui t'a harcelée. Tu es libre, mon cœur. Tu peux aller où tu veux, faire ce que tu veux, *être* qui tu veux.

— Tu veux que je reparte à Cleveland ?

— Non. Je veux que tu reviennes chez nous, au chalet, pour récupérer. Je veux que tu emménages avec moi, à Newton, que tu m'épouses, que tu portes mes enfants. Je t'aime, Carlise. Tellement.

— Oui, dit-elle dans un soupir.

— Oui ? À quoi ?

— À tout ça.

Riggs s'arrêta net et scruta le visage de Carlise.

— Oui ? demanda-t-il, comme s'il n'était pas sûr d'avoir entendu correctement.

— Oui, lui confirma-t-elle avec un sourire.

— JJ, Cal, Bob... vous serez à mes côtés lorsque je me marierai ?

— Et comment !

— Je ne manquerais pas ça.

— Évidemment.

— Quand ? demanda Riggs à Carlise.

— Tu ne devrais peut-être pas lui demander ça alors qu'elle vient d'être secourue aux portes de la mort et qu'elle a sans doute des vertiges à cause de la douleur, dit sèchement le chef Rutkey.

Carlise ignora ce dernier.

— Quand tu veux.

Une lueur pénétra dans les yeux de Riggs mais il ne fit qu'acquiescer.

Carlise avait l'intuition qu'elle pourrait être madame Chapman avant la fin de la semaine... ce qui lui convenait parfaitement.

— Mais je veux que ma mère soit présente, dit-elle un peu tardivement.

— J'allais l'appeler dès que nous aurions eu du réseau, sur le chemin de Newton, la rassura Riggs. Elle voudra savoir que tu vas bien et ce qui est arrivé.

Carlise hocha la tête, ses paupières extrêmement lourdes. D'un coup, elle parvint à peine à les garder ouvertes.

— Dors, mon amour, lui murmura Riggs. Je prendrai soin de toi.

— Je sais que tu le feras, lui répondit-elle avant de laisser le stress de la journée et la douleur l'emporter.

CHAPITRE SEIZE

— Je reviendrai dès que tu m'annonceras que tu te maries, dit la mère de Carlise, faisant de son mieux pour que les larmes dans ses yeux ne dévalent pas ses joues.

— Je le ferai, Maman, la rassura sa fille.

Son bras était toujours en écharpe mais elle se sentait plutôt pas mal, tout bien considéré.

Les médecins de la clinique de Newton étaient excellents, et ils s'étaient immédiatement mis au travail pour retirer la balle de son épaule lorsqu'elle était arrivée avec Riggs. Heureusement, grâce à la distance entre elle et Susie, la balle n'était pas entrée trop profondément dans sa chair. Ils avaient pu l'extraire sans avoir recours à une opération. Mais ils avaient tout de même eu recours à des médicaments puissants pour l'assommer et ils avaient bien anesthésié son épaule avant de commencer.

Quand elle s'était réveillée, elle avait beaucoup souffert, mais Riggs avait pris sur lui pour s'assurer qu'elle ne minimisait pas son inconfort, qu'elle prenait les antidouleurs comme on le lui avait prescrit.

Sa mère n'était pas arrivée très longtemps après son réveil dans la clinique, et elles avaient toutes deux étaient assez affectées par ce qu'avait fait Susie. Carlise avait passé une ou deux journées éprouvantes mais, avec le soutien de Riggs et de ses amis, elle était parvenue à mettre ce qu'il s'était passé derrière elle assez rapidement. En grande partie. Elle savait qu'elle vivrait de mauvais moments pendant longtemps mais, avec Riggs à ses côtés, elle pouvait faire face à presque tout.

Les caméras du chalet avaient présenté toutes les preuves nécessaires concernant ce qui était arrivé et le fait que Susie était venue pour tuer son ancienne meilleure amie. Ça n'avait toujours pas tellement de sens pour Carlise. Jusqu'à ce que le chef Rutkey lui apprenne qu'il avait creusé profondément... et découvert que Susie avait gardé beaucoup de secrets.

Son véritable nom n'était même pas Susie. Elle avait passé la majeure partie de son enfance à entrer et sortir d'établissements psychiatriques. Elle avait appris à faire face incroyablement bien avec les années mais, apparemment, elle avait arrêté de prendre son traitement un certain temps après que Carlise avait commencé à sortir avec Tommy, et elle avait lentement chuté dans une spirale.

Toute cette histoire rendait Carlise extrêmement triste. En particulier le fait qu'elle n'avait jamais vraiment connu son amie, au final.

La mère de Carlise était restée quatre jours à Newton, assez longtemps pour être sûre que sa fille allait vraiment bien et pour rencontrer Riggs et tous ses amis. JJ la raccompagnait à Bangor dans quelques minutes afin qu'elle puisse prendre son vol pour Cleveland.

— Tu l'aimes, dit sa mère.

Carlise sourit.

— Tellement. Ça ne t'inquiète pas que nous accélérions les choses ?

— Pas du tout. N'importe qui peut voir juste en vous regardant tous les deux que vous étiez faits l'un pour l'autre. Mais cela dit, si tu estimes que tu as besoin de plus de temps ou si tu changes d'avis, n'hésite pas à le dire. J'ai commis l'erreur il y a des années de m'engager dans un mariage que je ne voulais pas car je ne pouvais supporter de déranger qui que ce soit.

Carlise voulait rassurer sa mère quant au fait qu'il était impossible qu'elle ressente un jour cela avec Riggs, mais elle ne fit que hocher à la tête à la place.

— D'accord.

— Je t'aime et je suis si heureuse que ton problème de harcèlement soit derrière toi et que tu puisses poursuivre ta vie.

— J'aimerais que tu réfléchisses à emménager ici, dit un peu tristement Carlise.

Mais sa mère rit.

— Je n'y arriverai jamais ici. Je veux dire, je t'aime et tout ça, mais Newton est un peu petite pour moi. Sois rassurée, je serais ravie de venir et de passer quelques semaines de temps à autre pour rendre visite à mes petits-enfants.

Carlise sentit ses joues rougir tandis qu'elle souriait.

Sa mère se pencha et l'enlaça, faisant attention à ne pas toucher son épaule bandée.

— Une fois de plus, avertis-moi pour le mariage, et je serai là, dit-elle.

— Ce ne sera rien d'immense ni de sophistiqué, l'avertit Carlise. En fait, Riggs a déjà demandé à ce que nous ayons les Burgers de Granny à notre réception.

— Ça me va, répondit sa mère avec un rictus, n'ayant pas du tout l'air contrariée. Tant que mon bébé est heureux, peu importe quel genre de mariage elle a.

— Je t'aime, Maman, dit Carlise.

— Je t'aime aussi. Je vais y aller maintenant, avant de ruiner mon maquillage en pleurant.

— Appelle quand tu es arrivée chez toi, lui demanda Carlise, faisant de son mieux pour ne pas pleurer non plus.

— Oui. Au revoir !

Carlise observa à travers ses yeux larmoyants JJ prendre sa mère par le bras et la mener jusqu'à son Bronco. Elle sentit un museau froid se blottir dans sa main et baissa les yeux pour découvrir Baxter assis à côté d'elle, ses yeux inquiets levés vers elle.

— Je vais bien, dit-elle au chien.

Elle vit son regard partir vivement sur la gauche une demi-seconde avant que le bras de Riggs ne vienne entourer sa taille. Elle s'appuya contre lui et fit signe, avec son bras valide, à JJ qui sortait en voiture du parking de l'immeuble avec sa mère.

— Ça va ? demanda Riggs.

Carlise fit oui de la tête.

— Tu la verras bientôt.

Carlise hocha de nouveau la tête.

— Comment va ton épaule ? Tu as besoin d'un antidouleur ?

— Je pense que ça ira pour le moment, dit-elle avant de pivoter dans ses bras.

Ils se tenaient sur le palier, devant la porte de l'appartement de Riggs. L'immeuble dans lequel il vivait n'était pas chic – seulement deux étages – et tous les appartements avaient une porte sur l'extérieur. Il y avait des escaliers qui menaient au deuxième étage et un petit parking. Elle avait déjà rencontré la plupart de ses voisins. Ils avaient tous été atterrés d'apprendre ce qui lui était arrivé et s'étaient mis en quatre pour s'assurer qu'elle et Riggs avaient tout ce dont ils avaient besoin pour qu'il n'ait pas à la quitter pendant son rétablissement.

— Comment vont tes mains ? demanda-t-elle.

Elle s'était alarmée la première fois qu'elle avait remarqué ses mains abîmées, sur le chemin de la clinique. Il avait lacéré ses doigts en tentant de creuser dans la neige et la glace pour atteindre Carlise. Ses mains étaient actuellement bandées et guérissaient bien, mais elle détestait le fait qu'il ait été blessé.

— Elles vont bien. Et avant que tu ne demandes, les pattes de Baxter vont bien également. Le vétérinaire a dit de le tenir éloigné de la forêt pour un moment et qu'il serait comme neuf en un rien de temps.

Carlise le savait bien mais elle continuait de s'inquiéter. Elle baissa les yeux vers le pitbull, le regard tendre. Baxter n'avait pas bougé de sa place, à côté d'elle, les yeux toujours rivés à elle. Riggs n'avait pas eu tort, plus tôt, lorsqu'il avait dit que Baxter était son chien, à elle. Il lui était totalement dévoué et ce sentiment était assurément réciproque.

— April viendra plus tard et apportera un ragoût, lui apprit Riggs.

— Un autre ? dit Carlise avec un petit rire.

— Ouaip. JJ en est extrêmement jaloux.

— Que se passe-t-il entre ces deux-là ? demanda Carlise. Je veux dire, ils ne peuvent détourner le regard l'un de l'autre mais, dès que l'un sait que l'autre le regarde, ils prétendent qu'ils ne regardaient pas d'un air nostalgique.

— Je crois que c'est compliqué, dit Riggs en haussant les épaules. Elle est notre employée et il subit encore ce qui nous est arrivé lorsque nous étions prisonniers de guerre.

— Je pourrais parler à April, proposa Carlise.

Mais Riggs secoua la tête.

— Ne le fais pas. Tant qu'il ne sera pas prêt, ça ne mènera à rien de bon. Et si tu dis à April de passer à l'action et qu'il la repousse, nous perdrons la meilleure assistante administrative que nous ayons eue. Ils résoudront ça tôt ou tard.

— Comment tu peux en être sûr ?

— Parce que, si ça doit arriver, ça arrivera. Regarde-nous. Curieusement, contre toute attente, nous sommes là, en sécurité, follement amoureux et sur le point de nous marier. En parlant de ça... il faut que nous fixions une date.

Carlise gloussa doucement.

— Tu es à ce point inquiet quant au fait que je change d'avis ?

— Non. Quand tu trouves la meilleure chose qui te soit arrivée, tu veux que le restant de ta vie commence dès que possible, lui dit Riggs, faisant fondre Carlise. De plus, quand tu tomberas enceinte de notre premier enfant, je veux être marié. Et aucun de nous deux ne rajeunit. Si nous avons quatre enfants, il faut nous y mettre.

Le ventre de Carlise se serra. Elle avait hâte de donner naissance aux bébés de Riggs. Elle s'extirpa de ses bras et se tourna vers la porte de l'appartement.

— Viens, dit-elle, enthousiaste.

— Où ça ?

— Au lit. Si April vient ici, nous n'avons pas beaucoup de temps.

— Ton épaule... commença à dire Riggs, mais Carlise secoua la tête et l'interrompit.

— Elle va bien. Tu devras juste te montrer créatif. J'ai besoin de toi, Riggs. En moi. Ça fait des jours. Et nous sommes enfin seuls. Toutes ces discussions sur les bébés et le fait d'être à toi m'ont extrêmement excitée.

Riggs ricana, la laissant le guider jusqu'à leur chambre. Baxter, voyant vers où ils se dirigeaient, s'en alla vers le panier haut de gamme que Carlise avait acheté pour lui, pour faire une sieste.

— Aide-moi à retirer ce T-shirt, dit-elle à Riggs.

Avec précaution, il saisit l'ourlet et se pencha pour poser son front contre le sien.

— Je t'aime, lui dit-il avec douceur.

— Je t'aime aussi, dit Carlise dans un soupir. Et pour

répondre à ta question... bientôt. Je me marierai avec toi dès que je pourrai organiser ça.

— Bien.

Puis, il n'y eut pas d'autres mots puisqu'ils se servirent de leurs corps pour prouver avec exactitude à quel point ils s'aimaient.

✲✲

Plus tard, cette nuit-là, Chappy était ravi que lui et Carlise aient pris le temps de faire l'amour lorsqu'ils l'avaient eu. Parce que, non seulement April s'était pointée avec un ragoût, mais le reste de la bande de copains avait été sur ses talons. JJ les informa que sa mère était arrivée à l'aéroport comme convenu et qu'ils fêtaient le fait que Carlise comme Chappy – et Baxter – soient saufs et que tout se soit bien terminé.

Les amis de Chappy étaient assis sur le sol, autour de la table basse, devant son canapé, tout le monde faisant une féroce partie de Uno, quand Chappy se leva pour aller remplir les verres. Il se tenait dans sa petite cuisine et observait Carlise jeter sa tête en arrière et rire à ce qu'avait dit April.

C'était incroyable comme elle allait bien. Bien évidemment, elle avait eu quelques cauchemars, et il l'avait tenue contre lui tout en lui murmurant dans sa chevelure qu'elle était en sécurité et courageuse et à quel point il était fier d'elle.

Ce qui avait failli arriver à Carlise le rendait physiquement malade chaque fois qu'il y pensait, ce qui arrivait plus souvent qu'il ne voulait l'admettre. Il n'oublierait jamais le moment où il avait ouvert la porte de ce bunker et qu'il l'avait vue : lèvres bleues, à lutter pour respirer... elle avait littéralement été à quelques minutes de la mort. Il n'en doutait pas.

Baxter l'avait encore sauvée. Et elle s'était sauvée elle-même. Il était plus fier que ce qu'il ne pourrait jamais exprimer. Et il détestait détourner le regard d'elle depuis ce jour. Cela avait été insoutenable de céder sa place pendant que les médecins retiraient la balle de son corps. Et même si ses amis et les docteurs, ainsi que les infirmiers, avaient tous essayé de le convaincre de retourner à son appartement, de prendre une douche et de dormir un peu, que Carlise ne sache même pas qu'il était là, il n'avait pas réussi à partir.

Il avait failli la perdre.

Vraiment, vraiment failli.

Cela n'avait pas aidé, que ce soit arrivé la première fois qu'il l'avait laissée seule pour se rendre en ville. Cela allait lui prendre du temps pour surmonter ça. Il était soulagé que les affaires soient au ralenti en ce moment et qu'il n'ait pas eu à la laisser seule depuis.

Il faudrait un moment à Carlise pour se remettre du fait que sa meilleure amie avait été celle qui la terrorisait. Mais ensemble, ils y arriveraient.

Elle avait donné son accord pour l'épouser. Pour porter ses enfants. Pour rester ici, dans le Maine. Il ne s'était jamais considéré comme un homme particulièrement chanceux mais, aujourd'hui, il avait l'impression d'être la personne la plus chanceuse de la planète.

— Hé, dit Cal à voix basse juste à côté de lui, faisant sursauter Chappy de surprise. Désolé, je ne voulais pas te faire peur. Tu vas bien ?

— Ouais, répondit Chappy, gardant sa voix basse. Merci.

— Comment va-t-elle, en *vrai* ? demanda son ami, désignant de la tête Carlise dans l'autre pièce.

— Incroyablement bien. Le médecin a dit que la balle n'avait pas causé beaucoup de dégâts et qu'elle reviendrait à la normale en un rien de temps.

Cal hocha la tête.

— Ils ont trouvé son amie.

Chappy cligna des yeux.

— Ah oui ?

Aux dernières nouvelles, les recherches étaient encore en cours.

— Oui. Son corps a été emporté vers l'avant de l'avalanche et les chercheurs l'ont trouvé plus tôt aujourd'hui.

Chappy fut soulagé. La dernière chose qu'il souhaitait, c'était d'avoir à penser au corps de Susie là dehors, dans la contrée sauvage pour le restant de l'hiver, ne se révélant qu'une fois la neige fondue. Il avait voulu qu'elle soit retrouvée pour le bien de Carlise. Pour leur bien à tous les deux. Ils devaient aller de l'avant. Il appréhendait le fait d'avoir à l'annoncer à Carlise et à remettre potentiellement au premier plan tous les mauvais souvenirs. Mais tout irait pour elle. Il s'en assurerait.

— J'apprécie le fait que tu m'en aies informé, dit-il avant de regarder son ami et le voir, le regard perdu dans le vague, comme s'il avait quelque chose en tête. Que se passe-t-il, Cal ? Tu as été calme ce soir. Est-ce que, toi, tu vas bien ?

Son ami soupira.

— Pas vraiment. Je dois aller à Washington pour un temps.

— Quoi ? Pourquoi ?

— La famille.

Les sourcils de Chappy se froncèrent sous l'effet de la compassion. La dynamique de la famille de Cal était... compliquée. La relation entre lui et ses parents semblait plutôt solide mais, même s'ils protègeraient volontiers Cal de la politique de leur pays natal – lui permettant d'avoir peu à faire avec la bureaucratie –, il était encore attendu de lui d'être loyal envers la couronne. On lui demandait rarement de faire une apparition au Liechtenstein mais, de temps en temps, il se sentait obligé d'accomplir son devoir... et se soumettait à une demande qu'il préférerait éviter.

Et sa lignée insinuait que, Cal étant un prisonnier de guerre, c'était encore une énorme nouvelle, même trois ans plus tard. Il y avait eu assez d'histoires concernant ses cicatrices et ses blessures pour alimenter l'aigreur de Cal concernant toute sorte d'attention médiatique pour la vie.

Peu importait la fréquence à laquelle Chappy, Bob et JJ lui avaient dit que ses cicatrices n'auraient aucune importance pour quelqu'un qui l'aimait, ils savaient tous que cet homme était encore extrêmement sensible concernant son apparence. Il portait le plus souvent des chemises à manches longues et des pantalons, même en été, et quand il surprenait quelqu'un qui le regardait trop longuement, il se refermait totalement.

— Que veulent-ils que tu fasses ? demanda Chappy.

— Du babysitting.

— Quoi ? demanda-t-il, sourcils froncés.

Cal soupira.

— Il y a cette femme. Elle s'est liée d'amitié avec l'un de mes cousins et il a demandé à la famille de s'intéresser à ses prétendus problèmes. Ils l'apprécient. Beaucoup. Je pense que les parents de mon cousin imaginent cette femme s'intégrer à la famille par le mariage. Mais apparemment, elle a quelques ennuis. Personne ne me donnera de détail avant d'être arrivé à DC. Grâce à mon service militaire et à ma discrétion, ils veulent que je m'occupe de la situation.

— Tu peux refuser ?

— C'est compliqué.

— *Peux-tu refuser ?* répéta plus fermement Chappy. Ils savent *pourtant* que tu n'es pas un garde du corps, n'est-ce pas ? Que tu n'es plus militaire depuis des années ? Que tu coupes des arbres pour gagner ta vie ?

— Ils savent tout ça, mais ils pensent encore que je reste

leur meilleure option. Mon cousin est... imprévisible. Et ils ne veulent pas plus d'attention médiatique sur la famille royale que nous n'en avons déjà eu ces dernières années... ce qui est grandement ma faute. Je *pourrais* dire non, mais cela rendrait ma vie bizarre, comme mes relations avec toute ma famille. Crois-moi, il est plus facile de simplement faire ce qu'ils demandent. Plus tôt je partirai, plus tôt je reviendrai.

Chappy prit un air renfrogné. Il n'aimait pas se sentir incapable d'aider son ami.

— Tu as besoin que l'un d'entre nous parte avec toi ? Qu'on te couvre ?

Qu'on le protège de sa famille, ce qu'il ne dit pas à voix haute.

— Non. Mon plan est de m'occuper de ça aussi vite que possible et de rentrer dans le Maine.

— D'accord, mais tu sais que, s'il te faut quoi que ce soit, tu n'auras qu'à appeler.

— Je sais et j'apprécie.

— J'attends *vraiment* de toi que tu sois là pour mon mariage. Et je te préviens, je n'attendrai pas longtemps.

— Je ne manquerais ça pour rien au monde. Je suis presque certain que je pourrai revenir ici pour un weekend sans problème s'il le faut.

— Bien.

— Je suis heureux pour toi, dit Cal. Carlise fait partie des gens bien. Ne la laisse pas filer.

— Ce n'est pas prévu, dit fermement Chappy.

Cal hocha la tête.

— Très bien. Tiens-moi au courant de son état. Je pars dans la matinée.

— Cal ?

— Ouais, mon pote ?

Chappy n'était habituellement pas du genre à mettre son nez dans les affaires personnelles de ses amis et il n'avait jamais pensé dire ce qu'il s'apprêtait à dire avant de rencontrer Carlise... mais avoir rencontré cette femme qui était faite pour lui – il en était convaincu – avait changé les choses. L'avait changé, lui. Il voulait voir tous ses amis tout aussi heureux et satisfaits.

— Garde l'esprit ouvert.

— À propos de ? demanda Cal, perplexe.

— Des femmes.

Cal leva les yeux au ciel.

— C'est reparti, marmonna-t-il.

— Je suis sérieux. J'avais abandonné l'idée de me marier et d'avoir une famille. Je veux dire, nous vivons là, au milieu de nulle part. Il n'y a pas vraiment beaucoup de choix pour ce qui est des rencontres amoureuses. Mais un jour, Carlise est apparue comme si elle était destinée à être ici. Tout ce que je dis, c'est que tu ne dois pas ignorer ce qui se trouve juste devant toi. J'ai l'impression qu'on ne dispose que d'une demi-seconde dans la vie pour reconnaître notre autre moitié et, si nous ignorons cette attraction, qu'on écarte ce sentiment, il ne reviendra jamais.

— Personne ne posera les yeux deux fois sur moi, Chappy, lui dit Cal. Elles veulent un conte de fées. Le beau prince milliardaire, et nous savons tous les deux que je suis tout sauf ça.

— Tu es l'un des meilleurs hommes que je connaisse, dit sérieusement Chappy. L'argent ne fait pas tout. Ni être connu ou avoir la peau douce. J'accorde de l'importance à ta loyauté. Ta force. Ta ténacité. Et je sais qu'il y a quelqu'un quelque part pour toi.

— Elle ne va pas apparaître dans les bois comme une sorte de nymphe, comme Carlise l'a fait pour toi. Ça me va d'être célibataire. Tout le monde ne veut pas se marier et avoir des enfants.

Chappy savait au fond de lui que son ami était en train de mentir. Cal souhaitait cela autant que lui, voire plus que lui ne le souhaitait. Seulement, il n'était pas enclin à l'admettre car il avait peur de ne jamais trouver la bonne personne. Il était plus facile de prétendre s'en moquer alors que, en réalité, il ne s'en moquait pas du tout.

— Sois prudent, lui dit Chappy au bout d'un moment, sachant que Cal n'avait pas envie de l'écouter plus longtemps.

— Je le serai.

— Tu sais que, si tu dois ramener cette nana à Newton, tu le peux. Nous t'aiderons tous.

— J'apprécie. Je te tiendrai au courant une fois que j'aurai tâté le terrain. Je suppose que cette femme est un genre de mannequin. Elle vit avec sa sœur et sa mère. J'ai besoin de voir à quoi ressemble la situation avant de décider de la meilleure marche à suivre.

— Et la sœur et la mère ont des problèmes également ?

Cal haussa les épaules.

— Aucune idée.

— D'accord, fais ce que tu as à faire et ramène tes fesses ici. Ne crois pas que nous allons te laisser te tirer d'affaire avec ton boulot. Les arbres d'ici ne se couperont pas tout seuls.

Cal ricana, et Chappy fut content de voir ça.

— Très bien. Et tu vas être occupé avec ta nouvelle femme, non ?

— Ça, c'est sûr, reconnut Chappy.

— Je suis vraiment ravi qu'elle aille bien.

— Moi aussi. Et appelle-nous, Cal. Je suis sérieux, lui dit Chappy d'un ton sévère.

— Oui, maman.

Ils ricanèrent tous les deux.

— C'est le titre de JJ, lui dit-il.

Cal hocha la tête, puis lui donna une tape sur le dos avant de retourner au salon.

Chappy observa Carlise se lever et venir vers lui.

— Tu as besoin d'aide avec les boissons ? demanda-t-elle.

— Non, je m'en charge, mon cœur. Comment tu te sens ?

— Je vais bien. J'ai entendu tes bribes de ta conversation avec Cal. Il s'en va ?

— Ouais.

— Il va trouver sa Cendrillon, soupira-t-elle en s'appuyant contre Chappy.

— Quoi ?

— Il va revenir avec sa Cendrillon. Je le sais, dit-elle avant de se redresser, de lui embrasser la joue et de retourner dans l'autre pièce pour continuer le jeu.

Elle l'épatait constamment. Il était évident qu'elle gardait un œil sur lui tout comme il en gardait un sur elle. C'était agréable d'avoir quelqu'un pour veiller sur soi. Il ne savait pas pourquoi elle était si certaine que Cal trouverait quelqu'un, mais il espérait dur comme fer qu'elle avait raison. Il méritait de trouver une femme qui l'aimerait pour ce qu'il était plutôt que pour son titre, ou pour la quantité d'argent qu'il détenait à la banque, ou bien pour son apparence.

— Tu as peur qu'on te botte le cul ? s'écria Bob. Viens ici, Chappy, que je puisse t'écraser avec mes talents au Uno !

Chappy fit un grand sourire et porta en équilibre les canettes de Coca qu'il avait sorties du réfrigérateur, retournant auprès de ses amis. S'asseyant à côté de Carlise et distribuant les sodas, il ne put s'empêcher de remercier silencieusement ses amis et sa femme. Il était définitivement un sacré veinard, et il ne prévoyait pas de perdre, jamais, son tout nouveau bonheur.

**

Juniper Rose passa une main sur son front en sueur et inspecta le sol fraîchement nettoyé avec satisfaction. Elle avait été occupée toute la journée, à faire les préparatifs pour le membre de la famille royale du Liechenstein qui arriverait bientôt. Elle ne savait pas exactement ce qu'il se passait, puisque sa belle-mère et sa demi-sœur ne lui disaient jamais rien, mais selon ce qu'elle avait pu glaner de leurs conversations chuchotées, Carla, sa demi-sœur, avait raconté à un ami qu'elle avait rencontré en ligne qu'elle était harcelée et menacée.

Ce qui était un mensonge.

Tous ceux qui connaissaient Carla ne se seraient pas embêtés avec elle, point. Tandis qu'elle était belle à l'extérieur... à l'intérieur, elle était une horrible et affreuse personne.

June se pencha pour attraper le seau d'eau sale lorsque la porte du jardin s'ouvrit et qu'elle entendit des ongles cliqueter sur le sol. Elle se tourna pour crier un « Non ! » mais il était trop tard : les deux corgis pourris gâtés de sa demi-sœur coururent dans la pièce, laissant des traces de boue partout sur le sol, précédemment propre.

— Oh mince, soupira Carla du ton le plus hypocrite que June ait entendu. Ils ont mis de la boue partout sur le sol. Je suppose que tu vas devoir rester tard pour t'en occuper. Venez, Pookie et Snookie ! Il est temps d'aller au lit.

Et là-dessus, la demi-sœur, méchante et tout aussi pourrie gâtée, de June sortit majestueusement de la pièce, ses deux chiens sur ses talons.

June cligna rapidement des yeux afin de contenir ses larmes.

Elle vivait dans une immense et magnifique maison et, d'un

point de vue extérieur, elle savait qu'elle pouvait donner l'impression d'avoir une vie parfaite. Si seulement les gens savaient... Après la mort de son père, lorsqu'elle avait quinze ans, elle avait été dévastée. Elle avait supposé que sa nouvelle belle-mère et sa demi-sœur ressentiraient la même chose, qu'elle ne ferait pas son deuil seule... mais au lieu de ça, elles avaient paru presque aux anges.

L'argent de l'assurance vie était immédiatement parti dans les choses matérielles qu'elles n'avaient pas pu s'acheter lorsque son père avait été en vie.

June se fichait des voitures ou des sacs de grands stylistes. Tout ce qu'elle voulait, c'était que son père revienne. Il était la seule personne à l'avoir aimée pour ce qu'elle était. Une femme légèrement étrange, ronde, timide qui préférait rester chez elle plutôt que d'avoir une vie sociale.

Durant les années qui avaient suivi, elle s'était davantage transformée en domestique de la famille qu'en fille ou sœur. Elle nettoyait, conduisait Carla à ses rendez-vous de mannequinat, s'occupait des factures, cuisinait et faisait, en général, tout ce qu'on lui disait de faire.

Elle était une véritable Cendrillon et elle détestait ça. Elle détestait les contes de fées, car aucun riche prince n'allait débarquer et la sauver de sa vie lugubre. Elle devait trouver le courage de se sauver elle-même.

June avait économisé de l'argent. L'argent qui restait des courses à l'épicerie, d'une facture ici et là quand elle nettoyait la maison. Bientôt, elle partirait. Elle n'avait aucune idée de la destination, mais peu importait où ce serait, elle ne serait plus jamais la parente pauvre de qui que ce soit.

Le Prince Charmant ?

Pfeuh ! Il n'existait pas.

**

Découvrez ce qui arrive lorsque Cal part pour le sud et rencontre June dans le deuxième tome de la saga *Le Fruit du hasard* : *L'Aristocrate* . Vous savez qu'il va être sur les fesses ! Lisez-le maintenant !

NOTES

Prologue

1. Dollar General est une enseigne américaine de grande distribution à bas prix.
2. Bûcheron se disant en anglais « Lumberjack ».

DU MÊME AUTEUR

Un protecteur pour Kelli

Un protecteur pour Bree

Le Refuge

Un soutien pour Alaska

Un soutien pour Henley

Un soutien pour Reese

Un soutien pour Cora

Un soutien pour Lara

Un soutien pour Maisy (1 Octobre)

Un soutien pour Ryleigh

Silverstone

Pour la confiance de Skylar

Pour la confiance de Taylor

Pour la confiance de Molly

Pour la confiance de Cassidy

Delta Force Deux

Un refuge pour Gillian

Un refuge pour Kinley

Un refuge pour Aspen

Un refuge pour Jayme

Un refuge pour Riley

Un refuge pour Devyn

Un refuge pour Ember

Un refuge pour Sierra

Hawaï : Soldats d'élite

Un paradis pour Élodie

Un paradis pour Lexie

Un paradis pour Kenna

Un paradis pour Monica

Un paradis pour Carly

Un paradis pour Ashlyn

Un paradis pour Jodelle

Mercenaires Rebelles

Un Défenseur pour Allye

Un Défenseur pour Chloé

Un Défenseur pour Morgan

Un Défenseur pour Harlow

Un Défenseur pour Everly

Un Défenseur pour Zara

Un Défenseur pour Raven

Ace Sécurité

Au Secours de Grace

Au Secours d'Alexis

Au Secours de Bailey

Au Secours de Felicity

Au Secours de Sarah

Forces Très Spéciales Series

Un Protecteur Pour Caroline

Un Protecteur Pour Alabama

Un Protecteur Pour Fiona

Un Mari Pour Caroline

Un Protecteur Pour Summer

Un Protecteur Pour Cheyenne

Un Protecteur Pour Jessyka

Un Protecteur Pour Julie

Un Protecteur Pour Melody

Un Protecteur pour l'avenir

Un Protecteur Pour Les Enfants de Alabama

Un Protecteur Pour Kiera

Un Protecteur Pour Dakota

Forces Très Spéciales : L'Héritage

Un Sanctuaire pour Caite

Un Sanctuaire pour Brenae

Un Sanctuaire pour Sidney

Un Sanctuaire pour Piper

Un Sanctuaire pour Zoey

Un Sanctuaire pour Avery

Un Sanctuaire pour Kalee

Un Sanctuaire pour Jane

Delta Force Heroes Series

Un héros pour Rayne

Un héros pour Emily

Un héros pour Harley

Un mari pour Emily

Un héros pour Kassie

Un héros pour Bryn

Un héros pour Casey

Un héros pour Wendy

Un héros pour Mary

Un héros pour Macie

Un héros pour Sadie

Un héros pour Annie

<u>Autre</u>

Un moment suspendu : Recueil de nouvelles

<u>AUDIO</u>

Un paradis pour Élodie

À PROPOS DE L'AUTEUR

Susan Stoker est une auteure de best-sellers aux classements du New York Times, de USA Today et du Wall Street Journal. Elle a notamment écrit les séries Badge of Honor: Texas Heroes, SEAL of Protection et Delta Force Heroes. Mariée à un sous-officier de l'armée américaine à la retraite, Susan a vécu dans tous les États-Unis, du Missouri jusqu'en Californie en passant par le Colorado, et elle habite actuellement sous le vaste ciel du Tennessee. Fervente adepte des fins heureuses, Susan aime écrire des romans où les sentiments laissent place au grand amour.

http://www.StokerAces.com

 facebook.com/authorsusanstoker

X x.com/Susan_Stoker

 instagram.com/authorsusanstoker

g goodreads.com/SusanStoker